このマルローのイメージに、その後のスペイン内戦や第二次世界大戦での彼のアンガージュマンへのこだわりは齟齬なくつながる。この時期のマルローにとってそれは生命そのものを賭した状況への全的な関与であり、同時に芸術的文学的志向がぎりぎりの緊張関係を保ちながらそれと共存している。先のフロイントのポートレートに戻れば、そこに露呈しているのは、命の危険をいとわず存在を酷薄な現実とのかかわりに晒しながら、同時にそのようなかかわりを超越する契機を必死で模索しようとする人間の強い意思、そしてそれと裏腹の絶望的な焦燥であるだろう。

だがこうしたマルローの生のありようは、第二次世界大戦終結後、少なくとも外から見たかぎりでは、がらりと様相を変える。彼の後半生に決定的な影響をおよぼす大きなできごと、シャルル・ド・ゴールとの出会いがあったためである。以後ド・ゴールと彼のイデオロギーにあまりにも忠実に同伴したマルローの姿勢を、シモーヌ・ド・ボーヴォワールのように「惨めたらしく、恥知らず」とまで言うのは、酷評にすぎるだろうか。だが少なからぬ人々が戦後のマルローに失望し、彼から距離をとったのも事実である(ジャンイヴ・ゲラン論文参照)。そんななか彼は『芸術の心理学』三巻(一九四七~四九)に始まり、それを大幅に増補改訂した『沈黙の声』(一九五一)、さらには『神々の変貌』三巻(一九五七~七六)と、壮大なスケールの美術論を書き継いでいく。たしかにマルローの美術論は、とりわけ専門的な美術史家たちからごうごうたる非難を浴びはした。しかしそのいっぽうでモーリス・ブランショの「美術館、芸術、時間」(もともとは一九五〇年に『芸術の心理学』の書評として書かれたもの)やジョルジュ・バタイユの『マネ』(一九五五)など、マルローのテクストとの深い対話なしにはありえず、そしてまさにそうした対話をとおしてこそ、それぞれ独自の思考を鮮やかに提示するにいたった画期的なテクストも存在する。

はしがき

この論集が目指すのも（もとよりブランショ、バタイユのレベルに比ぶべくもないとはいえ）マルローの作品、著作とのそのような対話である。それゆえ、断るまでもないかもしれないが、聖人伝的な視点で彼を礼讃する意図は、われわれにはいささかもない。

マルローは一九七六年に亡くなる。そして二〇年後の一九九六年に、当時の大統領ジャック・シラクのもとで、その遺骸がパンテオンに埋葬（改葬）された。「フランスの偉人」としてのこのマルローの聖別は同時に、まさしく彼がそのただなかにみずからを見いだしてきた生きた歴史的現実から、彼を決定的に遠ざけてしまったようにも思える。しかしこの国家的・政治的儀式からすでに四半世紀ほどが過ぎた。彼をふたたび葛藤をはらんだ「世界」との関係のなかに呼び戻すのに十分な時間であろう。この論集がそのきっかけのひとつとなれば、これほどうれしいことはない。

吉村　和明

【目　次】

目次

第三章　映画と映画史

プレイヤード叢書の略字について

マルローのプレイヤード叢書（I巻〜VI巻）からの引用は以下の略字を用いる。

Œ 1　André Malraux, *Œuvres complètes*, t. I, éd. sous la dir. de Pierre Brunel, Paris, Gallimard, coll. « Bibliothèque de la Pléiade », 1989.

Œ 2　André Malraux, *Œuvres complètes*, t. II, introd. par Michel Autrand, Paris, Gallimard, coll. « Bibliothèque de la Pléiade », 1996.

Œ 3　André Malraux, *Œuvres complètes*, t. III, éd. sous la dir. de Marius-François Guyard, Paris, Gallimard, coll. « Bibliothèque de la Pléiade », 1996.

Œ 4　André Malraux, *Œuvres complètes*, t. IV, *Écrits sur l'art*, t. I, éd. sous la dir. de Jean-Yves Tadié, Paris, Gallimard, coll. « Bibliothèque de la Pléiade », 2004.

Œ 5　André Malraux, *Œuvres complètes*, t. V, *Écrits sur l'art*, t. II, éd. sous la dir. d' Henri Godard, Paris, Gallimard, coll. « Bibliothèque de la Pléiade », 2004.

Œ 6　André Malraux, *Œuvres complètes*, t. VI, *Éssais*, éd. sous la dir. de Jean-Yves Tadié, Paris, Gallimard, coll. « Bibliothèque de la Pléiade », 2010.

序　論——二十一世紀にマルローを再考すること

畑　亜弥子

「人間とは何か」

この問いはマルローの作品に通底するものである（石川典子論文参照）。二十一世紀も四半世紀にかかろうとするこの時期に、アンドレ・マルローの研究論文集を上梓することの意味を、二十世紀から今日に至るまでの〝人間学〟の変遷のなかで考えることから始めたい。

かつてルネサンス文学の碩学である渡辺一夫はユマニスム、あるいはヒューマニズムについて以下のように述べた。

「それは人間であることとなんの関係があるのか。」

と問いかける人間の心根——この平凡で、無力らしく思われる心がまえが中心とならなければならないかと思われます。(1)

さらにこの心がまえは「内容的には、おそらくどこの国でも、人間の名に値する人々、心ある人々ならば、当然心得ているはずのごく平凡な人間らしい心がまえだ(2)」とする。しかしながらこの人間学は思想界において近年目まぐるしく推移した。その変化は二十一世紀に入り、インターネットの普及を背景にした人間関係の変容（eメールのやり取りの増加、SNSの活性化）や、AIの発達による人間の役割の変化、気候変動による人間優位性の見直し、女性の社会進出による新たなフェミニズムなどに起因して、より加速しているかに見える。そのなかで従来の「ヒューマニズム」は「人間中心主義」であり「ヨーロッパ中心主義」だとして批判されている。例えば『ポストヒューマン　新しい人文学に向けて』の著者であるロージ・ブライドッティは、ニーチェの「神の死」をポストヒューマンの始まりとして重視し、こう位置づけている。「ニーチェが主張したのは、ヨーロッパの人文主義的主体が形而上学的に安定した普遍的妥当性を有しているという通念において、人間本性に当たり前のように割りあてられてきた地位が終焉を迎えたということであった」[3]。石川論文が示すようにマルローはニーチェの「神の死」を継承し、人間学を展開した。ではポストヒューマニズムの時代に、マルローの著作はどのような読み直しが可能なのだろうか。

マルローの作品と生涯

この問題を検討する前に、簡単にマルローの生涯を振り返っておこう。マルローは二十世紀の歴史の四つ角にいた。その経歴を見ると、インドシナでの反植民地主義運動、スペイン内戦の義勇兵、対独レジスタンス、戦後ド・ゴール政権下における大臣としてのキャリア、とまさにこの世紀の歴史が浮かび上がってくる。創作活動としては、まずアジア三部作と呼ばれる小説群がある。広東でのゼネラルストライキや、広東と香港への船舶寄港を禁止する法令をめぐって、革命家たちが行動を繰り広げる『征服者』（一九二八）、古寺院と人を探しにインドシナの密林に分け入るクロードとペルケンの物語である『王道』（一九三〇）、国民党が中国共産党員を弾圧した上海クーデターという史実を背景に、日本人の母とフランス人の父を持つキヨら中国共産党員の悲劇を描いた『人間の条件』（一九三三）という、アジアの革命と冒険の小説をパリの文壇に送り込み新風を吹き込んだ。

一九二〇年代には『西欧の誘惑』（一九二六）というフランス人青年と中国人青年の往復書簡の体裁をとった文明論を発表し、マルローはやはり文壇にアジアという窓を開いた。しかしながらその出発点は前衛芸術風作品であり、キュビスムの詩人マックス・ジャコブへの献辞が見られる『紙の月』（一九二一）などの短編小説を発表する。アジア三部作発表後は、スペイン内戦を舞台にした『希望』（一九三七）、反ファシズムの小説『侮蔑の時代』（一九三五）、第一次世界大戦が回想される小説『天使との闘い　アルテンブルクのくるみの木』（一九四三）といった、歴史と結びついた小説を発表する。

一方戦後は芸術論が執筆の中心となる。スキラ社より刊行した『芸術の心理学』（一九四七～五〇）に修正を加え、一冊の芸術論として『沈黙の声』（一九五一）を出版した。この著書で論じられた「想像の美術館」と「変貌」が、マルローの芸術論のキーワードとなる。芸術家論としては『サチュルヌ』（一九五〇）があり、宮廷画家としてのゴヤより、『戦争の惨禍』『ロス・カプリチョス』に見られる幻想と狂気がうずまく作品を書いた画家の反理性に注目する。続いて『世界の彫刻の想像美術館』（一九五二～五四）が発表される。その後著作は回想録的作品へと向かい、『反回想録』（一九六七）、ド・ゴールとの邂逅を振り返る『倒された樫の木』（一九七一）、ピカソについての回想録的エッセー『黒曜石の頭』（一九七四）等を発表する。晩年は自身の人生と作品とを統合する『冥府の鏡』（一九七六）の創作に取り組む。死後出版としては、文学論『束の間の人間と文学』（一九七七）、冒険家論『悪魔の君臨』（一九九六）がある。

日本におけるマルロー受容と、近年のフランスの研究動向

マルローの作品の翻訳は、今ではほとんどが古いものになってしまったが、数多く存在する。永井論文で指摘されているように、小松清と竹本忠雄はマルローと友情を結びつつ、多くのマルローの著作を日本に紹介し翻訳した。新居格による『征服者』の日本語訳が一九三〇年に『熱風　革命支那の小説』として出版されて以来、小説作品は一定数の読者を得た。第二次世界大戦後も、レジスタンスの英雄、美術評論家として関心を集めつつ、小説は読まれ続けた。雑誌『藝術新潮』において小松清はマルローの芸術論の翻訳や研究論文を発表し続け、『芸術の心理学』三部作は『東西美術論』（一九五七〜五八）というタイトルで世に出された。竹本忠雄は浩瀚な『反回想録』（一九七七）を翻訳出版した。六〇年代と七〇年代には世界文学全集の刊行が隆盛を極めたが、そのなかにマルローの小説は常に収められていた。その間日本は、戦後敗戦国から出発したが数十年で復興を果たし、一九七〇年の大阪万博で科学・産業大国として世界にその姿をアピールすることに成功した。一九五八年から一九六九年にかけてシャルル・ド・ゴール政権下の文化大臣であったマルローは、その間再来日を果たし日本文化への考察を深め、それを作品に取り込むようになった。この頃からマルローは日本文化の発見者として注目されるようになったようである。それは文化のレベルにおいても、国際社会への復帰を目論む日本人の思いとマルローの関心が一致したからであろう。しかし日本のフランス文学研究者のなかに、マルローの日本文化称賛を素直に受け取れない人が少なからずいたことは想像にかたくない。文学と政治との無反省な結びつきが強まることが懸念されたのだろう。一九八〇年代以降、マルロー作品の翻訳出版は下火になり、研究者の数も減っていった。

本論文集には、一九六〇年代、七〇年代以降生まれのマルロー研究者の論文が収められているが、これ

らの研究者たちはマルロー受容の転換期後の世代であると言えるだろう。上江洲律子は九〇年代よりコンスタントに研究論文を発表し続けている。まず『王道』における「身体」と「死」に注目しその物語の構造分析に取り組み、現在はマルローの小説群を対象に、彼が求めた「新しい人間の概念」という観点から「身体の表象」についての研究を行っている。畑亜弥子は二〇〇九年にマルローの初期作品における「西洋と東洋」についての博士論文をパリ第Ⅲ大学に提出し、井上俊博は二〇一三年に博士論文「アンドレ・マルローの作品における影に関する考察」を大阪大学へ提出し学位を修め、現在は西欧列強の侵出と植民地支配がアジアにもたらした変化に対するマルローの思想について研究している。石川典子は芸術論や映画、ヒューマニズムをめぐる論文を多く執筆し、ジャン＝ルイ・ジャンネル教授のもとで修士号を取得した後、現在は博士論文を準備中である。これらの研究者は個別に各自で研究をしていたので、組織的に研究を進めるべく近隣領域の研究者にも声をかけ「マルロー研究会」を設立した（「おわりに」参照）。このマルロー研究論文集は、この組織的研究の大きな成果の一つであると言えよう。

近年のフランスにおけるマルロー研究を振り返ると、二〇〇四年にマルローの『芸術論』がプレイヤード叢書の第四・第五巻として刊行された後[4]、研究の中心は戦後の芸術論を中心とする作品へとシフトしたかのようだった。ジャンイヴ・ゲラン、ジュリアン・ディウドネ監修『アンドレ・マルローの芸術論』（二〇〇六）[5]、ジャン＝ルイ・ジャンネル監修『クリティック』特集号「目録がない美術館」（二〇一四）[6]などの研究論文集の刊行も続いた。しかしながら二〇一六年に『「人間の条件」とその他の著作』というタイトルで、マルローの作品のアンソロジーがプレイヤード叢書に入るという事件が起きた。あたかもマルローの作品を全体的に読み直すべきとフランスの研究者が主張しているかのように思えた。このアンソロジーの序文を書いたアンリ・ゴダールは、一般に流布しているマルローのイメージ「作家、行動する人間、政治家、大臣、演説家[7]」のうち、マルロー自身は作家と思われたいと考えていたと述べている。小説か芸術論かという選択はするべきではないのだろう。

本書の構成と内容

本書の第一部には文学史や他者、政治史、思想史をめぐる思想や歴史に関する論考が収められている。文壇で確固とした地位を築くまでのマルローの経緯を詳しくたどりつつ論文を紹介していこう。マルローは一九〇一年パリに生まれ、四年後に両親が離婚しパリ郊外のボンディへ居を移す。ボンディには一九二〇年まで暮らすが、祖母・母・叔母という女系家族の窮屈さを感じ、読書に逃げ込む少年だった。しかしそのおかげで独学により知性を身につけ、中等教育も終えずにパリ文壇に入り込んでいく。はじめは雑誌『コネッサンス』の編集長になるルネ＝ルイ・ドワイヤンに稀覯本担当者として雇われる。同時期にはマックス・ジャコブ、フランソワ・モーリアックと出会う機会を得ている。そしてその翌年『コネッサンス』誌に「キュビスムの起源について」という論考を寄せ文壇デビューを果たす。同じ年には『アクション』誌の常連寄稿者にもなり、一九二二年には『新フランス評論』誌の書評を担当するようになる。このように徒手空拳で知性を武器にパリ文壇に踏み入れた若きマルローに、われわれは既視感を覚える。つまり『感情教育』のフレデリック・モローがリアルな二十世紀初頭の文壇を生きているという感覚である。この頃のマルローは「さまざまな権力や自分の前に開かれている多様な可能性、そしてそこにつながるいくつもの道を一挙に見渡せるようになった、あの人生の時期に達している[8]」と言えるのではないだろうか。文学場を生きるマルロー。モローは文壇の寵児にはなれなかったが、マルローはパリ文壇の階段を駆け上がっていくのである。このような作家の姿はパリの知のネットワークを顕微鏡観察する楽しみをもたらしてくれる。吉澤英樹は「アンドレ・マルローと『文学の新時代』――両次大戦間における転換期の文学」のなかで、フランスにおいて非政治的プロレタリア文学運動を立ち上げたアンリ・プーライユのそばにいたことの文学史的意義を分析する。杉浦順子は「マルローとセリーヌにおける作家表象――一九二〇～三〇年代を中心に」において、『征服者』発表当時のセリーヌやエマニュエル・ベルルによる受容を通してこの作品が更新した小説史を検討し、さらに作家のイメージ戦略を浮かび上がらせ、文学史と知識人史の交差点を浮かび上がらせる。

次に女性とアジアという他者をテーマにした三つの論文が続く。ニーチェの「神の死」後の世界を模索するべくアジアに向かったマルローは、インドシナ半島の近代化という歴史に出会う。マルローのアジアに対する態度は、この時期作家がNRF誌上に書評を寄せたポール・モランの『生ける仏陀』という小説[9]と比較すると見えてくるかもしれない。そこで『生ける仏陀』を少し紹介しておく。この小説は架空の東南アジアの王国カラストラの王子ジャリとフランス人ルノー・エクアンの物語で、ジャリはカラストラでエクアンと出会ったことをきっかけに憧れのヨーロッパへ赴き、結局は幻滅して王国に戻ってくる。ジャリを通して描かれるアジアは、マルローのそれと比べると想像力の産物そのもののようだ。井上俊博は「文明」という征服者――『王道』におけるアジアの近代化に向けたマルローの眼差し」において、『王道』に描かれた山地民を「文明」との接触という観点から分析し、他者の現実と向き合っていたマルローを浮かび上がらせる。一方、藤原貞朗は「バンテアイスレイ事件から『想像の美術館』へ――アジア考古学史のなかのアンドレ・マルロー」のなかで、東南アジア美術史から見ると、マルローの行動や芸術論にはアジアに対する暴力とも思えるような次元が見えると指摘する。なおこのセクションには、上智大学元学長の石澤良昭氏より、フランス極東学院のアンコール遺跡調査にまつわる御自身の体験をふまえた『王道』に関する特別寄稿が収められている。

ところでマルローとジェンダーの問題系はどのようになっているのだろうか。マルローには生涯で四人の妻がいたので、「マルローをめぐる女たち」が伝記の側面から注目されていた時代もあった。[10] さらにマルローの小説の登場人物は男性が圧倒的に多い。そうしたことからマルローは男性優位のヒューマニズムの体現者のように思える。しかしながら上江洲律子は「マルロー『人間の条件』における「身体性」――女性像をめぐって」において、『人間の条件』のヴァレリーが登場するシーンを詳細に分析し、女性性への意外な歩み寄りがあることを指摘する。これは、この作家の作品が、必ずしもヒューマニズムからもポストヒューマンからも切り捨てられるようなものではないことを、証明している。

そうかといってマルローがポストヒューマニズムの作家であるとは言い切れないだろう。マルロー自身が意識していたのはヒューマニズムであり、それは「悲劇的ヒューマニズム」という表現に結実した。石川典子は「アンドレ・マルローの「悲劇的ヒューマニズム」」において、一九四六年のユネスコ主催のソルボンヌでの講演にあらわれた「悲劇的ヒューマニズム」という表現を思想史的観点から読み解く。このようにマルローにはヒューマニズムの側面があり、またポストヒューマン的でもあるゆえ、一つの思潮に染まる作家ではないと言えるかもしれない。そのような両義性は「モダン」か「ポストモダン」か、という問題にもつながる。畑亜弥子は「『冥府の鏡』におけるモダン都市の表象」のなかで、『冥府の鏡』における都市表象を手掛かりに、マルローの見掛け上のモダニズムの向こうにあるマルローのポストモダンという問題を問う。マルローの細部を検証すると意外な側面が見えてくるのである。ジャンイヴ・ゲランは、第二次世界大戦終了直後の混沌とした状況におけるマルローの政治的な立ち位置をめぐって、当時のジャーナリズムや作家の証言を詳細に調査することで新しいマルロー像を提示する。読者はこの論文を通して、オルタナティヴ政治体制としてド・ゴール主義へと向かったフランス現代史を体感するだろう。

第二部では美術や映画といった視覚芸術との関係を考察する。プルースト研究者である荒原邦博は「プルーストからマルローへ――イメージと時間」において、マルローが出版した美術アルバム『デルフトのフェルメール』をめぐって、マルローによるプルーストへの参照を手掛かりに、これまで明らかにされていなかった両者の類似性やその先にあるものを考察する。つづく木水千里とフランソワーズ・ニコルの論文はポストモダンの時代におけるマルローの芸術論の独自性を浮かび上がらせる。木水論文は、キュビスムが具象・抽象の別で言えば対象を抽象的に捉えているとしても、「現実との繋がりを保持している以上抽象主義とはみなせない」という考え方があるように、マルローもそうした現実とのつながりを意識しており、「形式的側面ではなく現実との繋がりから」、現実を表象するというより抽出していると考えていると指摘する。またニコル論文は、たとえ「複製」を通じて作品を評価することが新たな芸術受容の形として積極的に意味づけられていても、マルローが語る芸術受容は、複製芸術を観る者の意識のなかで、過去の自分の「生の」受容体験（たとえそれが同じ作品でなくても）の記憶と、複製の受容とのあいだに往復運動が起きることの重要性、つまり複製受容における、見る主体の体験や記憶の個人性は排除されていないのではないかという意見を表明する。このようにマルローの芸術論を通してわれわれは、具象／抽象、オリジナル／複製といった二項対立の後者を近代以降の傾向として描く構図から抜け出して、後者のなかにさらに補助線を引き、その現実世界との関わりや歴史的・地理的位置づけを持った生の人間との関わりを問い直すなかで、再度人間と芸術との関係を、かつての超越論とは異なる視点から見ることができるのではないだろうか。

すでに触れたように、マルローは四度来日し日本とも関わりが深い。永井敦子は「アンドレ・マルローと小松清」において、マルローの翻訳者で友人であった小松清が、フランスから帰国し「行動主義」を新しい思潮として主張していた時期に注目し、当時のマルローと日本の文壇や美術界との影響関係を考察する。また稲賀繁美は「マルローと世界美術史の構想」において、マルローの『芸術の心理学』三巻が翻訳された一九五〇年代や、七〇年代に日本においてマルローの「空想の美術館」が批判的に受容された様子を明らかにする。同時にインターネット時代の今日、その「空想の美術館」はサイバー空間における芸術と精神との関係を問う注目すべき概念であり続けているとする。

最後に映画・映画論をめぐる三つの論文が収められている。旅行家であるマルローは文壇デビューを果たした頃に当時最新の第七芸術に触れる機会が多くあり、多感な時期のこうした映画体験がその後を方向づけたと言っても過言ではない。作家が撮った唯一の映画『希望　テルエルの山々』（一九三九／一九四五）について、吉村和明は「アンドレ・マルローによる映画――アンドレ・バザンの『希望　テルエルの山々』解釈をめぐって」において、小説『希望』との決定的な違い、映画批評家アンドレ・バザンにこの映画が影響を与えたという事実から見えてくるものを考察し、映画史と文学史におけるマルローの役割に新たな光を当てる。またマルローと映画との関係はこれにとどまらない。ジャン＝ルイ・ジャンネルは「可視化されなかったアンドレ・マルロー『人間の条件』――「終わりなきアダプテーション inadaptation」の理論に向けて」のなかで、何度も持ち上がりながら実現しなかった小説『人間の条件』の映画化をめぐり、ロンドンのＢＦＩ［ブリティッシュ・フィルム・インスティチュート］やロシア国立芸術・文学アーカイヴ（ＲＧＡＬＩ）に保管されているシナリオ等の一次資料を用いながら、企画の誕生から中止までの過程を明らかにし、「シナリオ」というジャンル自体の特徴を「終わりなきアダプテーション inadaptation」という概念を提示しつつ論じる。そして千葉文夫は「美術館の徴のもとに――マルロー、ゴダール、マルケルをめぐる三角測量の試み」において、マルローと映画をめぐる最も印象的な記憶の一つが一九六八年シネマテーク・フランセーズ館長アンリ・ラングロワ更迭事件であることを指摘しつつ、二人の現代の映画監督ジャン＝リュック・ゴダールとクリス・マルケルにマルローの芸術論の痕跡を読み解く。

日本では芸術論の翻訳も途絶えており、またメルロ＝ポンティやディディ＝ユベルマンから、その教条的である部分や西欧中心主義を批判された「扱いにくいもの」（千葉論文参照）というのが現在マルローに与えられている一般的な評価だろう。しかしながら本論文集では、研究者がその作品を改めて深く読み解くことにより、マルローに積極的な存在意義が見いだされているとするのは、あまりにも自画自賛しすぎだろうか。昨今、人文学研究が大学においてその存在価値をないがしろにされつつある。「リベラルアーツをけなす人々は、実際には、大学を職業訓練校にしろと主張していることが多い[11]」とアメリカの研究者トム・ニコルズが報告することが[12]日本でも起きている。こうした状況のなかで文学の専門家がすべきことの一つは、「大学は本来、教養ある人間たちが何が真実で何が虚偽かを見極める平穏な場所で、どんな結論になるかにかかわらず、学術研究のモデルに倣うことを学ぶ場所であるはずだ[13]」ということを正面切って述べることであろう。さらにニコルズは「少し希望がもてるのは、専門知への攻撃に対して、専門家たちが反撃に出ていることだ[14]」と言う。本論文集もまた人文学の未来への希望を示しているとささやかながら主張しておきたい。

この研究論文集は、二〇一九年一二月七日・八日に上智大学と日仏会館の二会場で行われた国際シンポジウム「アンドレ・マルロー再考――その領域横断的思考の今日的意義――」がもとになっている。シンポジウムはコロナ災禍が襲来する直前に行われ、世界各都市のロックダウン、緊急事態宣言が発令された渦中とその後に論集の編集作業が進められた。毎日コロナ感染の情報が更新されるなか、その状況に生きつつ、マルロー論文集の仕事をすることは非常に意義深いことであるように思えた。マルローが生きた時代の災禍、第一次世界大戦、スペイン風邪、スペイン内戦、第二次世界大戦などがコロナ災禍とどのように違うのだろうか。コロナの時代を生きるわれわれにとって、マルローの著作と活動は何らかの示唆を与えてくれるように思えてならない。マルローの政治的「転向」や「神話」好きは激動の二十世紀を生き抜くための一個人の知恵であったのだろうか。ポスト・コロナにおいても続く、ポストヒューマニズムという思潮のなかで、人間を神なき後、あるいは運命との相克において捉えるマルローの人間をめぐる考察は、ロボットや動物、女性との相対化がない「人間中心主義」のアナクロニックな人間学にすぎないのだろうか。

現在書店で気軽に入手できるマルローの翻訳文庫は『王道[15]』のみであり、マルローは日本において煉獄に閉じこめられているかのようだ。しかしながら、国際的な共同研究の成果であるこの研究論文集が、ちょうどマルローの生誕一二〇周年にあたる二〇二一年に刊行されることになった。繰り返しになるが、この作家の人生と著作の細部を検証する本書を通して、マルローが日本で再発見されれば、新たな人文学研究へ希望が見えてくるような気がする。

【注】

（1）渡辺一夫『ヒューマニズム考　人間であること』、講談社文芸文庫、二〇一九年、二〇六頁。
（2）同右、一九八頁。
（3）ロージ・ブライドッティ『ポストヒューマン　新しい人文学に向けて』、門林岳史監訳、大貫奈穂、篠木涼、唄邦弘、福田安佐子、増田展大、松谷容作共訳、フィルムアート社、二〇一九年、一七頁。
（4）André Malraux, *Écrits sur l'art I, II* (*Œuvres complètes, IV, V*), coll. « Bibliothèque de la Pléiade », Gallimard, 2004.
（5）Jeanyves Guérin et Julien Dieudonné (sous la direction de), *Les Écrits sur l'art d'André Malraux*, Presses Sorbonne Nouvelle, 2006.
（6）*Critique*, « Le musée, sous réserve d'inventaire », n° 805-806, juin-juillet 2014.
（7）André Malraux, *La Condition humaine et autres écrits*, coll. « Bibliothèque de la Pléiade », Gallimard, 2004, p. XI.
（8）ピエール・ブルデュー『芸術の規則Ⅰ』、石井洋二郎訳、藤原書店、一九九五年、二二頁。
（9）André Malraux, « *Bouddha vivant* par Paul Morand », la *N.R.F.*, n° 167, août 1927, p. 253-255.
（10）村松剛はその著書『アンドレ・マルロオとその時代』で「マルロオをめぐる女たち」に一章を割いている。村松剛『アンドレ・マルロオとその時代』、角川選書、一九八五年。
（11）トム・ニコルズ『専門知は、もういらないのか　無知礼賛と民主主義』、高里ひろ訳、みすず書房、二〇一九年、一一一頁。

(12) アメリカの反知性主義とそれへの抵抗の歴史はすでに長く、マッカーシズムさらに福音主義へとさかのぼることは、ニコルズも参考文献としてあげているリチャード・ホーフスタッター『アメリカの反知性主義』(田村哲夫訳、みすず書房、二〇〇三年。一九六四年のピュリッツァー賞受賞作品)が検証している。

(13) トム・ニコルズ前掲書、一二一頁。

(14) トム・ニコルズ前掲書、二八〇頁。

(15) アンドレ・マルロー『王道』、渡辺淳訳、講談社文芸文庫、二〇〇〇年。

第一部　文学と政治

第一章　新しい作家像と文学史の更新

アンドレ・マルローと『文学の新時代』
——両次大戦間における転換期の文学

吉澤　英樹

あまりにも長い間、書くことが一つの暇つぶし、読むこともまた別の暇つぶしになってしまっていた。文学はそんなものではない。文学は別の方向へと向かわなければならない。

（アンリ・プーライユ『文学の新時代』[1]）

はじめに

第一次世界大戦後の一九二〇年代の華やぎが世界大恐慌とともに終焉に瀕し、新たなる戦前としての三〇年代を迎えようとする転換期にアンドレ・マルローは『征服者』（一九二八）、『王道』（一九三〇）と、中国および仏領インドシナという西洋の外部に舞台をおいた長編小説を立て続けに発表し、文学場にセンセーションを巻き起こした。モダニスト的な狂騒に辟易し始めていた当時の復員世代の若い作家や批評家にとってマルローの作品はある種の「新しさ」を内包しているように見えたのである。このような文脈を踏まえ本稿では文学史の観点から、一九三〇年代初頭の文学場において、マルローの小説に見出された「新しさ」の一端を考察したい。そのために、ここで取り上げるのは、アンリ・プーライユ（一八九六〜一九八〇）とピエール・ドリュ・ラ・ロシェル（一八九三〜一九四五）という作家たちによって一九三〇年に書かれたテクストである。それらのテクストを通して、十九世紀後半に誕生したディシプリンである文学史が彼らの時代にどのように更新されつつあったのか、そしてその中にマルローという「新しい」作家をどのように位置付けたのかを探るのである。このような微細な歴史の生成の瞬間に立ち戻ることによって、マルローを通して更新されえなかった文学史の分岐点に着目し、後年のこの作家における小説というジャンルからの離反を側面的に理解する一助として本稿を位置付けたい。

さて、ここで取り上げる今日ではほとんど知名度のない作家アンリ・プーライユは一九三〇年七月に『文学の新時代』（*Nouvel âge littéraire*）と題された本を、ジョルジュ・ヴァロワの出版社から刊行し、フランスにおける非政治的プロレタリア文学運動を立ち上げた人物である。翌三一年一月から月刊誌『新時代』（*Nouvel âge*）を刊行し始め、その中で前年に構想したプロレタリア文学運動を実践していくことになる。実はこの雑誌の同人欄にアンドレ・マルローの名が書き込まれており、一二月の最終号まで彼の記名記事を見つけることはないものの、最後まで同人から外れることはなかった。プーライユは、作家活動の傍ら、グラッセ社で働いており、そこでマルローと交流があったと想像できるが、実際のところ二人の直接的な関係はよくわかっておらず、その交流が言及されることはない。それゆえ、本稿では、まずプロレタリア作家のプーライユが一九三〇年に構想した「新しい文学」のあり方を著書の中に読み込みたい。そして、その補助線として二〇年代後半からマルローと親交を結び、後にファシスト作家となったピエール・ドリュ・ラ・ロシェルが同年一二月に発表した記事「マルロー新しき人間」(Malraux, homme nouveau) を参照する。そうして当時の文学場におけるマルローの文学史上の「新しさ」というものを検討したい。

「モダン」から「新しさ」へ

当時の作家たちは一九三〇年代をどのような時代として希求していたのか。プーライユとドリュがテクストのタイトルに挙げた「新しさ」という言葉は、その精神を反映する一つのキーワードとして考えられるだろう。一九二〇年代がモダニズムの時代であったと考えるならば、三〇年代はそのようなモダニティの追求に突き動かされた断絶と分断の運動に疲弊し、刷新による統合を希求した時代だった。「新しさ」は、その気分を表す言葉だったのか。

このような時代に発表されたのがプーライユの『文学の新時代』である。この本は二部構成になっている。第一部「新しい文学へのイントロダクション」は当時の文学場の状況を分析した上で、プーライユが考える新しい時代の文学の条件と十九世紀からのその系譜を論じたものだ。第二部「フランスのプロレタリア文学――作品と人物」は来るべき文学のスタンダードを作る起爆剤としてのプロレタリア文学作品と作家の紹介になっている。

この著作の中で、マルローの名は第一部に登場する。まず一つ目は、暇つぶしや戯れのブルジョワ文学が主流の時代における例外として、ブレーズ・サンドラール、シャルル＝フェルディナン・ラミュ、マルセル・マルチネらとともに挙げられている箇所である。[2]そして二つ目は、『ブルジョワ思想の死』のエマニュエル・ベルルなどとともに名を挙げられた『征服者』の著者であるマルローが「その気質、闊達さ、視点の鋭さ、驚くべき制御能力」によって、同世代の中で「最も才能に恵まれた作家」の例として手短に紹介されている箇所である。[3]

ただ、これだけでは、翌年から始まる彼の試みの道連れとされる理由を伺い知るには十分ではない。それゆえ、プーライユが考えるプロレタリア文学を中心に据えた「新しい時代の文学」の内実を考えなければならないだろう。

ブルジョワ文学史からの脱出

プーライユは、まず既存のフランス文学史をブルジョワの価値観から形成されたものとしてみなす。そして、それまで文学場から排除されていた「プロレタリア」の視点を導入することによって、新しい時代の文学を切り開いていこうと考えていた。そのため往々にして、『文学の新時代』は、プーライユが訴えるプロレタリア文学のマニフェストとして扱われることが多い。しかし注記しなければならないのは、プーライユは、「移行期（transition）の文学であるプロレタリア文学はつなぎ（transition）の文学にとどまるだろう」と述べていることである。[4]つまり、この本の主眼はプロレタリア文学を目指すべき時代の新しい文学の最終目標とはせずに、この文学を経由して新しい時代の文学の創出に至るまでの系譜を文学史的手法で提示することにあった。つまりプーライユの図式において「プロレタリア文学」と「新しい時代の文学」は分けて考えなければならないものである。それゆえ第一部の十九世紀後半から現在までの文学史を総括する中で、プーライユより年下で『征服者』の出版によって「最も素晴らしい才能を持った若手」として引き合いに出されるマルローは、第三共和政下にあってブルジョワによって形成されてきた文学という制度を内破する起爆剤ともいうべき「つなぎ」としてのプロレタリア文学の作家ではない。プーライユがその同世代としてともに挙げるベルルとともにブルジョワ思想の死を超えてやってきた存在であり、ラミュの作品に見られるような来るべき普遍の「新しさ」を予兆している存在といえるだろう。

さて、そのような「新しさ」を呼び込むための「移行の文学」がプーライユにとってのプロレタリア文学であるが、当時、フランスでは、ブルジョワによって形成された社会における文化的な記号配置を乗り越えるためにプロレタリアの世界を主題として、そこに新しさを見る文学はすでに存在していた。一つは批評家のアンドレ・テリーヴ（一八九一～一九六七）とレオン・ルモニエ（一八九〇～一九五三）が一九二九年に旗揚げした「ポピュリスム」文学運動であり、彼らも「私たちはシックな登場人物やスノッブな文学にはうんざりしている」、「私たちは民衆（peuple）を描きたいのだ」という言葉とともに、(5)二〇年代を支配していた傾向に対して新たな文学を対置させようと試みた。その一方で、コミンテルンの影響下に活動していたルイ・アラゴンらのグループがいた。こちらは、一九三〇年一一月にソヴィエトのハリコフで開催されたプロレタリア作家会議の後、「革命的作家芸術家協会（ＡＥＡＲ）」に発展していき、文学場の主流を担っていくことになる。プーライユはそれら二つの傾向に鋭く対立した。つまり「民衆」の内実を明らかにすることのできないブルジョワのルモニエが訴えるポピュリスムはプーライユにとって「いかなる生の現実にも全く対応するものではなく」[6]、ブルジョワ読者の好奇心に応える一種のエグゾティスム文学にすぎなかった。また社会革命に奉仕する共産党系のプロレタリア文学は文学作品の目的を外部の政治場に置くことによって、その自律性を破壊するものであり、プーライユが望むものではなかった。それゆえ、「反ブルジョワ」、「非政治性」という性質に留意しながら、文学の新しい時代への移行のスタイルとしてのプーライユの考えていた「プロレタリア文学」というものについて考えてみたい。

真正さ（authenticité）

プーライユが文学において一番価値を置いているのが「真正さ（authenticité）」という概念である。これを理解するためには、プーライユのプロフィールに触れる必要があるだろう。早々と両親を亡くし、一三歳で孤児となり、コレージュを中退し、薬局で働き、自活しながら読書により独学で文学に関心を持ったプーライユは、第一次世界大戦後、批評家のフレデリック・ルフェーヴル（一八八九～一九四九）の知己を得て、文学界に参入した特異なプロフィールを持つ[7]。二〇年代以降は出版社のグラッセ社でプレス担当として働きながら、批評や小説作品を執筆し、一九三〇年に元アクション・フランセーズ会員でフランス初のファシズム運動である「フェソー（Faisceau）」を立ち上げた人物であるジョルジュ・ヴァロワの出版社に請われ『文学の新時代』を出版した。このような経歴を持つ彼にとっての「真正さ」はまず何よりもプロレタリアとしての当事者性に求められた。先に挙げた三つ巴の状況を呈する文学場においてグループの活動を正統化する身振りとして、自身はブルジョワであったルモニエやアラゴンらと血統主義において一線を画する存在であることを主張する必要があったことは容易にみてとれるだろう[8]。事実、自分以外の

「真正な」プロレタリア作家の例として挙げるのは、オランダ出身で極貧のセックスワーカーとしての少女時代を送ったネール・ドフ（一八五八～一九四二）、図書館で教養を身につけた工場労働者のリュシアン・ブルジョワ（一八八二～一九四七）などだ。その多くが独学で読み書きを学び、半ば自伝的な手法で自身が生きた現実を描き出した人々である。彼らが描き出すプロレタリアの世界は、不在の「民衆」と戯れる（とプーライユがみなす）ポピュリスム文学や、特定のイデオロギーを反映し政治的指向性を持ったコミンテルン系のプロレタリア文学などブルジョワによって書かれたプロレタリアの世界とは真実性において一線を画するものだった。また、プーライユらプロレタリア文学者は、ブルジョワの文化的記号の再生産を目的とする中等教育さえもまともに受けていない独学者であるという事実によって、時代を刷新する新しい言説を生み出す担い手として、特権的存在とみなされていた。当事者性に基づく経験主義に拠る一義の「真正さ」は、新時代の文学において、プロレタリアという枠を超えた形で提示されてもいる。実際、その系譜の中には、兵士としての従軍体験を詩の形で世に問うた作家の例としてプロレタリア文学者のリュシアン・ジャック（一八九一～一九六一）らとともに、本稿でのちに言及するドリュ・ラ・ロシェルの名が挙げられている[9]。『征服者』を発表したマルローが、「同世代の中で最も才能を持つ作家」として挙げられているのも、独学者であることを知っていたかどうかは別として、マルローにおける経験主義に一定の真正さをプーライユが見出したゆえと考えられるだろう。

しかしながら、プーライユにおける「真正さ」の概念は一筋縄にはいかない[10]。ローズマリー・チャップマンが指摘するように[11]、『文学の新時代』では、経験主義や当事者性を超えた例にも「真正さ」が付与されているのである。「文学はお遊びではない（La littérature n'est pas un jeu）」と題された章において、新時代の文学の系譜の上流に据えられたバルザックとゾラである。彼らはともに十九世紀前半と後半に、膨大な作品群とともにフランスの同時代の社会を描き出そうとした作家である。とはいえ彼らが当時のフランス社会の底辺を描いても、それは彼らが当事者として経験したものではない。しかし、プーライユは、彼らの作品に描写の正確さ、また自身の作品が真正であることへの細心の気配りを見出す。[12] 個人性よりも、社会というものを対象化することに取り組んだ彼らは、[13] 徹底的に類型化された登場人物たちに血肉を通わせることに成功した、とプーライユはみなすのである。[14] つまり、プーライユにとっては、書き手の資格としての「真正さ」のみならず、単なる自伝を超えた地点に、描かれた作品自体の「真正さ」が必要であることがわかる。それでは、プーライユが構想する「新時代の文学」というものは、当事者的な経験主義に基づきながら、十九世紀的なレアリスムや自然主義文学へと回帰することなのだろうか。実はそうではない。プーライユには、その真正さを評価しているゾラやバルザックはロマン主義が生み出したものであるという独特の文学史的な見立てがある。[15] これは何を意味しているのだろうか。

情動的レアリスム

バルザック、そしてゾラに至っては科学を自称するまでに、「経験」ではなく「知性」によって社会を描出しようとしたが、プーライユにおいてはそれらの作家とロマン主義はいかなる関係にあるのだろうか。プーライユによればロマン主義は小説というジャンルに悲劇を導入したという点で評価するものの、それは英雄的な悲劇（tragique héroïque）であり、ほとんど人間的ではない（tragique assez peu humain）と批判している。その上で「英雄（héros）」が前面に押し出されるのがロマン主義者のヴィクトル・ユゴーのような作家の作品であり、「人間（humain）」を小説に導入することができたのがゾラであると述べる[16]。その一方でゾラが導入した遺伝学などに依拠した環境決定論にしたがって登場人物を分析するような手法を激しく批判することも忘れていない。プーライユにとって小説とは「証明する（prouver）」ものではなく、「提示する（exposer）」ものだからである[17]。

このような歴史観に基づいたプーライユにおける新時代の文学は反知性主義的な傾向が顕著である。事実、プロレタリア階級の文学について論じる章において、『クリニャンクール門』（一九二八）を著したトリスタン・レミ（一八九七〜一九七七）などに言及しながら、感情が知性に取って代わる時代の到来が繰り返し強調されている[18]。これを単なる反教養主義と片付けるべきではない。プーライユの文学史的視点からの議論においては、知性と感情の対立はそれぞれ、古典主義美学とロマン主義の対立に充当され、ロマン主義は、「干からびて、不毛で、死にかけた文化」である古典主義に対する反動として出てきた美学であると評価されている[19]。プーライユが第三共和政期の普通教育に信を置いていないのも、それがエリート選別システムであるだけではなく、アンシャンレジーム以来の古典的教養を引き継いだ形でのブルジョワ文学のコードを再生産する場であるからにほかならない。日中は厳しい労働に明け暮れ、深夜に睡眠時間を削って読書をすることによって、知識に対する飢えを満たしてきたプーライユの反知性主義は、このような文学史的な視点を内面化し、その限界を意識することから生まれたものとして考えなければならないだろう。だからこそ、プーライユは教育を受けていないプロレタリアによって書かれた文学作品に新たなる可能性を見るのであり、また、彼らの文学は知性主義に基づいた「科学」的なレアリスムではなく、情動的レアリスム、いわばユゴー、そしてゾラを部分的に継承しつつその限界を乗り越えた新しい時代にふさわしい美学としてのロマン主義的レアリスムというべきものだった。この美学においては、作家はある種の経験主義に基づき、世界を描写する。しかし、そこで問題となるのは表象の精度ではなく、当事者による世界表象における情動的な「真正さ」、つまり描かれたものが感情的にリアルであることが重要だった。『文学の新時代』においてプーライユは、この世には二種類の作家が存在することを示し、一方を人間的に（humainement）読み手を感動させる作家、他方を知的に私たちに触れるだけの作家とし、前者は「まさにそうだ、その通りだ、まったくだ（C'est exact, c'est ça, tout à fait ça）」と読者に感じさせ、後者は「善」、「美」を感じさせるだけで心に訴えかけるものはないとして、前者のタイプの作家を特権視している。[20]作家の血と肉から生まれ、「人間的に」読者の心に触れるエクリチュールを紡ぐ存在。その意味において、『征服者』を刊行したマルローは、一九三〇年代初頭のプーライユにとって輝かしい存在に見えたのだろう。この読みがそれほど的外れではないことは、同時期に発表されたドリュ・ラ・ロシェルの記事が裏書きしてくれるように思える。

ドリュ・ラ・ロシェルのマルロー論

ピエール・ドリュ・ラ・ロシェルのマルロー論「マルロー新しき人間」は『征服者』に引き続き『王道』刊行後の一九三〇年一二月『新フランス評論』誌に掲載された。タイトルが示すように、ここで問題になるのも「新しさ」というキーワードである。ドリュは、「新しき人間であるマルローは新しい人間像を生み出した」と述べる。[21]つまり「新しさ」は、彼が作品の中で提示する人間像だけではなく、作家自身にも見出されているわけである。ドリュが考えるマルローの新しさは大きく見て二つある。「文学史上の新しさ」

と、作品の中で提示される「インターナショナリズムの新しさ」である。ここではまず、これまでの議論に接続するために文学史における新しさから述べたい。

ドリュにとってマルローは伝統的な意味における作家とは峻別される「新しい人間」である。では「伝統的な作家」とは何か。ドリュの言葉に注目してみよう。

> 伝統的な意味において完璧な作家になるには、今日は何年にもわたる研究が必要である。死せる言語であるフランス語を、過去の成熟の意のままにするには、文献学的な忍耐を必要とするし、十九世紀のイギリスやロシアやフランスにいたような一流の小説家となるには、時間をかけて、人生と芸術に対する長い経験を拾い集めなければならないのである。[22]

つまり「伝統的な作家」とは文学史を内面化した上で、その成果を技術的に習得し、それを人生の経験と掛け合わせて作品として結晶化する、そのような職能を持つ存在である。別の箇所でドリュが述べているように、この手の人々は「人生の最も晴れやかな時間を書斎で過ごす」ことに明け暮れている。[23] このような作家観は、プーライユの批判するインターテクチュアリティの中で行われる、遊戯としてのブルジョワ文学の特徴と一致する。[24] そのようなスキルを持たないマルロー作品の形式的な欠点を指摘しながら、ドリュはマルローのメソッドを「ありあわせの手段（les moyens qu'ils ont sous la main）」と呼び、[25] そのように書かれた文学の新しさを生きながら書くことによって生まれる生の相互補完性の次元に求めるのである。

しかし、一冊の本を構成する技術、ある文章を練り上げる技術よりも差し迫った何ものかがそこにはある。それは人生だ。というのも、結局のところ人は書くために生きるのではなく、生きるために書くことが必要だからという理由によってのみ書くのである。

確かに私たちは確固とした言語や考えあぐねて生み出した統辞法や揺るぎない思想の条件を持ち合わせてはじめて、人生を理解し、支配することができるものだ。しかしそれでもなお、まずは生きなければならない。(26)

このようにしてマルローにおいて作品は「行動そのものと呼ばれる外的行動と思考と呼ばれる内的行動の間にある場所」(27)として成立することになる。職業作家としてではなく、生きながら、生を糧に作品を紡ぐ文学。これはまさに三〇年間フランス国鉄（ＳＮＣＦ）の労働者として作家活動を続けたトリスタン・レミや、農民作家エミール・ギョーマン（一八七三〜一九五一）に代表されるような、ブルジョワ文学のコードを破壊し、文学史の刷新を求めるプーライユのプロレタリア文学と一致する。

つまり、当事者である彼らの人生の経験と同時並行に生成される「内的行動」と呼ばれる情動性が平衡を保った地点に作品の「真正さ」は置かれるのであり、その結果生まれる情動的なレアリスムこそが新時代の文学の特徴だった。確かに「内的行動」のレアリスムに関して、プーライユは「感情」、ドリュは「思考」というように、使用する用語にばらつきが見られる。しかし、アジアを舞台とした作品について「私は当地でのマルローの行動がいかなるものであったかも知らない」と言い切るドリュの言葉を見るまでもなく、(28)その人生のリアルは表象の正確さの中にあるのではないことは明らかである。

インターナショナリズム

以上がマルローにドリュが見た一つの「新しさ」だった。しかし前述したように、この記事ではさらにもう一つの新しさについて触れられている。マルローのインターナショナリズムである。そこでは二種類のインターナショナリズムが提示されている。一つは階級やエスニシティや地域によって特定の人間集団の個別性を相対的に見つめる「ピトレスクなインターナショナル（l'internationale du pittoresque）」であり、もう一つは人間の普遍的な本質の理解に根ざした「人間のインターナショナル（l'international de l'humain）」である。[29]ドリュは、マルローの作品は前者の要素を持ちながらも、新しい人間像として後者を提示したがゆえに、フランスのみならずドイツやロシアで評価されていることに触れている。そして、そこで提示される「新しい人間」というものが国境の枠組みを超えていると述べる。[30]その注意深い言葉の選び方からわかるように、ドリュの見たインターナショナリズムは、『征服者』で描かれる政治的指向性を持ったコミンテルンのインターナショナリズムや、『王道』で描かれる植民地帝国時代のエクゾティスムから生まれる表面的なインターナショナリズムではない。問題となるのは、階級やエスニシティを超克した次元で、つまり文化相対主義的な人間観を経由した上での普遍的な人間像である「新しい人間」となる書き手と読み手たちによって創出されるインターナショナルな文学場における新しい美学である。

このようなインターナショナリズムは、プーライユの文学観にも表れている。一九三一年一月から刊行される雑誌『新時代』においては、ノルウェーのヨハン・ボーエル（一八七二〜一九五九）、アメリカのアプトン・シンクレア（一八七八〜一九六八）やハーレム・ルネサンスの黒人詩人ラングストン・ヒューズ（一九〇一〜一九六七）など毎号、紙面の二分の一から三分の一が海外作家の作品の翻訳で構成され、九月号ではソヴィエト文学特集が組まれ、ある種のインターナショナリズムが前面に押し出され、プーライユが新しい時代の文学の場をそのように捉えて実践していることがわかる。事実『文学の新時代』においてもプーライユは当時の文学場に見られるナショナリズムを以下のように批判している。

フランス人は自分たちの殻に閉じこもっている。余所にあるすべては自分たちの国にすでにあるものであり、また余所にあるすべてはフランスに由来するものであると信じる傾向にある。(31)

プーライユによれば、このようなフランス人たちはブリュンティエールのような高名な文学史家に至るまで、イプセンは小デュマやジョルジュ・サンドが三〇年前にやったことを繰り返しているにすぎないし、トルストイやドストエフスキーの試みはすでにフランス人によってなされていると真顔で主張するという。(32)その一方でトーマス・ハーディやクヌート・ハムスンやボーエルという外国人作家たちは「ナショナルなものや個別性の超越（dépassement du national, du particulier）」によって心を打つという。もちろんナショナルな指標は作品に認められるものの、作品は「普遍的であることに気をくばり（souci de universel）」、言語や習慣や服装の違いを超えて「人間として人間を示す必要（ce besoin de montrer l'homme, en tant qu'homme）」をそこに見出さなければならないと述べる。(33)

そもそも三〇年代初頭は、フランスにおいてインターナショナリズムが大きく取りざたされる時期である。「一日で世界一周」をキャッチコピーにヴァンセンヌの森で一九三一年の春から秋にかけて植民地博覧会が開かれ、「文明化の使命」を掲げるフランスの植民地行政が、十七世紀以来のフランスの古典主義美学の伝統に従い、理性の光の下で分類された世界のスペクタクルがパリに現れた。それに対するのは反植民地博覧会を企画したコミンテルンに見られるもう一つのインターナショナリズムだった。

このような中央集権的なインターナショナリズムに対して、ドリュが見たマルローや、プーライユのインターナショナリズムは、また別の種類のものであろう。確かにマルローにはある種のエクゾティスム、プーライユにはプロレタリアという階級へのこだわりがあった。しかし、ドリュがその背後に別の人間観を見たように、またプーライユがプロレタリア文学を「移行」の文学と考えていたように、彼らの人間集団の個別性へのこだわりは、共和政下における文化的ヘゲモニーを握る言説へのオルタナティヴだった。そこにあるのは、あくまでも政治的指向性ではなく、新しい世界を生きる人間たち（homme nouveau）によって描出され、共有される「情動的レアリスム」という新しい一つの美学の下で、国境を越えた書き手と読み手から構成される文学場において、いわば文化相対主義的な視点から再構成された人間観に基づく「普遍＝世界的規模（universel）」の文学というものを創出していく美学的なインターナショナリズムである。

皮肉なことにこの美学はその後、プーライユを離れ、一九三三年に、「革命的作家芸術家協会（AEAR）」に接近するマルローの『人間の条件』とルイ＝フェルディナン・セリーヌの『夜の果てへの旅』の中に展開され、同時代の文学場を圧巻していくことになる。その一方、プーライユ自身は一九三五年に開催された「文化擁護のための国際作家会議」で発言も拒絶され(34)、その声はフランスのみならず、インターナショナルな文学場の表舞台において、完全に黙殺されることになった。一九三〇年から三一年までプーライユが構想していた「新時代の文学」は、奇しくもマルローによって体現され、彼自身のプロレタリア文学は「移行」の文学として本当に歴史の闇の中に埋没することになってしまったように見える。マルローは一九三一年初頭から一年の間、プーライユの雑誌『新時代』に同人としてその名を残し続けていたが、この二人がその後、共同していくことはなかった。確かにプーライユとドリュ・ラ・ロシェルのテクストを通してこれまで見てきたように、マルローの作品は一九二〇年代から三〇年代にかけてフランス文学の転換期にある種の新しさによって文学場の期待に応えるものであったことは間違いがない。それではなぜその後のマルローは、プーライユの期待に応えるような形で活動をしなかったのであろうか。その答えはプーライユとマルロー自身の文学（史）観の微妙なズレに求められるように思える。

おわりに

一九二九年の一〇月、アンリ・バルビュスが主幹を務めていた『モンド』誌において、新しい世代の文学における文学的系譜を確認するアンケートが行われた。そこにマルローは回答者の一人としてコメントを寄せている。マルロー自身、前年に『征服者』を刊行した二〇代の若者として新しい世代の作家に属することはいうまでもない。しかし、ここでバルビュスらが「新しい世代」と文学史の関係として念頭に置いているのは、同年にマニフェストを世に出したアンドレ・テリーヴとレオン・ルモニエのポピュリスムであり、彼らに対するゾラの影響である。『モンド』誌においては「拡大された自然主義と民衆への文学的回帰を提案している」とされるポピュリスムだが[35]、実際ルモニエらの運動は象徴主義を経由することにより、いわば人類学的かつ現象学的に世界を見つめ直すことによってブルジョワ文学の伝統を内破するために、還元主義を退けた上で自然主義の部分的継承を意識的に行っていた[36]。一方で、先述のプーライユの文学史に関する議論からも窺われるように、ゾラを中心とする自然主義の文学史への位置付け直しやその継承方法の検討は、一九二〇年代から三〇年代にかけて新しい文学を志向する世代にとって重要な問題であったといえるだろう。

しかしながらこの雑誌に掲載されたマルローの返答はそのような傾向とは一線を画するものだった。そこにおいてマルローはそもそも自身がゾラの作品に関心を持ったことがないと述べることから回答を始めているのである。そうした上で、マルローはバルザックを引き合いに出しながら、小説家において自分の心を魅了するのは「小説家が書いた世界ではなく、それを翻訳するために小説家がその世界に課さざるをえない特定の変容（transformation particulière）」であるとする。[37] ゾラの作品はそのような手続きがないためにマルローの気をひくことがないのである。ここで問題となるのは、彼にとって重要なのは世界を翻訳すること（parvenir à le [= le monde] traduire）、すなわち世界を解釈し意味を持ち込むことである。しかしながら、先述したプーライユの文学観において、小説とは「証明する（prouver）」ものではなく、「提示する（exposer）」ものだった。ゾラの描写は彼の気に入るものであったが、そこに解釈が入り込むことは退けるべきなのである。同様にマルローの作品における彼独自のメタモルフォーゼの作用によって変容された世界はプーライユらを惹きつけたことは間違いない。しかしながら、それは「翻訳」すべきものではなかった。プーライユが行おうとしたのは、「プロレタリア」「外国文学」という周辺化された視点を導入することによって「ブルジョワ」「フランス」といった中心によって固着化した当時の文学のディスクールを内破し、脱中心的かつ普遍的な世界ならびに人間像というものを共有することを目指すことだった。それゆえにプロレタリア文学は「移行」の文学に自足することにとどめることができたのである。

他方、『モンド』誌のアンケートにおいてマルローは、労働者という視点の有効性を否定し、「小説家とプロレタリアートとの同盟は、常に誤解に基づいているように私には思える」という。[38] 一九二九年当時の段階ではプーライユは自らの文学の賭け金を「プロレタリア」という集団的主体に置いてはいなかったが、『文学の新時代』を上梓する前の段階ですでに彼らの目指す方向には齟齬が生じていることがわかる。しかしながら、マルローが放った言葉はその後のマルロー自身の文学的営為にも影響を与えることになった。プーライユは一時的に「プロレタリア」という集団的主体に依拠しながら、既存の文学場を内破し、その視座から新しい普遍的人間ならびに世界を提示し（exposer）、既存の共同体の中でそのディスクールを共有することから始めていこうとしていた。だが、マルローはそのようなディスクールを共有する既存の場の有効性を前提として否定するために、彼自身の生み出した世界のメタモルフォーゼの根拠は彼自身の中にしか存在しえないことになる。このような一種の独我論的な新しい世界観の現実世界における共有は、小説という媒体を通したコミュニケーションでは完成することはできず、マルローは現実世界において新しい世界を作り出す主体として、つまり歴史を動かしていく立役者として振る舞うことによってしかその世界を翻訳すること（traduire）を完遂することはできなかったのである。マルローが次第に小説という表現形態から離れていくのは、三〇年代において従来のメディア的布置がドラスティックに変化し、社会における作家の機能自体が変容したことも一因であろうが、このようなマルローの根本的な芸術観にあらかじめ書き込まれていたものだともいえるだろう。プーライユの存在は文学史からほとんど消えてしまっているが、もしマルローとプーライユが共同する形が成立していたならば、フランスにおいて文学ならびに小説の未来は別の形を取っていたかもしれない。

【注】

（1）Henry Poulaille, *Nouvelle âge littéraire*, Libraire Valois, 1930, p. 98.

（2）*Ibid.*

（3）*Ibid.*, p. 182.

（4）*Ibid.*, p. 437.

（5）Léon Lemonnier, *Manifeste du roman populiste*, Jacques Bernard, 1930, p. 60, 67.

（6）Henry Poulaille, *Nouvelle âge littéraire*, *op.cit.*, p. 31.

（7）Thierry Maricourt, *Henry Poulaille*, « Biographie », Éditions Manya, 1992, pp. 15-42.

（8）ただし、CGTの機関紙『人民』（*Peuple*）の編集をしていた時代のプーライユの新聞記事を検証したジャン＝ミシェル・ペルーは、プロレタリア文学運動を立ち上げる前の二〇年代のプーライユは「プロレタリア」を自認していなかったことを指摘している（Jean-Michel Péru, « Position littéraire et prise de position politique, le Groupe des écrivains prolétarien », *Itinéraire*, nº 12, 1994, p. 30）。また一九二六年にプーライユが発表した『平和の創出』においては、「プロレタリア」という抽象概念に対する登場人物の疑念が繰り返し語られている（Henry Poulaille, *L'Enfantement de la paix*, Grasset, 1926, p. 124 など）。

（9）Henry Poulaille, *Nouvelle âge littéraire*, *op. cit.*, p. 391.

（10）ジャン＝リュック・マルチネは先行研究に言及しながら、プーライユ自身が明確に定義することのなかった「真正さ」の概念の射程の広さに言及している。マルチネ自身、プーライユの作品に見られる言語による現実の音響世界の表象に新しい時代の文学に彼が託した「真正」な手法を見ていることなどに現れているようにこの概念は複雑であり、その重層性についての詳細には本稿では立ち入らない。Jean-Luc Martinet, « Une littérature authentique? Brouhaha, tirades, remontrances et autres sons de corne... : L'univers sonore dans *Le Pain quotidien* », in *Roman 20-50*, nº 63, juin 2017, pp. 65-82.

（11）Rosemary Chapman, *Henry Poulaille and proletarian literature 1920-1939*, Rodopi, Amsterdam, 1992, p. 152.

（12）Henry Poulaille, *Nouvelle âge littéraire*, *op.cit.*, p. 56.
（13）*Ibid.*, p. 57.
（14）*Ibid.*, pp. 56-57.
（15）*Ibid.*, p. 52
（16）*Ibid.*, p. 53.
（17）*Ibid.*, p. 62.
（18）*Ibid.*, p. 150 など。
（19）*Ibid.*, p. 50.
（20）*Ibid.*, p. 70.
（21）Pierre Drieu la Rochelle, « Malraux, l'homme nouveau », *Nouvelle Revue française*, n° 207, le 1er déc. 1930, p. 879.
（22）*Ibid.*, p. 880.
（23）*Ibid.* ただしこの彼らとはマルロー以外の、ドリュが讃える文学の系譜に位置するディドロ、バンジャマン・コンスタン、スタンダール、コンラッドといった作家たちを指す。
（24）Henry Poulaille, *Nouvelle âge littéraire*, *op. cit.*, p. 71.
（25）Pierre Drieu la Rochelle, « Malraux, l'homme nouveau », *op.cit.*, pp. 879-880.
（26）*Ibid.*, p. 880.
（27）*Ibid.*, p. 881.
（28）*Ibid.*, p. 882.
（29）*Ibid.*, p. 879.
（30）*Ibid.*
（31）Henry Poulaille, *Nouvelle âge littéraire*, *op.cit.*, p. 101.
（32）*Ibid.*, p. 102.

（33）*Ibid.*, p. 103.

（34）H．R．ロットマン『セーヌ左岸——フランスの作家・芸術家および政治：人民戦線から冷戦まで』天野恒雄訳、みすず書房、一九八五年、一二四頁。

（35）« Emile Zola et la Nouvelle génération » in *Monde*, n° 73, 20 oct. 1929, p. 4 (*Œ* 6, p. 227).

（36）テリーヴとルモニエの宣言における自然主義の位置付けとプーライユの文学観との関係については拙稿（「民衆・群衆・プロレタリア——文化的オルタナティヴとしての一九三〇年代フランス・ポピュリズム文学の構想——」『アカデミア　文学・語学編』一〇八号、二〇二〇年六月、一三五〜一五五頁）を参照されたい。

（37）André Malraux, « Emile Zola et la Nouvelle génération », *op.cit.*, p. 4 (*Œ* 6, *op.cit*, p. 227).

（38）*Ibid.*

マルローとセリーヌにおける作家表象
――一九二〇～三〇年代を中心に

杉浦　順子

はじめに

ルイ＝フェルディナン・セリーヌ（一八九四～一九六一）の『夜の果てへの旅』（以下では『旅』と略す）が、ほぼ確実視されていながら受賞を取り逃した一九三二年のゴンクール賞に対して、アンドレ・マルロー（一九〇一～一九七六）の『人間の条件』が受賞した一九三三年は、ジャン＝クロード・ララの言葉を借りれば、「まったく通常通りのゴンクール賞」[1]であった。「セリーヌ事件《スキャンダル》」[2]とまで言われた三二年のゴンクールの翌年は、賞の信頼回復のためにも、そして審査員自身の信頼回復のためにも、もっとも確実な作品が望まれ、その結果選ばれたのが、すでに前作『王道』でも候補者の一人であったマルローの『人間の条件』であった。

このようにゴンクール賞ひとつをとっても対照的なマルローとセリーヌは、その作風についても対照的だ。行動する英雄を描いたマルローに対し、[3]セリーヌは徹底して英雄にはなれないアンチ・ヒーローを描き続けた。また、行動の作家として反ファシスト運動やレジスタンスに参加し、最終的に大臣という要職に就くに至ったマルローと、革新的文体で一世を風靡しつつも、反ユダヤ主義を公言し、対独協力のかどで投獄・亡命を余儀なくされたセリーヌとでは、戦中、戦後に二人が辿った道筋もあまりに隔たっている。

しかし、一九二〇年代後半までさかのぼれば、停滞の空気がフランスを覆いはじめた時代に、いまだ作家としてどのような方向性を打ち出していくか手探り状態にある、二人の若い作家を見出すことができるだろう。

とりわけ、文学をはじめとする当時の知的空間が徐々に政治化し、雑誌だけでなく作家までも、作風による流派ではなく、政治傾向を表す「右派」と「左派」という言葉で頻繁にカテゴライズされるようになってきた両大戦間[4]にデビューした者であれば、どのような「作家像[5]」を創り出し、それを引き受けていくかということに、無意識ではいられなかったのではないだろうか。

本論では、セリーヌとマルローという同じ時代を生きた二人の作家の互いの評価を確認した後に、文学場が極めて政治場へ接近していく二〇年代後半から三〇年代前半に焦点をしぼり、マルローとセリーヌがそれぞれ自らに追求していった「作家像」について考えてみたい。

一．マルローとセリーヌ――共感と反発と

マルローのセリーヌ評価は、アメリカ人研究者フレデリック・J・グローヴァーが一九七三年に行ったインタビューにまとまっている[6]。そこでマルローは、『旅』については、言語の圧倒的な力だけでなく、その言語が正真正銘の人間経験に支えられた、セリーヌの中でも特別な作品であったと語っている[7]。その一方で、『旅』以降の作品については、二作目の『なしくずしの死』でさえ、数場面を除けば「読むに耐えない」とし、第二次世界大戦後の『またの日の夢物語』に至っては、「精神科医用」とさえ形容している。「声」をエクリチュールで伝える才能、すなわちセリーヌが言うところの「文体」の力は認めるものの、「『旅』

以降は、何も言うべきことがなくなってしまった作家」、これが戦後のマルローが下したセリーヌ評価だ。

一九二八年以来、ガリマールの査読委員を務めていたマルローは、セリーヌがガリマールに原稿を送ってきたとき、つまり作品が出版される以前にすでに『旅』を読んでおり、その新しさを感じ取っていたという。[8] 一九三二年にセリーヌがゴンクール賞を逃したときも、マルローはガリマールから出版されたギ・マズリーヌの作品よりも『旅』を支持していたという証言もある。[9] また、ジャン・ゲーノの『ある四十男の日記』（一九三四）に対して書かれた一九三五年の書評では、「語調」というものに注目し、セリーヌを引き合いに出しながら、芸術的技法を追求する文学から、語りの調子そのものによって人物を描き出す文学へと、数年の間に文学作品の価値が移行しつつある点を指摘している。[10] 晩年の言葉を裏付けるように、マルローにとって、『旅』はそれ以前の文学的価値に転換を促す重要な作品として、早くから認識されていたことが理解できる。そうでなければ、一九三三年にゴンクール賞を取った際に、前年その賞を取り逃がした作家に自分の受賞作を献呈することもなかったであろう。[11]

一方のセリーヌのマルロー評価も、同じように限定的なものではあったが、それが並々ならぬ評価であったことは間違いない。マルローが『人間の条件』でゴンクール賞を取った翌三四年、セリーヌは『旅』の英訳者ジョン・マークスに宛てた書簡でこう綴っている。

マルローには素晴らしく才能があると思っていましたが、その後、慎みだとか自己批判、正真正銘の体験といったものが足りず、自分のことを真面目に取るようになってしまいました。今じゃ、完全に売女ですよ。もうそこから何か出てくるとは思えません。高慢で根拠もない、東洋の訳のわからない話のあらしですよ。[12]

たしかに、この引用の大部分はマルローへの批判である。しかし、「素晴らしく才能がある」といった言葉で、セリーヌが自分の同業者を評価することがほぼ皆無なのも事実だ。この書簡の日付からして、ここで批判にさらされている「東洋の訳のわからない話」がゴンクールを受賞した『人間の条件』であろうことが推測できる。となると、賛辞の方は『人間の条件』以前に書かれた作品に向けられていることになるが、一九三七年末に出版された最初の反ユダヤ主義パンフレにおいて、それが『征服者』を指していたことが明らかになる。

マルローの『征服者』、私の考えでは、これこそまさしく傑作だ！　もちろんのこと、目下ユダヤの新聞は息せき切って、作者を《天才仕立て》にしている最中だ……商売商売というやつ。(13)

またしても「傑作」という、最高の賛辞を与えている点に留意したい。第二次世界大戦後、マルローが情報大臣に抜擢された際にも、セリーヌは『征服者』の成功と、それ以後の作品を失敗とみなす見解を書簡で繰り返しているが、作家としてのマルローへの関心は、すでに三〇年代後半には薄れていたようだ。

二.『征服者』ガリーヌの衝撃

たしかに『征服者』は、新人の初めての長編とは思えない完成度を持った小説である。それにしても、例えば同じ中国の国民革命を扱った『人間の条件』ではなく、なぜ『征服者』だけをセリーヌはそれほど高く評価したのだろうか。

ひとつには、マルローにいささか遅れを取る形ではあるが、セリーヌ自身も二〇年代後半、創作に着手し始めたことが考えられる。一九二六年末から二七年にかけ、調査医師として働いていた国際連盟との契約終了を念頭に、セリーヌは『旅』の原型となる戯曲『教会』と、同じく二作目の小説『なしくずしの死』の原型となる戯曲『進歩』を立て続けに執筆し、より完成度の高かった『教会』については、ガリマールに原稿を送っている。そして一九二八年には、自らの医学博士論文『ゼンメルヴァイスの生涯と業績』(一九二四)をやはりガリマールに送り、『教会』同様、出版を断られている。このように、自らも文壇デビューを狙っていたセリーヌが、二八年に出版され、少なからず話題になった『征服者』に関心を抱くのも当然であろう。ただ、そこには作家志望の若者の関心や羨望以上のものがあったように思われる。

しばしば論じられるように、『征服者』、いやより正確にはこの小説の主人公ガリーヌは、第一次世界大戦後の、マルロー流に言えば「神なき世界」を生きていた若い世代にとって、実に感受性を刺激する人物だったと言える。歴史家ミシェル・ヴィノックは著書『知識人の時代』の「怒れる若者たち」と題した章で、二〇年代後半、左右の政治傾向を問わず、マルローと同世代の若い知識人たちが「ベル・エポックの黄金時代を反芻する老人たちの社会に窒息させられるような感覚」[14]を共有していたこと、その彼らの時代への不満は、相次ぐ新雑誌の創設という形で現れていたことを指摘している。この怒れる若者の中には「ポール・ニザンのようにアデンへ船出する者」もいれば、「一九二八年に出たマルローの『征服者』や、翌年のサン＝テグジュペリの『南方郵便機』を読みふけ」り、「冒険とエキゾティシズムを夢見ることで満足」していた者もいたという。[15] このような『征服者』の読者の中にデビュー前のセリーヌが、そしてピエール・ドリュ・ラ・ロシェル（一八九三～一九四五）が、さらに、後にマルローとともに雑誌『マリアンヌ』の編集に携わることになるエマニュエル・ベルル（一八九二～一九七六）らがいたことになる。

一八九二年生まれのベルルは、九四年生まれのセリーヌや九三年生まれのドリュ・ラ・ロシェルと完全に世代を同じくし、二人同様、成人して間もない時期に第一次世界大戦を体験している。同時に、最初の「戦争を知らない世代」であるマルローとも親しくしていたベルルの言動は、世代の時代感覚を非常によく物語っている。実際、「怒れる若者」ベルルは、ドリュと共に、一九二七年二月から七月まで、パンフレ小新聞『最後の日々』を出版し、マルローの『征服者』を読むと、それに衝撃を受け、ガリーヌへのオマージュだというパンフレ『ブルジョワ思想の死』（一九二九）を上梓している。[16] 後年、ベルルが語ったところでは、ドリュと『最後の日々』を企画した二六年から二七年とは、二人が「何かが死んでしまった」と意識した頃でもあった。

戦後すぐ、一九二〇年頃に、希望の時代、密かに何かを信じていた時代がありました。要するに、まだ何もかも救うことができると思っていたんです〔…〕それが、一九二六年から二七年頃になって、腐敗がはじまるという予感をドリュとともに感じたんです。〔…〕つまるところ、『最後の日々』とは、おれたちはもうそう長くはないぞ、ということを意味していたんです。私たちは少し先を行っていたんですよ、終末の兆しが現れだしたのは30年代初めですから。[17]

『征服者』のガリーヌは左右のイデオロギーではなく、行動＝革命を効率的に遂行することそのものを目的とする、一種の行動の詩学を実践した主人公であり[18]、だからこそ、二〇年代後半に閉塞感を感じていたベルルら戦後世代を強くゆさぶったと言える。

おれの行動は、行動にあらざる一切のものに対して意欲を失わしめる。まずは、行動の結果そのものにも無関心だ。そのおれがいとも簡単に革命に参加したのは、革命の結果は遠い先のことだし、またたえず変動するからなのだ。心底、おれは賭博者なんだ。あらゆる賭博者の例にもれず、おれだって自分の博打のことしか念頭にない[19]。

マルローが、ガリーヌに一八九四年生まれという、奇しくもセリーヌと同じ年齢を与え、二〇歳で第一次世界大戦を迎えるように設定したことも、またジュネーブという、十九世紀後半、アナキストたちの牙城となった地を出身地としたのも、もちろん偶然ではないだろう[20]。マルローが自身に経験のない戦争体験をガリーヌに与えたのは、大戦という、すべての既成価値の転覆を若い頃に経験していることが、「新しい世代」の英雄に必要な条件だと感じ取っていたからであろう。また、ガリーヌ自身はアナキストではないにしろ、その思想に親しんでいたという設定も、当時、新世代が憎悪していた「ブルジョワ思想」を打破する人物を創造する上で、重要な要素だったと言える。

アナキズムからも、ロシアの権力中枢からも一定の距離を取り続けていたガリーヌは、その意味で、多くの論者が指摘するように、その後の『人間の条件』や『希望』に登場する、行動が最終的にイデオロギーに回収されうるヒーローたちとは一線を画していたと言える。

三．作家としての自己演出——マルロー、「革命的冒険家」から「行動する知識人」へ

一九二六年にインドシナから戻ったマルローは、パリを起点に知識人が集まる場に徐々に参入していくが、中でもよく知られているのが、一九二八年夏の「ポンティニー旬日懇話会」だ。『征服者』の出版を目前に控えたマルローは、ポール・デジャルダンが主催していた懇話会に参加し、ジッド、マルタン・デュ・ガール、ジャン・ポーランなどＮＲＦの錚々たるメンバーを前に、「戦後の若者」というテーマで論じ[21]、ポンティニーの常連たちに、その強烈な存在感を印象づけている。またしてもジャン＝クロード・ララによれば、興味深いことに、ここで参加者を惹きつけたのは、マルローの話した内容そのものよりも、その話し方や身振りであったことだ。

一九二八年から二九年では、彼〔マルロー〕の伝記的要素は人々の好奇心を駆り立てたり、真面目な調査をしてみようという気など、まるで引き起こさなかったようだが、それに引き換え、彼の人柄や身体的特徴、物事の流儀や、身振り手振り、声、言葉を発しはじめるときの様子といったものは注意を引きつけた[22]。

マルローがインドシナで人並みならぬ経験をしてきたことをすでに漠然とではあるが知っていたポンティニーの聴衆は、東洋帰りという風変わりな経歴を持ち、額に落ちかかる髪を振り払いながら、燃え立つように語る若者を、「書斎の文学者」というよりは、「才気煥発な冒険家」というイメージに結びつけたのではないだろうか。ポンティニーで存在感を示したマルローの姿は、それに次ぐ九月、中国国民革命を扱った異色のルポルタージュ小説『征服者』を出版したことで、主人公ガリーヌのそれと重なり合いなが

ら作者として認知され、「作家」というもののイメージにさらなる刷新を加えたことは確かであろう。「賭け」で革命に参加するガリーヌという人物の成功はすでに述べたとおりだが、この最初の長編が作者のマルロー自身にも「新しい知識人」というイメージをもたらすことになったのは間違いない[23]。

マルローのもっともよく知られているポートレートのひとつが、ゴンクール賞受賞作『人間の条件』の再版にともなって、一九三五年に写真家ジゼル・フロイントによって撮影されたものだ（写真①）。風にマントと髪をなびかせ、くわえタバコで立ち尽くし、いささか眉間にシワを寄せながら、鋭い眼差しでファインダーを見つめるマルローの姿は、ゴンクール賞作家というより、冒険家に近いように見える。多くの作家が、自らの仕事場を書斎とし、蔵書が並んだ書棚を背景に肘掛け椅子に腰を据えてポートレートに収まるのに対して、この屋外で撮られたマルローのポートレートは、一挙に、この作家の新しさを、像として留めている。行動の作家マルロー

写真①ジゼル・フロイントによるマルローのポートレート（1935年撮影）
Photo©IMEC, Fonds MCC, Dist. RMN-Grand Palais / Gisèle Freund / distributed by AMF
© RMN gestion droit d'auteur/Fonds MCC/IMEC / distributed by AMF

写真②1996年に発行されたマルローの切手。フロイントのポートレートからマルローのシンボルともいえるたばこが取り除かれている。（筆者撮影）

にとって、作家の居場所は書斎ではなく、本など一切ない、風が吹きつける屋外なのだと、この写真は物語っている[24]。

作家の肖像は、単なる作家の紹介ではない。写真技術の向上とともに、被写体の前の対象である作家の自己演出力も、当然、向上するだろう。作家というものがあらゆることに関してインタビューを受けたこの時代であれば、写真のポーズだけでなく、インタビュアーを証人に見立て、作家は話すテンポや声のトーンを選んだ上で言葉を発し、さらなる自己演出を試みるだろう。なぜなら、それこそが最良の宣伝だからだ。

最初に引用したグローヴァーとのインタビューで、マルローは『旅』とそれ以後のセリーヌ作品を決定的に分かつものは、小説言語を支える実際の体験だとしていたが、この「実際に体験された＝生きられた」（vécu）という特徴は、マルローが自身の創作においても、また他者の小説を評価する際にも、重要視していた点だ[25]。興味深いことに、創作においてこのような「生きられた」経験に、殊更、本物の価値を見出している点はセリーヌも同じで、確かに、先に引用したジョン・マークスへの書簡では、セリーヌは「慎み」や「自己批判」が足りないことだけでなく、「正真正銘の体験が足りない」点も合わせて、マルローを批判している。セリーヌにとって、書くに値するのは本当に経験したこと、体感できることだけであり、だからこそ、常にセリーヌの物語は自身の回想を小説化したものにならざるを得ない。素材が「生きられた」経験であることは、創作の要なのである。

このように自己の実体験に重要性を置き、登場人物と自分を重ねるように作品を創り込んでいく作家の場合、メディアが流布する自分のイメージは、当然、作品の評価に影響してくる。しかも、作家と登場人物とが同一視されれば、インタビューに答える作家の声や身振り、服装も含めた作家の姿は、何よりも作品中の言葉に「生きられたものである」という担保を与え、文学作品としての正当性を付与することにつながるだろう。

また、いかにプルーストが『サント＝ブーヴに反論する』によって、創作する自我＝作者と作中人物の安易な同一化を批判した後とはいえ、こうした作家の作品を読む読者の方も、しばしば主要登場人物と作者が重なることを望んでいるのも事実だ。例えば、ジッドの親しい友人として知られているラ・プティットゥ・ダムことマリア・ヴァン・リセルベルグは、マルローについて、こんな証言を残している。「彼〔マルロー〕が『私』と言うときは、むしろそれは彼の登場人物なんです。彼の存在の内的な部分はいつも背景にまわっています[26]」。

また一九三〇年、『王道』の出版に際して、マルローにインタビューした批評家アンドレ・ルソーは、いささか皮肉な調子で、自分を迎えるマルローの存在そのものが、「純粋なアナキズム」を体現していることを期待しながら、インタビューをはじめている[27]。『王道』のテーマが政治と直接的な関係がなくとも、保守カトリック系の批評家にとっては、新しい世代の作家は政治化された姿の方が彼の期待に見合っていたのかもしれない。

いや、そもそも作家に政治化した姿を求めていたのは、三〇年代という時代そのものだったのではないか。十九世紀末から二十世紀初頭にかけてフランス社会を二分したドレフュス事件が、「知識人」という社会集団を生み出し、彼らの行動が近代的なアンガージュマンの最初の事例となったわけだが[28]、こうした動きは十九世紀後半の芸術至上主義（「芸術のための芸術」）が加速させた文学の社会的孤立に加え、心理学、歴史、政治、ジャーナリズムなど、しばしば十九世紀まで漠然と文学が担ってきた領域の専門化による、文学の精神的権力（pouvoir spirituel）低下と呼応している。ジゼル・サピロによれば、ゾラがドレフュス事件を通して政治化し、知識人の代表となっていったのも、文学の象徴的権力を「科学」という領域で取り戻すことができなかったことと無関係ではない[29]。だとすれば、ドレフュス事件に次いで文学場の著しい政治化が起こった両大戦間の状況も、文学そのものの価値低下と連動していると考えることは可能であろう。

三〇年代前半にアメリカから上陸した経済危機と、大臣が短期間で入れ替わるフランス政界の不安定な議会運営に加え、ナチス・ドイツとイタリア・ファシズムの挑発やスターリンの全体主義と、フランス内外の事情が絡み合った果ての政治的、社会的混乱は、「知識人」たろうとする文学者を政治へと向かわせることになる。この政治化の影響を受けた三〇年代の小説は、他方で、映画をはじめとする新しい娯楽や海外文学との競争にさらされ、さらには第一次世界大戦後の小説の商業化拡大と、それにともなう書籍生産の工業化、そして小説の過剰生産など、いわゆる「小説の危機」を感じさせる事象と直面することになる。小説芸術の価値や存在意義について盛んに議論されだすのも、この両大戦間だった[30]。

結果を求めない革命家ガリーヌが象徴していたように、政治的に自己を規定するよりも、今ある現状を拒絶し、それを打破しようとする姿が、二〇年代後半に若者がもっとも求めていた知識人＝作家像だとすれば、小説そのものの存在価値が問われるなか、作家が自らの政治的位置づけを回避した状態では済まされなくなってくるのが三〇年代だと言える。二〇年代後半から三〇年代にかけての、このような時代が求める作家像の変化に、マルローは機敏に反応していたのではないか。

写真の話に戻れば、マルローが他の知識人、とりわけ文学界の重鎮ジッドの隣に身を落ち着けて被写体に収まることが増えてくるのも、フロイントによるポートレートと同じ頃だ。三三年一月に誕生したヒトラー政権による、相次ぐコミュニスト弾圧と独裁体制強化に抗して起こった反ファシズム運動「革命的作家芸術家協会」（AEAR）にマルローも参加していくからだ。マルローの行動はもはや、根拠を欠いた「作者神話」ではなく、現実の動きと一致していくことになるだろう。

四．作家としての自己演出――セリーヌ、民衆神話から文体の労働者へ

マルローがエクリチュールと行動を一体化し、書斎で執筆に励む伝統的な作家像を、まずは革命的冒険家像で、次いで時代が要請する行動する作家《アンガジェ》＝知識人像を体現し、刷新してきたのと同じように、セリーヌもまた別の形で、書斎で思索する静的かつ知的な作家像を否定していくだろう。すでに『旅』執筆以前に、セリーヌは『教会』において、自らの分身である主人公バルダミュに、書斎で創作に耽る作家の表象を痛烈に批判させている。

「なるほど。私はその種の〈書斎で撮った〉写真ほどやりきれないものはないと思うんです。ものを書いている人間てのは、あまり見栄えがするとは言えないでしょうが。ダラダダ先生が、仕事机に向かって、最後の小説を書いているところを、ご覧になったことがありますか？　いざりのダラダダが、作品にしがみついて、十万人の読者を期待しながら、椅子の上にじっと座ったきりでいるという奴です。私の女中が砂糖をくすねているところの方が、勿体ぶっていないだけましです。(31)」

「医者《ドクター》は小説を書いている」――これは『旅』執筆中のセリーヌの隣人で、『旅』のタイピストでもあったジャンヌ・カレイヨンの証言につけられたタイトルだが[32]、たしかにセリーヌは作家である以前にまず医者であることにこだわった。書斎ではなくしばしば郊外の無料診療所でジャーナリストを迎え、白衣姿でインタビューを受け、ときには診療風景まで見せたデビュー当時のセリーヌは[33]、自己提示のあり方において、冒険家風の出で立ちで写真に収まったマルローに通じるだろう（写真③）。

写真③新聞に掲載された『夜の果てへの旅』が出版された頃のセリーヌことデトゥーシュ医師（右から２番目）。
出典：« Le docteur Destouches au dispensaire de Clichy », in *Album Céline*, Gallimard, 1977, p. 111 (Photo no 182).

無料診療所で働く、いわば民衆のための医者であったセリーヌは、しかし、自己表象において、民衆のための医者であるだけでなく、自分自身も正真正銘の民衆であることにさらなる執着を見せるだろう。それも、デビュー後まもない頃に受けたインタビューで自分や家族の経歴を偽るほどに、である。

〔…〕私は自分が話すように書きました。この言葉が私の道具です。〔…〕それに、私は庶民〔民衆〕の出です、本物の……私は自分の中等教育をすべて食料品屋の配達をしながらやったんです。[34]

私はアニエールで、一八九四年に生まれました。父は、はじめ教師でしたが馘首にされ、鉄道で働いていました。母はお針子でした。一二歳で、私はリボン製造業に入りました[35]。

私の人生に興味がおありでしょう。違いますか？　じゃあ、話しましょう〔…〕母は、レースの女工でした。父は、一家のインテリ。商売をしていて、多くの町を回りました。うまくいったことは一度もなかった。破産、破産、破産。ガキの頃は、いつも周囲に破産がありましたよ[36]。

セリーヌの父親は保険会社のしがない勤め人であり、母親は小間物商を営んでいた。たしかに裕福とは言い難い家庭の出身ではある。ただ、父親の経歴や、セリーヌ自身のバカロレア取得やその後の医師免許の取得についても、作家がインタビューで伝えたことには明らかに誇張や事実と異なる情報が含まれている[37]。「鉄道勤め」や「女工」、「破産」といった語彙のほか、最初の引用にある苦学生のストーリーには、三一年に『北ホテル』で成功を収めたウージェーヌ・ダビに代表されるポピュリズム文学への目配せを感じるだろう[38]。また、セリーヌも評価する反戦作家アンリ・バルビュスが出していた左翼系雑誌『モンド』からインタビューに来たジョルジュ・アルトマンに対しては、自ら進んで話題を自分の生い立ちに向けるなど、読者の期待の地平に応えようとする新人作家セリーヌの戦略が感じられる。

「自分が話すように書いた」とセリーヌが言うとき、作者の「私」は書物の中で語る「私」と重なり、続く「本物の」民衆であるという主張は、苦学生のイメージとともに、『旅』の主人公バルダミュの空白だった生い立ちを満たす仕組みになっている。セリーヌにとって、「リセに行っていない」こと、つまり中等教育を受けていない独学者であることは、決定的な重要性を帯びてくる。なぜなら独学であるとは、「民衆」

というアイデンティティの正統性を保証すると同時に、制度化された思考の外に身を置く者であることを意味し、公教育を通して再生産される「エリート」作家との決定的な差異を保証するものだからだ(39)。このようにセリーヌにおいては、制度化された「知性」(intelligence)に対して、「正統性」(authenticité)という、極めて曖昧な価値がしばしば対置されるのである。

こうして初期インタビューを通して「民衆の医師セリーヌ」という神話が成立し、実生活における作者と小説中の主人公の同一化によって、『旅』は架空の物語ではなく、貧困と間近に接する一人の医師の真の独白であるかのような印象を強めていくことになる。

セリーヌがデビュー以来、追求してきたこの「本物の民衆」という表象に対立するものとして、二〇年代後半から三〇年代にかけて左翼知識人たちがしばしば口にした「革命的民衆《プロレタリア》」という表象が挙げられるだろう。マルローも筆頭となった左翼知識人らの反ファシスト運動には、『旅』の成功によって名声を得たセリーヌも何度か参加を呼びかけられていた。とりわけ、セリーヌを熱心に誘った人物の中には、作家が師とも友とも呼び慕っていた美術史家のエリー・フォールがいたが(40)、そのエリー・フォールに宛てた一九三五年七月の書簡において、セリーヌは当時盛んに左翼知識人が描いてみせた「新しい民衆」像を引き合いに出しつつ、彼らを痛烈に批判する。

> こうしたことに関する不幸のすべては、あなたがこの言葉から理解しているような、実に感動的な意味での「民衆」などいないところにあるんです。あるのは、搾取する者と搾取される者だけで、搾取される者は皆、搾取する者になることしか求めていません。民衆は他のことなど理解できません。英雄的な平等主義者のプ

ロレタリアなど存在しないのです。そんなのは夢物語、たわごとですよ。ここから出来あがってくるのが、まったく役に立たない、吐き気をもよおすようなあの実に愚劣なイメージ――青い作業ズボンをきた明日のヒーロー・プロレタリア、対する金の鎖にうっとりする悪徳資本家ってやつです。プロレタリアも資本家もどっちもいい勝負のクソ野郎ですよ。プロレタリアというのは、成功しなかったブルジョワです。それ以上でも、それ以下でもありません(41)。

左翼系知識人らに共有されていた民衆像――「平等主義の英雄的なプロレタリア」――は、「正真正銘の民衆」であるセリーヌに完全に否定されるのだ。

三二年の『旅』出版から三六年に『なしくずしの死』を発表するまでの三年半ほどの間、ますます政治化していく文学界で、セリーヌはアナキストを自称し、反ファシスト運動への誘いを断固拒否し続けた。「アナキスト」であるとは、左派だけでなく右派からも一定の距離をとることを意味していたわけだが、それというのも、この頃のセリーヌにとって、作家の政治運動《アンガージュマン》への参加とは「具象を離れた」作家の「脱走」でしかなかったからだ。一九三五年九月、反ファシスト運動の先頭にあったバルビュスが亡くなったとき、セリーヌはウージェーヌ・ダビにこう書き送っている。

気の毒なバルビュス！〔…〕彼はゴタゴタに首を突っ込んだまま人生を終えてしまいました。マルローやジッドや他の連中と同じです。芸術家の脱走というのは、具象を離れることです。連中は終わりです、議員どもめ！　怠け者たち！〔…〕作り出す代わりに話をしている。あの最近の革命臭いおしゃべりどもの集まりは、助言の乱痴気パーティーです。連中の誰一人として、もう読めたものじゃありません[42]。

「話す」こと――知識人として政治的な発信をすること――に対立して、セリーヌがあげているのは、芸術家としての具象である創作であり、「書く」ことだ。『なしくずしの死』の冒頭で、やはりセリーヌの分身と取れる語り手フェルディナンは、自分の社会的地位の低さや職場での立場の悪さを愚痴った後に、こうつけ加えている、「文学が埋め合わせをしてくれる[43]」。この言葉は、まだこの二作目を執筆していた当時は、セリーヌが小説という表現に賭けていたことを示してはいないだろうか。多くの左翼系知識人が、実際に行動することが民衆に対する自らの責任であると考えた三〇年代半ばに、頑なに創作を選んだセリーヌは、あくまでも文学場において、正真正銘の民衆である自分が話すという、話し言葉に確固たる地位を与えることにこだわったと言えるのではないか。そうして完成したのが、次の証言にあるような、編集者にヴィルギュールひとつさえ動かすことを許さなかった『なしくずしの死』だ。

毎日、この本に取り組んできて四年にもなる、おかげで一二キロも痩せたほどだ。ヴィルギュールひとつだって変えませんよ[44]。

文体への執着とともに示された、執筆による体重の減少――これも立派な自己表象のひとつだが――は、知的な行為としてのエクリチュールを身体的なそれへと移行させようとするセリーヌ文学の一面を端的に示している。ここに来て、セリーヌは『旅』出版時に打ち出した「正真正銘の民衆出の小説を書く医者」

という表象から、いわばその正真正銘の民衆の言葉を書き言葉に定着させようとする「文体の労働者」へと、自己の作家としての表象を展開している。

おわりに

マルローは自己を神話化しつつ、静的な作家像を覆す「革命的冒険家」という新たな作家像とともに文壇に場を得ると、『王道』の後に再び政治を問題にした『人間の条件』、『侮蔑の時代』、そして自らが実際に戦ったスペイン戦争を扱った『希望』へと至り、現実に「行動する知識人」へと自己表象を移行させ、戦中、戦後を歩んでいく。マルローの戦前の文学的成功は、サピロも指摘するように、文学を再政治化することによって、その象徴的な価値を一時的に取り戻すことに成功したと言える。

他方、セリーヌもメディアが生み出す神話効果に乗じるように、デビュー後まずは「民衆出の小説を書く医者」というイメージを確立し、やはり従来の書斎の作家像を否定する。そして、二作目の『なしくずしの死』以降は、「民衆作家」という表象の延長線上に、文体の練磨に勤しむ「文体の労働者」という表象を自己のものとして作り上げていく。しかし、一九三六年の『なしくずしの死』が文壇で不評に終わると、文学の象徴的な力を見限ったかのように、パンフレという、ジャンルそのものがまさに政治化した「闘いの文学」に場を移し、積極的に極右思想を叫ぶ「反ユダヤ主義作家」のマスクを自己の作家表象に重ねていくことになるだろう。

【注】

（1）Jean-Claude Larrat, « Un "Goncourt" très ordinaire. *La Condition humaine*, 1933 », *Sans oublier Malraux*, Paris, Classiques Garnier, 2016, p. 291.

（2）セリーヌの『夜の果てへの旅』（ドゥノエル出版）は、発表の一週間ほど前の時点で審査委員長J・H・ロニの票を含む一〇票中五票を集め最有力候補だった。だが、発表当日の投票では、もうひとつの有力候補作であるギ・マズリーヌの『群狼』（ガリマール書店）に六票入り、セリーヌは三票で敗れた。これに関して、シルヴィ・デュカは、背後で大手出版社アシェットとガリマールが動き、ライバルである新鋭の出版社ドゥノエルからゴンクール賞が出るのを妨げたと解釈し、この一九三二年のゴンクール賞は、文学賞選出の実質的権力が文学の専門家である審査員＝文学者から、書物の経済活動を担う出版社へと移行したことを示す象徴的なゴンクール賞であったと結んでいる。Voir Sylvie Ducas, « La consécration confisquée : Céline face au premier prix d'éditeur », *La littérature à quel(s) prix?*, Paris, La Découverte, 2013, p. 53-58.

（3）ゴンクール賞受賞時のマルローの言葉を引用しておこう。「どんな文学賞の後でも、書かれた本がなぜ、どのように人々の気に入るところとなったのか説明するのが、習わしになっています。〔…〕私は自分にとって唯一大切なことを表現し、人間の偉大な姿を示そうとしました。」Olivier Tod, *André Malraux, une vie*, Paris, Gallimard, coll. « folio », 2002, p. 191.

（4）Cf. Gisèle Sapiro, « De l'usage des catégories de « droite » et de « gauche » dans le champs littéraire », *Sociétés & Représentations*, n° 11 (2001), p. 19-53 : https://www.cairn.info/revue-societes-et-representations-2001-1-page-19.htm.

（5）本論で「作家像」、「作家の自己表象」といった言葉を使用する際は、ジェローム・メイゾが定義化してきた「ポスチュール」« posture »という概念を想定している。Voir Jérôme Meizoz, *Postures littéraires. Mises en scène modernes de l'auteur*, Genève, Slatkine Érudition, 2007, p. 9-32. メイゾによれば、作家の「ポスチュール」とは、「文学場においてある位置／地位 une position を占める際の〔その作家に〕特異な手法」（*Ibid.*, p. 18）であり、作品外での作家としての言動、振る舞いなど往々にメディアを通して作り上げられる、戸籍上の一個人とは別の、作家としてのアイデンティティをなすものを言う。

（6）Frédéric J. Grover, *Six entretiens avec André Malraux sur des écrivains de son temps*, Paris, Gallimard, coll. « idées », 1978, p. 86-102. ほか、以下も参照のこと。Henri Godard, « Malraux devant Bernanos et devant Céline », *André Malraux. Unité de l'œuvre, unité de l'homme*, Paris, Documentation française, 1989, p. 176-179.

（7）Frédéric J. Grover, *Six entretiens avec André Malraux sur des écrivains de son temps*, *op.cit.*, p. 87.

（8）*Ibid.*, p. 92.

（9）Jean-Claude Larrat (dir.), *Dictionnaire André Malraux*, Paris, Classiques Garnier, 2015, p. 207.

（10）*Œ* 6, p. 310.

（11）Jean-Claude Larrat (dir.), *Dictionnaire André Malraux*, *op.cit.*, p. 207.

（12）Lettre à John Marks, 20 septembre 1934, *Céline Lettres*, éd. d'Henri Godard et Jean Paul Louis, Paris, Gallimard, coll. « Bibliothèque de la Pléiade », 2009, p. 442.

（13）ルイ＝フェルディナン・セリーヌ『虫けらどもをひねりつぶせ』片山正樹訳『セリーヌの作品 第10巻』国書刊行会、二〇〇三年、二四三頁（Louis-Ferdinand Céline, *Bagatelles pour un massacre*, Paris, Éditions Denoël, 1937, p. 215.）

（14）ミシェル・ヴィノック『知識人の時代』紀伊國屋書店、二〇〇七年、二二八頁（Michel Winock, *Le siècle des intellectuels*, Paris, Seuil, 1999, p. 250）

（15）前掲書、二二八～二二九頁（*Ibem.*）。また、この引用を含む第二二章「怒れる若者たち」、二二六～二三六頁（*Ibid.*, p. 247-258）も参照のこと。

（16）ベルルの著書『ブルジョワ思想の死』（Emmanuel Berl, *Mort de la pensée bourgeoise*, Paris, Robert Laffont, 1929）はマルローに献辞されているが、その献辞に続いて、「この本は、おそらく、長いガリーヌ擁護以外の何物でもない」とあり、ガリーヌという登場人物に対するベルルの熱い思いが感じられる。さらに、この書物の「行動への賭け」（« Le pari sur l'acte »）と題された章は、とりわけマルローとガリーヌについて語られている。

（17）Emmanuel Berl, *Interrogatoire par Patrick Modiano*, Paris, Gallimard, 2010 (1976), p. 44.

（18）『征服者』における行動について端的に説明したものとして、ベルルの次の言葉をあげておこう。「マルローにとって、革命の本質は、信じること——これは常に世間知らずだ——にあるのではなく、情報——これは常に不完全だ——にあるのでもないし、規律——これは常に時代遅れだ——にあるのでもない、それは可動性と勇気を備えたある状態にあるのだ。」Emmanuel Berl, *Mort de la pensée bourgeoise*, *op.cit.* (cité de la version Kindle).

（19）アンドレ・マルロー『征服者』沢田潤訳『世界の文学41』中央公論社、一九六四年、一四二頁（Œ I, p. 250）

（20）前掲書、三八頁（Œ I, p. 150）。第一次世界大戦を経験していないマルロー自身と違い、ガリーヌは自ら外人部隊に志願し、一年半ほどで戦場を脱走したことになっている。

（21）この年の懇話会のより正確なテーマは「戦後の若者——この五〇年、一八七八〜一九二八」（« Jeunesses d'après-guerre à cinquante ans de distance : 1878-1928 »）であった。

（22）Jean-Claude Larrat, « Malraux et son mythe (ou) comment un écrivain échappe à sa biographie », Martine Boyer-Weinmann et Jean-Louis Jeannelle (sous la dir.), *Signés Malraux*, Paris, Classiques Garnier, 2015, p. 29.

（23）Cf. Drieu La Rochelle, « Malraux, l'homme nouveau », *La Nouvelle revue française*, 1er décembre 1930, p. 879-885, repris dans *L'Esprit N.R.F. 1908-1940*, Paris, Gallimard, 1990, p. 725-730.

（24）この肖像がいかにマルローの「作家像」として人々の記憶にインパクトを残していたかは、例えば、一九九六年、死から二〇年を経てマルローの棺がパンテオンに眠ることになった折に発売された記念切手に、加工を施した上でこの肖像画が使用されたことからも想定できるだろう。本論中の写真②を参照のこと。

（25）マルローと二〇〜三〇年代における「実際に体験された」という価値の重要性については、以下も参照のこと。Jean-Claude Larrat, « Malraux et son mythe (ou) comment un écrivain échappe à sa biographie », *art.cit.*, p. 30-31.

（26）Jean Lacouture, *André Malraux*, Paris, Seuil, 1973, p. 145.

（27）André Rousseaux, « Un quart d'heure avec M. André Malraux », *Candide*, n° 348, 13 novembre 1930, p. 3, repris dans le site « Malraux.org.» : https://malraux.org/e1930-11-13-andre-malraux-quart-dheure-m-andre-malraux-entretien-accorde-a-a-rousseaux/

（28）Cf. クリストフ・シャルル『「知識人」の誕生 1880-1900』藤原書店、二〇〇六年 ; Benoît Denis, *Littérature et engagement. De Pascal à Sartre*, Paris, Seuil, coll. «points», 2000.

（29）Gisèle Sapiro, « Malraux entre champ littéraire et champ politique », *Signés Malraux, op.cit.*, p. 40-41. Cf. Gisèle Sapiro, *La Responsabilité de l'écrivain. Littérature, droit et morale en France XIXe-XXe siècles*, Paris, Seuil, 2011, p. 480-518.

（30）二十世紀初頭の「小説の危機」を論じたミシェル・レーモンは、二〇年代、とりわけ小説家以外のアンリ・マシスのような随筆家や批評家が「小説審判」Procès du roman を展開していたことをまとめている。Voir Michel Raimond, *La crise du roman. Du lendemain du Naturalisme aux années vingt*, Paris, José Corti, 1985, p. 115-123 ; également, l'ensemble de la « Deuxième partie : La querelle du roman », p. 87-175.

（31）ルイ＝フェルディナン・セリーヌ『教会』、『セリーヌの作品 第14巻』石崎晴己訳、国書刊行会、一九八四年、一四一頁（Louis-Ferdinand Céline, *L'Église*, Paris, Gallimard, 1992, p. 111-112）。さらにこのセリフに続いて、主人公バルダミュは作品を生み出す知的行為と排泄という肉体的な行為を結びつけ、書くという行為そのものを冒瀆している。

（32）Jeanne C. (=Carayen), « Le docteur écrit un roman », *Cahier de l'Herne*, n°s 3 et 5 (1963 et 1965), en un volume, Paris, Éditions de l'Herne, 2007, p. 172-174.

（33）その様子は、『パリ・ミディ』紙に一九三二年一二月七日に掲載されたインタビューに特に詳しい。Interview avec Max Descaves, *Paris-Midi*, 22e année, n° 2442, 7 décembre 1932, in *Cahiers Céline1*, Paris, Gallimard, 1976, p. 23-26.

（34）Interview avec Pierre-Jean Launay, *Paris-Soir*, 10 novembre 1932, *Ibid.*, p. 21-22.

（35）Interview avec Paul Vialar, *Les Annales politiques et littératures*, numéro 2421, 9 décembre 1932, *Ibid*., p. 33.

（36）Interview avec Georges Altman, *Monde*, numéro 236, 10 décembre 1932, *Ibid*., p. 35.

（37）セリーヌは小学校修了後、両親の判断でドイツとイギリスに語学留学に行っているが、初等義務教育につぐ、高等小学校やリセには通っていない。バカロレア取得とその後の大学での医学博士号取得には、レンヌで出会った結核専門医であるアタナーゼ・フォレ博士の援助が大きい。セリーヌは一九一九年バカロレアを取得後に地方の名士であったフォレ博士の娘エディットと結婚している（フレデリック・ヴィトゥー『セリーヌ伝』権寧訳、水声社、一九九七年、一五〇〜一六三頁）。初期セリーヌが自らのイメージを作り上げていく過程は、以下の文献に詳しい。Yves Pagès, *Les fictions du politique chez L.-F. Céline*, Paris, Seuil,1994, p.43-48 ; Jérôme Meizoz, *L'âge du roman parlant (1919-1939)*, Droz, 2001, p. 378-382 ; 特に、医者という職業との関係で詳しいのは Philippe Roussin, *Misère de la littérature, terreur de l'histoire. Céline et la littérature contemporaine*, Paris, Gallimard, 2005, p. 23-31.

（38）セリーヌはダビが一九二九年にドゥノエルから出版した『北ホテル』の成功が、『旅』の創作に少なからぬ刺激となったことを一度ならず公言している。ポピュリスト作家として知られるダビは、御者兼配達夫の父と家政婦や管理人などを務めた母を持ち、その生い立ちからもセリーヌに大いに共感をもたらしたことを付け加えておく。『旅』とダビとの関連について、またセリーヌとダビとの関係については、以下を参照のこと。*Céline Romans I*, Paris, Gallimard, coll. « Bibliothèque de la Pléiade », 1981, p. 1227-1233.

（39）ベル・エポック期の独学機運の高まりとセリーヌにおける「独学」概念の重要性ついては、以下に詳しい。Yves Pagès, *Les fictions du politique chez L.-F. Céline, op.cit*., p. 76-107. また一九二〇〜三〇年代当時、独学者であることが、十九世紀を通して制度化されてきた公教育を受けていない、制度化されていない知性として、とりわけ左翼系の知識人の間で重要性を持っていた点については、本書の吉澤論文も参照のこと。

（40）セリーヌとエリー・フォールとの関係については、以下の拙論を参照のこと。「L.-F. セリーヌにおける「民衆」――『夜の果てへの旅』から『なしくずしの死』へ――」、『フランス文学』日本フランス語フランス文

学会中国・四国支部会誌、№31、一～一三頁。

（41）Lettre à Élie Faure, [le 22 ou 23 juillet 1935], *Céline Lettres*, Paris, *op.cit.*, p. 462. 強調はすべてセリーヌによる。

（42）Lettre à Eugène Dabit, le 1 septembre [1935], *Ibid.*, p. 468.

（43）ルイ＝フェルディナン・セリーヌ『なしくずしの死（上）』高坂和彦訳、河出文庫、二〇〇二年、一四頁（*Céline Romans I, op.cit.*, p. 516）。ただし、ここでは筆者の訳文を使用している。

（44）*Nouveau cri*, mars 1936, repris dans *Cahiers Céline 1, op.cit.*, p. 107. このセリーヌの言葉は、小説内にある卑猥な表現を変更することを求められた際に発せられたもので、実際、『なしくずしの死』は当時、作家が変更を拒んだ箇所を伏せ字にした状態で出版された。

第二章　ポストコロニアルとフェミニズム
――他者をめぐって

マルロー『人間の条件』における「身体性」
――女性像をめぐって

上江洲　律子

はじめに

アンドレ・マルローが一九二六年に発表した『西欧の誘惑』という作品には、次のような一節がある。

①私はヨーロッパの人々を目にし、彼らの話を聞き、彼らは人生が何たるかを理解していないと思っています。彼らは悪魔を作り出しました。そのことで私は彼らの想像力に感謝しています。しかし、悪魔が死んで以来、②彼らは無秩序を司る、より高位の神の生贄になっているように私には思えます。その神とは精神です。(*Œ* 1, p. 67)

この作品は、フランス人の青年A．D．と中国人の青年リンとの間で交わされる書簡体小説である。傍線部分①に見られるように、ヨーロッパを旅するリンの手紙では、客観的な観察の結果といった身振りで、西洋の人間に関する考察が展開される。なかでも、傍線部分②は、「精神」を過度に高く評価する西洋の人間への批判を浮き彫りにしている。しかし、それだけではない。それはまた、一九一九年、第一次世界大戦の後、ポール・ヴァレリーが論文「精神の危機」で提示した西洋の問題でもある。[1] 彼は、同論文において、まず、西洋を「精神的」な存在として定義づける。[2] その上で、「精神」によって生み出される「無秩序」を「近代という時代」の特徴として見なし、それこそが西洋を危機的な状況に陥れたと述べたのである。[3] 前述の傍線②で示した部分が、その西洋近代に関する問題意識を反映したものとなっていることは明白だろう。[4] なお、『西欧の誘惑』は、「精神」を偏重してきた西洋の人間にとって、いわば新たな人間の側面となる「身体」を示唆するものとなる。[5] つまり、「身体性」は、ヴァレリーを通して形象化された問題、言い換えれば、西洋の近代が抱えてきた問題に対するマルローの一つの答えとして考えることができるのである。その「身体性」という観点から、彼が一九三三年に上梓した小説『人間の条件』について考察したい。

『人間の条件』では、一九二七年の中国、主に上海を舞台として展開された共産主義による反乱という史実を背景に、群像劇が描きだされている。ここでは、同作品の主要登場人物のパートナーとして登場する二人の女性に焦点を絞って考えていく。最初に取り上げるのは、ヴァレリーという人物である。彼女は高級婦人服のデザイナーという職に就き、仏亜借款団の総裁を務めるフェラルに関わる女性として描かれている。次に、注目するのはメイである。彼女は医者であると同時に共産党員であり、秘密病院の責任者の役割を果たしている。そして、上海で共産党の活動を牽引するキヨシ（通称「キヨ」、以下「キヨ」と表記）の妻として設定されている。

ところで、しばしば指摘されているように、マルローの小説作品には、女性の登場人物がほとんど見受けられない。そのことを前提として、クリスティアーヌ・モアティは、『人間の条件』に登場するヴァレリーとメイの人物像に着目し、彼女たちは両者とも「真の存在感」を獲得していると述べる。(6) しかし、その一方で、彼女たちはあくまでも「男性の主人公の特徴」を映し出す存在、いわば「そのレプリカ」に過ぎないと結論づけている。(7)

また、その考え方に与しながら、エリアーヌ・ルカルム＝タボンは、彼女たちの人物像について、作品に明記されている「本質的な女性蔑視」（*Œ* 1, p. 546）に留意した考察を展開している。(8) 具体的に言えば、まず、『人間の条件』では、「本質的な女性蔑視」を始め、それを育む根深い要因が示されていることが指摘される。(9) そして、最終的に、「女性が男性に対して顕在化する危険性」にその要因が見出されることになる。(10) つまり、男性における「自分自身に内在する女性性を現前とする恐怖」が「本質的な女性蔑視」の要因となると述べられるのである。(11) 見方を変えれば、ヴァレリーとメイという二人の女性登場人物は、男性の登場人物に内在するものを具現化する存在として見なされていると言える。

このようなモアティおよびルカルム＝タボンの見解を考慮しながら、すなわち、男性の登場人物の特徴を映し出す役割、および、男性の登場人物に内在するものを具現化する役割に留意しながら、ヴァレリーとメイ、特に、彼女たちの「身体」に注目して分析を行っていきたい。

一．ヴァレリーを通して示される「身体性」とその受容

ヴァレリーの人物造形を特徴づけているのは、彼女と関係を結ぶフェラルである。彼女は、『人間の条件』を通して、彼の視点から語られている。そして、彼にとっての彼女の在り方を端的に示しているのが、以下の描写だと言えるだろう。

そして、彼女（＝ヴァレリー）の中にあって彼（＝フェラル）に抗うものが、彼の官能を最も高ぶらせていた。その全てが非常に混沌としていたのである。というのも、彼が激しい所有感を覚えるのは、①彼女の身体に触れ始めるとすぐに、彼女になった自分を想像したいという欲望に駆られるからだった。しかし、彼にとってはもともと、②征服された身体の方が、③委ねられた身体よりも――④他のどんな身体よりも――好みだったのである。（*Œ* 1, p. 668）

傍線部分①に見られるように、ヴァレリーを示す表現として、「彼女の身体」という言葉が用いられている。フェラルにとって、彼女は「身体」と極言すべき存在として見なされていることが窺えるだろう。しかも、この描写では、傍線部分②「征服された身体」、傍線部分③「委ねられた身体」、傍線部分④「他のどんな身体」のように、「身体」という単語が繰り返し用いられている。ヴァレリーの「身体」的な側面が強調されていることは明白である。また、フェラルにおいて、女性という存在そのものが「身体」として認識されていること、ひいては、「身体」としての女性のイメージが喚起されていると言えよう。

このようなフェラルのヴァレリー観、および、女性観は、ヴァレリー自身の言葉によっても示されるこ

とになる。ここで問題とするのはフェラルに宛てた彼女の手紙である。その手紙において、ヴァレリーは、自分が認識している彼の考え方を提示しながら、それに反駁、あるいは、肯定しつつ、自らの意見を展開していく。そのことを念頭に置いて、彼女の視点から描かれる彼のヴァレリー観、および女性観を確認したい。

私(=ヴァレリー)は①所有される女性ではありません。あなた(=フェラル)が子どもや病人に対してするように嘘をついて楽しみを見出す、②か弱く愚かな身体ではありません。〔…〕私はあなたが小切手帳であることを拒否するのと同じくらい③身体であることを拒否します。〔…〕私はあなたが私にただそうあって欲しいと望んでいるような④身体でもあります。まあ、仕方がないことね……。(*Œ* 1, p. 670)

まず、一見して、「身体」という単語が繰り返されてことが分かる。ヴァレリーとフェラル、両者の関係における「身体」の重要性が、その繰り返しを通して喚起されていると見なすことができるだろう。次に着目するのは傍線部分①「所有される女性」と傍線部分②「か弱く愚かな身体」との関連である。傍線部分①を言い換える表現として、傍線部分②が用いられていることから、フェラルにおいて「女性」という存在が「身体」として捉えられていることが示唆されていると言える。また、フェラルと「小切手帳」との関係がアナロジックに提示されている一文では、傍線部分③「身体であること」という表現によって、ヴァレリーと「身体」が直接的に関連づけられている。それを一種の伏線として、傍線部分④を含む一文において、ヴァレリーによるフェラルのヴァレリー観が端的に述べられることになる。それを具体的に見ていこう。問題となる文には「私はあなたが私にただそうあって欲しいと望んでいるような④身体でもあります」と記載されている。彼が彼女に求めているものは「ただ」「身体」であることだと彼女が考えていることが示されているのである。言い換えれば、彼において彼女＝「身体」という構図が成立していると彼女によっても認識されていることになる。つまり、手紙に綴られたヴァレリーの言葉を通して、フェラルのヴァレリー観と女性観が裏づけられているのである。

ここで視点を変えて、ヴァレリー自身と「身体」の関係を確認するために、改めて、前述の引用について考えてみたい。傍線部分②を含む文では、「私は〔…〕②か弱く愚かな身体ではありません」という表現を通して、彼女と「身体」との関係は否定されている。注目すべき点は、「身体」という単語に、「か弱く愚かな」という形容詞が付与されていることだろう。「身体」が否定的なイメージを喚起するものとして見なされていることが窺えるのである。そして、そのイメージに呼応するように、傍線部分③を含む文において、さらに率直に「私は〔…〕③身体であることを拒否します」と述べられている。「身体」として受容されることに抵抗するヴァレリーの明確な意思が示されていると言えるだろう。しかし、傍線部分④を含む文では、彼女の「身体」観に変化が見られる。「私はあなたが私にただそうあって欲しいと望んでいるような④身体でもあります」という表現の「でも」という単語から、彼女自身が「身体」的な存在としての自分の側面も認めていることが分かるのである。このような「身体」に関する彼女の両義的な認識を示しているのが、同じく、ヴァレリーの手紙に記された次の言及だと言えるだろう。

あなた（＝フェラル）がいると、私（＝ヴァレリー）は自分の身体に苛立ちながら近づけられます。春にな

ると、私は自分の身体に喜びを感じながら近づけられるのに。(*Œ* 1, p. 670)

最初に留意したいのは、彼女と「身体」に対して「近づける」という動詞が用いられていることである。この動詞は、彼女と彼女の「身体」が本来は切り離されたものであること、言い換えれば、彼女の「身体」は彼女の本質ではないことを示していると言える。しかし同時に、フェラルとの関係を契機として、彼女が自らの「身体」を本質的な側面として受け入れていく過程を示唆するものとして見なすこともできるのである。なお、その過程には、命の誕生を想起させる「春」という季節のイメージも重ねられている。「身体」に「生」のイメージが付与されていることに留意しておこう。

二. フェラルによって存在を否定される「身体」

それに対して、フェラルによるヴァレリーの「身体」についての認識には異なるイメージを指摘することができる。そのイメージについて考えるために、彼女がいないホテルの部屋を訪れた彼の描写を見ていく。

彼(＝フェラル)は洋服ダンスに投げ入れるために、ベッドの上に広げてあったパジャマを手に取った。しかし、生温かい絹に触れるやいなや、その生温かさが彼の腕を通して彼の身体全体に伝わり、彼が抱きしめている布地がちょうど彼の身体を覆っていたものだったかのような気がした。半開きになった洋服ダンスに掛けられているドレスやパジャマは、ヴァレリーの身体そのものよりも、おそらくもっと官能的な何かをそ

のなかに留めていたのである。(Œ 1, p. 673)

傍線で示した部分に着目しよう。「ドレスやパジャマ」という、彼女が部屋に残した衣服に関して、「ヴァレリーの身体そのもの」よりも強い「官能的な」ものが見出されていることが分かる。もちろん、断定を避けるように「おそらく」という単語も用いられている。しかし、官能性を尺度として「衣服」と「身体」に優劣の関係が構築されていることは明らかである。なお、フェラルにとってのヴァレリーの在り方について考える場合、「官能的な」という性質は重要である。ここで、そのことについて述べられている両者の恋愛観を確認しよう。

それでも、彼(=フェラル)は彼女(=ヴァレリー)が自分に対して愛情を抱いていないことを知っていた。彼は自分が彼女の虚栄心をくすぐっていることや、彼に身を捧げさせることで、さらに価値ある称賛を得たいと思っていることを見抜いていた。しかし、彼女がそうすることでこの尊大な男のなかにある子どもの部分が突然現れるのをことさら待っていることや、彼女が彼の愛人になっているのは最終的に彼が彼女を愛するようにするためだとは見抜いていなかった。彼女の方は知らないままだった。フェラルの性質や彼の現在の戦いのせいで、彼が愛ではなく、エロティスムのなかに閉じ込められていることを。(Œ 1, p. 594)

問題となるのは傍線で示した部分である。フェラルがヴァレリーとの関係において求めているものが「エロティスム」であることが分かるだろう。彼が彼女を「身体」的な存在として見なしていることに呼応するように、彼は彼女との関係に「身体的な愛」、いわゆる「官能性」を期待していると言えるのである。実際、以下の『人間の条件』の草稿からもそのことを窺うことができる。

ヴァレリーの身体そのものは、[p. 673の下から九行目]、魂、純粋にエロティックな存在、思考がなく意志のない身体のようであり、ただ身体的な欲望の対象でしかなかった。(*Œ* 1, p. 1351)

この箇所はヴァレリーのいないホテルの部屋をフェラルが訪れた場面に関するものである。既に紹介した引用に記されている波線部分「ヴァレリーの身体そのもの」に続く部分となる。確かに、波線部分から後の部分は最終的に削除されている。しかし、フェラルのヴァレリー観および恋愛観を考慮すれば、全く無駄なものとして看過することのできない修飾句だと見なすことができる。特に、傍線を引いた部分は彼女の「身体」が「身体的な欲望の対象」そのものであること、言い換えれば、彼女の「身体」の唯一の機能が「身体的な欲望」の喚起であることを示している。彼女の「身体」が「官能性」という機能に特化しているいることを明確に示唆するものとなっているのである。つまり、「官能的な」という形容詞は、フェラルにおいて、ヴァレリーの「身体」を象徴するものだと言えるだろう。そのことに留意しながら、改めて、ホテルの部屋でフェラルがヴァレリーの「衣服」を手に取る場面に目をやろう。既に確認したように、「官能的な」という性質に関して、彼女の「身体」と彼女の「ドレスやパジャマ」の間では価値の逆転が生じている。フェラルの観点から見れば、ヴァレリーの「身体」はその存在意義を失ったと言っても過言ではない。すなわち、彼女の「身体」は蔑ろにされて、存在する必要のないものとして否定されているのである。ヴァレリーの「身体」をめぐり、「身体」的な側面を受容していくヴァレリーと、「身体」の存在を否定するフェラルという、一種の対立の構図が浮き彫りになっていると言えるだろう。

三．メイを通して喚起される「身体性」の肯定

次に、二人目の女性登場人物となるメイの人物像について考察しよう。既に述べたように、彼女は、『人間の条件』で主要登場人物の一翼を担うキヨという人物の妻として設定されている。ここで取り上げるのは、他の男性と関係を持ったことを、彼女が彼に告白する場面である。

「でも、キヨ、それが大したことではなかったのは、ちょうど今日だからなの……それに……」

彼女（＝メイ）は「彼がそれをすごく望んでいたの」とつけ加えようとした。ⓐ死に直面した状態で、それはごくわずかな意味しかもたなかった……しかし、彼女はただこう言った。

「……ⓑ私も、明日、死ぬかもしれないわ……」

〔…〕

――キヨ、私はあなたに何か奇妙なこと、それでも本当のことを言うつもりよ……五分前まで、それはあなたにとってどうでもいいことだろうと思っていたの。たぶん、そう思うことが私にとって都合がよかったのね……①呼びかけがあるのよ。特に、ⓒあまりにも死の近くにいる時には（キヨ、私が慣れているのは他の人たちのものだけど……）。それは②愛とは何の関わりのないものなの……。」（*Œ* 1, pp. 544-545)

最初に着目するのは、彼女に前述の行動を起こさせた要因である。彼女はそれを傍線部分①「呼びかけ」と称している。しかも、それは傍線部分②「愛とは何の関わりのないもの」であると述べていることが分かる。なお、先程、フェラルとヴァレリーの恋愛観において確認したように、この物語において「愛とは何の関わりもない」男女の関係は、「エロティスム」、いわゆる、「身体的な愛」と関連づけられていると見なすことができる。言い換えれば、「呼びかけ」という現象は、「身体」的な作用として想定することができるのである。なお、『人間の条件』を構想している時期にマルローが手掛けた『チャタレイ夫人の恋人』の序文（「D. H. ロレンスとエロティスム」、一九三二年）にも、次のように「呼びかけ」という単語が用いられている。

〔…〕身体的な苦痛という呼びかけや、繰り返される死の告知よって、彼（＝ロレンス）は、死ぬ前に、**自分の**本を執筆し、そして、出版するという自らの意志に、自分の全てを捧げているに違いなかった。（*Œ* 6, p. 232）

傍線部分に見られるように、「呼びかけ」は「身体的な苦痛」を示す作用として用いられていることが分かる。その書評の執筆と同時期に構想されていることから、『人間の条件』に現れる「呼びかけ」もまた「身体的」な作用を表現していると見なすことができるだろう。語用という観点からも、「呼びかけ」の機能は裏づけられている。つまり、キヨに告白という形で語られるメイの行動は、「身体」の要請に従ったものだと考えられるのである。彼女を通して、「身体」の作用を否定することなく、それに積極的に応える人物像が提示されていると言えるだろう。

また、このようなメイの行動の背景として、「死」のイメージが明確に打ち出されていることを無視することはできない。改めてメイの告白の場面を確認してみよう。まず、波線部分ⓐに見られるように、彼女たちの現在の状況は「死に直面した状態で」として描写されている。次に、波線ⓑで示したように、「私も、明日、死ぬかもしれないわ」という言葉を通して、彼女自身が抱いている死の予感が直接的に表現されている。「死」の存在への意識が繰り返し示されているのである。そして、何よりも重要なのは、「呼びかけ」が生じる条件として挙げられていることだろう。それは、波線部分ⓒ「あまりにも死の近くにいる」という状況である。しかも、それは二重線を引いた「特に」という副詞によって強調されている。以上のことから、「死」の存在、さらに具体的に言えば、「死の近接性」こそが「呼びかけ」を生み出し、彼女の行動を促していると考えることができる。言い換えれば、「死に対峙する」というべき状況で、彼女は「身体」の働きかけに積極的に応えながら行動していることになる。ところで、いみじくも、『反回想録』（一九六七年）において、マルロー自身が彼の小説『王道』（一九三〇年）について語っている「人間が死に対峙してできること」（*Œ* 3, p. 359）という主題は、『王道』だけに留まらず、彼の作品全体に通底している。そのことを考慮すれば、メイの行動はその主題に対する一つの答えだと言えるだろう。また、彼女の行動は「死に対峙する」という状況における逃避、いわば「阿片」（*Œ* 1, p. 679）を摂取するような一種の気晴らしと見なすことができる。しかし、その一方で、そこに「命の誕生」という可能性が内包されていることを否定することはできない。前述のヴァレリーの場合と同様に、メイの「身体」も「生」のイメージを想起させる役割を担っていると言っても過言ではないだろう。

四．キヨによって否定される「身体」とその存在が引き起こす不安

「身体」という側面において、メイと対照的な役割を果たしているのが、彼女のパートナーであるキヨである。彼は共産党による反乱の最中に強制収容所に連行されて、そこで自死を遂行することになる。その場面を通して、彼の「身体」について考えていきたい。まず、取り上げるのは強制収容所で横たわるキヨの描写である。

キヨは仰向けに寝て腕を胸の上に戻して目を閉じた。それはまさしくⓐ死者の姿勢だった。彼は自分の姿を思い浮かべた。横たわり、身動きせず、目を閉じて、安らかな顔をしている。安らかなのは死んでから一日の間はほとんど全てのⓑ死体に分け与えられる静謐さというものがあるからだ。それはまるで最も悲惨な人々の尊厳でさえ表明されなければならないといったようだった。（Œ 1, p. 734）

彼の「身体」は、傍線で示した「仰向けに寝て」、「腕を胸の上に戻して」、「目を閉じた」、「横たわり」、「身動きせず」、「目を閉じて」、「安らかな顔」という表現によって描き出されている。そして、波線を引いたⓐ「死者」およびⓑ「死体」という単語によって比喩されていることが分かる。また、このような彼の「身体」の在り方を端的に示しているのが次の描写となる。

それでも、彼ら（＝そこにいるほとんど全ての人たち）によって受け入れられた運命は、夜の安らぎのように、負傷者たちのざわめきとともに立ち上り、キヨを覆い尽くしていた。彼は、目を閉じて、自分の打ち捨てら

れた身体の上で手を組む。そこには、葬送の歌の荘厳さが漂っていた。(Œ 1, p. 735)

キヨの「身体」は、その単語に直接添えられた形容詞「打ち捨てられた」によって特徴づけられている。その形容詞が喚起するイメージは、先程確認した「死者」および「死体」という比喩的な表現に連なるものであることは明白だろう。彼の「身体」は、まるで「死者」や「死体」のように、その機能を失っていること、あるいは、放棄されていることが表現されているのである。いわば価値のないものとして否定される「身体」の在り方が示されていると言えよう。そして、強制収容所という、まさに「死に対峙する」状況の下で、キヨは自らの「身体」を顧みることなく行動していく。それが彼による「自死」である。なお、「自死」をめぐるキヨの考察は次のようになる。

彼(=キヨ)はこれまで多くの人たちが死ぬのを見てきた。そして、自分が受けた日本の教育の助けによって、①自分の死をまっとうすること、自分の人生に相応しい死を迎えることは美しいことだと常に考えてきた。そして、②死ぬことは受け身だが、自死は行為だと考えてきたのである。(Œ 1, p. 734)

まず、傍線部分②に注目しよう。キヨにおいて「自死」は主体的に遂行される行動の一種として見なされていることが分かるだろう。そして、特に重要なことは、傍線部分①に見られるように、「美しい」という形容詞が用いられていることである。「自分の死をまっとうすること」、あるいは、「自分の人生に相応しい死を迎えること」、極言すれば、「自死」が肯定的なものとして見なされていることは明白である。つまり、「自死」に限定されながらも、「死」を肯定する認識、いわば「死」への傾向を見出すことができる。「死」が迫る状況で、その「死に対峙する」ために「身体」的な側面を蔑ろにしながら、自ら「死」の方へと行動していくキヨの人物像が浮き彫りにされているのである。このようなキヨの在り方は、先程考察したメイの在り方と鮮やかに対比を成すものだと言えるだろう。しかしながら、奇妙なことに、キヨの描写にはそれだけに留まらないものも垣間見ることができる。その問題となる描写について考えてみたい。

彼（＝キヨ）は、今、手に青酸カリを握っていた。彼はこれまでしばしば、自分が容易に死ねるかどうか自らに問いかけてきた。①彼は、自分が自死すると決意すれば、自死することを知っていた。しかし、ⓐ生が私たち自身に私たちの隠されていた部分を暴き出すⓑ野性的な無頓着さを知っているので、死が彼の思考を全力で永久に押しつぶす瞬間について②不安がないわけではなかった。（*Œ* 1, p. 735）

これはキヨが「自死」を遂行する直前の場面となる。最初に取り上げるのは、傍線部分①「彼は、自分が自死すると決意すれば、自死することを知っていた」という表現である。彼にとって「自死」は主体的な判断の下に選ばれた行動であること、また、それを決然と実行する彼の強い意志が示されていると言えるだろう。選択的な判断および意志という、精神に関わる力が彼を「自死」へと促していることが窺えるのである。しかし、同時に、傍線部分②「不安」も語られていることに着目したい。その「不安」は、「死」に際して「彼の思考」が停止する瞬間、いわば彼の精神の働きが失われる瞬間についての「不安」である。そして、その「不安」を引き起こす要因として挙げられているのが、波線部分ⓐ「生」の特徴の一つである波線部分ⓑ「野性的な無頓着さ」となる。それによって、自らの隠された側面が露呈されることへの「不安」が二重否定という婉曲な手法によって表現されているのである。ところで、メイおよびヴァレリーに関する考察において指摘したように、「生」は肯定的に受容される「身体」を通して喚起されるイメージである。また、精神の機能が停止する際に登場するもの、言い換えれば、精神の埒外にあるものとして想定されるものは「身体」となる。以上のことから、キヨに「不安」を引き起こす「野性的な無頓着さ」は「身体」に関わるものとして見なすことができよう。つまり、「不安」を抱くキヨの描写を通して示唆されるものは、精神が作用しない状況において明らかにされる「身体」の可能性であることが窺えるのである。勿論、彼の側から見れば、自分の精神によって制御し得ない「身体」の作用に対する懸念についてのささやかな告白と言うべき描写である。しかし、視点を変えれば、精神に支配され、抑圧され、隠されていた「身体」のかすかな気配への目配せとなる。そして、その描写から自ずとメイの役割が明らかになる。いわば「身体」の力を体現する彼女は、キヨに内在するもの、または、彼において抑圧されているものを顕現させる人物として見なすことができるのである。すなわち、男性の登場人物を通して立ち現れることのできない、人間の一つの側面を喚起させる存在としての役割を果たしていると言えよう。

おわりに

冒頭で紹介した『西欧の誘惑』には、「身体」をめぐる次のような言及が見られる。

あなたがた（＝A．D．を含む西洋の人間）の信仰は、かつて、巧みに世界を整えていました。そして、それが私（＝リン）のなかに呼び起こすある敵意、そのおかげで、崇高かつ心地よく感じる苦悩が石となって固まった像、ほとんど残虐なそれらの像を尊敬の念を抱かずに見ることはできません。しかし、愛の強さがどれほどのものであれ全てが①処刑された身体に集中している瞑想を動揺せずに想像することはできないでしょう。②そして、キリスト教はあらゆる感覚の由来となる学校のように私には思えます。その感覚のおかげで個々の人間の自己認識が形成されたのだと私には思えるのです。（*Œ* 1, p. 65）

まず、取り上げるのは、傍線部分②の「キリスト教はあらゆる感覚の由来となる学校」および「その感覚のおかげで個々の人間の自己認識が形成」という表現である。西洋の人間の感覚を培い、彼らの自己認識を形成したものとしてキリスト教が俎上に載せられていることが分かるだろう。そして、その象徴となるキリストが傍線部分①「処刑された身体」という表現によって示されていることに注目したい。勿論、それはただ十字架に磔にされたキリストの姿を描写したものに過ぎないと見なすこともできる。しかし、傍線部分②のようにキリスト教の役割が語られていることを考慮すれば、ここで掲げられるキリストのイメージ、具体的に言えば、「処刑された身体」というイメージは重要だろう。それが西洋の人間に深く根差すものであることが指摘されていると考えることができるのである。見方を変えれば、彼らにとって、「身体」は虐げられるもの、あるいは、価値のないものとして否定されるべきものという認識が育まれていることが示唆されていると言えよう。

ところで、『人間の条件』で描かれる二人の男性登場人物フェラルとキヨにおいて、「身体」は否定されるものとして見なされていることは既に述べた通りである。両者は『西欧の誘惑』で示された西洋の人間観を体現していると考えることができるだろう。その一方で、彼らと対照的な人物として登場するのがヴァレリーとメイとなる。前者は「身体」的な存在として見なされながら、自ら自分の「身体」性を受容していく。後者は「身体」の働きかけに肯定的に対応しながら、その力を表象する役割を担う。二人の女性登場人物は、『西欧の誘惑』では明確に語られていない西洋の人間の在り方を具現化していると言えるのである。勿論、女性を「身体」に焦点を絞って表現することは女性蔑視のそしりを免れ得ない[12]。しかし、彼女たちを通して描き出される「身体」性は、『西欧の誘惑』において示唆されるように、マルローが新たに着目した人間の側面であることも確かなのである。また、マルローは一九二六年に発表した論文「アンドレ・マルローと東洋」の中で次のように語っている。

> 西洋の若者の探求の対象は①新しい人間の概念である。アジアは私たちに何らかの教訓をもたらすことができるだろうか。私はそう思わない。むしろ②私たちが何であるかについての、そこでしか成しえない発見である。（Œ 1, p. 114）

彼によれば、東洋は傍線部分①「新しい人間の概念」を探求する場となる。そして、傍線部分②に見られるように、東洋だからこそ成し遂げられるというべき発見を実現させる場となる。ここで改めて、ヴァレリーとメイの人物像について考えてみよう。彼女たちを通して肯定的に描き出される「身体」は、西洋の人間が否定してきた人間の側面であった。とすれば、彼女たちの在り方は、一種の価値の転換を垣間見させるものだと見なすことができる。いわば、新しい発見についてのささやかなつぶやきを指摘することができるのである。すなわち、東洋を舞台に展開する『人間の条件』において、二人の女性登場人物が喚起する「身体」性は、東洋という場に触発されてマルロー自身が見出した「新しい人間の概念」の具現化の一端として捉えることができよう。単なる女性蔑視を越えたまなざしの下に、女性のイメージが立ち上がるのである。

※本論は拙稿「身体性が喚起する女性性について—マルロー『人間の条件』をめぐって—」(『沖縄国際大学外国語研究』第一九巻第一号、二〇一五年、一～一七頁)を改編し、加筆と修正を加えたものである。また、引用の日本語訳は全て以下を参考にした拙訳である。マルロー『人間の条件』(小松清・新庄嘉章訳)『新潮世界文学45』新潮社、一九七〇年。マルロオ『西欧の誘惑』(村松剛訳)『世界文学全集77』講談社、一九七七年。なお、各引用末尾の括弧内に出典の略記と頁数を記す。引用文に付した傍線・波線・二重線・番号・記号は全て論者による。

【注】

(1) Paul Valéry, « La Crise de l'esprit », *Œuvres*, t. I, Paris, Gallimard, coll. « Bibliothèque de la Pléiade », 1957.

(2) *Ibid.*, p.993. Cf. *Ibid*, p.995 : « L'Europe deviendra-t-elle *ce qu'elle est en réalité*, c'est-à-dire : un petit cap du continent asiatique ? Ou bien l'Europe restera-t-elle *ce qu'elle paraît*, c'est-à-dire : la partie précieuse de l'univers terrestre, la perle de la sphère, le cerveau d'un vaste corps ? »

(3) *Ibid.*, pp. 991-992.

(4) 生成論の観点から言えば、確かに、『西欧の誘惑』の執筆過程において、マルローがヴァレリーの論文を参照したという記録を見出すことはできない。しかし、マルローの伝記を発表したジャン・ラクチュールによれば、一九二〇年代末、マルローはヴァレリーと親交を結んでおり、また、『西欧の誘惑』の執筆前後、その時期は明確ではないにせよ、「精神の危機」を読んでいたことは明白である。Cf. Jean Lacouture, *André Malraux, une vie dans le siècle*, Paris, Seuil, 1973, p. 140. そして何より、アンリ・マシスが言及しているように、当該論文は、一九二〇年代、「西洋」と「東洋」との関係に関心を抱くものにとって、いわば必読の論文というべき存在だった。Cf. Henri Massis, *Défense de l'Occident*, Paris, Plon, 1927, note(1), p. 3. 以上を考慮すれば、『西欧の誘惑』がその背景として「精神の危機」を負っていることは自明のことだと見なすことができるだろう。

（5）『西欧の誘惑』における「身体」を主題とした考察については以下の拙稿を参照。「マルロー『西欧の誘惑』における身体性の萌芽」『フランス文学論集』第四七号、二〇一二年、一〜一四頁および五九頁。

（6）Christiane Moatti, *Les Personnages d'André Malraux. Le Prédicateur et ses masques*, Paris, Publications de la Sorbonne, 1987, p. 319 : « Dans ce roman, pour la première fois les personnages féminins ne se réduisent pas à de simples évocations ou à de la figuration. Ils y acquièrent une véritable existence, puisque aux côtés de chacun des héros des deux blocs de forces qui s'affrontent – Kyo et Ferral – est placé un acteur féminin d'un certain relief, May et Valérie, que l'auteur s'efforce d'étoffer au cours des mises au point du texte, malgré la difficulté très réelle qu'il a à imaginer des personnages féminins, comme lui-même le reconnaît. »

（7）*Ibid.*, p. 320 : « Mais dans *La Condition humaine* les deux figures féminines sont complémentaires d'un personnage masculin dont elles se démarquent assez mal : chacune n'est qu'une réplique des caractéristiques d'un héros mâle. »

（8）Eliane Lecarme-Tabone, « Hercule aux pieds d'Omphale ou les figures féminines dans *La Condition humaine* », *Roman 20-50 : revue d'étude du roman du XXe siècle*, n° 19, 1995, pp. 153-162.

（9）*Ibid.*, p. 153 : « Nous voudrions montrer, cependant, que malgré un effort certain pour comprendre le point de vue féminin, ce roman [=*La Condition humaine*] n'échappe pas à une misogynie fondamentale dont il indique peut-être les racines profondes. »

(10) *Ibid.*, p. 162 : « On pourrait suggérer ici que le recours à la fraternité des hommes n'est pas seulement une solution aux problèmes que pose la condition humaine. C'est aussi une réaction au danger que représentent les femmes pour les hommes [...]

(11) *Idem.* : « [...] et, en même temps, l'indice révélateur des sentiments où celle-ci [=la réaction] s'origine : la crainte devant la présence du féminin en soi-même. »

(12) 実際に、エリアーヌ・ルカルム＝タボンは『人間の条件』に女性蔑視が見られることを指摘せざるを得ないと言及している。Cf. *Ibid.*, p. 153. また、一九二一年にマルローと結婚して、一九二〇年代から一九三〇年代後半まで彼と行動を共にしていたクララ・マルローは、自伝において、図らずもインタビューで自分が口にした言葉を取り上げつつ、改めて彼の女性蔑視について肯定の意を示している。Cf. Clara Malraux, *Le Bruit de nos pas. II. Nos vingt ans* (1966), Paris, Grasset, 1992, p. 264 : « Mon compagnon [=André Malraux] était misogyne. Je l'ai dit, sans presque m'en rendre compte, dans un entretien avec quelqu'un qui en fit un gros titre, ce dont je m'étonnai. Etait-ce cela qui d'abord était apparu dans mes réponses aux questions posées ? Il ne me semblait pas. Mais en fait cette misogynie existait et elle intervint dans nos rapports. » なお、マルローとクララの関係については以下を参照。村松剛「マルロオをめぐる女たち」『アンドレ・マルロオとその時代』角川書店、角川選書、一九八五年、八〜六四頁。なお、スーザン・ルービン・スレイマンは、マルローの小説を「男性的」と評すると同時に、その特徴に研究の意義を見出して、女性登場人物の分析を手掛けている。Cf. Susan Rubin Suleiman, « Malraux's Women : A Re-vision », *Gender and reading : essays on readers, texts, and contexts*, ed. by Elizabeth A. Flynn and Patrocinio P. Schweickart, Baltimore and London, The Johns Hopkins University Press, 1986, pp. 124-146.

「文明」という征服者
――『王道』におけるアジアの近代化に向けたマルローの眼差し

井上　俊博

はじめに

アンドレ・マルローは一九二三年、カンボジアでクメール遺跡盗掘事件を起こし、一九三〇年発表の小説『王道』[1]は、その際の経験が色濃く反映された自伝的要素を多く含む作品となっている。[2]しかし、『王道』という物語全てが彼の実体験に基づくものではない。この物語は前半のクメール遺跡盗掘と、後半のシャム領内への逃走という二つの場面に大別できるが、その中間点において物語を大きく転換させるのが、作中「モイ」と呼ばれる山地民・スチエン族の存在である。

マルローはクメール遺跡盗掘に先立ち、インドシナ半島に関する探検家などによる資料を通じて、クメール遺跡やこの地の情報を収集していた。中でも彼は二十世紀初頭インドシナ半島奥地を旅し、この地の山地民達についての情報を多く書き残したフランスの探検家アンリ・メートルの著作から強く影響を受けたと思われ、先述のスチエン族の存在についても彼はメートルの著作で情報を得たようである。[3]このスチエン族はメートルの著書の中でコーチシナの奥地からカンボジア南東部に暮らす人々であると述べられている。[4]しかし『王道』内で彼らは、本作の発表当時仏領インドシナの一部であったカンボジア・シャム間の国境となっていたダン・レク山脈付近に登場する[5]（挿図1）。つまり、マルローは作中意図的にスチエン族

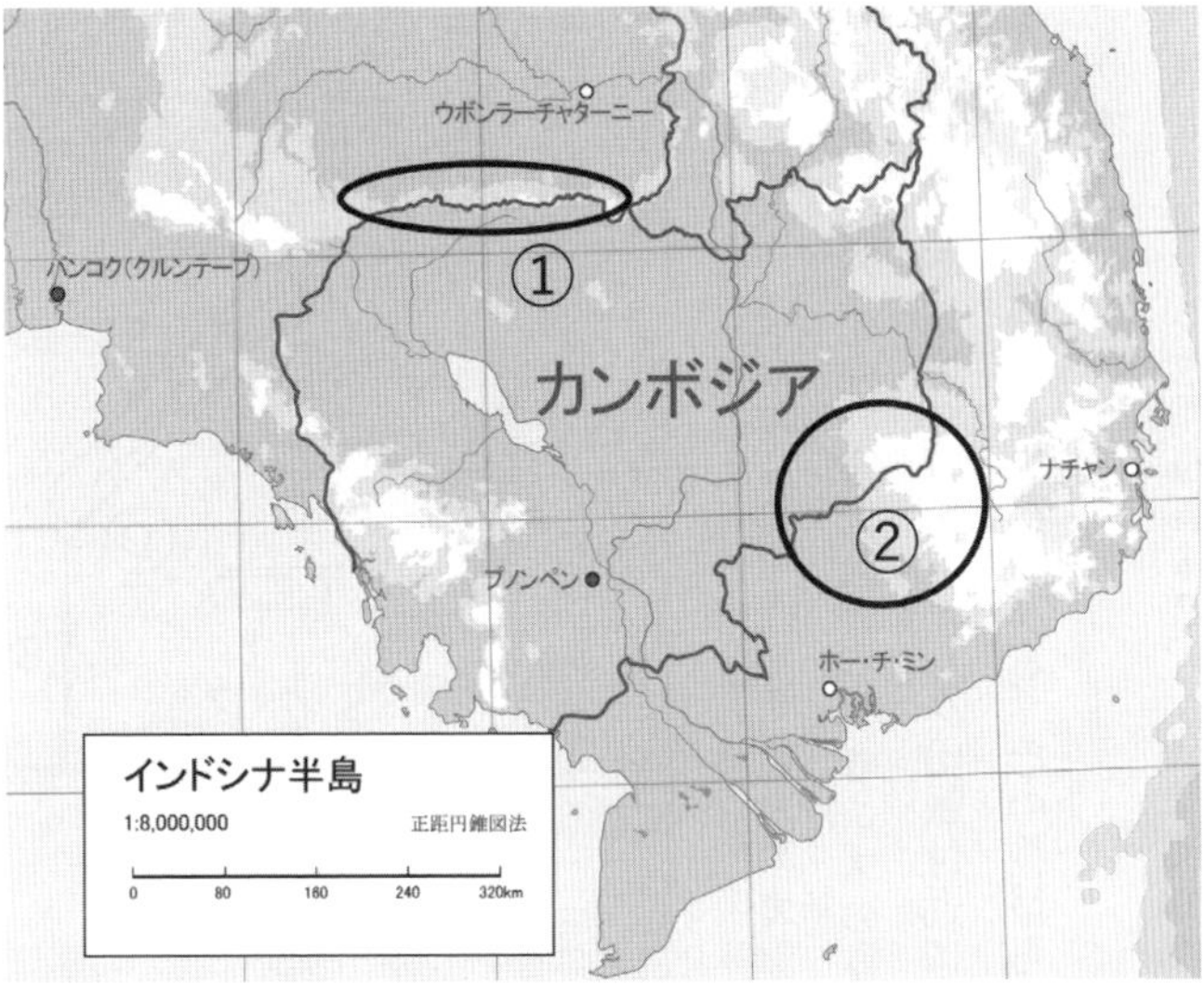

挿図１　①『王道』におけるスチエン族の所在地　②アンリ・メートルによるスチエン族の所在地　ROOTS / Copyright©Heibonsha.C.P.C.

の所在地に対して操作を行っており、このスチエン族の存在が『王道』の舞台であるインドシナ半島をフィクションの場へと変貌させている。

また、物語の舞台であるインドシナ半島は工藤庸子が指摘しているように、マルローが見た当時、西欧列強の侵出により出現した近代国家と既存の社会システムが相克する世界であり、そこに暮らす様々な人間集団がこの変化の渦中にあった[6]。よって、本作を理解するためには作品の背後に存在したインドシナ半島の歴史・政治的文脈にも目を向ける必要があるだろう。

本稿ではスチエン族をはじめとする山地民達の存在を中心に『王道』を考察し、マルローがアジアの近代化に向けた視線を明らかにするとともに、今日この作品が持つ意味について考察していく。

一．『王道』と山地民――その時代的背景

まず、本作に関する位置関係を把握しておこう。

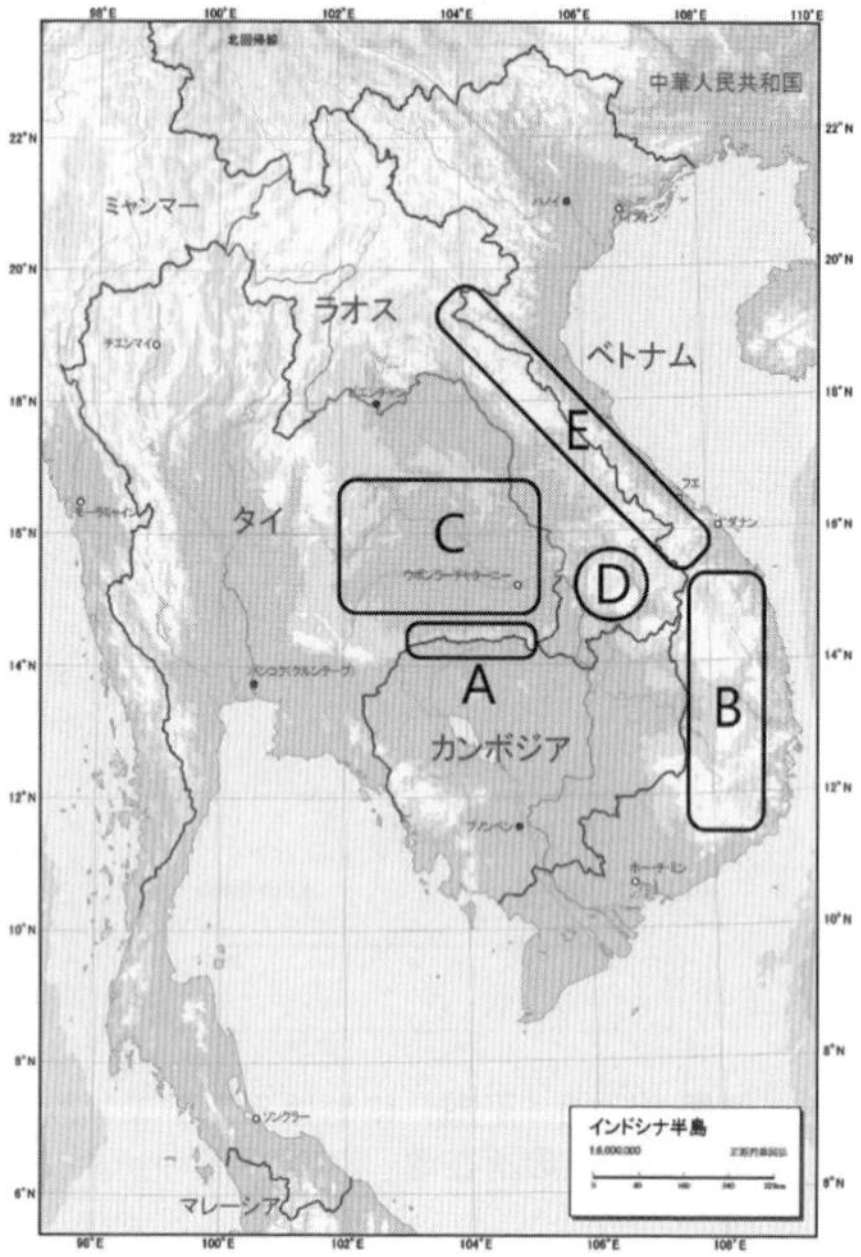

挿図２　A：ダン・レク山脈、B：中部高原、C：コーラート高原、D：ボロヴェン高原、E：アンナン山脈
ROOTS / Copyright©Heibonsha.C.P.C.

本作は現在のベトナム・カンボジア・タイ・ラオスを舞台としており、この地にはダン・レク山脈、コーラート高原、ボロヴェン高原、中部高原、アンナン山脈といった高原・山岳地帯が存在している（挿図２）。物語の主人公であるペルケンとクロードは、現在のカンボジア・シェムリアップからクメール遺跡を求め出発し、ダン・レク山脈付近に存在すると思われる遺跡で盗掘を行う。彼らはこれを売却するためカンボジア領外へ持ち出そうとするが、仏領インドシナ政府が送り込んだスパイの妨害に会い、フランスの支配が及ばぬ「未帰順地域」へ向かうことを余儀なくされる。この「未帰順地域」はダン・レク山脈付近に存在するものとして描かれており、ペルケンらはこの地でスチエン族と遭遇することとなる。その後彼らはダン・レク山脈を越え、シャム領内のコーラート高原を経てラオスへと向かう。

　以上が物語の地理的推移であるが、本作にはスチエン族だけでなく様々な山地民に関する言及が見受けられる。まず、クロードは物語冒頭、自らがたてた遺跡盗掘計画について思いを巡らせるシーンで、この計画に伴う危険としてフランス人探検家オデンダールを殺害したジャライ族の存在を挙げている。(7) 次に、ペルケンは作中このジャライ族と接触し拷問を受けた経験があることが明かされており[8]、彼はまたシャム政府の工作員として英領ビルマのシャン州やラオスの辺境で工作活動を行った経験を持つ人物として描かれている[9]。クロードがその存在を懸念し、ペルケンを拷問にかけたジャライ族という山地民、そしてペルケンがクロードに語った中部高原に暮らす山地民セダン族の下を訪れた探検家メールナの存在が[10]、二人の登場人物を結び付けていく。

　このメールナ（メートルの著書の中ではメレナ Mayréna）は実在した人物で、セダン族の居住地域へと金の鉱脈を探すため一八八八年にフランスが同地域に送り込んだ探検隊の隊長であった。しかし彼はセダン族の下にたどり着いた後、この部族の王に即位し自らの王国の独立を宣言する。彼はセダン族らを率いジャライ族を攻撃したが、このような彼の行動はフランスによる諸部族に対する分断工作の一環であったと言われる。しかし、やがて彼はシャムとの間にフランスの許可を得ず金の売買契約を結ぶなどの背信的行動をとり始め、本当の意味での王国独立を目指し始めた。そのためフランスは彼の行動を妨害し、一八八九年その王国は崩壊した[11]（挿図3）。このメールナが王国を築き、『王道』にも登場するスチエン族やジャライ族、セダン族といった山地民達が暮らす中部高原は、十九世紀から二十世紀にかけてシャム・フランス両国による係争地帯であった。

挿図３　メールナの王国「セダン王国 Le royaume des Sedangs」発行の切手　©Toshihiro Inoue

　まず、一八七二年から太平天国の乱の残党や、この乱により発生した困窮民からなるホー族と呼ばれた中国人の集団が

挿図４　ダン・レク山脈：プレア・ビヒア遺跡から東方に向かって。2017年執筆者撮影。写真向かって右側の平野部がカンボジア領、山脈左側はタイ領となっている。　©Toshihiro Inoue

ラオ族の王国であるルアンプラバーン王国に侵攻する。当時この王国はシャムの影響下にあったが、シャムはホー族討伐に苦戦し、これに介入したフランスがラオスに侵出する契機となる。[12]　一方シャムは一八八六年、アンナン山脈方面への勢力拡大を企て、アンナン中部の北緯一四度付近まで侵出し、中部高原に暮らす諸部族はシャムの影響下に入る。[13]　メールナが中部高原に王国を築いたのはこの事件の二年後である。このようなシャムの行動に対し、一八九三年フランスは攻勢に出て、シャムからメコン川東岸全領域と中洲全島を得て「フランス領ラオス」形成を開始する。[14]　さらに一九〇四年、フランスはそれまでシャムの支配下にあった現在のシェムリアップ州を含むカンボジア北部をシャムから獲得し、ダン・レク山脈分水嶺が両国国境となった[15]（挿図４）。そして一九〇七年、フランスが中部高原全体を保護領化し、「フランス領インドシナ」が完成する。[16]

このように十九世紀後半シャムは領土を巡って

フランスと抗争を繰り広げたが、英仏をはじめとする西欧列強とシャムの本格的な関係は一八五五年イギリスとの間で締結されたバウリング条約に始まる。シャムはこの条約締結を機に西欧中心の国際秩序に組み込まれ、生き残りをかけ近代化を開始していく[17]。それ以前のシャムは王都を中心に、その影響下にあるムアンと呼ばれる小国家群が存在しており、領内に多くの半独立国を含んでいた[18]。シャムの近代化は二段階に分けて行われ、まずチュラロンコン王により王国政府を中央集権化し、伝統的半独立の属国をなくす改革が行われる[19]。次に、ワチラウット王により国王・民族・仏教という象徴を通じた国民国家意識の醸造というナショナリズム形成が行われていった[20]。

マルローはこのようなアジアにおけるナショナリズムの興隆について、一九二七年以下のように書き残している。

アジアのある一定の人々が欧州からナショナリズムとその使用法を相続していたとしても、それはさほど驚くべきことではない。しかしこのような遺産の結果は不可避であり、これらを引き起こしたのは我々なのだ[21]。

マルローが指摘しているように、西欧列強のインドシナ半島侵出は、この地に近代化という不可逆的変化を生じさせた。『王道』は、このような変化の時代に生み出された小説であり、作中言及されているメールナの王国建設は、その変化の中で咲いた徒花だったのである。

二．国家と山地民

このように、フランスの侵出を前にシャムは生き残りをかけ改革を行っていったが、両国による勢力拡大競争の影響を最も被ったのがラオ族の人々である。フランスの侵出以前、ラオ族の諸王国はシャムの支配下に置かれていたが、ラオ族の人々はメコン川両岸にわたって独自の言語風習を維持し暮らしていた。しかし、フランスとシャムはラオ族の意志を全く無視するかたちでメコン川に国境線を引き、ラオ族はメコン川を境に分断されてしまった。そのためフランス領「ラオス」となった地域は、それ以前に存在したラオ族の如何なる王国の領域とも一致しないものとなってしまった。[22]

また、シャムとフランスによる領土獲得競争の犠牲となったのはラオ族だけではない。『王道』に登場するスチエン族であるが、作中彼らはフランスの支配下に無い「未帰順のモイ達 les Moïs insoumis」の一つとして描かれている[23]（挿図5‐1、5‐2）。この「モイ」という言葉は特定の民族の名称ではなく、現在ベトナムの主要民族となっている京《キン》族が山地民達に対して用いた蔑称であり、アンリ・メートルによれば漢字「蛮（中国語での発音：Mán）」の安南語読みである。また山地民達はラオ語ではカーと呼ばれていたが、これは「モイ」と同様「野蛮人」を意味し、ラオスおよびタイ領内のラオ族といった平地に暮らす人々による山地民に対する蔑称である。[24]

このモイやカーなどと呼ばれた人々は、中部高原をはじめとするインドシナ半島の高地や山岳地帯に暮らしていた。アンリ・メートルはこのような山地民達の社会に関し、一九〇九年の著作の中で「モイの国家は存在せず、存在したことも無い」と述べている。[25]彼が書き残しているように、一九〇七年フランスが中部高原を軍事支配した当時、スチエン族やジャライ族をはじめとする山地民達は村落を越える恒常的政

挿図5-２　パリで発行された絵葉書
「祭衣装に身を包むジャライ族の演奏者」
裏に「我らの遥かなるフランス（NOTRE FRANCE LINTAINE）」という説明があることから、植民地を紹介するためのものであると推測される。年代不明。

挿図5-１　サイゴンで発行された絵葉書
「コーチシナ・モイの戦士
COCHINCHINE.- Guerrier Moï」
年代不明。

挿図６　サイゴンで発行された絵葉書
「放浪性の強いモイは家族に必要な分しか畑を耕さず、同じ土地に少しの間しか滞在しない」と説明されている。年代不明。

治組織を形成しておらず、焼畑農耕を行い、また、文字による伝達手段も発達させていなかった(26)（挿図6）。

フランスは植民地において、一民族による他民族に対するヘゲモニーを破壊し、分断して統治するという民族政策を基本とし、支配下に置いた諸民族の慣習体系をフランス法の枠内に組み込んでいくことで統治を行った(27)。このような支配の方法は中部高原の諸民族に対しても適用され、一九一三年フランスは同地の文化的特徴を考慮に入れた司法・行政の組織化を決定し、中部高原の各地にモイ法廷（tribunal moi）と呼ばれた慣習法廷(tribunal cutumier)が創設される。さらに一九二三年、アンナン高等弁務官パスキエがジャライ族・セダン族・バーナー族・ムノン族といった中部高原における人口規模の大きい民族集団全てについて「慣習法」を収集し法典化するよう同地の行政官や民族学者に指示し、口承により伝達されていたこれら諸民族の「慣習法」が発見され、成文化されていった(28)。

このようにして山地民達はフランスの支配に組み込まれていったが、彼らはなぜ山地を生活の場とし、国家を持たずに暮らしていたのだろうか。山地民達のライフスタイルに関して、人類学者ジェームズ・C・スコットはその著書の中で、彼らの暮らす地域を「ゾミア」という一つのエリアとして捉え考察している。このゾミアとは、東南アジア大陸部の国々、中国、インド、バングラデッシュの国境地帯にまたがる山岳地域を指し、現在八つの国民国家と様々な宗教的伝統・宇宙感が交錯する「周縁地帯」となっている(29)。ゾミアにはスチエン族をはじめ多様な集団が存在するが、スコットによれば彼らに政治的共通性は存在していない。その一方で彼は、無国家的共同体の在り方、集団の移動と分散というパターン、焼畑など農業様式の多様性、集団内の大ざっぱな平等主義、そして多くの集団が文字文化を持っていないといった、ゾミアに暮らす人々の共通点の存在を指摘している。スコットが指摘しているこれらゾミアに暮らす人々の共通項は、まさに一九〇七年フランスが中部高原を支配した当時の山地民達の状況そのものである。

またスコットによれば、山地民達がこのようなライフスタイルをとるようになった原因は平地に存在した諸国家との関係にある。植民地期以前の東南アジア大陸部における平地国家は勢力の維持・拡大のため常に労働力の供給を必要としていた。そのため、西欧諸国の侵出による植民地期以前の最重要商品は奴隷であり、平地国家による軍事行動や他民族討伐は奴隷とするための捕虜獲得を主な目的としていた。そしてこのような奴隷の主な供給源は、文化的に異質な山地民であった。その一方で、国家による賦役や徴税に耐えかねた平地の住民が山地に逃亡し、山地民としての生き方を選択することも近代的国家出現以前の時代には多々発生していた。そのため、山地民は元平地国家の住民であり、平地国家の住民は元山地民であるという事態が発生していた。

このように、平地国家と山地民は完全に分断されたものではなく、表裏一体の関係にあった。平地国家の住民と山地民を分けるものは、国家の支配下で生きるか、国家の支配を逃れて生きるかという選択だけだったのである。そして、山地民達の集団の移動と分散、狩猟採集・焼畑を中心とした生活様式は、移動を繰り返すことで自らの所在地を特定しにくくし、国家による討伐や徴税を困難にするための選択の結果である。また、山地民達の多くが文字文化を持っていないこともこれと関係している。スコットは、多くの山地民集団がかつて文字を持っていたがある時点でこれを放棄したという伝承を持っていることに注目している。彼によれば、国家という官僚的組織形成に不可欠な文字文化を放棄することで、山地民は自らの集団がそのようなものになることを阻止するとともに、自分達の歴史などをあえて文字に書き残さないことで文化的柔軟性を維持し、状況に応じて変幻自在に自らのアイデンティティーを変化させることを選択したのである[30]。

このように、山地民達は低地で文明を築いた人々から取り残された原始的な人々などではなく、主体的かつ戦略的にライフスタイルを選択していった人々であり、スコットは彼らを国家の支配から逃れるため過去二〇〇〇年にわたって山地に移った逃亡者であると結論付けている[31]。

事実、中部高原の山地民達はフランスの侵出以前、カンボジア王やベトナムの阮朝といった周辺の諸王朝と盛んに朝貢関係を持っていたが、いずれの王朝も彼らを直接的に支配することはなく、象徴的宗主権を主張するに留まっていた[32]。また先に見たように、フランスも一九〇七年に同地を保護領化したものの、慣習法の収集と成文化という作業にかかった時間を見ればわかるように、彼らを支配するために多大な労力を費やす必要があった。スコットが指摘しているように、山地民達の生存戦略は二十世紀に入り道路や鉄道といったインフラの整備や近代的軍事力の登場までは功を奏し、国家による支配から逃れ続けることを可能としていたのである[33]。

このような背景を考慮すれば、『王道』内で山地民達に対して使われている「モイ」や「未帰順」という言葉は、彼らを支配しようとするフランスやシャムといった平地国家の願望を反映させたものであるといえ、山地民達の存在は、そもそも**なぜ国家に支配されねばならないのか**という問いを我々に発する、国家に対するアンチテーゼそのものなのである。

三．「文明」の支配

このように、フランスのインドシナ侵出とシャムの近代化という流れの中でラオ族や山地民達は両国の

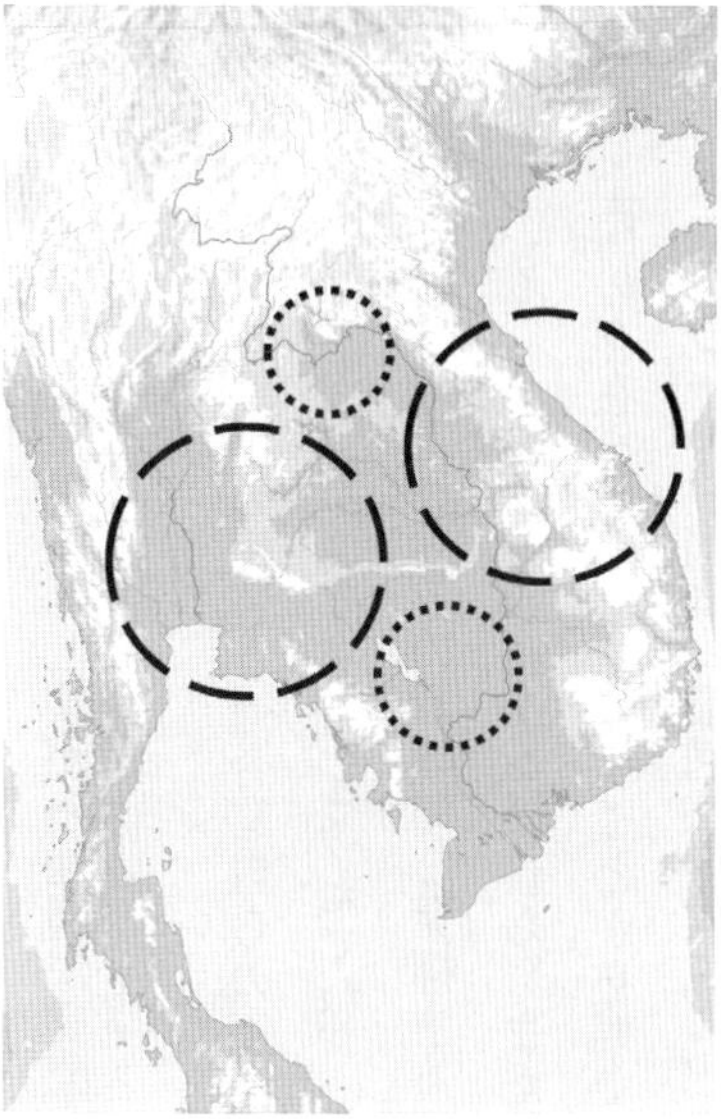

挿図７－１　まんだらシステムのイメージ
ROOTS / Copyright©Heibonsha.C.P.C.

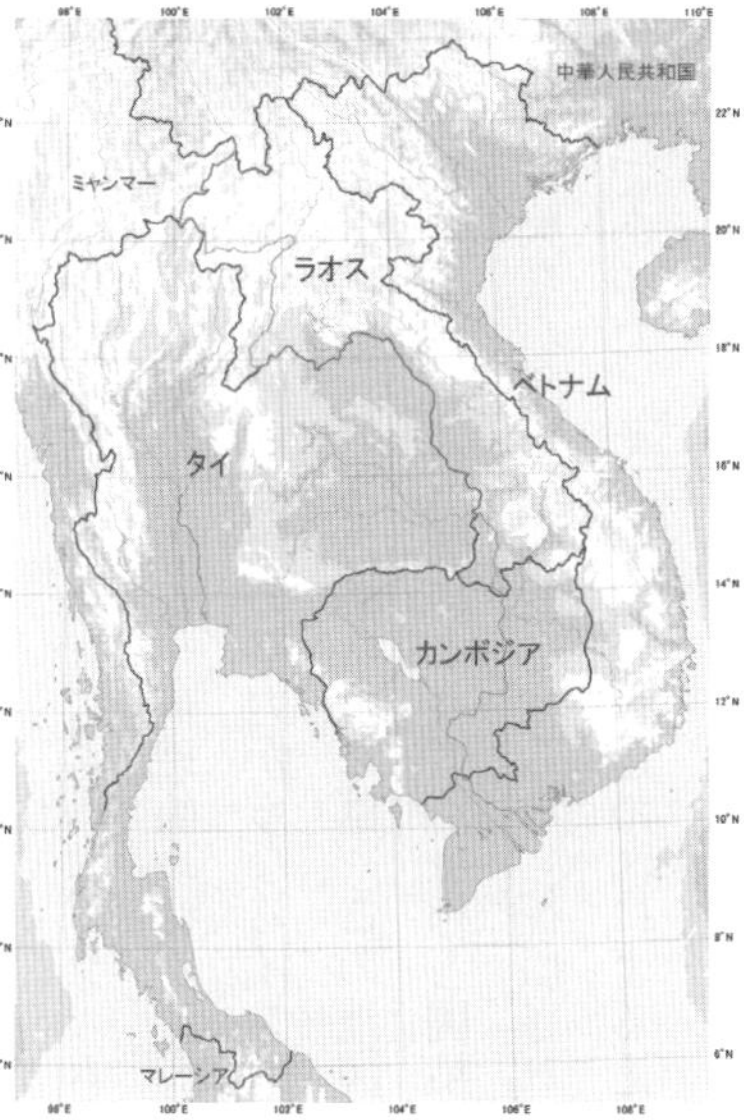

挿図７－２　国境線を持つ今日の近代国家
ROOTS / Copyright©Heibonsha.C.P.C.

支配の対象となっていったが、ここで再度、西欧列強侵出以前のインドシナ半島がどのような政治的状況にあったか確認してみたい。

　まず、列強侵出以前、東南アジアでは有力な諸王の支配者である大王が中心となり、大王の影響力が及ぶ範囲がその支配地域となっていた。しかし、この大王を中心とする支配領域には今日の主権国家が有するような明確な国境線は存在しておらず、大王の影響下にある小王国は隣接する他の大王にも朝貢関係を持つなど、複合的支配が許容されていた。このような当時の状況は「まんだらシステム」と呼ばれる。これに対し列強侵出以後出現したリヴァイアサン、すなわち近代国家は明確な国境線を持ち、主権の帰属において曖昧性を許容しない。このような政治体制が列強の侵出に伴い支配の機構・装置として、東南アジアへと移植された[34]（挿図7‐1、7‐2）。

　列強侵出以後、インドシナ半島は近代国家が引く境界線により分断され、国家の領域を実体化する装置である国境線が書きこまれた地図が登場する。トンチャイ・ウィニッチャクンによれば、シャムは英仏という二つの列強に挟まれ、これらの国々と交わされた条約の度にその国境線・地理的身体（Geo-Body）を変化させてきた。つまり英領ビルマ・シャム・仏領インドシナという三つの勢力からなるインドシナ半島の地図は、英仏シャムの共同作業により生まれたものである。そしてまた彼によれば、この地図作成によって最終的な敗北者になったのは、シャムではなくシャム・フランス両国によって、主権と国境線という新しい概念により規定される新たな政治的空間の中の不可欠なパーツに変貌させられ、征服された小さな酋長達の収める諸地域と土着の政治的空間に対する認識であった。そしてまた彼は地図による近代的言説こそが、近代国家の存在を具現化する究極の征服者となったと指摘している[35]。

この製図法の言説という支配者の登場以後、複合的主権の下にあったムアンや非国家的空間であるゾミアは消滅していき、現代へと繋がる地図が支配する世界が誕生した。このような変化は『王道』の中にも見て取ることができる。

作中ペルケンは山地民達と連合し自らの王国を築くことを画策しているが、「王になるなんてのは愚かだ、重要なのは王国を築くことだと考えてね。〔…〕俺はこの地図の上に傷跡を残したい[36]」という彼の言葉にあるように、王となりその影響力を発揮することよりも、地図上に自らの王国という痕跡を残すことを重視している。つまり、ペルケンは自らもまた製図法の言説というルールが支配する世界の中に存在し、自身の王国の存在を地図上に記すことが必要であると認識している。このように、『王道』の物語世界は現実のインドシナ半島同様、製図法の言説に内包されている。

一方でクロードは「未帰順地域が《文明》に、アンナンやシャムのその前衛に抗って生きることなど、ほぼ無理な相談だった」[37]という言葉にあるように、ペルケンの王国建設計画の実現性に疑問を持っている。また、ペルケンも自身の計画の脆弱性を認識している。

俺が欲しかったのは、まず軍事力だ。〔…〕俺の計画も腐っちまったよ。俺にはもう時間が無い。二年もしないうちに鉄道の延長工事も完成するだろうし、五年もたたないうちに道路だか鉄道だかが奥地を貫通しちまうだろうよ。[38]

ペルケンはシャムやフランスに対抗し自らの王国を打ち立てるため軍事力を欲しているが、鉄道や道路といったインフラが両国により整備されてしまうことを危惧している。また彼は次のようにも語っている。

クロード、問題なのは軍隊だけだ。鉄道が出来ちまう前なら奴らをやっつけられる。どの兵站線も伸び切ってる。そいつをうんと後方で断ち切って先頭を孤立させて、武器を奪わなきゃ……無理な話じゃないさ……[39]

これらの引用部からわかるように、ペルケンは山地民の暮らす山地や密林という軍の展開やそれを支える補給が困難な地の利を生かし、山地民らを機関銃などで武装させゲリラ戦を仕掛けようと考えている。しかし、フランスやシャムといった国家により鉄道や道路網が整備されてしまえば、その地理的アドヴァンテージは消滅してしまうだろう。この鉄道であるが、先述の一八七二年から始まったホー族の侵攻と深い

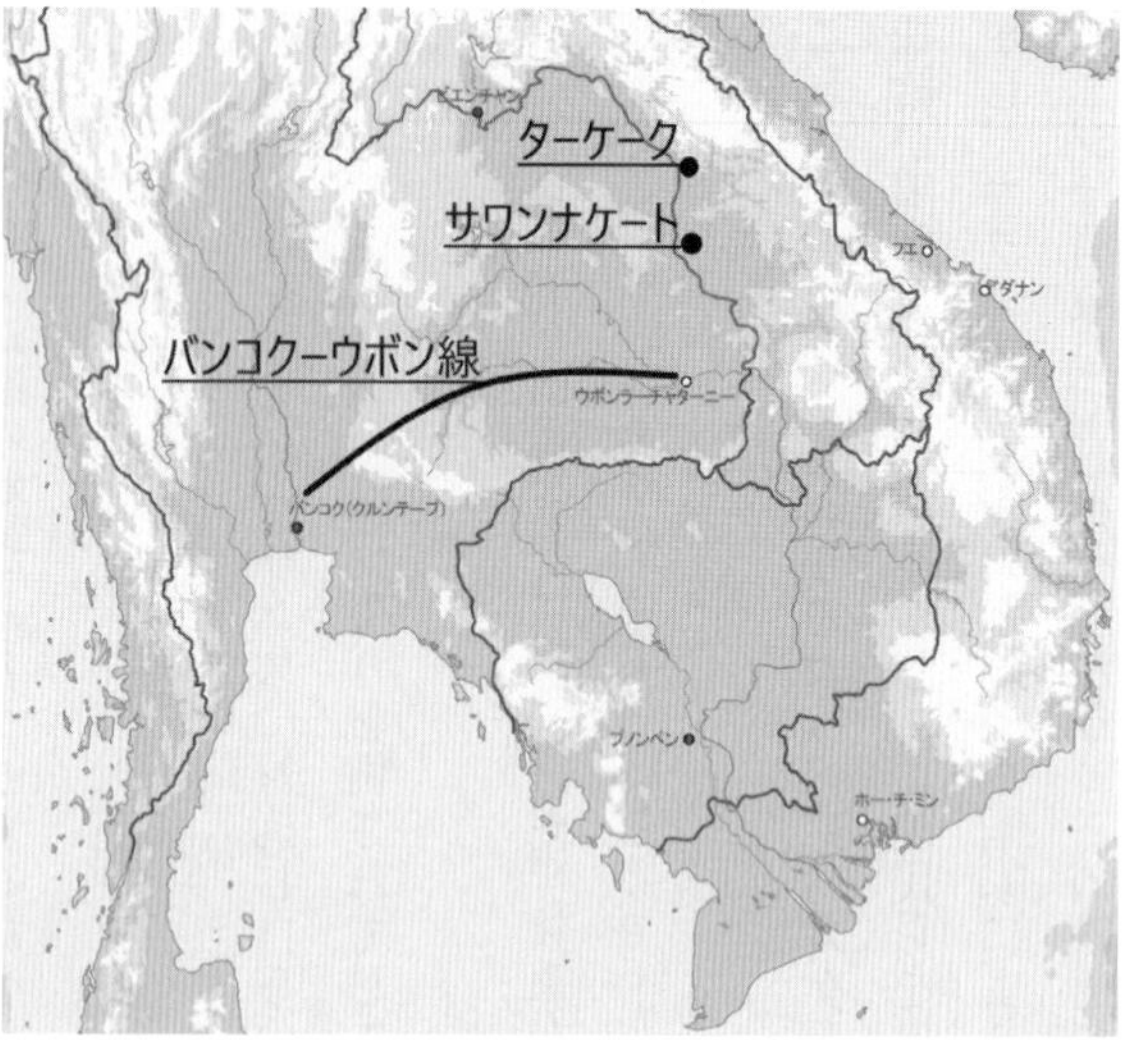

挿図８　バンコク―ウボン線とターケーク、サワンナケートの位置関係　ROOTS / Copyright©Heibonsha.C.P.C.

関係を持っている。この侵攻に対しルアンプラバーン王国などラオ族の諸王国の宗主国であったシャムは一八七五年から鎮圧に乗り出し、一八八五年には最大級の兵力を投入して征伐を行うが、当時シャム国内のインフラは脆弱で、物資・人員輸送は困難を極め、苦戦を強いられた。この事件はシャム政府に国内の輸送条件の悪さと一度に大量の物資と人員を移送可能な鉄道建設の必要性を痛感させ、国内インフラ整備を加速させるきっかけとなった(40)。以後シャムは鉄道建設を推進し、『王道』発表と同じ一九三〇年にはコーラート高原を横断するバンコク-ウボン線を開通させている。この路線開通により、一八九〇年当時は陸路と水路を使用し、乾季で三一日間・雨季で四二日かかっていた同行程が二日間に短縮された(41)。このように、国内の鉄道網充実はシャム国内から辺境を駆逐し支配を強化することを可能としていった。一方、フランスも仏領インドシナ内で交通網の整備を推し進め、同じく一九三〇年にはサイゴンからラオスのターケークを結ぶ幹線道路一三号線を完成させている（挿図８）。また、同年にはベトナム沿岸部と一三号線を結ぶ九号線・一二号線も完成し、これらの道路網によりそれまでメコン川を使った水路で一二日間必要とされていたサイゴン-サワンナケート間の輸送が陸路で三日に短縮された[42]。このように、『王道』が発表されたのはインドシナ半島内に近代的交通網が整備拡充されていった時代だったのである。

再び『王道』の物語世界内に話を戻そう。クメール遺跡盗掘後、ペルケンとクロードは仏印当局の妨害を回避するため「未帰順地域」であるスチエン族の村を訪れる。そこでペルケンは彼がその行方を追っていたグラボという人物が奴隷にされているのを発見し、これを救出しようとしてスチエン族に負傷させられてしまう。ペルケンらはシャム領内に逃げ込み、シャムにグラボ救出を要請する。シャム政府はこの事件を利用し、スチエン族鎮圧を口実に機関銃手八〇〇名からなる軍を派遣するとともに、スチエン族が暮らす未帰順地域への鉄道線路建設に乗り出す。ペルケンはこのシャム政府の動きを電報で知ることになるが[43]、機関銃という近代兵器と兵力の輸送に必要な鉄道網、そして軍の効果的展開に不可欠な電報という情報ネットワークを兼ね備えた近代的国家としてシャムが描かれていることに注目したい。

先に見たように、シャムは列強の侵出に対抗するため近代化を推進したが、シャムとフランスの領土を巡る角逐は地図という支配者の登場と、それまでの政治的状況に不可逆的な変化を引き起こし、境界線で区切られた領域内を鉄道や道路・電信といった支配のためのインフラが網の目のように広がっていった。マルローはこのような当時のインドシナ半島情勢を強く意識し『王道』という物語を執筆していたと思われる。そして本作における「文明」とは、このような支配を可能とするネットワークや実力としての軍事力を意味すると考えられる[44]。

四　ペルケンの領土・ラオス

このように、「文明」の力が眼前に迫る中、ペルケンは「彼の領土」であるラオスを防衛するため、クロードと共にラオスを目指す[45]。そして彼らは「サムロン」というペルケンが関係を築いている人物・サヴァンが治める最初のラオスの村へたどり着く。

「〔…〕軍隊が川を越えないってことは了解済みなんだよ。その向こうがサヴァンの地域で、また向こうがおれのなんだ」

その川はU字型をなして、かなたに、青い淵の中にそこだけ白く、白熱したように輝いていた[46]。

この村は「U字型をなした川の向こう」に存在し、「シャム軍はこの川を越えないことになっている」と述べられている。その形状とシャム軍が越えられないという情報から、この川とは一九三〇年当時シャムと仏領インドシナ・ラオス間の境界となっていたメコン川のことであり、現在のタイ・ウボンラーチャターニ市の東方、メコン川とムン川の分岐点周辺に近いメコン川左岸に存在するものとしてサムロン村をマルローは描いていると思われる（挿図9）。また、ペルケンが自らの領土と主張する地域はサムロン村のさらに向こうに存在すると述べられているが、サムロン村の所在地から考えると、そこにはボロヴェン高原が広がっている。この高原は東でアンナン山脈や中部高原と接続しており、さらにこれらの山岳地帯を伝って北上すれば、ラオス北部の山岳地帯を経由し、現在の中国・雲南省やミャンマー・シャン州のシャン高原へと山々が続く。つまりペルケンの領土は「ゾミア」の一部ということになる。

また、ペルケンは自らの王国建設のため、ラオス北部に至るまでの「ほぼ全ての支配下にない部族の長達 presque tous les chefs des tribus libres」と関係を持っていることが作中明らかにされているが、彼はこの部族の人々を「俺のモイ達」と呼んでいる[47]。これらのことから、ペルケンの連合相手は山地民を中心とした人々であることがわかる。しかし、『王道』発表の一九三〇年の段階では、ラオスは既にフランスの支配下にあったはずであり、この「支配下にない部族 les tribus libres」とはどのような人々であるか疑問が残る。この言葉の意味を明らかにするために、再び物語世界を離れ、この時代のラオス情勢に目を向ける必要があるだろう。

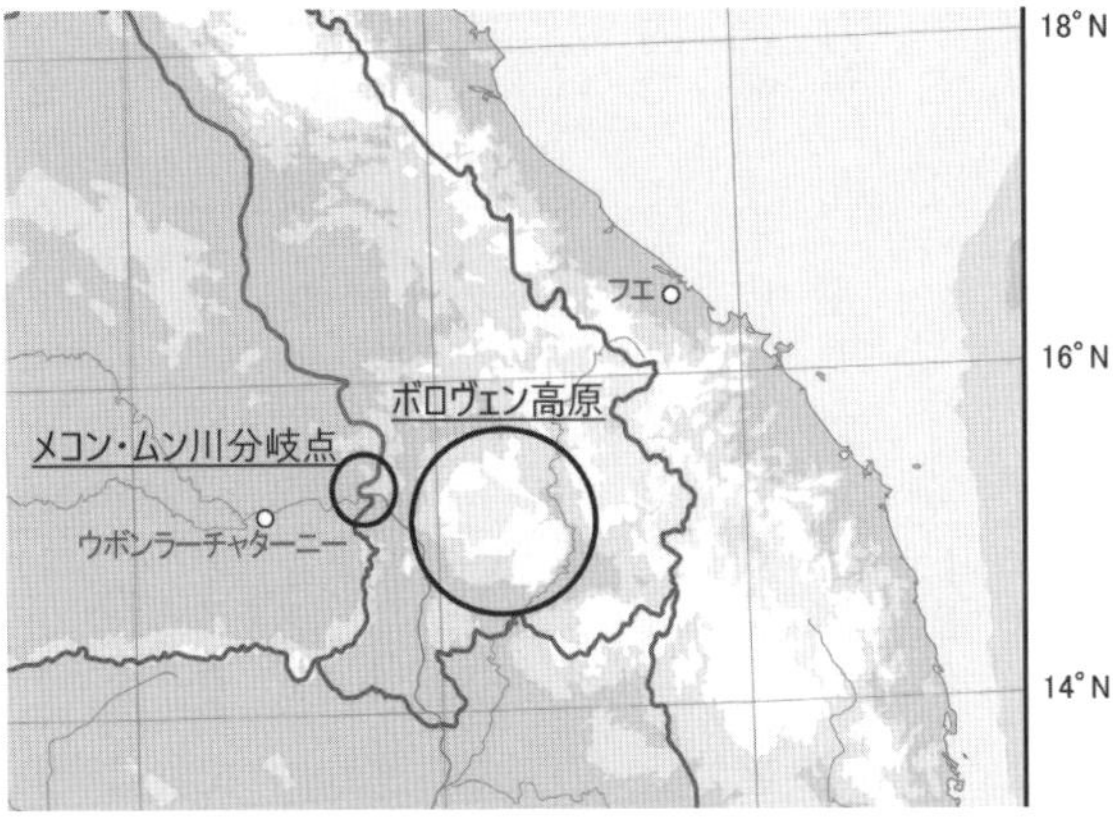

挿図９　メコン・ムン川分岐点とボロヴェン高原の位置関係
ROOTS / Copyright©Heibonsha.C.P.C.

先述のように、一八九三年仏領ラオスが形成されたが、国境線により区切られたこの近代的統治空間の登場は、ラオス北部では中国との伝統的社会・経済関係を破壊し、またフランスの植民地支配の手法である民族分断統治政策によりラオス内部の伝統的社会構造も変化を余儀なくされた。さらにフランスはこの地の人々に人頭税や賦役などを課した。中でも、道路などインフラ整備のための労働をラオスの人々は課せられたが、人口密度の低かった山岳地帯では山地民がその主要な労働力となることを要求された。ラオスの人々にとって、伝統的に労働は儀式の用意など特別な目的のためになされるものであり、フランスによる労働の強制は人間としての価値を貶めるものとして受け止められた[48]。

このようなフランスの支配に対し、特に山地民達の間で不満が蓄積していき、十九世紀後半から一九三〇年代にかけラオス各地で反乱が相次いだ。北部では一九〇八年、一九一四年、一九一八年と立て続けに様々な部族による反乱が発生したが、最初の大規模な暴動は一八九五年、南部で発生した。「聖なる人の反乱」と呼ばれたこの反乱の首謀者は、ラオ族からカーと呼ばれていた人々の集団の一つアラック族出身のバク・ミーという人物であり、弥勒菩薩の降臨を待望する仏教的メシヤニズムを背景に、山地民だけでなく低地に暮らすラオ族の支持も得た。この反乱はボロヴェン高原一帯に広がり、さらにシャム領内でシャムによる支配に対し反乱を起こしていた勢力も合流し、シャム領コーラート高原からベトナム中部高原まで広がる国際的事件に発展した。フランスはこの反乱を一九一〇年に鎮圧するが、反乱の残存勢力が一九三五年までボロヴェン高原東部で抵抗を続け、この運動は後にラオス独立運動へと繋がっていく[49]。

このように、ラオスは山地民やラオ族の近代化に対する怒りが爆発した地であり、『王道』発表当時もボロヴェン高原の反乱は継続中であった。ペルケンが連合を試みた「支配下にない部族」とは、マルローがこのようなフランスやシャムといった近代国家の支配に抵抗する人々の存在を念頭に考え出したものであると思われる。

そして、このような反乱の大地であるラオスの奥地を目指すペルケンであるが、物語の終盤、報復のため彼を追ってきたスチエン族と共にシャム軍に追い詰められていく。

スチエン族はもはや逃走していなかった。〔…〕そこには、飢餓が昂じて未開人達の移住を苦しめていることとが突然しかと見て取れた。そして右手の川のすぐそばでは、死者を悼む泣き女を象る文明人にはわからない苦しみを表す物神の一つがしつこく目に留まったが、その上には周囲に小さな羽がついた人間の頭蓋がのっていた。(50)

鉄道や近代兵器、通信技術といった西洋が生み出した「文明」を吸収し近代化したシャムによってスチエン族は追い詰められ、「未開人」の「文明人にはわからない苦しみ」を表現した物神を掲げる。マルローは、このスチエン族の姿と近代化を果たしたシャム政府のコントラストを通じ、近代国家の暴力的性格を描き出し、また「未開」のスチエン族を「文明」の犠牲者として描き出していると思われる。そしてスチエン族と同じく、ペルケンもまたシャムの「文明」の力の前に敗れ去り、スチエン族から受けた傷がもとで死んでいく。

かなたでは、水牛が枕木を運び、シャム人達がそれを落としては機械のように正確に、ちょうどグラボがあの小屋でやっていたように最後の枕木の周りを回ると立ち去って行った。〔…〕彼(ペルケン)は自分の領土へ行けば自分が治るだろう、そして死ぬだろうという事がわかっていたし、彼は自分という希望の房の上で、世界が囚人の縄のように鉄道に締め付けられ閉ざされるだろうことを知っていた。〔…〕モイ達の煙は、真昼の坩堝の中でますます数多く、まっすぐに広がって、巨大な格子のように地平線を閉ざしていた。(51)

この引用部で鉄道というインフラシステムを構築していくシャム人の姿が描かれており、鉄道が世界を「囚人の縄のように」締め付け閉ざしていく。そしてシャム政府が引き起こしたスチエン族の逃走と断末魔を象徴する煙が織りなす格子が地平線を閉ざしていく。この鉄道や通信技術といったインフラは、シャムという近代国家にとっては支配と管理のためのネットワークである一方、国家による支配を逃れ続けてきた山地民であるスチエン族にとっては、人間を捕らえる漁網、すなわち幾重にも張り巡らされたシステムを象徴しているのである。

おわりに

以上のように、『王道』はインドシナ半島の近代化という変革から抽出したエッセンスをもとに生み出された物語であると考えられる。

作中、近代化を果たしたシャムとフランスの狭間で、国家による支配を逃れ続けてきた山地民スチエン族とペルケンの王国建設という企ては圧殺されていった。マルローは彼らの姿を通じ、リヴァイアサンとそれが行使する「文明」の力に覆われていく世界の姿を描き出している。

科学技術や工業力の発展に伴い、二十世紀以降我々の世界は近代国家とそれを支える「文明」により覆われ画一化されていき、山地民達の暮らす非国家的空間であるゾミアは消滅していった。一方で、国境線を巡る争いや国家の支配に抗う民族の抵抗運動など、本作が提示する問題は今日もなお、インドシナ半島をはじめ世界中で見受けられ、我々はその明確な解決方法を見いだせずにいる。

このような観点から『王道』を読み返すとき、この小説は「文明」の力により画一化されていく世界、そして国家と人間の関係を問い直すものとして、再評価し直すことができるのではないだろうか。

【注】

（1）本作の原書及び邦訳は以下の版を使用した。なお日本語訳に当たっては適宜拙訳を行った。原書：André Malraux, *Œuvres complètes*, t. I, éd. sous la dir. De Pierre Brunel, Paris, Gallimard, coll. « Bibliothèque de la Pléiade », 1989. 邦訳：アンドレ・マルロー『王道』、渡辺淳訳、講談社、二〇〇〇年。邦訳に関しては『王道』、原書に関しては*Œ* I と略記する。

（2）Curtis Cate, *Malraux*, traduit de l'anglais par Marie-Alyx Revellat, Perrin, 1993, pp. 240-241.

（3）マルロー自身はこのモイと呼ばれる山地民と接触した経験はなかった。Walter G. Langrois « Notice » in André Malraux, *Œ* I, p. 1125 ; « Aux sources de la Voie royale », *ibid.*, p. 1146, pp. 1152-1153, 1156-1162. 作中登場するスチエン族は登場人物ペルケンにより「ケ・ディエン」と呼ばれる集団であると述べられている。このスチエン族の別称はアンリ・メートルがその著書の中で紹介している。『王道』一三一頁（*Œ* I, p. 438）：Henri Maître, *Les Jungles Moï*, Emile Larose, 1912, p. 407.

（4）*Idem.*

（5）『王道』一三一頁（*Œ* I, pp. 438-439.）

（6）工藤庸子『ヨーロッパ文明批判序説——植民地・共和国・オリエンタリズム』東京大学出版会、二〇〇三年、一三五～一四一頁

（7）『王道』一三頁（*Œ* I, pp. 374-375.）。ジャライ族は中部高原を中心に暮らしてきた人々である。Đặng Nghiêm Vạn, Chu Thái Sơn, Lưu Hùng, *Les ethnies minoritaires du Vietnam*, pp. 210-215.

（8）『王道』一五～一六頁（*Œ* I, pp. 375-376.）

（9）同右、一〇頁（*Œ* I, pp. 372-373.）シャン州とは現ミャンマー領北東部の地域であり、「シャン」はビルマ人によるビルマ国内および中国領に居住するタイ系諸族を総称する際の呼称である。長谷川清「民族間関係と『歴史』の記憶：徳宏タイ族のエスニシティと民族的境界をめぐって」『国立民族学博物館調査報告』第八巻、一九九八年、四一六頁

（10）『王道』一四頁（*Œ* 1, p. 375.）

（11）菊池一雅『ベトナムの少数民族』古今書院、一九八八年、一二八〜一三〇頁：Henri Maître, *Les Jungles Moï*, pp. 521-526.

（12）柿崎一郎『タイ経済と鉄道 1885〜1935年』日本経済評論社、二〇〇〇年、一一二〜一一七頁：マーチン・スチュアート‐フォックス『ラオス史』（菊池陽子訳）、めこん、二〇一〇年、三八〜四一頁（Martin Stuart-Fox, *A History of Laos*, PU Cambridge, 1997, pp. 20-22.）

（13）菊池一雅、前掲書、一五二〜一五三頁：Henri Maître, *Les Jungles Moï*, pp. 521-523.

（14）マーチン・スチュアート‐フォックス、前掲書、四四〜四五頁（Martin Stuart-Fox, *op.cit.*, pp.24-25.）

（15）山下明博「世界遺産を巡る紛争における国際司法裁判所の役割」『広島平和科学』第三三巻、広島大学平和科学研究センター、二〇一一年、五〜七頁。挿図4はダン・レク山脈に存在するプレア・ヴィヒア遺跡からラオス方面へ向け撮影したものである。一九〇七年にシャムとフランスが引いた国境線により同遺跡はカンボジア領内に存在することになったが、カンボジア独立後この遺跡の領有権をめぐりカンボジアとタイとの間に国境問題が発生し、二〇〇八年にはこの遺跡の領有権をめぐる武力衝突に発展した。同右、三頁

（16）樫永真佐夫「多民族国家ベトナムにおける「民族法」制定と仏領期の慣習法研究：ベトナム中部高原少数民族の慣習法研究を例に」『南方文化』、第二五巻、一九九八年、四五〜四六頁

（17）加藤和英『タイ現代政治史――国王を元首とする民主主義』弘文堂、一九九五年、五六頁

（18）同右、二九〜四一頁

（19）ベネディクト・アンダーソン『想像の共同体――ナショナリズムの起源と流行』（白石隆・白石さや訳）、書籍工房早山、二〇〇七年、一六三〜一六五頁（Benedict Anderson, *Imagined Communities : Reflections on the Origin and Spread of Nationalism* Revised Edition, Verso, 1991, pp. 99-100.）

（20）加藤和英、前掲書、七〇〜七七頁

（21）André Malraux, « Défense de l'Occident par Henri Massis » in *Œuvres complètes*, t. VI, *Essais*, éd. sous la dir. de

Jean-Yves Tadié, Paris, Gallimard, coll. « Bibliothèque de la Pléiade », 2010, pp. 206-207.（和訳は執筆者によるもの）

（22）矢野順子『国民後の形成と国家建設――内戦期ラオスの言語ナショナリズム』風響社、二〇一三年、六〇～六三、七九、八五～一〇一頁：田中稔穂「二〇世紀初頭のシャムにおける「ラーオ語」の「タイ語」化」『言語社会』第一号、二〇〇七年、一六三～一六四頁

（23）『王道』三三頁（*Œ* I, p. 385.）

（24）Henri Maître, *Les régions Moï du Sud indo-chinois : le plateau du Darlac*, Plon, 1909, pp. 29-30.　エリゼ・ルクリューは一八八三年の著書『新世界地理』の中でインドシナ半島東部の少数民族を取り上げ、それまで一括して「モイ」と呼ばれていた人々を部族ごとに分けて取り扱っている。その著作の中には『王道』に登場するスチエン族やジャライ族、セダン族の名が見受けられ、それぞれの集団の生活、習慣、言語について解説されている。一方、メートルによる『密林のモイ』（一九一二年）はその後のアンナン、カンボジア、低ラオスコーチシナに住む少数民族研究の基礎となった。菊池一雅、前掲書、二一～二三、二五頁

（25）Henri Maître, *Les régions Moï du Sud indo-chinois : le plateau du Darlac*, p. 61.

（26）樫永真佐夫、前掲書、四五～四六頁

（27）竹沢尚一郎『表象の植民地帝国』世界思想社、二〇〇一年、一三二～一三三頁

（28）樫永真佐夫、前掲書、四六～四八頁

（29）ジェームズ・C・スコット『ゾミア』（佐藤仁監訳）、みすず書房、二〇一七年、一三～二〇頁（James C. Scott, *The Art of Not Being Governed : An Anarchist History of Upland Southeast Asia*, PU Yale, 2009, pp. 13-20.）

（30）同右、一八～一九、二七～三三、八〇～九一、一八一～二一二、二二一～二三九頁（*Ibid.*, pp. 18-19, 26-32, 79-91, 178-211, 220-237.）

（31）同右、ix～x頁（*Ibid.*, pp. ix-x.）

（32）新江利彦『ベトナムの少数民族定住政策史』風響社、二〇〇七年、六七～六八頁

（33）スコットは、このような国家による支配からの逃避は第二次世界大戦以後、国家による鉄道などの発展に

よりほぼ不可能となったと指摘している。ジェームズ・C・スコット、前掲書、xii頁（James C. Scott, *op.cit.*, p. xii.）

（34）白石隆『海の帝国――アジアをどう考えるか』中央公論新社、二〇〇〇年、四五～四八、五八～六〇頁、トンチャイ・ウィニッチャクン『地図がつくったタイ』明石書店、二〇〇三年、一七八～一八九頁（Thongchai Winichakul, *Siam Mapped : A History of the Geo-Body of a Nation*, University of Hawaii Press, 1994, pp. 95-101.）

（35）同右、二三六～二三八頁（*Ibid.*, pp. 128-129.）

（36）『王道』八四頁（Œ 1, pp. 411-412.）

（37）同右、八六頁（Œ 1, p. 413.）

（38）同右、八四～八五頁（Œ 1, p. 412.）

（39）同右、二四三頁（Œ 1, p. 501.）

（40）柿崎一郎、前掲書、一一二～一一七頁

（41）同右、一三五頁、柿崎一郎「タイにおける交通網の発展 1897 ～ 1932 年」『東南アジア 歴史と文化』第二六号、一九九七年、六二、六四～六五頁

（42）マーチン・スチュアート‐フォックス、前掲書、七八～七九頁（Martin Stuart-Fox, *op.cit.*, pp. 47-49.）

（43）『王道』二一六頁（Œ 1, pp. 485-486.）

（44）『王道』における「文明」の持つ意味については、以下の拙稿も参照されたい。井上俊博「近代兵器と道」『フランス語フランス文学研究』第一一一巻、二〇一七年

（45）『王道』二二〇～二二三頁（Œ 1, pp. 488-490.）

（46）同右、二二三頁（Œ 1, p. 490.）

（47）同右、八四～八五頁（Œ 1, pp. 411-412.）

（48）マーチン・スチュアート‐フォックス、前掲書、五〇～六四頁（Martin Stuart -Fox, *op.cit.*, pp. 29-39.）

（49）同右、五七～六七頁（*Ibid.*, pp. 34-41.）

（50）『王道』二三六頁（*Œ* 1, pp. 497-498.）
（51）同右、二四四～二四五頁（*Œ* 1, p. 502.）

バンテアイスレイ事件から『想像の美術館』へ
――アジア考古学史のなかのアンドレ・マルロー

藤原　貞朗

はじめに

本稿は、一九二三年のバンテアイスレイ事件を出発点にしてアンドレ・マルローの古美術に対する行動と思想を考察し、それを一九三〇年代のアジア考古学史、特にアジア美術のミュゼオロジー（美術館政策）の文脈に位置づけることを目的とする。

二二歳のマルローがアンコール遺跡のバンテアイスレイ寺院で行った遺跡の破壊行為はよく知られている。しかし、マルロー研究者はおおむねクララ・マルローの「子供じみた宝探し」という回想的証言に従って、若き日の「偶発的な事故」と理解するだけで、後のマルローの文芸活動や美術思想とは無関係の出来事だと考えている[1]。しかし、美術史家のアンリ・ゼルネー（Henri Zerner, 1939-）が示唆したように、「バンテアイスレイ寺院で示された野蛮な暴力性は、マルローが美術論で採用することになる態度に完全に一致している[2]」。

本稿はこのゼルネーの見解を支持しつつ、まず、一九二三年のアンコール遺跡での事件に表れた「暴力性」に注目し、それを一九四七年の『想像の美術館 *Musée imaginaire*』で語られたマルローの美学、特に断片的彫像についての思想と比較したい。そのうえで、マルローの「美術論で採用することになる態度」が、一九二〇～三〇年代のアジア美術史の方法論とミュゼオロジーと深く結びついていることを示す。特に比較したいのは、当時、フランスの東洋美術館であるギメ美術館の学芸員であったフィリップ・ステルヌ（Philippe Stern, 1895-1979）の様式分析とルネ・グルセ（René Grousset, 1855-1952）の比較美術研究の理念である。比較を通じて、マルローの行動と思想が植民地主義時代のアジア美術史の方法に影響を受けていること、少なくとも、両者が同じ「暴力性」を暗示する同時代的な美術史的産物であることを明らかにしよう。

「バンテアイスレイで示された野蛮な暴力性」

一九二三年一二月、マルローはバンテアイスレイ寺院の壁面に彫刻された石材を引き剥がし、遺跡から持ち出して逮捕された。当時、インドシナ連邦を形成していたフランスは、現在のベトナムのハノイにフランス極東学院（École française de l'Extrême-Orient）を設置し、アンコール遺跡を独占的に調査していた。マルローはその調査報告を読み、まだ学院が調査をしていない寺院に目をつけ、そこから美術的価値の高い彫像を持ち出そうと考えた。盗み出した彫刻を欧米のコレクターや美術館に売る計画だったようである。

事件の経緯については拙著『オリエンタリストの憂鬱』を参照されたい[3]。本稿では遺跡においてマルローが見せた「野蛮な暴力性」に具体的に焦点を当てよう。この事件は現地に掲示板が設置されて説明されているほど有名であり、そこには「マルローが盗掘したレリーフ」が写真で示されている。しかし、掲示されている写真は間違っている。バンテアイスレイには三つの祠堂があり、南北の祠堂の壁面に合計一六体の女神デヴァタの浮彫がある。事件当時の記録には、彼が南祠堂の二体のレリーフを持ち出したと記されているが、どの二体なのかは明確ではない。

図１　1924 年に撮影されたバンテアイスレイ寺院南祠堂南側。報告書『フランス極東学院考古学報告』（1926 年）挿図。
L. Finot, V. Goloubew et H. Parmentier, *Mémoires archéologiques publiés par l'EFEO, tome I, Le temple d'Içvarapura, Bantay Srei, Cambodge*, Paris, 1926.

現在の寺院にはかつての廃墟の面影はない。事件後、極東学院は寺院を調査し、完全な復元を行ったからである。しかし、調査後に作成された報告書に復元前の南祠堂を撮影した写真が残されている（図１）。[4]南祠堂南側の写真であり、彫刻が施された石材が引き抜かれている。ここにあったレリーフをマルローは持ち出したのである。

この写真をみれば、マルローが壁面を打撃し、強引にレリーフを引き抜いたことが分かる。よく知られるように、彼は事件を題材に小説『王道 *La Voie royale*』（一九三〇年）を書き、その中で遺跡を破壊し、レリーフを「引き剥がす」様子を克明に描写している。[5]二ダースの鋸と槌を使い、一心不乱に祠堂を叩きつける様子である。小説にして約五ページ、時間にすれば少なくとも一時間は寺院の壁を叩き続けたのではないだろうか。南祠堂の壁には今なお大きな傷が残っている。

ここで確認したいのは二つの事実である。ひとつは寺院の壁を叩き壊してレリーフを強引に切り出したという文字通りの「野蛮な暴力性」。もうひとつは彼が持ち出そうとしたのが女神の上半身の断片だけだったという事実である。彫刻を分断し、断片を持ち出そうとしたのである。ここに、芸術作品を切断するというもうひとつの「暴力性」を見出すことができよう。

マルローの「断片の美学」と一九三〇年代パリのミュゼオグラフィー

さて、マルローは多数のセルフポートレイトを残しているが、その中に断片的な影像が映り込んだ写真がある。彼は幾つかのアジアの影像を所有しており、一九五三年に撮影された『想像の美術館』のための有名な写真にもピアノの上に仏陀の頭部がみえる。特に彼のお気に入りがパキスタンで入手したアフガニスタンの弥勒菩薩像で、何度もツーショット写真を撮影している（図２）。

一九四七年の『想像の美術館』から一九五二年の『世界の彫刻の想像美術館 *Le Musée imaginaire de la sculpture mondiale*』に至るまで、マルローの美術論の中心にはこうした頭部や上半身だけの彫刻の断片があった。前者においてマルローは、彫刻の「断片は虚構の芸術の流派の巨匠である[6]」と書いている。彼が例示するのは有名な《サモトラケ島のニケ》である。頭部も両腕もないこの断片的な影像は、失われたオリジナルの影像とは異なる「ひとつのギリシャの様式を暗示してはいないだろうか」と問いかけるのである。断片化された影像は、遠く離れたパリの美術館において生まれ変わり、新たな芸術的価値を付与されたとマルローは考えるのである。

図２　アンドレ・マルローとハッダの《弥勒菩薩像》（1931-1933 年）
Ph. Tanta et Makovska © Archives Larbor

この「断片の美学」というべき思想を伝える一節は、マルローの独創的な文章としてよく引用されてきた。多くの研究者は、こうした思想が綴られた『想像の美術館』とは、彼の想像力が生み出した「空想の美術館」であると考えている。しかし、こうした仮説は再考さ

図3　1900年頃のルーヴル美術館におけるニケ像の展示。雑誌『フランス美術館紀要』（1934年1月）挿図より。 *Bulltin des Musées de France*, janvier 1934, p. 23.

図4　1934年のルーヴル美術館におけるニケ像の展示。雑誌『フランス美術館紀要』（1934年1月）挿図より。
Bulltin des Musées de France, janvier 1934, p. 24.

れねばならない。というのは、マルローが美術史的知識を深めていたと考えられる一九三〇年代に、ルーヴル美術館のニケ像の展示は大きく変わり、その見方も変わりつつあったからである。

十九世紀半ばに発見されたニケ像は、十九世紀末から一九三四年まで、他のギリシャ＝ローマ時代の彫刻とともに展示され、制作された時代のコンテクストを想起させていた（図3）。背景には第二帝政期に施された勝利の女神像のフレスコ画も描かれていた。この展示が一九三〇年代に行われたルーヴル美術館の大改造によって改められ、一九三四年に、今日のように、モダンな白壁を背にして、ニケ像だけが単独で展示されるようになったのだった（図4）。制作された同時代・同地域の文化的コンテクストを伝える古代彫刻のひとつから、出自も時代も超越した独立した芸術的価値のある「傑作」へ、すなわち近代的な美的価値のある芸術作品へと姿を変えたのである。

この新たな展示方法は、断片的な彫刻を独自の芸術作品とみなす『想像の美術館』を先取りしていると言ってよかろう。その意味で、『想像の美術館』は架空の美術館ではなく、一九三〇年代のパリの美術館展示の変化の影響を受けていると考えるべきではないだろうか。この仮説を裏付けるのがニケ像への言及に続く次のマルローの文章である。

> クメールの彫像は型にはまった胴体のうえに見事で多様な頭部を有している。ゆえに、クメールの頭部だけの展示は、ギメ美術館の栄光である。[7]

図5　1935年のギメ美術館におけるバイヨン室の展示。雑誌『フランス美術館紀要』(1935年7月)挿図より。
Bulltin des Musées de France, juillet 1935, p. 101.

マルローが言及するギメ美術館の「クメールの頭部だけの展示」とは「バイヨン室」(図5)を指している。アンコール遺跡のバイヨン寺院で発掘された多数の彫像の頭部(断片)が、編年的かつ様式別に整理されて展示されている。この展示室が開設されたのは、ニケ像の展示が一変した翌年の一九三五年のことである。ギメ美術館もまたパリの美術館改造の対象となっていた。

一九三〇年頃まで、パリの美術館におけるクメール美術の展示方法はこれとは真逆だった。トロカデロにあったインドシナ美術館(Musée Indo-chinois)では、巨大なレプリカによって寺院の装飾や彫像が復元され、アンコール遺跡の全体の様子をできるかぎり伝えようとしていた。こうした展示を改め、レプリカを展示から排除し、オリジナルの彫像の断片を、時代別、様式別に展示したのが一九三五年の「バイヨン室」であった。美術館の近代化の名のもとにオリジナルの彫刻の断片だけを展示した部屋をマルローは絶賛したのであった。

このように、一九三〇年代のパリの美術館では、彫刻の断片にスポットライトが当たる新たな展示が姿を現していた。断片に注目したマルローの美術論には、この時期のミュゼオロジーが大きな影響を及ぼしたと考えられる。マルローの『想像の美術館』は英語で「壁のない美術館 Museum without walls」と訳されたが、実際には、一九三〇年代に変貌した「壁のある美術館」の影響が大きかったと考えられる。一九三〇年代のミュゼオロジーの変化と並行した著作として、『想像の美術館』を読み直す必要があるだろう。

パリのアジア美術館と植民地考古学

マルローが「クメールの頭部だけの展示」に言及した一節は、一九二三年のバンテアイスレイ事件を想起させるという意味でも重要である。ギメ美術館の「バイヨン室」は美術館の近代化の名のもとに開設されたが、オリジナルの彫像だけが並ぶこの展示室が植民地の考古学の進展と歩みを共にしていたことは言うまでもない。

マルローは彫刻を遺跡から持ち出して逮捕されたが、正規の極東学院の調査員による遺物の持ち出しは合法化されていた（マルローの罪は上官の指示を無視して遺跡を「損壊」し、彫像を許可なく持ち出そうとした点、すなわち「横領」しようとした点にあった）。一方、極東学院は盗掘の恐れのあるモニュメントを正規に遺跡から持ち出し、学院の倉庫へと持ち帰り、その一部は、プノンペンの美術館やパリの美術館へ移送していた。その結果として、オリジナルの彫刻だけが並ぶ一九三〇年代のギメ美術館の展示が実現していたのだった。

一九三一年にはパリで国際植民地博覧会が開催され、復元されたアンコール・ワットの中央祠堂の原寸大レプリカの内部では現地から送付されたオリジナルの彫像が展示され、それらは博覧会後も現地に戻ることなく、ギメ美術館の所蔵となっている。一九三六年にはバンテアイスレイ寺院の破風のレリーフもギメ美術館へもたらされている。ギメ美術館における展示室の近代化はコロニアリズムと深く結びついており、それは誰の眼にも明らかだった。

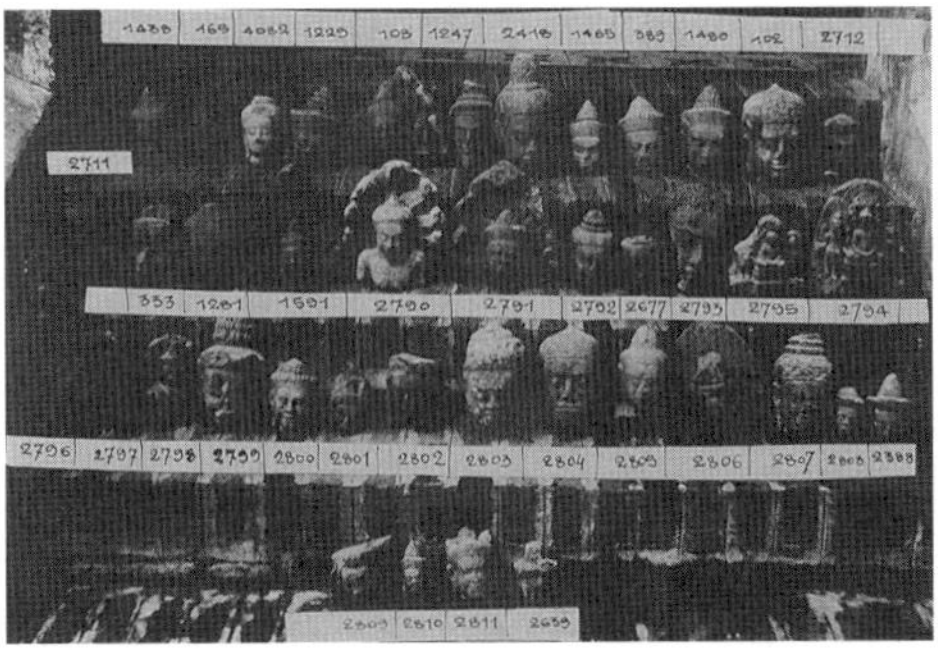

図6　1933年の「カンボジア古美術品販売」（フランス極東学院）の記録写真。フランス極東学院アーカイヴ所蔵。
Archive de l'École française d'Extrême-Orient, carton 28, pierres sculptées declassées par Comission 1933. Avec l'aimable autorisation du directeur de l'École française d'Extrême-Orient.

「クメールの頭部だけの展示」とコロニアリズムの共犯関係を端的に示す写真がある。一九二三年から一九四六年までカンボジアで極東学院が行った古美術品販売のために撮影された写真である（図6）。学院は調査で収集した彫像の中から歴史的価値の比較的低いものを選び、収集家や外国の美術館に販売していたのである。この写真は、植民地で行われた考古学の「野蛮な暴力性」を露わにしていると言えよう。彫像は遺跡から持ち出され、晒し首の罪人のごとく番号を振られて無秩序に並べられている。植民地の無法ぶりと被植民者の屈辱を象徴する写真である。

他方、ギメ美術館のバイヨン室の写真（図5）では、選別された頭部の断片が時代順に整然と並べられ、近代的な照明設備のもとで芸術作品として輝いている。この展示光景をマルローは「ギメ美術館の栄光」と評した。マルローが『想像の美術館』で喝破したように、美術館という近代の装置は、過去の記憶を抹消し、また、現地（例えば植民地）の荒廃した状況を忘却させることによって、近代的な美という新しい価値を付与する場所であった。この二枚の写真（図5・6）の落差は、この事実を鮮やかに示してみせている。

大戦間期、パリの美術館には植民地やアジアの諸地域から古美術品が大量に持ち運ばれ、新たな美的価値が付与されていった。そこでは、植民地の無秩序と屈辱が、近代的な美の栄光へと転化した。マルローの言う「ギメ美術館の栄光」とは、被植民地の犠牲のもとに成立した宗主国の「植民地主義の栄光」にほかならなかった。（蛇足ながら、古美術品の「価格」についても同様のことが言えよう。カンボジアの古美術品販売で提示された彫像頭部の価格は最高でも四五ピアストル＝五〇〇フランだったが、パリではその価格は一〇倍以上になった。マルローは小説『王道』において、寺院で見つけた二つの女神のレリーフの市場価値を「五〇万フランはくだらない」と主人公に語らせている。[8]植民地からパリに移動した彫像は文字通り桁違いの「栄光」を手に入れることができたのだった。）

このように、マルローの断片の美学は、同時代のパリのアジア美術館と植民地考古学の発展を背景として成立していた。そして、彼はその事実を明確に理解していた。一九三〇年、現在のパキスタンのラーワルピンディー（Rawalpindi）近郊で、マルローはアフガニスタンのハッダ（Hadda）からの盗掘品と思われる九〇点余りの彫像断片をガリマール社の資金で購入している。その内の四二点が一九三一年にパリのガリマール社の画廊で展示販売された。[9]弥勒菩薩像とのツーショット写真の一枚はおそらくその時のものである（図2）。展覧会はニューヨークでも行われ、各地の美術館にハッダの彫像が渡っていった。[10] 研究者の中には一九三〇年のマルローの仕事を「パリの画廊のための密売人」と断定する者もいる。[11] バンテアイスレイ事件から七年後、マルローは、インドにおいて、カンボジアで出来なかった古美術品の入手を実現し、リベンジを果たしたのだと言えよう。弥勒菩薩像はその時の報酬としてマルローが手に入れた「戦利品」であった。

アフガニスタンはフランスの植民地ではないが、政治的交渉を経て一九二二年からフランスの考古学調査隊が独占的に発掘調査を行っていた。アフガニスタンから出土したいわゆる「ガンダーラ仏（ギリシャ＝仏教彫刻）」は古代ギリシャの様式が東方に伝播した証拠として大きな注目を集めていた。一九二七年にはハッダにおいて、フランスのゴシック彫刻と様式が似た彫像（四〜五世紀）が発掘され、専門家のさらなる関心を集めた。ギメ美術館は新たに収集したハッダの彫像を展示する「アフガニスタン室」（図7）を一九二八年に開設し、学芸員たちが刺激的な論文を美術雑誌に発表した。[12] 特筆すべきはルネ・グルセの論文で、彼はランス大聖堂の彫像とハッダ出土の彫像を比較する図版を掲載し、後者の様式を「ゴシック＝仏教」様式と呼んだ。この論文をマルローは見ていたに違いない。この点については後ほど詳述しよう。

図7　1928年のギメ美術館に新設されたアフガニスタン室において撮影された集団写真。左より、フィリップ・ステルヌとルネ・グルセ。ギメ美術館アーカイヴ所蔵。
Photo ©MNAAG, Paris, Dist. RMN-Grand Palais / image musée Guimet.

一九二三年にアンコール遺跡を訪れたマル

ローは事前に極東学院の調査報告書を精読し、盗掘に及んだ。同じように一九三〇年にインドとパキスタンに赴いたマルローも、一九二八年に新設されたギメ美術館の「アフガニスタン室」や一九二九年から三〇年にかけて発表されたアフガニスタン彫刻についての論文を読み、ハッダの彫像の入手に臨んだのに違いない。『想像の美術館』などの美術論において、マルローは同時代の美術史研究の成果を無視していると評されることが多い[13]。しかし、少なくともアジアの考古学と美術史に関するかぎり、この評価は不当である。バンテアイスレイ事件以降も、マルローは彫像の入手の機会をうかがいながら、アジア考古学の研究動向やギメ美術館の展示に注目し続けていたのである。

フィリップ・ステルヌの様式分析

マルローに影響を及ぼしたと考えられる二人のアジア美術史家の研究をここで取り上げよう。アフガニスタン室の写真（図7）に収まっているフィリップ・ステルヌとルネ・グルセである。

まず、フィリップ・ステルヌであるが、彼こそマルローが称賛したギメ美術館のバイヨン室の展示に尽力した人物である。ステルヌは一九二七年に発表した『アンコールのバイヨン寺院 *Le Bayon d'Angkor*』によって、アンコール遺跡の専門家の注目を浴びた[14]。パリ大学で美術史を学び、ギメ美術館学芸員となった彼は、一度もカンボジアに足を運ぶことなく、パリにもたらされた断片的な彫像と写真資料を分析することによって、バイヨン寺院の建造年代の定説を覆したのである。彼は「あらゆる芸術は進化する」という信念に基づき、クメール美術の様式変化を分析し、制作年代を相対的に割り出したのだった。一八九五年生まれでマルローとほぼ同世代のステルヌは、マルローと同じように彫像の様式分析に熱中した。彼は、「作品それ自体の検討によって芸術の進化を明らかにする」と宣言し、そのためには「最小限の疑いのない碑文のデータ以外は利用しない」とまで述べて、植民地で研究に従事していた実証主義的な考古学者たちを驚かせたのだった。

ステルヌの様式分析では影像を撮影した写真資料がきわめて重要な役割を果たしている（図8）[15]。写真によって、異なる時代に作られた同じモティーフの作品の細部を比較し、各々の様式的特徴を抽出し、その変化のプロセスを仮定したのである。現実には並べて比較できない影像も写真では容易に比較することができる。また、写真では彫刻本来の寸法を無視して、純粋にフォルムの類似性や差異だけを比較することもできる。写真を積極的に活用したステルヌは、現地の考古学者が気づかなかった様式変化のプロセスを発見しえたのだった。そして、その成果を示したのがギメ美術館のバイヨン室だったのである。

図8　フィリップ・ステルヌ著「インドの芸術」、『始原から現代までの普遍的美術史』第4巻（1939年）挿図。
Philippe Stern, « L'Art de l'Inde », dans l'*Histoire universelle des art des temps primitifs jusqu'à nos jours*, sous la direction de Louis Réau, tome IV, Paris, 1939, p. 219 et 225.

繰り返すように、マルローはバイヨン室を「ギメ美術館の栄光」と称えた。彼がステルヌと面識があったかどうかは分からないが、展示室に表れたステルヌの様式分析の成果を支持していたことは間違いない。彼は『想像の美術館』において、写真は「色彩やマチエールや寸法」など「個性的な特徴をほとんど全て失わせ」、「共通の様式だけを際立たせる」と述べたり、また、「美術史とは写真に撮ることができるものの歴史である」と書いたりしている。[16] これらの言葉は、マルローが、ステルヌの研究の直接の影響を受けたとは言えないまでも、少なくとも、写真を利用した様式分析の流行の洗礼を受けていたことを物語っている。

バイヨン室を開設したステルヌの後日談も、マルローの思想との類縁性を考えるうえで興味深い。独自の様式分析の成果をギメ美術館に実現したステルヌは、翌年の一九三六年に意気揚々と初めてのカンボジア調査に赴く。目的は特徴ある彫像を厳選してギメ美術館に持ち帰り、バイヨン室の編年的な展示を完璧なものとするためであった。[17] 一言で言えば、新たな彫像を加えることによってバイヨン室をバージョンアップするためである。様式分析に基づいて編年的に展示すれば、おのずと必要な様式の欠落もみえてくる。それを補うべく新たに現地から彫像を持ち出し、パリの美術館展示を完全なものにしようというのである。植民地の遺跡にとっては「野蛮な暴力性」を示す行為と言うほかない。バイヨン室とは、メトロポールの「野蛮な暴力性」のもとに成立したステルヌにとっての「想像の美術館」だったと言えないだろうか。

ルネ・グルセの比較美術史

もうひとりのアジア美術史家ルネ・グルセは日本でも比較的知られた人物である。第二次大戦直後の一九四九年に文化使節団の代表として来日し、正倉院を訪れて「シルクロードの終着駅」と呼び、日本人を喜ばせた研究者だ。このエピソードからも分かるように、グルセは、マルローの『想像の美術館』に通じる比較美術史と「世界美術史 hitoire de l'art planétaire」を提唱した人物として知られていた。一九三〇年には四巻からなる大著『オリエントの文明 *Les civilisations de l'Orient*』を完成し、中央アジアから日本まで、広範なアジアの歴史を総合的にひとつの文明史としてまとめ上げた。

グルセの比較美術研究の手法は、先に触れた一九二七年にハッダで発見された彫像の解釈によく表れている。一九三〇年の論文「アフガニスタンの発掘品とその歴史的意味」において、グルセは十三世紀フランスのゴシック彫刻と五世紀頃のハッダの彫像との間に様式上の類似性を認め、後者を「ギリシャ＝仏教」様式ならぬ「ゴシック＝仏教」様式と呼んだ[18]。言うまでもなく、五世紀のハッダの彫刻と十三世紀のフランス彫刻との類似性は、歴史的にも地理的にも、影響関係を実証的に明らかにすることはできない。それにもかかわらず、グルセはランス大聖堂の「微笑みの天使」とハッダの神像の写真を並べて提示し（図9）、共通の「人間精神の法則」がみとめられると論じ、比較研究の重要性を主張したのだった。

図9　ルネ・グルセ著「アフガニスタンの発掘品とその歴史的意味」（雑誌『フォルム』、1930年5月）挿図。

René Grousset, « Les découvertes d'Afghanistan et leur siginification historique », *Formes*, n.5, mai 1930, pp. 12-14.

前節で述べたように、マルローは一九三一年にガリマール社の画廊でハッダの彫像の展覧会を組織したが、その展覧会を「ゴシック＝仏教彫刻展 Exposition d'art gothico-bouddhique」と名付けている[19]。マルローはグルセの論文から展覧会のコンセプトを借用したのである。さらにマルローは一九五一年の『沈黙の声 *Les Voix du silence*』において、グルセと同じように、ランスの微笑みの天使とハッダの彫刻の写真を並べ

図10　アンドレ・マルロー著『沈黙の声』（1951年）挿図。 André Malraux, *Les Voix du silence*, Paris, Gallimard, 1951, pp.158-159.

てみせている[20]（図10）。この比較がグルセの論文からの直接の影響であることは明らかである。世界中の（ユニバーサルな）美術作品を比較して新たな美学を引き出そうとする比較美術の方法は、グルセに限らず、大戦間期の美術史学で流行したひとつの特徴で、先行研究でもオーストリアの美術史家ヨーゼフ・ストルゴフスキー（Josef Strzygowsky, 1862-1941）やドイツの美術史家のアルフレッド・サルモニ（Alfred Salmony, 1890-1958）の影響について言及されているが、そこにグルセの影響も付け加えねばならない[21]。

戦後の日本において、グルセの比較美術研究は、平和的な世界美術史の手法として称賛された。同じように、マルローの『想像の美術館』も、小松清（一九〇〇～一九六二）による邦訳のタイトルが「東西文明論」であったことに暗示されるように、東西文明の違いを超えた世界美術史として歓迎された[22]。グルセとマルローの類縁性は発表当時には自明のものとして認識されていたと言える。

ゴシックとハッダの彫像の比較については、グルセとマルローの間の相違点も重要である。グルセがランスの微笑みの天使と比較した彫像は、一九二八年にフランスの調査隊がハッダで正規に発掘した神像である。発掘品中の最高傑作と評価され、「花の精」の俗称を与えられた（図9）。一方、マルローがランスの天使との比較対象として選んだのは、研究者にもほとんど知られていなかった別のハッダの彫像である（図10）。一見、研究者のモラルからグルセの比較をそのまま借用するのを控えたようにみえるが、そうではない。マルローが選んだ彫像は自分のコレクションにあった彫像、すなわち、パキスタンで入手した出自の不確かな盗掘品であったからだ。マルローはここでギメ美術館の所蔵品、つまり調査隊が正規に発掘した彫像よりも、自分のコレクションにある彫像の方が微笑みの天使との比較にふさわしいと密かに主張しているわけである。ここでも一九二三年のバンテアイスレイでの失敗のリベンジを果たそうとした、と考えるのは過剰な解釈だろうか。

また、マルローがこの彫像をきわめて作為的なアングルで写真撮影し、そのうえで比較対象としている点も見逃すべきではない。元の彫像（図11）は正面視の頭部像だが、それを頭頂部から撮影することによって意図的に俯き加減の彫像であるかのようにみせている。一見しただけでは同じ彫像とは思えないほどかけ離れているだろう。学術的には到底認めることのできない比較写真だといってよかろう。『想像の美術館』において、マルローは「モノクロ写真は対象を少しでも似ているところがあれば親族にする」と書いており、これはその実践例といえるが、さすがにやり過ぎである。[23]

このように、マルローは盗掘された彫像を、学術的に許容し難い見せ方で提示するという二重の意味で「暴力的」で挑発的な方法をここで採用している。それゆえ、マルローの美術史的著作は、ゴンブリッチ（Ernst Gombrich, 1909-2001）などの美術史家たちによって、学術的な実証性を欠く仕事として批判されもした。[24]

図11 《世俗信者の頭部》、3〜4世紀、スタッコ、ハッダ、アフガニスタン、ギメ美術館所蔵（MA12220）。筆者撮影。

こうした美術史学のディシプリンに対する方法論的な「暴力性」もまたマルローの『想像の美術館』の特徴のひとつだが、これは、本稿が主題とした植民地主義時代の考古学と美術史学が内包していた「暴力性」とは次元の異なるものである。マルローの美術史的著作の分析にあたっては、これらを混同しないようにせねばならない。

おわりに――二十一世紀のギメ美術館における「新たな神話」

最後に、二十一世紀の今日のギメ美術館のミュゼオロジーに触れて本稿を閉じたい。二〇〇〇年以降、ギメ美術館はおそらくは無意識のうちにマルローの名を記憶するとともに、その「野蛮な暴力性」を忘却するという両義的なミュゼオロジーを遂行しているようにみえるからである。

二〇〇二年、ギメ美術館は『アフガニスタン　千年の歴史』展を開催し、マルローのコレクションだったハッダの弥勒菩薩像を展示し、研究者を驚かせた。[25] しかも、この彫像を展覧会の「顔」としてポスターやカタログの表紙に使用した（さらに、これを傑作と認めるかのように、ギメ美術館に所蔵されていた神像と同じ作品名《花の精》を与えた――この展覧会は日本にも巡回したが、その際、この彫像は《弥勒菩薩像》と題されている）。この時まで、マルローが入手したハッダの彫像がギメ美術館で展示されたことはなかった。非公式に入手された美術品を展示しないことが暗黙の了解であった。しかし、この展覧会以後、状況は一変する。二〇〇六年に旧マルロー・コレクションの菩薩頭部が寄贈によってギメ美術館の所蔵品となり（所蔵品番号MA12183）、二〇〇七年には友の会の購入と寄贈により『沈黙の声』で図版となった彫像もギメ美術館入りした（所蔵品番号MA12220）。さらに、二〇一八年に勒菩薩像も同様の手続きを経てギメ美術館の所蔵品となった。

国立美術館に収蔵されることによって、これら旧マルロー・コレクションの彫像の怪しげな由来は忘却されることだろう。同時にまた、マルローの「暴力的」行為の記憶も忘れられる運命にある。かつてマルローは、美術館において、芸術作品は生まれた時と場所を離れて「解体」され「変容」し神話となる、と述べていた。一九三〇年の小説『王道』においてのことである。

私が惹かれるのは芸術作品の解体と変容、つまり人間の死後の深部にある芸術作品の後世です。要するに、あらゆる芸術作品は神話となるのだ。〔…〕私が思うに、美術館は過去の作品が神話となって眠っている場所です〔…〕。(26)

マルローはこの公式に従って、カンボジアやパキスタンで行った自らの行為の「暴力性」を正当化し、「クメールの首だけの展示」を「ギメ美術館の栄光」と称えながら、芸術作品の解体と神話化に加担した。そして今、マルローもまた過去の人となり、彼が所有した美術品も美術館入りした。過去の記憶は解体され、変容し、新たな神話を形成し始めたのである。

新たな神話を象徴するもうひとつの出来事がギメ美術館で起こっている。二〇一三年の秋、特別展『アンコール　神話の誕生　ルイ・ドラポルトとカンボジア』を開催したギメ美術館は、一九三〇年代の美術館再編によって姿を消したバイヨンの四面塔のレプリカを修復して展示し、我々の度肝を抜いた。(27)アンコール・ワットの壁面を複製したレプリカも並んだ。レプリカの出現によって、マルローが「ギメ美術館の栄光」と称賛した「クメールの頭部」の展示室が解体され、レプリカとオリジナルが混在する前近代的な十九世紀の展示が蘇ったのである。

この展覧会はいみじくも「神話の誕生」をサブタイトルとした。直接的には、十九世紀末にルイ・ドラポルト（Louis Delaporte, 1842-1925）がパリに出現させたアンコール遺跡の「神話」を指している。しかし、ギメ美術館は特別展後も、常設展示によってこれらのレプリカを展示し続けている。そうすることによって、ギメ美術館は、この展示室が二十一世紀の新たな「神話の誕生」の場となることを暗示するとともに、期待しているのであろう。

この新たな神話にいかなる物語が付加されてゆくのか、我々にはまだ分からない。確かなことは、マルローがギメ美術館の「栄光」と称えたバイヨン室とともに、マルローもまた過去の人となり、「解体」され「変容」して、新たな神話となることを待っているということだろう。

【注】

（1）Clara Malraux, *Nos vingt ans*, Paris, Grasset, 1966, p. 310 ; Walter G. Langlois, *André Malraux, l'aventure indocinoise*, traduite de l'américain par Jean-René Major, Mercure de France, 1967, p.x. (André Malraux, *The Indochina Adventure*, Frederick A. Praeger, Publishers, 1966.)

マルローのバンテアイスレイでの行動と美学を同時代から批判し続けた数少ない人物に、画商のウィルデンスタイン親子がいる。ダニエル・ウィルデンスタインの回想録に語られるマルローの醜聞は伝聞の域を出ておらず説得力に乏しいが、マルローが生涯を通じてこの事件を忘れることがなかったことを暗示させており興味深い。以下の文献を参照のこと。Daniel Wildenstein et Yves Stavrides, *Marchands d'art*, Plon, 1999, p. 152.

（2）Henri Zerner, « André Malraux ou les pouvoirs de la reproduction photographique », *Écrire l'histoire de l'art, figures d'une discipline*, Gallimard, 1997, p. 145.

（3）拙著、「第五章　アンコール考古学の発展とその舞台裏（1）考古学史の中のアンドレ・マルロー」『オリエンタリストの憂鬱　植民地主義時代のフランス東洋学者とアンコール遺跡の考古学』、めこん、二〇〇八年、二三九～二七六ページ。

（4）Louis Finot, Victor Goloubew et Henri Parmentier, *Mémoires archéologiques publiés par l'EFEO, tome I, Le temple d'Içvarapura, Bantay Srei, Cambodge*, Paris, 1926.

（5）André Malraux, *La Vie royale* (1930), Grasset, Le Livre de Poche, 1992, pp. 86-90.

（6）André Malraux, *Le Musée imaginaire* (1947), Gallimard, collection Folio, 1996, p. 118.

（7）*Ibid.*

（8）Malraux, *La Vie royale*, op.cit., p. 84.

（9）André Malraux, « Exposition gothico-bouddhique – Exposition gréco-bouddhique (Galerie de la N. R. F.) », *La Nouvelle Revue Française*, n.209, 1931, pp. 298-300.

（10）Josef Strzygowsky. *The Afghan Stuccos of the N. R. F. Collection*. Paris, [n.d., ca. 1931]

（11）Cf. Jacques Haussy, « André et Clara Malraux en Afghanistan (1930) ». 以下に掲載されているウェブ論文。http://www.legrandmalraux.fr/C%20&%20A%20Malraux%20en%20Afghanistan.pdf（二〇一〇年三月二九日閲覧）

（12）J. Barthoux, « Les fouilles de Hadda », *Gazette des Beaux-Arts*, mars 1929, pp.121-132; René Grousset, « La nouvelle salle gréco-bouddhique du Musée Guimet », *Revue de l'art ancien et moderne*, 1929, pp. 135-139 ; René Grousset, « Les découvertes d'Afghanistan et leur signification historique », *Formes*, n.5, mai 1930, pp. 12-14.

（13）Cf. Ernst H. Gombrich, « André Malraux and the Crisis of Expressionism », *The Burlington Magazine*, n.621, december 1954, pp. 374-378.

（14）Philippe Stern, *Le Bayon d'Angkor et l'évolution de l'art khmer, étude et discussion de la chronologie des monuments khmers*, Annales du Musée Guimet, Paris, 1927.

（15）Philippe Stern, « L'Art de l'Inde », dans l'*Histoire universelle des art des temps primitifs jusqu'à nos jours*, sous la direction de Louis Réau, tome IV, Paris, pp. 219 et 225.

（16）Malraux, *Le Musée imaginaire*, op.cit., p. 123.

（17）ジャン＝フランソワ・ジャリージュ、「アンコールとクメール美術の一〇〇〇年」、『アンコールワットとクメール美術の一〇〇〇年展』（展覧会カタログ）、東京都美術館、大阪市立美術館、一九九七年、三四ページ。

（18）Grousset, « Les découvertes d'Afghanistan et leur signification historique », *op.cit.*, p. 12.

（19）Malraux, « Exposition gothico-bouddhique», *op.cit.*, pp. 298-300.

（20）André Malraux, *Les Voix du silence*, Paris, Gallimard, 1951, pp. 158-159.

（21）例えば、ディディ＝ユベルマンはサルモニの影響を重視している。しかし、サルモニがマルローにカンボジアの彫刻を紹介したとする仮説は時代錯誤である。Georges Didi-Huberman, *L'album de l'art à l'époque du musée imaginaire*, Hazan, 2013, pp. 76-77.

（22）私見ではグルセやマルローの「世界美術史」の理念の源泉のひとつには「アジアはひとつ」で知られる岡倉覚三（天心、一八六三～一九一三）の『東洋の理想 *The Ideals of the East*』（一九〇三年）に代表される汎アジア的思想がある。敗戦直後の日本でのグルセやマルローの評価の背景には、逆輸入され、変質したアジア主義の思想の潜在を読み取る必要があるだろう。

（23）Malraux, *Le Musée imaginaire*, op.cit., p. 96.

（24）Gombrich, « André Malraux and the Crisis of Expressionism », *op.cit.*, pp. 374-378.

（25）*Afghanistan : une histoire millénaire*, catalogue d'exposition, MNAAG / RMN, 2002.

（26）Malraux, *La Vie royale*, op.cit., p. 51.

（27）*Angkor, naissance d'un mythe : Louis Delaporte et le Cambodge*, catalogue d'exposition, MNAAG / Gallimard, 2013.

【特別寄稿】

A・マルロー盗掘事件と王道の発見
——アンコール遺跡を世界的に有名にした大事件

石澤　良昭

一．密林の下から遺跡発見される

旧アンコール王朝の都城があった地域がカンボジアに返還されたのは、一九〇七年である。それまでタイ（シャム）が占領していた。その翌年の一九〇八年に、フランスはアンコール遺跡群を保存・管理するフランス極東学院のアンコール遺跡保存局（以下、保存局）を開置した。旧都城のアンコール・ワット地方は、ほとんどが濃密な密林に覆われていた。保存局が最初に手をつけたのは、遺跡整備のために樹林の伐採と、洪水で境内に流れ込んだ大量の土砂の運び出しであった。

カンボジアでは慣習法として、密林を切り拓き、田地にすると、所有権が付与されるという決まりがある。一九一四年、バンテアイ・スレイ地域に住む農民が自分の畑を新しく広げようと密林を焼き、下生えを取り除き、大木の根を引き抜いていた時、地中からアンコール王朝時代（八〇二〜一四三二年）のバンテアイ・スレイ寺院（九六七年）の擁壁の一部が出てきたのであった。これが、遺跡の発見のきっかけであった。

二．千年前の寺院遺跡とA・マルローの盗掘

バンテアイ・スレイ（「女の砦」の意味）遺跡発見当時の記事が、パリの新聞コラムに載り、「美術史的に独創性の高い浮彫り彫刻」と報道された。若手作家のA・マルローは、クメール美術史の専門家H・パルマンチェの美術史の論文を読み、感動し、それが当時仏領インドシナのカンボジアへ行くきっかけであった(1)。一九二三年一二月、マルローと妻のクララが、サイゴン（ホーチミン）河港に降り立ちすぐにプノンペンへ向かった。そこから川船を借りてトンレ・サープ川を遡行し、大湖に入った。シェムリアップ地方のフランス理事官事務所のあるワット・アットビル寺院に立ち寄り、到来を記録した。

その後、寺院の側を流れるシェムリアップ川を筏で三六キロほど遡り、バンテアイ・スレイ寺院入り口の川岸に到着、近隣の村人を雇い、後に「東洋のモナリザ」と称される祠堂壁龕の小品女神デヴァダー立像などを見付け出し、木箱に入れたのであった。急ぎシェムリアップ川を下り、持ち出した。そしてプノンペンの河港に戻ったマルローは、一九二三年一二月二三日の深夜、彫像の七個の木箱をプノンペンからサイゴンへ移送しようとしていた時、官憲に、取り押さえられた。同行者が告発したのであった。この盗掘は未遂に終わり、マルロー夫妻は逮

捕された。マルローの罪状は「歴史的建造物破壊及び浮彫り断片横領」であった。一九二四年七月一六日より裁判が開始され、妻クララは金策のためパリに戻り、アンドレ・ブルトン（André Breton）のお陰で裁判費用を持ち帰ってきた。一九二四年一〇月二八日に懲役一年の執行猶予付きの判決が下りた。マルローは一九二四年末に妻とともに上海へ渡った。

三、「アナスティローズ工法」で寺院を復元したアンリ・マルシャル

バンテアイ・スレイ寺院は瀟洒な寺院ではあるが、九六七年に王家の宗務官が自分の菩提寺として着工し、三〇余年かかって完成したようである。この寺院の価値は、ほのぼのとした典雅な浮彫り彫刻に加えて、最高傑作がその破風と楣石の図像浮彫りであった。ヒンドゥー教の主要な神話がカンボジア版の翻案図像としてまとめられ、小立像は豪華であり、美術作品として価値の高い作品ばかりであった。この時代は優美温雅な美術作品が好まれ、新しい革新的傾向を見せていた。マルロー盗掘のデヴァダー（女神）浮彫り小立像はインド伝来の三屈法を踏襲しているものの、当時のカンボジア人彫工がカンボジア様式の新しい三屈法を創り出している。その浮彫り作品には感嘆するばかりであった。アンコール王朝約六〇〇年の栄華の中で、このバンテアイ・スレイ美術様式は、カンボジア美術の三大頂点の一つを創り出している。私たちは愛くるしいそのデ

デヴァダー（女神）浮彫り小立像（撮影：内山澄夫）

ヴァダー（女神）浮彫り小立像に「東洋のモナリザ」の愛称を付与し、宣伝してきた。

マルロー盗掘の七個の木箱は、現地の保存局に戻された。世界から注目されたバンテアイ・スレイ遺構であり、建材は赤色砂岩とラテライト（紅土）であった。

ちょうど一九三一年にオランダ領ジャワ島では、オランダの専門家がボロブドゥール遺跡の修復を始めていた。マルシャルは新工法の話を聞いて、現地へ出かけ、オランダ人保存官から学んだのであった。もともとは、ギリシアのパンテオン神殿の修復に使われた工法であった。このアナスティローズ工法というのは、石材の両面に鉄骨を渡し込み動かないようにセメントで固める工法である。崩れ落ち、地中に埋もれていた石材ブロックを掘り出し、一個ずつ積みあげていく技法である。マルシャルはこの工法を使ってバンテアイ・スレイ寺院の塔堂形式の三祠堂を復元した。一九三六年に、バンテアイ・スレイ寺院は見事によみがえったのである。

四．小説『王道』――王道は確かに実在した

一九三〇年にパリで発表したバンテアイ・スレイ盗掘物語の小説『王道』は、著者マルローの命名で、実踏時の一九二三年にはまだフィクションであった。その後、フランス極東学院の調査研究により「王道」そのものが四本実在し、ノンフィクションとなった。「王道」ならぬ盛土版築された幹線道路網がアンコール時代に実際に存在し、アンコール王朝の繁栄を裏付ける流通と交易の道路でもあった。王道は、アンコール都城を中心に、西のベンガル湾から東の南シナ海まで、陸路の牛車道として続いていた。途中の河川には、堅牢な石橋が敷設され、反

乱を起こした地方へ戦象軍が急行できるよう、アンコール王朝の道路インフラとして造成された。本当のところ、マルローの炯眼には感服するばかりである。

これら盛土道路網の中、河川には七二か所にわたり石橋が架けられ、雨季も地方とアンコール都城が結ばれ、地域物資の流通を容易にしていた。これら盛土道路は何のために造成されたかといえば、①交流と物流ネットワークの道、②象に乗った外国人船商の往来道、③僧侶・苦行僧などの名刹巡拝の道、④戦象軍部隊が地方へ急行できる軍事道路、⑤村人が税金の米穀などを牛車で運ぶ道などとして、機能したと考えられる。

マルローの盗掘事件が、世界世論を背景として、アンコール王朝と遺跡の保存修復研究を促進し、その結果として次の大きなアンコール王朝研究につながったのであった。

一）世界世論を背景に、アンコール時代の文字が解読され、歴史解明の研究が始まった。

二）その時代の美術作品は世界に冠たる彫刻がたくさんあり、パリの国立東洋美術館（ギメ博物館）一階に展示されているクメール美術は佳作ばかりである。

三）アンコール遺跡の保存修復がフランス方式で実施され、遺跡が復元されてきた。

以上

【注】

（1）プレイヤード版全集第一巻の年譜一九二三年夏の記述　On ne sait à quell moment André Malraux prit connaissance de l'article d'Henri Parmentier, intitulé : < L'Art d'Indravarman > et paru en 1919 dans le *Bulletin de l'École française d'Extrême–Orient*, qui devait attirer son attention sur le petit temple de Banteaï-Srey.

【後日談】

＊1　巨大なアンコール遺跡群は、マルロー盗掘の時点（一九二三年）では、どの民族が、いつ造営したか、謎の遺跡だった。一九三〇年代にアンコール遺跡の壁に刻まれた碑刻文が解読され、その歴史研究が始まった。アンコール王朝は八〇二年から一四三一年まで約六〇〇年にわたり東南アジア大陸部において栄えた大帝国であったことが判明した。

＊2　そのアンコール王朝時代の彫刻や浮彫り美術は、どれも世界から高い評価を受けてきた。フランスでは「美」の基準について一家言のある美術評論家が多い中で、国立東洋美術館ギメでは一階の大フロアに堂々とアンコール時代の秀麗な作品が展示されている。マルローが盗掘した壁龕《へきがん》の女神小立像は、さすがにマルローの眼力と射るがごとき洞察力には、誰もが脱帽である。それは天下の女神立像であった。

＊3　筆者は、一九六〇年に上智大学フランス語学科P・リーチ教授の引率で語学研修を兼ねてアンコール遺跡保存局を訪れた。その後、筆者は一九六〇年代にアンコール王朝の現地調査のために、同保存局の非常勤研究員となった。カンボジアでは一九七五年からのポルポト政権下で難民が二五〇万人にのぼった。上智大学のJ・ピタウ学長は一九七九年に「インドシナ難民に愛の手を」のキャンペーンを開始し、募金活動を新宿駅頭で実施した。筆者は、一九八〇年八月に戦塵のけむるカンボジアに入り、西側の専門家として初めて戦時下のアンコール遺跡群の破壊状況を調査し、ユネスコへ報告書を提出した（参照：拙著『埋もれた文明：アンコール遺跡』一九八一年、日本テレビ放送網）。

＊4　上智大学国際奉仕活動（ソフィア・ミッション）は、一九七九年の難民救済から始まり、筆者が一九八三年に上智大学アジア文化研究所に移籍後も、引き続きアンコール遺跡救済が継続され、現地の遺跡保存官養成が一九八九年から開始された。一九九六年にカンボジア現地に教育施設「上智大学アジア人材養成研究センター」が建設され、東南アジア地域研究の研究拠点として機能している。近年では、アセアン一〇か国の研究者・専門家を同人材センターに招聘し、共同研究を実施している。

＊5　右記の通り、上智大学国際奉仕活動（ソフィア・ミッション）の難民救済およびアンコール遺跡救済の保存官養成の両活動は、国際社会から高く評価され、二〇一七年にアジアのノーベル賞と言われる「ラモン・マグサイサイ賞」を本学が受賞した。その贈賞理由は「カンボジア民族が誇りを取り戻す支援活動を続けたことによるもの」であった。

アンコール遺跡の国家鎮護寺院プレ・ループ寺院（961年）。ラージェンドラヴァルマン1世（944-968年）が建設した。

第三章　ヒューマニズムの危機

一九四四年から一九四九年にかけてのマルロー、大臣にしてド・ゴール主義者

ジャンイヴ・ゲラン

一九四四年初頭、マルローはアルザス・ロレーヌ旅団を率いて、戦争の司令官として頭角をあらわす。やがては二〇〇〇人以上の兵士を数えることになるこの混成攻撃部隊は、ＦＴＰ（義勇兵パルチザン）の内部に再編成された共産主義者たち以上に、イギリスのＳＯＥ（特殊作戦執行部）に、さらにはド・ゴール将軍のＡＳ（秘密部隊）に、その多くを負っている。マルローの「親英ド・ゴール主義[1]」という観念はここに由来する。彼の戦争への参加は遅かったが、苛烈なものだった。何とかしてロンドンに辿り着こうとした後に、彼は、自らに武器や戦力を提供しないあらゆる人間たち、例えば、ボリス・ヴィルデ[1]、サルトル、クロード・ブールデにはお引き取りを願うことにした。レジスタンスは武装化されねばならなかった。重ねて、戦時下における文学テクストの密輸をレジスタンス活動と見做すことなど、マルローには不

可能だった。占領下のフランスでは作品を出版させない、彼にとって話はそれで十分だったのだ。航空兵に、次いで戦車兵になったマルローは、ド・ゴール大佐の著作を読まずとも、現代的な戦争は戦意に溢れる人間たちのみならず、物資をとりわけ必要とすることを熟知していた。もっとも、この行動家が十分な物資を手にするのは、ノルマンディー上陸作戦がおこなわれた頃でしかない。すなわち、ベルジェ大佐はドルドーニュからドイツに至るまで、麾下の「英雄的な無頼漢たち」[2]を引き連れて転戦を重ねるのだ。ダンヌマリーの会戦とコルマールの会戦、ストラスブール防衛戦、サント・オディル山の占領戦、シュトゥットガルト攻略戦は、一九四五年一一月一七日、フランス解放勲章保持者という栄誉を彼にもたらした。彼はこの栄誉に浴した唯一の作家である。ロマン・ガリー[2]がこの栄誉にあずかった際には、まだほとんど何も著作を公刊していなかったのだから。マルローの栄光は絶頂に達する。その栄光は彼の作品と戦時の英雄的行動の上に築かれており、後者は前者の価値を再び高めることに貢献した。平和主義的な文化の類は一九四〇年に既に潰えていたのだ。

共産主義者たちに抗するレジスタンスのリーダー

『コンバ』誌は、『天使との闘い』[3]の校了済みの印刷原稿を一九四四年九月に掲載する。第二次世界大戦以前、マルローは共産主義的な日刊紙である『ス・ソワール』に小説『希望』の抜粋を託していた。全て

〔1〕一九〇八〜一九四二、言語学者・民俗学者。対独レジスタンス組織「人類博物館グループ」の指導者で、「対独活動の演出家」と呼ばれた。
〔2〕一九一四〜一九八〇、作家、外交官。『天国の根』で一九五七年にゴンクール賞を受賞。

は繋がっている。彼の古い友人の一人であるパスカル・ピアが、『コンバ』誌の編集長に就いているのだ。ピアは一九三六年から一九三八年にかけて、『ス・ソワール』誌の報道局長を務めており、その頃は同誌の二人の編集長と、すなわちアラゴンとジャン＝リシャール・ブロックと懇意にしていたのだが、共産主義については強い警戒心を露わにする。『コンバ』誌は統合主義的で、えてして極論主義的な路線をまずは採用する。当時のジャーナリズムは総じて進歩主義的な論調だ。カミュ自身も反共産主義を非難する。[4]

一九四四年末、方針が変わる。叙情的な幻想の時代は過ぎ去った。というのも、レジスタンスは少数派であったがために、社会的かつ政治的な革命の前衛を自任できないのだから。戦争は終わっておらず、食料供給の問題が深刻化する。こうした時代においてである、マルローが重きをなしたのは。「一九四四年から一九四五年にかけての冬のあいだ、彼は時折パリに戻ってきた」と、レーモン・アロンは回想する、「時として、共産主義者たちの策動への警戒を、レジスタンスの統一運動に対して呼びかけるために。」[3]マルローの名は、文壇における共産主義者たちの粛清裁判を求める一九四四年九月のフランス知識人たちの声明書の下段に記載されている。彼はその時前線にいた。遠くから署名をしたのか？　それを知る者はいない。いずれにせよ、文壇における粛清裁判というテーマに関わる大議論からは、マルローの声は聞こえてはこない。彼の唯一の干渉は目立たない形で、すなわちＮＲＦ（『新フランス評論』）に連なる作家たちを助けるためにおこなわれるだろう。

一九四五年一月二三日から二八日にかけて、国民解放運動（ＭＬＮ）の連合会議が開催される。ピアとカミュが属していた抵抗運動である「コンバ」は、レジスタンス統一運動（ＭＵＲ）と合体し、次いで後者は国民解放運動となった。会議の争点は以下の通りである。レジスタンスが統一されるために、国民解放運動は国民戦線と合併しなければならないのか？　国民解放運動の潜在的共産主義の分派は、ピエール・エルヴェ、パスカル・コポー、そしてエマニュエル・ダスティエを擁しており、合併に好意的な姿勢を示す。「前線から戻ってきたマルローは青い顔をして、やつれ切った様子で、カーキ色の軍服を着て、数時間ほど[4]」、会議に加わる。一月二五日の彼の発言は重い意味を持つだろう。「アンドレ・マルローが檄を飛ばす、この会議が自らの使命を定め、そしてそれに取り掛かるようにと」、こう銘打たれたタイトルの下、『コンバ』誌は彼の発言の大部分を引用する。同誌の記者はマルローの熱意とその判断の確かさに敬意を表す。「フランスのエネルギーの動員」、「政府への忠実さ」、「規律の必要性」、「行動の統一性」、「新たなレジスタンス」、こうした小見出しは、恐らくパスカル・ピアの手によるものだ。ベルジェ大佐は自らの倫理的・政治的な資質に物を言わせ、会議の均衡を打ち破ってみせる。そして、国民解放運動とレジスタンスにまずは賛辞を贈る。アングロ＝サクソンの連合国の賞賛も忘れない。例えば、衆愚政治とソビエトをどんな場合でも拒絶すると明言するのだった。「戦争と革命は相反する、このように政府が述べるのは正しい。」これは『コンバ』誌の基本姿勢となる。同誌は「資本主義の終焉」に言及する、銀行の国有化はそれを約束するものだ。ちなみに、マルローの発言を抜粋で報じる『コンバ』誌の記事が、ド・ゴール将軍の名前を引くのは一回だけである。[5]共産党をモデルとして、国民解放運動は組織されねばならないし、規律を備えねばならない。『希望』における毅然とした考え方が今一度ここに見出される。演説家マルロー

〔3〕一九四三年にスイスの雑誌に連載されたマルローの小説。一九四八年に『アルテンブルクのくるみの木』とタイトルを改め出版された。
〔4〕一八八四〜一九四七、小説家、劇作家。共産党に入党し、反ファシズムの文化運動を展開した。

は、最終的には国民解放運動と国民戦線との合併に反対の立場をとる。彼は合併ではなく連合体を、明確な目標についての「行動の統一性」を提唱する。演説は熱烈な喝采を受ける。「会議に出席した極左は演説に拍手を送らなかった」と、『ル・モンド』誌の記者は記す、「とはいえ、あの神経にさわり、明瞭でまばゆい雄弁さというごちそうを、皆とよろしく味わったのだった。」こうして賽は投げられた。反合併と合併、二つの発議が票決にかけられる。マルローは前者の第一の署名人であり、後者のそれはピエール・エルヴェだ。投票結果は明快そのものである。二五〇票対一一九票で合併は退けられるのだから。『リュマニテ』誌は、この出来事にわずかな紙幅しか割いておらず、東部前線への赤軍の接近を告げる方を好んでいる。この共産主義の日刊紙は、マルローの演説については、「戦争は終わっていない、だから行動する必要がある」といった二つの考えをとりあげるに過ぎない。[6] マルローは国民解放運動に属していなかったが、その代表委員に選ばれる。[7] だが、国民解放運動に参加することなく前線へと戻る。続く数日にかけて、『コンバ』誌は彼の議論を再度とりあげる。主として筆をとるのはアルベール・オリヴィエ[5]だ。今や努力と規律の時である。そうは言っても、同誌の編集部においても読者においても葛藤が読み取れる。かくして、カミュは一月九日にこのように記すことを余儀無くされる。「決して逸脱することなく、私たちは同一の計画を擁護している。」だが、観客同様、俳優たちにも明白な事実が欠けている。すなわち、レジスタンスは一つの政治的勢力にはなりえないという事実だ。そうは言っても、『アクション』誌では、ピエール・エルヴェが怒り狂っているのだが。「新たな政党が、計画主義的なイデオロギーおよび権威という命題を濫用することで、新たな社会主義に、しまいには新たなファシズムに化そうことが問題なのではあるまいか？」そして彼は、大げさな言葉を出し惜しみすることなく、衆愚政治、専制、そして独裁について

言及してみせる。(8)

マルローは自らの『反回想録』の中で、以上の出来事を振り返っている。そこでの彼は、自身の演説の複数の言い回しを再度用いている。共産主義者たちはレジスタンスを押さえ込んで、ド・ゴールにぶつけてやろうと決めていた。共和国の再興者たる彼は、共産主義者たちの野心の妨げとなっていたのだ。かくして、共産主義者たちは神経戦をふっかけては、〔アレクサンドル・〕ケレンスキー(6)の末路を彼に演じさせてやろうと手はずを整える。対決の時が近づいている。当時、作家マルローはロジェ・ステファヌ(7)に、以下のように腹蔵なく述べている。「手は組みたいさ。留守を襲われるのはごめんだからね。(9)」遅ればせながらに回想録の作者は、レジスタンスから生まれた運動は共産主義的なものか、ド・ゴール主義的なものかでしかありえなかったと記している。レジスタンス活動家の大部分はいかなる政党にも属していなかった。彼らは愛国者だったのだ。共産主義者たちを除き、彼らはスターリン主義よりも国有化された資本主義の方を好んでいた。だが、彼らは「山岳派を前にしたジロンド派の、過激主義者を前にした自由主義者の、ボルシェヴィキを自称する者を前にしたメンシェヴィキの劣等感(10)」を抱いていた。回想録作者の諫言は歯切れのよいものだ。「ド・ゴール将軍に抗して、共産党がレジスタンスを牛耳ることはあるまい。(11)」では、合併の否決をもたらしたのはマルローの演説だったのか? 断じて否だ。国民解放運動の多数派は、フィ

〔5〕一九一五〜一九六四、作家、ジャーナリスト。カミュと共に解放時の『コンバ』誌の社説を手がけた。

〔6〕一八八一〜一九七〇、ロシア革命の指導者の一人。ロシア臨時政府の首相を務めるが、ボルシェヴィキとの戦いに敗れ長い亡命生活を送った。

〔7〕一九一九〜一九九四、作家、ジャーナリスト。『オプセルヴァトゥール』誌の共同創設者の一人。

リップ・ヴィアネー、アンドレ・フィリップ、イヴォン・モランダ、ウジェーヌ・クローディウス＝プティといったレジスタンスの大活動家を擁しており、彼らが合併への反対を決めていたというのが真相だ。

国民解放運動はド・ゴールの後塵を拝していたわけではない。一九四五年七月、国民解放運動はレジスタンス民主社会主義連合（ＵＤＳＲ）へと形を変え、その大綱はイギリスの労働党にならおうとしていた。少数派の潜在的共産主義者たちはと言えば、既に予見されていたように国民戦線に加わり、フランス共産党の衛星組織であるフランス再生統一運動（ＭＵＲＦ）を形成する。再建された共産党ならびに社会党は、中間派政党であるレジスタンス民主社会主義連合にはわずかな居場所しか残さない。もっとも、マルローがこうした政治的駆け引きに手を出すことはないのだが。連合会議における彼の演説は、八月にはド・ゴールによる招待を彼にもたらした。この演説が全集に収録されていないことが惜しまれる。ド・ゴールは既にフランソワ・モーリアック、ポール・クローデル、ポール・ヴァレリー、ジョルジュ・デュアメル、そしてジョルジュ・ベルナノスを招待していた。二〇年後、マルローは自らの『反回想録』の中で、ド・ゴールとの会見について語っている。すなわちこの会見を再現してみせるのだ、もちろん彼なりの筆致で。将軍が彼の過去について尋ねる。彼は自らの〔親共産主義的な〕過去を認める。だが、「私はフランスと結婚したのです」と、彼は言葉を加える。そして結論が来る。「脆弱なフランスが強力なロシアと向かい合うこの時勢に、私はもはや、強力なフランスが脆弱なソ連に向かい合っていた時に自らが信じていたことについては、片言たりとも信じてはいません。脆弱なロシアも強力なロシアも人民戦線であろうとしているのです。」[12]やがて同じ言葉が、フランス人民連合の演説家の口から発せられるだろう。まあ、先回りするのはよそうか。スターリンのソ連なしには、民主主義が枢軸国に打ち勝つことはなかった。だが、二つの全体主義的体制は等距離に位置づけられており、等しく耐えがたいものだった。ひとたびドイツ帝国が打ち倒されると、脅威となるのはソ連と強大な赤軍だ。ド・ゴールもこの点を確信していた。闘士には敵が必要である。敵とはドイツを指していたが、今やソ連を指している。会見の後にマルローは、国民解放運動とその「準労働党的政策[13]」と彼が呼ぶものに見切りをつけるかのように思われる。彼は社会的な正義にはこだわりを持ったままなのだが、それが確立されねばならないのは国家再建の枠内においてであり、共産主義者たちの方策に則してのことではない。彼らと行動を共にしたマルローの修行時代は、有用性についての実践的な選択の産物だった。彼にとっては、常に状況が第一であるのだが、現在の状況は、こうした選択を過去に属するものへと帰せしめる。二人の男は互いに尊敬しあう術を学んだ、というのも、数日後、マルローはド・ゴール将軍の内閣の技術顧問となるからだ。そこでの彼は、さながらアイデアの出資者である。彼の関心を惹くもの、それは国民教育の現代化だ。ついでに世論調査。

ド・ゴール将軍に仕えて

「彼は将軍の支配下に入る。[14]」ジャン・ラクチュール〔8〕は、共に実力者であると同時に異なってもいる二人の著名人のあいだで交わされた合意を、こう説明している。一人は行動の人間である知識人、もう一人は知識人である行動の人間。彼らは同一の「歴史」認識を共有している。一九三〇年代には、確かに彼らは異なる理由から、されど一致も見出し得る理由から、反ナチス主義者となっていた。かくして、反全体主

〔8〕一九二一〜二〇一五、作家、ジャーナリスト。一九五〇年代はド・ゴールを激しく批判したが、一九八〇年代末にはド・ゴール称賛の立場から彼の伝記を出版した。

義を旨とする二人の大物が互いに手を組む。恐らくマルローは、国民解放運動の会議において、新たな人間たちとの出会いを願っていたのだろう。彼は戦争を経て政治を見出したのだ。彼のド・ゴール主義は、レーモン・アロンの推論によれば、一九三〇年代の彼の準マルクス主義よりも真剣なものである。[15]

一九四五年一〇月の国民議会選挙では諸党の復活が見られた。いずれの党も、新人たちと老練なベテランたちを立てていた。翌月、ド・ゴールは統一国民政府を形成する。彼はマルローに情報相を担当させる。マルローは共産主義者や社会主義者の、そして民主的なキリスト教徒の大臣たちの傍らに席を占める。彼の名前は、ジョルジュ・アルトシュラーが『コンバ』誌で、内閣における政治的なバランスをじっくりと検討する際には出てこない。だが、その他の記事では、ジャン・シャヴォーが手短に彼の経歴を、すなわち「この上なく血湧き肉躍る一つの人生、その諸々の局面」を振り返っている。インドシナへの考古学的な遠征、ディミトロフとテールマン[9]の解放を求める委員会の主催、スペインでのフランス飛行部隊の組織。「レジスタンスは彼に大佐の肩書きを与える。「アルザス＝ロレーヌ旅団」を率いて、彼は「ドイツ帝国」の師団を攻撃し、同旅団の先頭をきって、フランスの先方部隊と共にドイツに踏み込む。」『フラン・ティルール』誌、『ル・モンド』誌、『ロロール』誌、さらには『リュマニテ』誌までもが、彼を民主社会主義抵抗同盟に関連付けて報じる。諸々の略歴が伝説に華を添える。「彼は中国国民党に属していた」という一節が、『フラン・ティルール』誌に読める。『ル・モンド』誌も遅れをとってはいない。「彼は、四、五名のフランス最良の作家の一人である。」彼は「インドシナへの考古学的遠征」を敢行した。「レジスタンスの闘士として、ベルジェ大佐というコードネームのもと、彼はロット＝エ＝ガロンヌとコレーズの抵抗組織を編成する。ゲシュタポに捕えられるが、一九四四年八月にフランス国内軍（ＦＦＩ）によって解放され、前線で指揮をとる。」『フィガロ』誌と『フラン・ティルール』誌に言わせれば、彼は「特殊技術者」だ。ド・ゴール将軍とその政府の代弁者なのだから。

「昨日は革命家、今日は思慮深き大臣」、アンドレ・スティビオが『ロルドル』誌で彼をそう形容するように、空想家は今や支配人になる必要がある。マルローは一一月二五日以降、満場の会場を前にして記者会見を開く。彼は政治家ではなく、「特殊技術者」(16)を自称する。そして、諸々の新聞が直面している難局に、映画とラジオの再編に、海外におけるフランスの威光に言及する。とりわけ、美術館に展示されている絵画の巡回式の展示会を興すという企てを披露する。この記者会見に最も大きな反応を示しているのが、『コンバ』誌のロジェ・グルニエだ。彼は、主意主義的な大臣がその野心的な計画を実現する時間を持ち得るだろうかと自問する。そして、自らの報告を次の一節で締めくくる。「天に向かって両手を振り上げるという、権力者の無能ぶりを表すよく知られているあの仕草、それは彼には見られない、だが代わりに見られるのが、有用性についての彼の本質的な配慮を今なお伝えているかのような、幾つもの乾いた言葉だ。」(17)『フラン・ティルール』誌はより簡潔に述べる。「見事な計画。いわばそう思っておこう、そして待つことにしよう……」金融の国有化とニュルンベルク裁判が、紙面を削られた諸々の新聞においてより大きなスペースを占める。当時の新聞が両面刷りの一枚ものにまで縮小されていたことは忘れてはならない。一一月二九日、マルローは憲法制定議会で自らの予算案を主張する。そこでの彼は、紙の不足と新聞発行許可を憂慮する議員たちに立ち向かわねばならない。「こんにちの報道機関は」、彼は言い立てる、「今なお戦

〔9〕両者共にナチスに不法逮捕された共産主義者で、一九三四年にマルローはジッドと共にベルリンに赴き、二人の釈放を求める抗議文を提出した。

時の報道機関なのだ。報道機関の自由とは、それを勝ち取った者たちのために、そしてそれを勝ち取った者たちによって、存在するのだ。」この言葉は複数の日刊紙でとりあげられる。[18] 彼はまた、文化会館や専門的な映画局、そして占領軍に協力した新聞の資産の差し押さえに言及する。彼の予算案は採用となる。[19]『官報』におけるこの会議の報告は三ページに満たない。マルローの次の発言もジャーナリストたちの関心を惹くことはなかった。「文化が、幸運にもパリに住んでいる人間たちの、あるいは財産に恵まれている人間たちの占有物でなくなることが、私には不可欠であるように思われる。[20]」この文言は一九五八年以降に実現される政策を予兆するものだ。『リュマニテ』誌は、「党の愛国主義のために仕方なく」といった共産主義者の議員たちの発言のみを報じた。すなわち、フランス共産党にとって、彼はド・ゴール将軍同様、一時的に配慮を払わねばならない政敵の一人なのだ。「共産主義者たちに楯突く必要がある」、一九四五年にマルローはクロード・モーリアック[10]にそう宣言していた。その際、彼はこう付け加えている。「もちろん、こき下ろされるのを受け入れる必要もあるがね。[21]」いずれひどい目に遭う、彼はそれを覚悟していたということだ。

一九四六年一月二〇日、ド・ゴール将軍が辞任を決意する。[22] 彼は何日か前に、議会に次のように問いかけていた。「諸君は統治をおこなう政府を望んでいるのか、それとも、諸君のわがままを満たすべく政府を任命する全能の議会を望んでいるのか？[23]」彼は、『大戦回想録』の中で、次のように記している。「諸党から構成される偏狭な政体が再度現れた。私はそのことを咎めはしよう。だが、私が望まない独裁政府を力ずくで樹立しない限りは、そして、恐らくは、その独裁政府が不調に終わらぬ限りは、私はこうした実験を妨げる術を持たない。故に私は引退せねばならない。[24]」ド・ゴールのこの分析をマルローも共有している。以上の出来事は、諸政党ならびに議会制の政体に対する彼の敵意を固めさせるものだ。共和国を再建することができようものは、諸政党ではないのだから。

作家マルローは政権下に居残らなかった。来る選挙の候補者になるなどは論外だし、あるいは、もっとタチの悪いことには、ド・ゴールの発言とされる言葉を引用して、どんな金にでもありつこうなどはもってのほかだ。初めての大臣職の経験について、彼は遅ればせながらに、「各政党がド・ゴールから甘い汁を吸うのを妨げる必要があった[25]」と記している。大臣としての最初の歩みは、政治の専門家たちに対する彼の敵意を強固にした。ド・ゴールもまた、政党間の「不毛な駆け引き」に言及している[26]。マルローは、ド・ゴール将軍の側近を集めた研究委員会に属することになる。だが、そこでの彼は最も熱心な委員の一人とは言えない。彼は『芸術の心理学』を優先する。第四共和政が設立される。一九四六年一〇月におこなわれた憲法制定の国民投票は、ド・ゴール風のあらゆる概念に反対の姿勢を示した。これでは第三共和政の二の舞になるだろう。レオン・ブルム〔11〕も、マルク・ブロック〔12〕の著作も注目を集めることはなかった[27]。

レーモン・アロンを情報相の大臣官房長にしたのは、さらには、ロンドンでのレジスタンス活動歴のある彼を『コンバ』誌に入れたのは、マルローだったのかもしれない。今や『コンバ』誌の執筆陣は分裂状

〔10〕一九一四〜一九九六、作家、ジャーナリスト、父はフランソワ・モーリアック。一九四四年から一九四九年にかけてド・ゴールの私設秘書を務めた。
〔11〕一八七二〜一九五〇、政治家、人民戦線内閣のトップを務めたことで知られる。一九四七年に体調不良を理由に政界を退いた。
〔12〕一八八六〜一九四四、歴史学者。レジスタンス活動中に『奇妙な敗北』を執筆、フランスの敗北と第三共和政の崩壊をその旧態依然な軍事・政治のシステムと関連づけて分析した。

態にある。一部はド・ゴール将軍の復帰を願っており、その他はカミュを筆頭に非共産主義的な左翼を支持しているのだ。パスカル・ピアは一九四七年の春に引退しており、この日刊紙の運営をカミュに委ねたが、カミュもまた、すぐさま運営をクロード・ブールデに任せてしまう。美しき冒険の終焉。ピアは自らと共に、レーモン・アロン、アルベール・オリヴィエ、ジャン＝シャヴォー、ポール・ボダン他数名を連れだって『コンバ』誌を去っていった。レーモン・アロンは『フィガロ』誌に移籍し、他の執筆者たちはド・ゴール主義の新聞に加わる。この点の検証は後述に任せよう。というのも、四月七日、ド・ゴールは、自らがいかなる党をも掌握していないという事実を、さらには人民共和運動（ＭＲＰ）も期待されたような誠実な党ではなかったことを公式に認めた上で、フランス人民連合を創設したからだ。その時、ド・ゴールの傍らにはマルローがいる。左翼からも右翼からも参加者が殺到する。参加者は、フランス人民連合が主張するように一〇〇万人とまではいかないものの、四〇万人を数える。(28)「歩き出す人民」は大衆運動体ではないが、もはや小集団でもない。それは、マルローに言わせれば、「左翼でもなければ右翼でも」ない。「国家」(29)なのだ。「同伴者たち」が党員たちにとって代わる。

フランス人民連合の同伴者

マルローは、ド・ゴールと共にフランス人民連合の団体規約に署名した数名の人間の一人である。彼は執行委員会に属すことになるが、この執行委員会は一九四九年には指導評議会に、すなわちフランス人民連合の首脳部となる。宣伝機関の代表者であるマルローは、フランス人民連合の部局から独立した固有の職員たちを指揮下におく。宣伝というテーマについての彼の関心は真新しいものではない。こうした関心は、一九三〇年代の彼の小説の中に、とりわけ『希望』の中に垣間見られるのだから。[30] 彼は、組織のスポークスマンを養成、指導したり、フランス人民連合の幹部たちの薫陶を受けて会議を開いたり、緊急対策のキャンペーンやポスターの掲示や会合を組織するだけでは満足しない。というのも、彼は「推進者にして指導者」[31]に、ド・ゴール主義の叙情的で叙事詩的な旗手になるつもりなのだ。彼はド・ゴール将軍に民衆的な政治集会への参加を促し、自らはその演出を手掛ける。そして、フランス人民連合に英雄的で輝かしい風格を与えんとする。この場合、ジャニーヌ・モシュ＝ラヴォが、彼の内に政治ショーの立役者を看取するのも頷ける。[32] マルローに与えられた役目は、戦闘的であると同時に上質な報道機関をフランス人民連合に付与することだ。一九四八年、それまでは闘士たちに向けて作られていた紀要が、週刊誌『連合』となる。その編集長は、『コンバ』誌から流れてきたアルベール・オリヴィエとパスカル・ピアであるが、彼らはフランス人民連合のメンバーではない。マルローは一八本の講演録、あるいは論考を『連合』誌に寄稿する。とはいえ、その読者はド・ゴール主義の勢力圏内に限られている。ジャーナリズムは依然として多くの新聞雑誌で溢れており、その一つである『カルフール』誌は、当時、フランス人民連合と親密な関係にあったが、週刊誌『連合』は自らの地位の確立に四苦八苦していた。かくして、マルローに与えられた任務の一つは、知識人たちをフランス人民連合に引き寄せることであった。確かに、この組織の月刊誌である『精神の自由』は、議論が交わされる場となるべく、クロード・モーリアックにその運営が委ねられており、高い品格を有してはいたものの、レーモン・アロンやジャン・ポーラン、ドゥニ・ド・ルージュモン[13]やフランシス・ポンジュの論考や、芸術についてのマルローの文章にもかかわらず、『エスプリ』

〔13〕 一九〇六～一九八五、スイスの批評家、思想家、作家。戦後はヨーロッパにおける連邦主義をいち早く提唱した。

誌や総合誌『現代』の購買者たちを読者に持つことは一度もなかった[33]。有名な名前だけを挙げても、ジッド、モーリアック、そしてカミュはフランス人民連合に加わってはいなかった。クローデルも長くは留まらなかった。

フランス人民連合におけるマルローは、反共産主義者を確固として自任する。フランス共産党はその他の党とは異なる。それはソビエト帝国主義の手先にして第五の柱であり、フランス国外の党なのだ。ソ連を一つの社会主義国家とみなすのならば、それは「まやかし[34]」である。一九一七年の希望は裏切られたのだから。テロ、強制収容所、権力の支配下にあるイデオロギー、言論の自由を封殺された芸術家たちを思い起こすことだ。活動家たちは官僚になってしまった。マルロー以外の知識人たちが、例えばカミュが、ソ連政府の大罪、すなわち一つの「システム[35]」の大罪を、その創設者であるレーニンやボルシェヴィキらのせいにしている時、マルローはその責任をスターリンに帰せしめる。『征服者』の後書きに記した知識人たちへの呼びかけは、ソ連型の共産主義に対する彼の批判を要約するものである。とりわけ以下の文章を読んでみよう。「「歌声を響かせる未来」が、カスピ海から白海へとこみあげる長く物悲しげなあの音色となり、その歌声が徒刑囚たちのそれとなるなどということは、了解の範疇にはなかった[36]。」一九三〇年代にドイツ帝国と対峙した際に犯された過ちを、ソ連と対峙しながら繰り返さないことが重要である。マルローは褐色のペスト〔ナチズム〕と戦ったように、赤いペストと戦う。彼は通時態における反全体主義者なのだ。片やオーウェルは共時態における反全体主義者だった。「マルローのド・ゴール主義は根本的に反全体主義的な反応である[37]」と、エマニュエル・ムーニエも評価する。ド・ゴールは、レンヌでの演説で「全体主義的独裁の政府」および「ブロック」に言及し、このブロックの境界線は、「自転車のツール・

ド・フランスの二つの区間〔38〕」の中にも見出されるとする。かくして、第三次世界大戦が勃発するかもしれない。西欧の民主主義は広報戦に、イデオロギーの戦争に勝利せねばならない。マルローはこの戦いに言葉の大臣として全面参加する。イデオロギー戦に関する彼の論法は独創的なものではない。それは、一九四八年に出版されたレーモン・アロンのエッセイ『大分裂』の中に、そして、この思想家が『コンバ』誌に、次いで『フィガロ』誌と『精神の自由』誌に寄稿した論考にも見出されるからだ。「私たちがいる、共産主義者たちがいる、他には誰もいない。〔39〕」一九四九年のマルローのこの言葉は長らく有名であった。もっとも、当時の政治的風景についてのこうした二元論的な分析は正しいとは言えない。第三の力が、「分離主義者〔40〕」とド・ゴールが呼んだ者たちの猛攻をせき止めることができるのだから。冷戦は、社会党の前身である社会主義労働者インターナショナル・フランス支部（ＳＦＩＯ）を反共産主義へと転じさせた。その他の民主主義的と呼称されよう政党の政策やシステムもまた、反共産主義的ではあるのだが、より穏健な形をとっている。フランス人民連合の問題は、それが「緊急対策的な運動組織〔41〕」であろうとなかろうと、いずれにせよ、マルクス主義的で対米協調主義的な政党とも、その他の政党とも連合を組むことができないし、そもそも連合を組もうとしない点にある。故に少数派に留まることを余儀なくされる。どうすれば、急進主義的にも中道派にもならずに済むというのか？　どうして、国民解放運動が一九四五年になれなかったものに、すなわちフランスのレジスタンス運動の体現者に、フランス人民連合がなれたであろうか、当時、冷戦が猛威を振るう渦中にあって？

マルローの「破滅へのロマン主義」が、彼の「現実感〔42〕」を失わせたと、後年レーモン・アロンは判断を下している。フランス人民連合は、歴史家のジャック・ジュイアールが記すように、「あきれるほど卑小な〔43〕」

政府や人間たちと敵対する。要は美学と倫理に属する問題なのだ。国家機構は一貫性を欠いている。諸政党とその支持層たちの選挙への関心は、普遍的な関心に対して、すなわちド・ゴールが訴える「党派を超えた、国家への高次の関心」に対して不利に働く。党派的な諸集団は議会を惰性的なものに変える。フランスはヨーロッパでも世界でも弱体化する。ド・ゴール将軍が救世者として呼び戻されるには、脱植民地化の悲劇的事件が必要であるだろう。その頃には一〇年が過ぎ去っているだろう。

パリの冬季競輪場で、雄弁家マルローの言葉を聞いたフランソワ・モーリアックは次のように記している。「恐るべきスターリンに対して勝負を挑んでいる、この衰え知らずのダヴィデは。彼はド・ゴールのために戦ったよりも遥かに苛烈に、スターリンと戦っている。」(44)演説家はスターリン主義者たちについて語るだけではない。ド・ゴール将軍と同様、ミシュレの愛読者であるマルローは、フランスについて、その「魂」について、その歴史的使命について、その道徳的かつ文化的遺産について、ジャンヌ・ダルク、ロベスピエール、サン＝ジュスト、〔ラザール・〕オッシュ(14)、〔ジャン・〕ジョレス(15)、〔シャルル・〕ルクレルク(16)と呼ばれるフランスの英雄たちについて、滔々と語ってみせるのだ。フランスは二大ブロックのあいだで、いつの日か彼が〔ヨーロッパとアフリカを総称して〕、「ユーラフリカ(45)」と呼んだ地政学的な一本の道を切り拓くことができる。彼はあらゆる反米主義を退けながら、おのずから「大西洋文明(46)」に言及する。このことは改めて彼を、実践的かつ非正統派のド・ゴール主義者であるレーモン・アロンに接近させるものだ。マルローは主義や計画を擁護するのではなく、ひたすら人間を擁護する。彼は争点を明確に述べ、幾つかの目的を明示する。例えば、国家の再建。もっとも、今後のフランス国家が採用する制度上の形式については明言しない。そんなことよりも、自由、責任、友愛、意志、忠実さ……今なお価値を持つこうした言葉が、この国には残されているのだから。多くの例の中から一つだけ引用しよう。「政治的自由と精神的自由を保障するもの（……）それは、国家の力量である、あらゆる市民に奉仕せんとする国家に固有の力量なのだ(47)。」

このような立ち位置をこの時代にとるのならば、それは、反動的な右翼との同化、否、新たなファシズムとの同化に相当しよう。いずれにせよ、左翼陣営からの追放をもたらすものだ。フランス共産党やその手先の文筆家たちが、当時、仕掛けていたイデオロギー上のテロの射程を計測することは、こんにちでは難しい。「強力な共産主義者たちに反対する方が、彼らの怖じ気づいている敵たちと戦うよりもよっぽど勇気がいる。（……）マルローは反共産主義者である以上に、ヘゲモニーを持つ強者たちに対して敵意を抱くのだ(48)。」果たして、ジャン・ラクーチュルのこの指摘には同意するより他はない。傍観に回っている者たちのほぼ全員が、マルローの豹変と裏切りを確認しては、それを嘆く。共産主義者たちは宗旨替えした山師に対して怒り狂う(49)。実存主義者たちはと言えば、冷戦時の轟々たる議論の嵐に彼らの持論を投げ入れる。メルロ＝ポンティがマルローを攻撃し、その「似非マルクス主義と反動的精神の混合」ならびに「反共産主義という世界規模のペテンとの共謀(50)」を非難する。ノーベル文学賞をこの作家から奪ったのは、そのド・ゴール主義的な政治参加であることは明らかだ。もはやマルローは行動の師ではない。かつて彼が

〔14〕一七六八～一七九七、フランス革命期の軍人。ナポレオンの同僚でありライバルとして知られる。
〔15〕一八五九～一九一四、政治家。弁舌の才能で大衆の人気を博すが、第一次世界大戦に反対し、狂信的な国家主義者によって暗殺された。
〔16〕一七七二～一八〇二、フランス革命期の軍人。ナポレオンにその能力を認められ戦功を重ねた。

『希望』の読者を共産主義へと向かわせたように、彼が自らの読者をド・ゴール主義へと向かわせることはなかった[51]。

『ル・モンド』誌がマルローの死の際に掲載した、プランチュ[17]の筆による一枚の風刺画は有名である。同じような墓が二つ描かれている。一つには「アンドレ・マルロー、一九〇一―一九四五」と、もう一つには「アンドレ・マルロー、一九四五―一九七六」と刻まれている。歴史的資料に基づく仕事が、冷戦の遺物である**臆見**を無視できるようになるには、一九八〇年代を待つ必要があった。マルローにおいては、周知のとおり、美学、形而上学、そして政治が不可分の一体をなしている。例えば、ジャニーヌ・モシュ＝ラヴォは、マルローのあらゆる経歴を再調査し、一九三九年以前においてですら、戦後にとられる姿勢の兆しが存在していることを示した。彼女は、マルローのド・ゴール主義は帰結であって、逸脱や断絶ではないとの結論を下している[52]。

一八ヶ月間で、マルローの親ド・ゴール的な行動主義はその頂点に達してしまった。今や作家はうんざりしており、合法的な権力の奪取が選挙における妥協を要求することを自覚している。確かにフランス人民連合は一九四七年の市町村選挙で勝利を収めた。次いで、ド・ゴールは国民議会の解体を要求した。だが、ポール・ラマディエ首相は自らの政策の手直しだけでよしとした。フランス人民連合は続く選挙のために複数の候補者を立てた。成功は儚いものであって、月を追うごとに陰りが見えた。フランス人民連合は同盟者なき野党なのだから。ちょうど敵対関係にあるフランス共産党がそうであるように。第三勢力の党である社会主義労働者インターナショナル・フランス支部やフランス人民共和派、急進社会党員たちや穏健右派の党員たちは、自らの影響力を守るために、臨時同盟を結ぶことができたのだが、むろんそれは事なかれ主義によるものだった。投票方式も彼らの有利に働いた。演説がいかに輝かしいものであっても、それだけでは一つの政権を失墜させるには至らない。諸政党からなる政府に対するド・ゴール将軍とマルローの攻撃や、政治的な結託やしきたりの告発、原理原則にまで格上げされた根回しの弾劾も完全に無力であった。フランス人民連合には確かにレジスタンスの古強者たちがいるが、日和見主義者たちもいる。今や数ある政党の一つだ。この組織の社会学は、[53]かつて夢見ていたものとは異なっている。反共産主義がフランス人民連合の路線を右寄りに変えたからだ。インドシナでの実地調査活動を冒険家マルローにもたらしたものは、彼の膨大な倫理的・政治的資質であったのだが、作家マルローはこの資質を消費してしまった。彼は通常の流れに逆らう形で変遷を遂げた。一九四五年に、力をつけた共産党の同伴者に再びなることも彼には可能だったし、あるいは、他の王道としては、非共産主義的な左翼の思考の師となることもできたのだから。後者の地位はサルトルに残してやるのだが、マルローは、サルトルによる知的権力の奪取に異議を申し立てることのできる唯一の人物だった。この点については、〔サルトルが主幹を務める〕総合誌『現代』の小規模な作業班への参加を、マルローが拒んだことを思い出そう。行動の人間である彼は、「職業的哲学者たち」を度し難いおしゃべり連中と見做すのだ、彼らにできることと言えば、陳情書に署名を入れるのが関の山である。[54]マルローは左翼のド・ゴール主義者たちのあいだに位置づけられる。彼らが形成しているのは、組織されておらず、したがってほとんど耳目を集めることのない少数派である。

戦後になって再編がおこなわれた知的領域において、知識人はしばしば預言者として、あるいはより稀

〔17〕一九五一〜、漫画家、風刺画家、本名はジャン・プランチュルー。『ル・モンド』誌を中心に政治的な風刺画を数多く描いている。

なケースではあるが、エキスパートとして自らの地位を確立する。サルトルは前者か、レーモン・アロンは後者か。マルローの本質は、情報、文化、組織、造形芸術といった複数の領域における評価によって認識される。ド・ゴール主義について言えば、彼は出色の統一的知識人であり、その称揚者にして預言者だ。ところで、ジゼル・サピロは、その最新の著作において、知識人の四つの観念的類型を提唱している。名望家、審美家、前衛芸術家、そして論争家。[55] ゴンクール賞の受賞はマルローの聖別化を仕上げたであろうし、一九四五年にはアカデミーフランセーズの会員にも選ばれている。だが、「名望家」はこのペタン派のクラブへの加入を拒む。『征服者』、『人間の条件』、そして『希望』が、一九四七年にプレイヤード叢書に入る。だが、不服従の人間にとって、文学なる共和団体はほとんど魅力を放っていない。ガリマール社はマルローの申し出を何一つ拒まない。そこで、「審美家」は自らの時間の多くを美学に費やすことにする。そして、もはや評価を与えていない「前衛芸術」とは袂を別つ。ド・ゴール主義の闘士は、最終的には共産主義者たちに対する論客になるのだが、「論争家」にはならない。まさしくマルローは、「ありきたりで政治的な一覧表によっては分類不能[56]」な作家であり、社会参加する市民なのだ。

【注】

（1）Christine Lévisse-Touzé, « Le colonel Berger commandant la brigade Alsace-Lorraine : André Malraux sur le front de l'Est » in Louis-Charles Foulon (dir.), *André Malraux et le rayonnement culturel de la France*, Complexe, 2004, p. 215-222.

（2）Olivier Todd, *Malraux, une vie*, Gallimard, « Folio », 2002, p. 505.

（3）Raymond Aron, *Mémoires*, Pocket, 1985, p. 275.
（4）Raymond Millet, *Le Monde*, 26 janvier 1945.
（5）*Combat*, 26 janvier 1945.
（6）*L'Humanité*, 26 janvier 1945.
（7）この委員会の構成は、一月二八日付の『フラン・ティルール』誌において示されている。
（8）*Action*, 28 janvier 1945.
（9）Roger Stéphane, *André Malraux, entretiens et précisions*, Gallimard, 1984, p. 111.
（10）André Malraux, *Antimémoires*, Gallimard, 1967, p. 117.
（11）*Ibid.*, p. 118.
（12）*Ibid.*, p. 125. クロード・モーリアックに対して、当時のマルローはこう述べていた。「敢えて共産主義者たちに楯突く必要がある。」(*Un autre de Gaulle*, Grasset, p. 148)
（13）*Ibid.*, p. 127.
（14）Jean Lacouture, *André Malraux, une vie dans le siècle*, Seuil, « Points », 1976, p. 327. この二人の人間のあいだの封建的な繋がりという観念は、多くの著述家において見いだされる、レーモン・アロンもその一人だ。(*Op.cit.*, p. 325)
（15）Raymond Aron, *Op.cit.*, p. 125.
（16）*Le Monde*, 25-26 novembre 1945.
（17）Roger Grenier, « Les espoirs de M. Malraux », *Combat*, 25-26 novembre 1945.
（18）*Combat*, 30 décembre 1945 ; *Franc-tireur*, 30 décembre 1945 ; *Le Figaro*, 30-31 décembre 1945.
（19）*Journal officiel. Débats de l'Assemblée constituante*, n° 21, 30 décembre 1945, p. 521-523.
（20）*Ibid.*, p. 521.
（21）Claude Mauriac, *Aimer de Gaulle. Le Temps immobile*, 5, Grasset, 1978, p. 16.

（22）マルローはこの情報をピアに託し、ピアはこの情報をイギリスの日刊紙に伝える。『コンバ』誌はこの情報をロンドンで流れている噂として報じることになる。
（23）Charles de Gaulle, *Discours et messages*, t. 1, Le livre de poche, 1974, p. 705.
（24）Charles de Gaulle, *Mémoires de guerre*, Plon, 1999, p. 881.
（25）André Malraux, *Antimémoires, op.cit.*, p. 136.
（26）Charles de Gaulle, Discours de Bruneval, 30 mars 1947. *Discours et messages*, t.2, *op.cit.*, p. 105.
（27）Léon Blum, *A l'échelle humaine*, Gallimard, 1945 ; Marc Bloch, *L'Étrange Défaite*, Gallimard, 1945.
（28）Jean Charlot, *Le Gaullisme d'opposition 1946-1958*, Fayard, 1991.
（29）“Qui sommes-nous ?”, *Le Rassemblement*, 16 octobre 1948.
（30）Voir Jeanyves Guérin, *Une Littérature du politique*, Honoré Champion, 2020, p. 83-99.
（31）Janine Mossuz-Lavau, *Malraux et le gaullisme*, Presses de la fondation nationale des sciences politiques, 1982, p. 72.
（32）*Ibid.*, p. 150-153.
（33）Voir Jeanyves Guérin, « *Liberté de l'esprit* : une revue gaulliste », Revue des revues, n° 58, printemps 2017, p. 76-95.
（34）André Malraux, Postface aux *Conquérants. Œuvres complètes*, t. 1, Gallimard, « Bibliothèque de la Pléiade », 1989, p. 281. この時代においては、「まやかし」という単語が絶えず表れる。この語は、共産主義者たち（ガロディ）や進歩主義者たち（サルトル、メルロ＝ポンティ）と同様、その論敵たち（カミュ）によっても使われている。
（35）*Ibid.*, p. 279, 280.
（36）*Ibid.*, p. 282.
（37）Emmanuel Mounier, « Malraux ou l'impossible déchéance », *Esprit*, octobre 1948, p. 493.
（38）Charles de Gaulle, *Discours et messages*, t. 2, *op.cit.*, 1974, p. 108.
（39）André Malraux, « Il faut que le langage de la France soit tenu », *Le Rassemblement*, n° 96, 19 janvier 1949.
（40）Charles de Gaulle, *Discours et messages*, t. 2, *op.cit.*, p. 103.

（41）André Malraux, *Carrefour*, 31 mars 1948.

（42）Raymond Aron, *Le Spectateur engagé*, Juillard, 1981, p. 122.

（43）Jacques Julliard, *La Quatrième République*, Le livre de poche, 1981, p. 18.

（44）François Mauriac, « Malraux ou la vie de joueur », *Le Figaro*, 19 février 1948.

（45）André Malraux, « Emporter l'Europe comme une victoire. Lettre aux intellectuels américains », Carrefour, 13 décembre 1949.

（46）André Malraux, Postface aux *Conquérants*. *Œuvres complètes*, t. 1, p. 279.

（47）*Ibid.*, p. 286.

（48）Jean Lacouture, *Op.cit.*, p. 329.

（49）Roger Garaudy, *Une Littérature de fossoyeurs*, Éditions sociales, 1947, p. 37-40 ; Pierre Hervé, « Malraux le réprouvé », *Action*, 21 avril 1948 ; Nina Catach, « Malraux et la relève du fascisme », *La Nouvelle Critique*, n° 31, décembre 1951, p. 61-71.

（50）Maurice Merleau-Ponty, « Communisme-anticommunisme », *Les Temps modernes*, n° 34, juillet 1948, p. 179. とあるアメリカ人の論説の解説であるこの論考を、マルローは極めて悪意的なものだと解釈する。彼は、サルトルの雑誌をもう出版しないようガリマール社に命じる。

（51）Edgar Morin, *Autocritique*, Seuil, « Politique », 1975, p. 41.

（52）Janine Mossuz-Lavau, « André Malraux et le gaullisme », L'Herne, p. 313.

（53）Voir Jean Charlot, *Op.cit.*, p. 89.

（54）André Malraux, *Antimémoires, op.cit.*, p. 133.

（55）Gisèle Sapiro, *Littérature et politique*, Seuil, 2019.

（56）Janine Mossuz-Lavau, *Op.cit.*, p. 292.

（訳：伊藤　直）

アンドレ・マルローの「悲劇的ヒューマニズム」

石川　典子

はじめに

アンドレ・マルローは、一九四六年に行われたユネスコ主催のソルボンヌでの講演「人間と芸術的文化」（以下、「人間と文化」講演）において、「悲劇的ヒューマニズム」という表現を用い、ヨーロッパ文明の未来を展望していた。

可能な一つのヒューマニズムがある。だが私たちは自分自身にはっきりこう言わねばならない、それは悲劇的なヒューマニズムであると。〔中略〕そして私たちが人間的な一態度を悲劇的なものの上にのみ基礎づけるのは、人間が何処へ行くか知らないからであり、ヒューマニズムの上にのみ基礎づけうるのは、彼が何処から出発したか、自分の意志は何処にあるのかを知っているからに他ならない。[1]

「悲劇的ヒューマニズム」という表現は、マルローによって、この講演でしか用いられないが、彼の思想的立場を説明する語として、しばしば取り上げられている。小説を「人間の悲劇性についての卓越した表現方法[2]」であると考えたマルローは、確かに『人間の条件』（一九三三年）や『希望』（一九三七年）の中で、死すべき運命に抗う人間の闘争や、人間の生の力強さ、友愛を描き出しており、「ヒューマニズムの作家」や「悲劇的な作家」として説明されることが多い。しかしそのような指摘は、彼の前半生の小説作品において主に当てはまるものであり、その後の『沈黙の声』（一九五一年）をはじめとする芸術論、ド・ゴール政権下での文化大臣としての活動、晩年のエッセイにおいて該当するかといえば、必ずしもそうではないように思われる。事実、遺作となった『束の間の人間と文学』（一九七七年）では、悲劇性は、不確定性に曝された現代文明における「最後の審級」ではなく、「精神の不可知論」によって乗り越えられるものであるとされている。[3]「束の間の人間」という、マルローが晩年に提示した人間像に直結するこの謎めいた箇所は、研究者の間で様々な解釈がなされ、未だ議論が尽きない主題である。本稿では直接この問題について取り扱わないが、多岐にわたるマルローの活動が「人間とは何か」という問いを巡って展開されてきたことが指摘されるようになった今、その領域横断的な思考ゆえにしばしば分断として捉えられがちであったマルローの思想を支える一つの軸として、「悲劇的ヒューマニズム」という彼の表現を再考してみたい。なぜなら、そこには、マルローにおける人間についての思想を構成する二つの側面、悲劇性とヒューマニズムの、矛盾を孕みつつも分かち難く結びついた二つの関係性が見出されるからである。

一・「悲劇性」と「ヒューマニズム」

具体的に分析を始める前に、「悲劇性」と「ヒューマニズム」、それぞれの語の歴史的な意味を確認しておきたい。どちらも一語で定義するのが難しい語であることは間違いないが、二十世紀フランスにおけるそれぞれの概念の立ち位置を確認することで、マルローの「悲劇的ヒューマニズム」がいかなる時代的背景を持つのかを明確にしておく。

ウィリアム・マルクスをはじめとする研究者が既に指摘しているように、本稿で検討しようとしている悲劇性とは、十八世紀末になって現れた比較的新しい概念である。ギリシャ悲劇から派生して現れた概念であることは疑いないが、必ずしも悲劇という演劇のジャンルに関係するものではなく、使用者それぞれのニュアンスによって意味がそれぞれに異なる、一貫した定義を欠いた概念である(4)。ジャン＝マリー・ドムナクは、このような悲劇性の概念の誕生を説明するにあたり、キリスト教信仰の衰退、ニーチェによる「神の死」の言明を挙げている。図式的になるが、彼の説明は以下の通りである。ギリシャ悲劇の本質とは、神々と人間の折衝や、神々の掟に反して罪を犯した人間の葛藤を通して、超越的な存在を示唆しつつ、人間の力能を肯定することにあった。しかし、神の恩寵によらなければ人間の罪は救済されないと説くキリスト教は、天の神の人間に対する優位を示し、ギリシャ悲劇的世界観を裏返してその意味を無に帰したのである。たとえ古典主義時代のフランスが偉大な悲劇作品を残したとしても、それは「リメイク」に過ぎず、リュシアン・ゴルドマンが『隠れたる神』（一九五九年）において明らかにしているように、ジャンセニスムのキリスト教信仰に結びついた、真にギリシャ的な意味での悲劇ではない。なぜなら、ジャンセニスムは、パスカルが述べるように、天と地の間に位置付けられた信仰者の悲劇性、すなわち、頽落した人間存在を否定しつつ、自らの声が届くかも定かではない中での信仰への「賭け」を説き、神と信仰なき人間の分離を認めているからである。ゆえに、ギリシャ的な意味での悲劇が復活するのは、キリスト教の影響力が薄れた時からであり、「神の死」はその指標となる。しかし、「神の死」は同時に、「悲劇の死」でもある。なぜなら、ここで復活する悲劇とは、超越なき世界のものだからである。ルネサンス以降、信仰と人間の力能のせめぎ合いが続いていたが、「神の死」によって後者に軍配が上がり、キリスト教という精神的支柱を失った人間は、自らの力能に依り頼むしかなくなった。現代の悲劇性とはつまり、超越なき人間の葛藤とその力能の肯定なのである。[5] 以上のようなドムナクによる悲劇性の概念の定義は、後に見るニーチェによるギリシャ悲劇の解釈に負うところが大きいように思われる。とはいえ、「神の死」によって人間が導かれたニヒリズムは、二十世紀における悲劇性の要素の一つとして確かに説明できるだろう。

　他方、ヒューマニズムについても、ルネサンスを契機とした文脈で、理解を試みることができる。ヒューマニズムという語は、一般に日本語で人文主義や人道主義と訳される。前者は、十五世紀から十六世紀にかけてヨーロッパに現れたルネサンスという文化の性質や、それに基づく文献学的な態度を指すが、後者は欧米では主に«humanitarisme»という語で示され、人類という普遍的な立場に立った博愛的な態度のことを言う。ヒューマニズムという語を、ラルースの哲学大辞典に従い、「思想史において、人間を思考の中心に置くことを共通の特徴とする理論の総体[6]」と定義するならば、人道主義《ヒューマニタリズム》はあくまでそこから派生した概念に過ぎず、西洋ヒューマニズムの発展の歴史は、ルネサンスのユマニスムからサルトルに代表される実存主義的ヒューマニズム、フランス現代思想におけるアンチ・ヒューマニズム、さらには、現在のポスト・ヒューマンの思想にまで至る。『六八年の思想』を著したリュック・フェリーとアラン・ルノーは、このような西洋ヒューマニズムの発展の歴史を、ルネサンス以降に近代哲学を司っていく主体性という概念と、それとともに発展していった個に重きを置く思考の形態と共に解釈する。彼らによるならば、近代的主体の概念は自律的な個のあり方を強化したが、アンチ・ヒューマニストらはそのような主体概念を告発し、無に帰してしまったというわけである。[7]

悲劇性とヒューマニズムの概念の発展を以上のように考えてみると、いずれの概念も、二十世紀における「神の死」と超越なき世界での個のあり方に関する問題と深く結びついているように思われる。マルローの人間についての思想の原点も、このような時代背景に色濃く反映されたものだった。一九二七年に発表された「ヨーロッパのある青春について」の中で、彼は次のように書いている。

我々の目の前に残されているのは、現代の最高の精神によって育まれ、ニーチェの狂気に先導され、神々の亡骸で飾られた個人主義だけである。しかしこの個人主義の中に、我々は盲目の勝利者の姿しか見ない。(8)

マルローは、近代に入って発展した個人主義という思考の形態を、「〈人間〉についての一種の熱狂、人間がかつて神に与えていた位置を自分自身に与える(9)」ものと糾弾し、それに代わる「〈人間〉についての新たな概念(10)」を打ち立てる必要性を説く。

「悲劇的ヒューマニズム」という言葉で表されたマルローのヒューマニズムは、したがって、以上のような文脈のうちで考えられるべきであると言える。すなわち、超越なき世界において、超越でもなく、個としての人間でもない何かに、人間としての基礎付けを探し求めるという態度である。それでは、マルローが「悲劇的ヒューマニズム」を唱えた時、彼は「悲劇的」という言葉に、一体どのような意味を込めたのだろうか。「悲劇的ヒューマニズム」が唱えられた「人間と文化」講演と同時期に執筆された『アルテンブルクのくるみの木』（一九四八年）を参照しながら、その意味を明らかにしていきたい。ここで重要となるのが、ニーチェとパスカル、二人の存在である。

二．マルローとニーチェ

ニーチェの作品は、一九〇九年にはほぼ全てがフランス語に訳されており、一九〇一年に生まれたマルローが彼の作品に青年期から親しんでいたことは、複数の研究が既に指摘している。彼はニーチェの思想を、当時の妻であったドイツ出身のクララを通じて、また、ポール・デジャルダン主催の「ポンティニー旬日懇話会」に参加した際に深く知ったのではないかと言われている。[11] この「ポンティニー旬日懇話会」は、現在、スリジー＝ラ・サールで行われている国際シンポジウムの前身となった知識人の会合で、『アルテンブルクのくるみの木』の中で描かれる、アルテンブルクの話会のモデルとなったと考えられている。[12] 若きマルローの友人に、『ニーチェの生涯』（一九〇七年）を著し、知識人のサロンを主催していたダニエル・アレヴィがいたことも影響しているかもしれない。[13]

「人間と文化」講演の冒頭で、マルローはニーチェについて次のように述べていた。

十九世紀の終り、ニーチェの声は、かつて多島海の上で呼ばれたかの古代の神託をこだましたーー「神は死んだ！」。彼はこの句に悲劇的なひびきのすべてをふたたび与えたのである。何人もその意味するところをよく知っていた。それは人間の王国の到来を待つということであった。
私たちのこんにち直面せる課題は、この古き大陸ヨーロッパに「人間」が果して死んだのか否か、を知ることである。[14]

前述したように、マルローは既に一九二〇年代の執筆物の中で、「神の死」、さらには「人間の死」についての認識を示していた。『西欧の誘惑』（一九二六年）には、次のように書かれている。「絶対的現実とはあなた方にとっては神であり、次に人間が来たのです。しかし人間は死んだ。神につづいて。[15]」マルローがここで述べる「人間の死」は、個人主義に陥った西欧の人間の限界を表した言葉である。フーコーが後に『言葉と物』（一九六六年）の中で宣告する「人間の死」、近代の産物に過ぎない主体という概念の告発とは意味が異なるが、近代的主体の限界を示しているという点では、類似した観点だと指摘することができる。

人間に関するものなら何にでも熱狂するといったことから生れた諸々の思想〔訳注：個人主義〕は、人間の本性そのものをゆがめかねない。つまり正当と認められるべき熱狂がほとんど消えてしまうということである。たとえ、ニーチェが絶望した人たちの心にあれほど多くの反響を見出すとしても、それは単に、ニーチェ自身がそれらの人たちの絶望や激情の表現であるということにすぎない[16]。

ニーチェの思想は必ずしも個人主義と一致するわけではないが、マルローは「神の死」と共に発展した個人主義的な人間の思考方法が、ニーチェの影響に由来するものだと考えていた。しかし、「超人」という概念が示しているように、ニーチェは神という絶対的な存在の超克こそが、人間が自らの力を証明する契機となると考えていたのに対し、マルローにとっては、「神の死」が人間を導いたのは、不条理という袋小路であった（「つねに私たちは不可解なもの、不条理なもの、言い換えれば、個別性の極点にぶつかるのです[17]」）。「人間と文化」講演の冒頭でマルローが述べる「悲劇的なひびき」には、こうした「神の死」後の西欧における個人主義の進展と不条理性に関する、マルローの悲観的な認識が含意されている。

本稿の冒頭に引用したように、マルローは「悲劇的ヒューマニズム」とは、「可能な一つのヒューマニズム」であると言っていた。そしてそれが「悲劇的」であるのは、「人間が何処へ行くか知らないから」だと言う。別の箇所で、マルローは「悲劇的ヒューマニズム」について、次のようにも述べている。

悲劇的ヒューマニズムは、ギリシャこのかた神々と呼ばれるものに刃向かってきた。ヴィナスとかアポロンとかの神々ではない。真実の神々、宿命の象徴である。ギリシャ悲劇は私たちを誤らせる。ギリシャ悲劇はエジプト砂漠の無限の広がり、バビロニアの神々による人間の粉砕の中から、焼け付くような影として出現する。それは人間の運命に対する挑戦である。挑戦において「人間」がはじまり、運命は終わりを告げるのだ。(18)

マルローはここで、ニーチェの『悲劇の誕生』(一八七二年)に従うかのように、ギリシャ悲劇には二つの力があることを認めているように思われる。一方は、「アポロン的なるもの」と呼ばれ、人間の世界を形成する、一つ一つのものを明確に区別する「個体化の原理」を象徴する力。もう一方は、「ディオニュソス的なるもの」と呼ばれ、「アポロン的なるもの」、「個体化の原理」という桎梏を否定し、「陶酔」のうちに区別なき「根源一者」へと至ろうとする力である。(19) マルローは引用の中で、「ディオニュソス」と言う語を厳密には用いていないが、「バビロニアの神々」が指し示しているのは、「ディオニュソス的なるもの」と同じ性質、すなわち、人間の世界を破滅に向かわせる、非人間的なものの力である。

「アポロン的なるもの」と「ディオニュソス的なるもの」は、しばしば相対する力として理解されている。しかし、ニーチェによるならば、ギリシャ悲劇を本当の意味で理解する上で重要なのは、「アポロン的なるもの」と「ディオニュソス的なるもの」とは分かち難く結びついた衝動だということである。これら二つの力は、一方なしでは考えることができない。相反するように見える、人間を内側から突き上げる二つの衝動の奇跡的な融合こそがギリシャ悲劇であり、それゆえに悲劇はギリシャ人による偉大なる生の肯定なのだと、ニーチェは考える。

こうした思考法は、実はマルローにおいても見出すことができる。彼において二つの項とは、個人主義に支配された西欧と、「人間」という概念に疑問を呈し、「人間を拒否[20]」しようとする東洋であった。『西欧の誘惑』にも、次のように書かれている。「西欧の精神は、世界を自分に従属させることを欲する。（中略）逆に東洋の精神は、人間それ自体にいかなる価値もみとめません。[21]」マルローは西欧と東洋という二つの項を通じて、「盲目な勝利者」としての個人主義の「仮象性」を暴くと同時に、東洋的な「陶酔」に完全に浸ることにも疑問を呈する（cf.『人間の条件』における老ジゾールの表象）。マルローは、こうした二項の融合のうちに、神に代わる普遍的な人間の概念、ニヒリズムからの脱却を模索するのである。彼にとってギリシャ悲劇とは、こうした試みを描写するものとして映っていた。すなわち、二つの項を通じて立ち現れる人間の運命と、それに直面した人間の新生の物語である。

三．マルローとパスカル

ニーチェと同様、マルローはパスカルの思想に青年期から親しんでいたと思われるが、どの時期にこの哲学者の作品に初めて触れたかについては、実は明確ではない。もちろん、マルローが『パンセ』を深く読んでいたことは確かであるが、友人であったベルナール・グレテュイゼンや、NRF誌周辺の知識人を通じて二次的に知った可能性もあると考えられている[22]。

「悲劇的ヒューマニズム」について理解を深めるためには、「人間と文化」講演におけるパスカルに関するる指摘を見逃すことはできない。

> 私たちの立っているのは運命を決する岐路である。この岐路においてこそヨーロッパの意志は、あらゆる大遺産相続者がその遺産をないがしろにし、あるいは浪費し、そして真に受け継いだものは知性と力のみであるという事実を想起する必要がある。幸福なキリスト教の継承者、それはパスカルである。ヨーロッパの遺産、それは悲劇的ヒューマニズムである[23]。

マルローはここで、「幸福なキリスト教」と「悲劇的ヒューマニズム」を並列させている。「人間と文化」講演の中でも解釈が難しい箇所であるが、二つのレベルでの比較を見出してみたい。つまり、名詞としての「キリスト教」と「ヒューマニズム」、形容詞としての「幸福な」と「悲劇的」の関係である。

一つ目の関係に関しては、マルローが宗教に対して示していた不信感を通してみると、理解を一歩進めることができる。ニーチェの「奴隷道徳」的な観点からとは少し異なるが、マルローは個人主義化してしまった西欧文明におけるキリスト教の影響を批判しており、それを「刻印」や「鉄格子」といった比喩で否定的に表現している[24]。しかしながら、同時にマルローは、キリスト教が芸術や哲学に対して果たした役割、遺産については、しばしば好意的な発言を残している。マルローがキリスト教において評価するのは、人間に悪や運命、死などと向き合う態度を用意し、反省を促したという点である。そのように考えるマルローにとって、パスカルはキリスト教の最も偉大な継承者であった。一九七一年のインタビューで、マルローは次のように述べている。「キリスト教という領域で、私が何よりも一番に置くのは、パスカルである。[25]」しかし、パスカルに対するこうした位置付けにもかかわらず、「神の死」のテーゼに深く影響されたマルローは、キリスト教の神が再び人間を形成する価値となる可能性については、否定するのである。彼にとって、新しい人間の概念となりうるのは、宗教ではなく、あくまでも人間自身のうちに見出されるべきであり、それゆえにヒューマニズムを主張する。

続いて、キリスト教に対する「幸福な」という形容詞の使用について検討してみたい。前述したジャン＝マリー・ドムナクやリュシアン・ゴルドマンの研究が示しているように、パスカルは一般に「悲劇的な哲学者」だとみなされている。パスカルとマルローとは約三世紀の隔たりがあり、時代背景が大きく異なるが、マルローは二十世紀の「神なき人間の惨めさ」について、この哲学者と多くを共有している。例えば、人間の有限性についての認識とそれに由来する死の強迫観念、理性の限界、「気晴らし」に陥った人間の盲目さと虚栄……。だが、パスカルとマルローとが決定的に異なるのは、神に対する認識である。パスカルが、人間が本当の意味で惨めさから逃れるためには、個人の外部、神への信仰が絶対的に必要だと説くのに対し、マルローは人間のうちにのみ確実性を求める。（「われわれ各自が自己に対してもつ意識の上に、「人間」についてのわれわれの観念を築き上げねばならない。[26]」）ところが、マルローによって目指されたこの概念は、神のように人間の外部に由来するものであってはならず、さらに個人主義のように人間自身に価値を置くものであってもならない。こうした人間の概念、ヒューマニズムは、初めからニヒリズムに直面しているように思われるものであった。それゆえに、彼はパスカルを「幸福な」と評し、唯一可能な「ヒューマニズム」を「悲劇的」だとするのである。

四．『アルテンブルクのくるみの木』

『アルテンブルクのくるみの木』は、「シャルトル捕虜収容所」というタイトルのプロローグとエピローグが付いた、三部構成の物語である。第二次世界大戦に参戦し捕虜となった語り手が、自らの父（ヴァンサン・ベルジェ）の記憶を思い出すという形で物語は始まる。「作家として、私は、十年来、人間にでないとしたら一体何に憑かれてきたのであろう？」[27]このように自問する語り手は、父が「私」に語って聞かせた「人間との出会い」を思い出す。三部の物語は、それぞれ、父の「人間との出会い」を描いたもので、エンヴェル・パシャの提唱する「トゥーラニスム」に惹かれてヴァンサンが滞在したトルコ（第一部）、ヴァンサンの大叔父のワルターが議長となってアルテンブルクで開催された話会（第二部）、父が従軍した第一次世界大戦とそこでのガス攻撃（第三部）が舞台となる。西欧と東洋という二つの世界を生きたヴァンサン・ベルジェの視点を通して、「根源的人間」という人間のイメージが提出される。

この作品における三人のベルジェ家の人びと――ワルター・ヴァンサン・話者――は、それぞれがマルロー自身を投影した登場人物として読むことができる。彼ら各々の立場を分析することで、マルローがニーチェとパスカルをいかにして乗り越え、自らの人間の思想を培っていったのかを考えてみたい。

初めにワルター・ベルジェであるが、マルロー同様、彼はニーチェの思想に強く影響を受けている。物語の第二部には、ワルターが、古い友人であるニーチェが発狂した時のことをヴァンサンに語って聞かせる描写がある。このエピソードが実話に由来するのかどうかは定かではないが、マルローにとってこの場面は重要であったようで、『反回想録』（一九六七年）の中にも再録されている。その中で、ワルターはパスカルと比較しながら、自らのニーチェへの敬慕の念を語っている。

「最大の神秘は、私たちが、物質の豊かさと、天体の豊かさのあいだに、偶然投げ出されている、ということではありません。この牢獄のなかにいて、私たちが、私たちの虚無を否定するに足りるほど強力なイメージを、私たち自身から作り出したということです……[28]」

ワルターは、自らに抗しがたく降りかかる運命を打破しようとする人間の覚悟を、発狂したニーチェの歌声に聴く。彼が人間の運命について話す時、それは「死や、星空や、歴史など[29]」といった、人間を外部から基礎付けてしまうものを指している。ワルターは、そのような運命に抗う人間を描き出したものとして、古代ギリシャのある彫刻を例に挙げる。彼にとってそれは、「怪物からも……死からも……神々からも……解放された人間の顔[30]」なのだった。人間存在が、宇宙という「牢獄」に偶然投げ出されているとしても、パスカルが述べるような「神の不滅性」に答えがあるのではなく[31]、人間自身が自らを作り出していく力を持つことに、人間の可能性があるのだとワルターは考える。既に確認したように、このような彼の姿勢は、ギリシャ悲劇を人間の本質的な生の肯定と読み、人間の力能に価値を置くニーチェの思想そのものである。

次にヴァンサン・ベルジェであるが、物語の中で東洋と西欧という二つの世界を生きた彼は、アジアでの滞在を経て西欧的な価値を相対化しようとしたマルローの立場に近い。コンスタンチノープルの大学でかつて教えていた際、ヴァンサンは「行動の哲学」と題した講義を行い、ニーチェの哲学を取り上げたとされている。彼については次のように書かれている。「父〔＝ヴァンサン〕は、ほかのどんな作品よりも、ニーチェを愛していた。その説教のゆえにではなく、彼がそのうちに見いだしていた知性の比類ない高雅さのゆえに。[32]」しかし、大叔父ワルターが語って聞かせたニーチェの逸話に対し、ヴァンサンは複雑な思いを抱く。というのも、彼はトルコでの経験を経て、西欧の思考法を相対化していたからである。（「あの日暮れ〔訳注：トルコから帰欧した日〕、ヨーロッパは彼にとってあんなにも異国であった。[33]」）帰国後のヴァンサンにとって、運命とは人間の力によって克服されるものではなく、彼はニーチェのうちに見出されるその勝利者としての人間のイメージに疑問を抱く。彼は、自ら二項の狭間――東洋と西欧、人間の運命としての「星空」と人間の冒険の場としての「大地」――に身を置く。死すべき人間の運命を乗り超えるのではなく、それと共にある人間存在に重きを置くヴァンサンは、後にこうした自らの立場を「根源的人間」という人間のイメージとして結晶化する。それはマルローが探し求めた「新たな人間の概念」と多くの点で類するものと考えることができる。

最後のベルジェ、物語の語り手は、先に見たように、マルローと同じく人間という概念に「憑かれて」いる。第二次世界大戦の破滅的な戦いを生き延びた後、彼は戦争とは無縁に営まれる農村での日常生活の風景（餌をついばむ鶏、蜘蛛の巣に滴る朝露など）を発見し、生の意味を再考する。話者の最初の反応は、「生命のぬくみ[34]」に対しての驚き、次に、人間の生の執拗さに対しての感動であった。時の経過に抗して、今話者の目の前にある自然や、動物や、人間によってこの大地に刻まれてきた数々の痕跡は永遠なのではないか。この気付きにおいて、パスカルのフレーズが話者の記憶に回帰する。

《多数の人間が鎖につながれ、全員が死刑を宣告されていて、そのある者が他の者の目前で毎日喉を裂かれている。そして、残余の者は自分たちの同類の条件のなかにおのれの条件を見ている……そんなさまを思いえがいて見よ。これが人間の条件のイメージである。[35]》

このようなパスカルにおける人間の条件の悲惨なイメージに対して、話者は疑問を呈する。

おそらく、苦悩はつねに最強のものなのだ。おのれが死ぬことを知っている唯一の生物に与えられた喜びは、おそらく、はじめから毒されているのだ。だが、今朝、私は誕生であるにすぎない。〔中略〕今、ここに、夜から、日の奇蹟的な啓示がさしのぼるのだ。[36]

マルローはここで、存在しているという実感に由来する驚きや喜びを、メタファーの力を借りて描写している。それは、「これら全てが存在しなかったかもしれない[37]」ことのうちでの、今この瞬間の輝きであった。パスカルは人間の悲惨さに対して神の救いの必要性を強調するが、マルローが重きを置いたのは、人間自身の「再生」、人間が人間として新たに生まれ出るという契機であった。話者はこのようにして、「最初の人間」という概念を見出す。彼は生の神秘さについての発見を、神が人間をこの世に生み出した時の満足に比例させるのである（「このように、おそらく、神は最初の人間をながめたのだ……[38]」）。

おわりに

以上のようにマルローにおけるニーチェとパスカルの思想の受用を考えてみると、「悲劇的ヒューマニズム」が少し理解しやすくなるのではないだろうか。リュシアン・ゴルドマンは、パスカルの時代の悲劇的な意識は、「合理主義的個人主義によって新しくつくられた世界を、〔中略〕厳密に正確に理解しながら、他方では、同時に、この世界を人間の唯一の運命、唯一の視点として受け入れることの根底からの拒否[39]」に由来すると指摘していた。パスカルの「悲劇性」とは、こうした二つの態度の間に置かれた人間の状態であり、それゆえに彼は、神の救いへの「賭け」の必要性を説く。こうした個人主義や合理主義に対する告発は、マルローの時代にも見出されるものであり、彼の悲劇性も、絶対的な支柱を失った人間の不安定な状態に由来するものと考えることができる。しかし、パスカルとは異なり、「絶対的不可知論者」たるマルローは、ニーチェのテーゼである「神の死」から出発する。だが、ニーチェにとって悲劇性とは、翻って人間に自らの力能を自覚させるものであったのに対し、マルローにおいて悲劇性の先に見出されるのは、必ずしも人間のヒロイズム、すなわち、非人間的なものに対する人間の勝利ではない。人間は悲劇的な運命に打ち勝つのではなく、悲劇性は「再生」の感覚を人間に呼び起こす。それは、『アルテンブルクのくるみの木』において話者が感じた驚きであり、存在しなかったかもしれないものがこの瞬間に存在しているということへの気付きである。

古典的なヒューマニズムが、一般に人間の力能に重きを置いたものであるのに対し、マルローの「悲劇的ヒューマニズム」は、人間の全能性を疑問に付し、その上で人間がこの世に存在することを肯定しようとするものである。「神の死」の後に人間を襲う無の感覚に対して、人間と非人間、力能と非力といった対立構造を超えたところに、マルローは新しい人間の概念を打ち立てようとする。我々は、既に「変貌」——マルローの芸術論において重要となる概念で、物事の本質的な不確定性を指し示す——の過程の中に、乗り込んでしまっている。「変貌」というこの世の法則に対する無力さにもかかわらず、人間は、自らの手で文明を形作っていかなければならない。マルローの「悲劇的ヒューマニズム」は、このようなマルローの姿勢を説明するものとして、理解できるのではないだろうか。最後にルネ・ジラールの言葉を引いて、本論を終えることにしたい。

マルローは、すべての人間にとっての真実、人間についての新たな定義に到達しようとした。その問いかけは、「人間とは何か」であり、「私とは何か」という実存主義者のそれでもなく、ましてや、科学者による「世界とは何か」という疑問でもない。マルローはおそらく、ヒューマニズムを包括的に総合したいという切望に真の意味で取り憑かれた、キリスト教徒でもなく、マルクス主義者でもない、現代における唯一の作家であろう。[40]

【注】

（1）アンドレ・マルロー「人間と芸術」桑原武夫訳、『現代文化の反省』ユネスコ編、桑原武夫監訳、岩波書店、一九五二年、一二六〜一二七頁より一部改訳。（André Malraux, « L'homme et la culture » (1946) dans *La Politique, la culture : Discours, articles, entretiens (1925-1975)*, présentés par Janine Mossuz-Lavau, Gallimard, coll. « folio essais », 1996, p. 158.）

(2) Gaëtan Picon, *Malraux*, avec des annotations d'André Malraux, Paris, Seuil, coll. « Écrivain de toujours », 1953, p. 66.

(3) Cf. *Œ* 6, p. 926.

(4) Cf. ウィリアム・マルクス『オイディプスの墓——悲劇的ならざる悲劇のために』森本淳生訳、水声社、二〇一九年、六九～七一頁。(William Marx, *Le Tombeau d'Œdipe : pour une tragédie sans tragique*, Paris, Minuit, coll. « Paradoxe », p. 69-70.)

(5) Cf. Jean-Marie Domenach, *Le Retour du tragique*, Seuil, 1973, p. 21-30 et p. 56-69.

(6) Paul Rateau, « L'humanitaire est-il un humanisme ? », in *Le Grand Dictionnaire de la philosophie*, sous la direction de Blay Michel, Larousse et CNRS éditions, 2003, p. 493.

(7) Cf. リュック・フェリー、アラン・ルノー『六八年の思想——現代の反‐人間主義への批判』小野潮訳、法政大学出版局、一九九八年。(Luc Ferry et Alain Renaud, *La Pensée 68 : Essai sur l'anti-humanisme contemporain*, Gallimard, coll. « folio essais », 1988.)

(8) アンドレ・マルロー「ヨーロッパのある青春について」堀田郷弘訳、『アンドレ・マルロー小論』高文堂出版社、一九七九年、三三頁より一部改訳。(*Œ* 6, p. 200.)

(9) 同右、二八頁より一部改訳。(*Ibid.*, p. 198.)

(10) *Œ* 1, p. 114.

(11) Cf. Nicholas Hewitt, « Malraux et Nietzche : un rapport qu'il faut nuancer », in *Influences et affinités*, Lettres modernes Minard, coll. « André Malraux », n° 3, 1975, p. 137.

(12) Cf. *Œ* 2, p. 1619.

(13) Cf. *Œ* 6, p. 1142.

(14) アンドレ・マルロー「人間と芸術」前掲書、一〇九頁。(André Malraux, « L'homme et la culture », *op. cit.*, p. 151.)

(15) アンドレ・マルロー『西欧の誘惑』村松剛訳、『世界文学全集77』講談社、一九七七年、四〇九頁。(傍点ママ)(*Œ* 1, p. 100.)

（16）アンドレ・マルロー「ヨーロッパのある青春について」前掲書、二八～二九頁より一部改訳。（*Œ* 6, p. 198.）

（17）アンドレ・マルロー『西欧の誘惑』前掲書、四〇八頁。（*Œ* 1, p. 99.）

（18）アンドレ・マルロー「人間と芸術」前掲書、二二七頁より一部改訳。（André Malraux, « L'homme et la culture », *op.cit.*, p. 159.）

（19）ニーチェの『悲劇の誕生』の解釈としては、以下の文献を主に参照した。須藤訓任「ニーチェ」『哲学の歴史　第九巻　反哲学と世紀末（一九―二〇世紀）』須藤訓任責任編集、中央公論新社、二〇〇七年、二六四～三〇二頁。Céline Denat, « Introduction », in Friedrich Nietzsche, *La Naissance de la tragédie*, Flammarion, 2015, p. 30-35.

（20）アンドレ・マルロー『アルテンブルクのくるみの木』橋本一明訳、『世界の文学セレクション36　マルロー』中央公論社、一九九四年、四〇二頁。（*Œ* 2, p. 678.）

（21）アンドレ・マルロー『西欧の誘惑』前掲書、四〇五頁。（*Œ* 1, p. 95.）

（22）Cf. Marie-Sophie Doudet, « "Ils jetaient des sous à la mort". Malraux et Pascal », in *Malraux lecteur*, Lettres modernes Minard, coll. « André Malraux », n° 11, 2001, p. 43.

（23）アンドレ・マルロー「人間と芸術」前掲書、二二七頁より一部改訳。（André Malraux, « L'homme et la culture », *op.cit.*, p. 160.）

（24）Cf. アンドレ・マルロー「ヨーロッパのある青春について」前掲書、二六～二七頁。（*Œ* 6, p. 197.）

（25）Marie-Sophie Doudet, « "Ils jetaient des sous à la mort". Malraux et Pascal », *op.cit.*, p. 62.

（26）Cf. アンドレ・マルロー「ヨーロッパのある青春について」前掲書、二六～二七頁。（*Œ* 6, p. 197.）

（27）アンドレ・マルロー『アルテンブルクのくるみの木』前掲書、三四九頁。（*Œ* 2, p. 629.）

（28）同右、三八六頁。（*Ibid.*, p. 664-665.）

（29）同右。本文に合わせて一部改訳。（*Ibid.*, p. 664.）

（30）同右。（*Idem.*）

(31) 同右、三八五頁。(*Idem.*)

(32) 同右、三八四頁。(*Ibid.*, p. 662.)

(33) 同右、三八二頁。(*Ibid.*, p. 661.)

(34) 同右、四九一頁。(*Ibid.*, p. 764.)

(35) 同右、四九二頁。(*Ibid.*, p. 765.) ここでのパスカルの一節の引用は、マルロー自身によるものであり、原文とは一部異なる。(Cf. パスカル『パンセ』前田陽一、由木康訳、中公文庫、二〇〇九年、一四四頁。)

(36) アンドレ・マルロー『アルテンブルクのくるみの木』前掲書、四九四頁。(*Œ* 2, p. 765-766.)

(37) 同右。本文に合わせて一部改訳。(*Idem.*)

(38) 同右、四九五頁。(*Ibid.*, p. 767.)

(39) リュシアン・ゴルドマン『隠れたる神　上』山形頼洋訳、社会思想社、一九八八年、四八頁。(Lucien Goldmann, *Le Dieu caché (1959)*, Gallimard, coll. « tel », 2013, p. 43.)

(40) René Girard, « L'humanisme tragique d'André Malraux » (1957), dans *La Conversion de l'art*, Flammarion, coll. « Champs essais », 2010, p. 89.

『冥府の鏡』におけるモダン都市の表象

畑　亜弥子

はじめに

本稿では、マルローの作品における都市表象とモダニズムとの関係を、一九七六年に刊行された『冥府の鏡』(1)を中心に考察する。周知のとおりこの作品は、マルローの先行する多くの著作を取り込み再構築した特殊なエクリチュールである。『冥府の鏡』には非常に多くの都市が登場し、その地域はフランスのみならず、インド、中国、シンガポール、アフリカと世界各地に広がる。(2)これらモダン都市の表象はマルローの思想とどのような関係性を結んでいるのだろうか。その表象とモダニズムとの関係は単純なものではなく複雑な諸相をみせるがゆえに非常に興味深いテーマである。

モダニズムの問題は、フランス語圏の人文学研究においては〝モデルニテ〟の問題系として取り上げられる。ミシェル・レーモンの著書『モデルニテをめぐる称賛と批判』(3)では、次の二つの引用が提示するように、さまざまな思想、領域、美学が錯綜するこの問題系を整理するのに一つの指標が提示されている。

とりわけ《モデルニテ》は二つの非常に異なる領域に適用される。つまり芸術の世界と現実の世界。〔…〕ボードレールがそのモデルニテの概念を確立したのは、近代生活の束の間のなかに永遠なるものを、彼がこの概念において持ちうるかもしれないもの、に基づいてであった[4]。

それは事実、早くもイギリスでは十八世紀の終わりに、フランスでは十九世紀の初めに現れはじめた。その時、《近代世界》と呼ばれるもの——すなわち産業、商業、絶え間ない技術進歩の世界——が生まれる[5]。

このようにミシェル・レーモンは、ボードレールが創作した「近代生活の束の間のなかに永遠なるものを持ちうるかもしれないもの」に見出す「美学的なモデルニテ」と、《近代世界 le monde moderne》という語が意味する「産業、商業、絶え間ない技術進歩の世界」を示すモデルニテとを区別している。

本稿ではここで提示されている二つの《モデルニテ》のうち、まず後者を取り上げることから始めたい。つまり『冥府の鏡』における都市表象とモダニズムとの関係を明らかにするため、それと「産業、商業、絶え間ない技術進歩」という意味での《モデルニテ》との関係を考察するということである。ボードレールの美学的な《モデルニテ》に対して、こちらは社会的な《モデルニテ》とも呼べるであろう。しかし『冥府の鏡』のモデルニテが美学的な側面をもたないわけではない。考察の順序のことである。そして最終節では視点を変えて、ジャン＝フランソワ・リオタールの《ポスト・モダン》の概念から考察する。マルローをモダニズムあるいはポスト・モダンの豊饒な問題を喚起する作家として読み直す試みはすでに始まっているが[6]、本稿は都市表象という観点から新たな考察を付け加えたい。

一．ロマン主義とモダニズムとの交錯

まず『冥府の鏡』の冒頭の一節を見てみよう。第一部『反回想録』の序をなす数ページは、「一九六五年クレタ島の沖で」という時間と場所の表記で始まり、回想録あるいは回想録的作品、「死」や「人間の条件」といった作家が強く関心を持ってきたテーマを提示し、第一部を〝反（アンチの）〟回想録と題する理由を述べている。ここには、二十世紀後半に急速な近代化を遂げる中東の都市やアメリカの近代都市について言及されている一節がある。

> 私が若い時行ったオリエントは、イスラムのあらがい難い眠りに落ちているロバの上にのしかかっている悠久のアラブに似ていたが、人口二〇万人のカイロは四〇〇万人になった。バグダッドは、バビロニアの農民たちが釣りで使っていた瀝青と葦で作られた簗にモーターボートが取って代わった。テヘランのモザイクの扉はサン＝ドニの扉のように、都市の中に消えていく。アメリカにはずいぶん前からキノコのような都市がいくつもあるが、そのキノコのような都市は別の文明を消したのではない。人間の変貌を象徴することはなかった。(7)

マルローはここで、中東の近代都市とアメリカの近代都市とを対比的にとらえ、中東においては悠久の都市を急速に変化させたという経緯で近代化したのに対し、アメリカにおいては都市の歴史が浅いゆえに、変化した都市のかたちとしての近代都市ではないと言い切っている。このアメリカ文明のとらえかたは、マルローがフランス反米主義(8)の系譜に属していることを表しているだろう。この引用の中で言及される中

東の都市については、急速な近代化にスピードがともなうこと、またいくつかの都市が羅列されていることを鑑みて、書き手は書きながら、読み手は字を追いながらいくらか高揚感を感じはしないだろうか。

さて感情の高揚は、ブリュノ・ヴィアールが指摘しているように、ロマン主義的なものとみなすことができる。ヴィアール『フランスロマン主義作家を読む』には以下の一節がある。

ロマン主義という語は活気づいたがらくた入れ箱となった。「七つの本質」で提示されたばかりの第一の定義に、ロマン主義は「近代世界についての高揚した批評であるという主張」が付け加えられるだろう。この定義は社会学的で歴史学的な側面を持っている。なぜならそれは「近代世界」、一七八九年や一八三〇年の結果おとずれたまったく新しい社会の到来について語っているからである。また心理学的側面も持ちあわせている、というのはロマン主義をその「高揚」で特徴づけているからである。(9)

ヴィアールは十九世紀のロマン主義について語っているが、こうしたロマン主義的な感情の高揚は『冥府の鏡』の中国を語る部分にも見られる。以下は毛沢東の軍と蒋介石の軍が衝突した包囲戦の戦闘を想起しているシーンである。

四か月後、第二次包囲戦は七つの攻撃地点に二〇万人を投ずる。同じ戦術ならば、結果もまだ同じであった。一か月後、蒋介石は自ら三〇万人を指揮する。毛の軍は五日で五つの部隊を攻撃し、おびただしい物資を獲得する。一〇月、蒋介石は第三次包囲作戦を撤退させる。

中華ソビエト政府が毛首席のもとに設立された。

一九三一年一二月、南京の二〇万の軍が毛のもとへ奔った。紅軍が独自の攻撃を開始する。一九三三年南京政府は第四次包囲作戦を開始し、たった一度の戦いで一万三千人を失い、最良の師団が消滅するのを見る。

しかし蒋介石の顧問たち（フォン・ファルケンハウゼンとフォン・ゼークト元ドイツ軍参謀長）もこの作戦に参加したが、そこから教訓を引き出した。第五次包囲作戦のために南京は約一〇〇万人の兵、戦車団、四〇〇機の航空機を集める。毛は一八万人の兵士、およそ二〇万人の民兵——槍部隊である！——と南京で奪った飛行機四機を所有する。(10)


南京や中華ソビエト政府がおかれた瑞金の表象には、中国の近代化がかけられた国民党と共産党との戦いが語られるゆえ、アジアの近代化という意味でのモダニズムが扱われているといえよう。つまり今日世界を見渡すと、戦後には多くの共産主義国が登場した——マルローが生きた時代はここまでの構図だ——が二十世紀の終わりにはそのほとんどが消滅し、それらの国は民主主義への道を歩んだ中で、長い王朝の歴史から抜け出した後、国民党と共産党が台頭し、共産主義へと進み今に至っている現代中国である。この近代化は、ドイツ人顧問に支えられた軍が関係していることから、「絶え間ない技術進歩」という意味での社会的「モデルニテ」につながっている。このモダニズムと、高揚のロマン主義が交錯している。というのも、戦況を時系列に記述するこの引用部分には、軍の兵士の数の多さ、数字順に包囲作戦の様子が詳細に語られているゆえに、書き手に高揚感がありそれを読み手も感じると推測されるからである。最後の一文には「槍部隊である！」と感嘆符がある。このように『冥府の鏡』における都市表象は、モダニズムとロマン主義が交わる場なのである。

さらにこの都市をめぐるモデルニテの射程を広げて、『弔辞』所収の演説「ギリシャへのオマージュ」と「ル・コルビュジエの葬儀」を考察したい。これらはアテネへの言及が見られるテクストであるが、マルローは後者においても、モダニズムの建築家について語りつつ「古代趣味」を表明している点が興味深い。大石紀一郎は〈モダン〉意識の形成をめぐって、カロリング・ルネサンス期の「古代と現代との隔りを意識しつつ、古代に永遠に妥当する文化的理想を見る古典主義の文化意識[11]」を指摘している。マルローが時折みせる古代建築物への言及は、大石の指摘する〈モダン〉をめぐる文化意識であるように思われてならない。それは『冥府の鏡』においては、『弔辞』の中の「ル・コルビュジエの葬儀」にみられる。

彼は力強く自分が好きなものを説明した、それゆえギリシャの建築家たちが、《ギリシャを感じ愛した》人にアクロポリスの土を送ったのだ。しかし、彼がギリシャやインドへの秘かな友愛を示したのは著作ではない。それはチャンディガールだ[12]。

この弔辞では、冒頭で、フランス政府がル・コルビュジエの国葬を告知すると、ギリシャの建築家たちがアクロポリスの土を彼の墓に置くことを望んだことが告げられる。そして上の引用では、ル・コルビュジエがインドの北部にゼロから建設した都市であるチャンディガールが、古代ギリシャ風だと述べている。強調されるのが、サヴォワ邸やロンシャン教会堂ではない。装飾性を廃し、窓、柱、壁などを必要最低限のものに設計し、質素で機能的な彼の作品は一般にモダニズム建築とされているのだが、そこに古代の永遠の美を見出されること、このことが強調されるのである。

古代ギリシアのシンボルをめぐっては、その近代化の瞬間のひとつである初めてのライトアップに際して、「ギリシア」へ「オマージュ」をおくりつつ近代文明について考察を展開している。

近代文明は、古代ギリシャと同じく問いかけの文明である。しかしながら模範的な人間の型をいまだに見つけていない。束の間であれ理想的であれ、それがなければどんな文明も形になることはないのである。〔…〕近代的人間は、ともにそれを創ろうとしていくすべての人々に所属する。[13]

マルローの演説録音はＣＤ化されている。[14]古代文明に対して言及される「近代」の一節に入ると、明らかにマルローの声のトーンがあがり高揚感が感じられる。音声からもロマン主義とモダニズムの交差が確認できるということだ。

したがって『冥府の鏡』には二十世紀後半に「近代世界」が到来した中東や中国を前にして、古代に対置された「近代」に対して、遅れてきたロマン主義者となったマルローの姿がみられるのである。[15]マルローは都市の変化に敏感に反応しているようだ。ミシェル・レーモンは『モデルニテをめぐる称賛と批判』のなかで、フランスの作家や詩人を両大戦間期の「近代世界」の批評家とみなしているが、[16]これを踏まえると、マルローは戦後発達した第三世界やヨーロッパの後進国における「近代世界」の批評家であるとみなせるのではないだろうか。

二．現代中国をめぐるモダニズム

再び『冥府の鏡』「第Ⅰ部　反回想録」の第Ⅴ章1、中国について語られている節を取り上げる。この節は一九六五年の香港訪問時に、かつてこの町を訪れた時のことを回想するシーンから始まり、マルローの小説ではお馴染みの中国の都市、「広東」や「上海」の名があがる。この部分を読むとマルロー作品の読者には、大臣として訪れた追憶の都市に、小説の中の革命家たちの運命がかけられた都市の記憶がよみがえることだろう。

眼下また海の方に見やると、巨大な竹の足場が大急ぎで取り壊されている最中である。なぜかというと台風に持ち去られてしまうからで、現に台風は本島辺りをさまよっている。私は南京時代の刺繍がほどこされた袴を着た中国人女性たちや、纏足すがたの物売りの老婆たちに、今回も再会した。クラピックがいまやシンガポールでも見つけられない冒険者たちが、ここにいる。彼らは中国人だ。たった今、私が一九三〇年以前の上海で聞いたことがあるような話を聞いたばかりだ。広東から逃亡してきた後に、修道女のところに到着した盲人たちの船がある。そこの警察が恐らく彼らを一掃するために、仕組んだ逃亡なのだ。[17]

中国の都市の丁寧な描写がなされている点、そしてクラピックが登場することから、この部分を読み以下の『人間の条件』におけるフランス租界の描写を思い起こす読者も少なくはあるまい。

重々しく低くたれこめた雲は、いくつもの塊になって、ところどころ引きちぎられており、最後の星の輝きはその裂け目の奥にやっと見えるのだった。この雲の生命は、あたかも広大な影がしばしば夜を深めに来ているのと同じように、ある時はより軽やかに、またある時は強烈な暗闇を活気づかせていた。〔…〕その周りは、崩れかけた壁が、何ものにも揺るがないこの光によってあらゆるシミとともに照らし出され、人気のない影からぬっと出てきた。そこから永遠に汚らしいものが出てきているようだった。これらの壁に隠されて五〇万人の人間がいる。紡績工たち、子どもの時から一日一六時間働いている人たち、潰瘍患者、側弯症の人々、飢えている人々[18]。

この上海の町の描写は、カトフとキヨが同志との会合の後歩いているというシーンで挿入されている。雲の様子や動き、暗闇とわずかな光とが織りなす光景が、あたかも中国共産党員たちの未来の不確かさを暗示しているかのように描かれている。また最後の二つの文にあるように、虐げられた存在の労働者の人間の条件が、風景に練り込まれているという巧妙さもあり、非常に印象的なシーンとなっている。さらにこの後、次の描写が続き、上海という都市は身体性を帯び読者に感覚的に迫ってくる。

反対に、このみじめな界隈は、突撃隊が最も多い地区であるが、機会を待ち受けている無数の人々の戦慄によって鼓動していた[19]。

このように魅惑的な一九二〇年代の上海を舞台とした小説として、日本文学ですぐに想起されるのは横光利一『上海[20]』であろう。この小説は、マルローの『征服者』と同じく一九二五年の上海を舞台とし、国際モダン都市「魔都」を描いている。中国共産党の婦人党員が登場し、ゼネラル・ストライキが起こる一方、娼婦やトルコ風呂の湯女、中国の豪商や妾が描かれる。マルローの『人間の条件』では、クラピック男爵が〝ブラック・キャット〟で賭博にのめり込み、フランス商業会議所の所長のフェラルとヴァレリーとの男女関係が、革命という小説のメインテーマに色を添える。それゆえ『人間の条件』の上海は、一九二〇年代の革命的モダン都市として存在する。

つまり『冥府の鏡』における一九六五年の中国訪問を想起する章において、一九二〇年代の広東や上海、一九三〇年代の南京や瑞金、などの中国の都市をめぐるさまざまな近代化のドラマの記憶がつきまとう。マルローの作品には初期の頃から非西欧の文化圏としては、中国が存在感を放っている。一九二六年に、インドシナから一連の事件を経てフランスに戻ってきたマルローが最初に発表したのは、中国人青年リンとフランス人青年A. D.が架空の往復書簡を交わす『西欧の誘惑』であった。A. D.は広東や上海からリンに手紙を書き、西欧と中国との違いから発見した不条理や、西欧文明との出会いにより混乱している中国について語る[21]が、そうした重いテーマは『冥府の鏡』において展開されない。この作品において読者は中国の近代化のさまざまな局面や、作家と人との出会いの記憶にふれることになる。

この節の締めくくりとしてとりあげたい、『征服者』とその舞台の広東を想起する一節は重要である。なぜならばここでモダニズムはボードレール的な審美的モデルニテへ結びつくからだ。

広東

「広東でゼネラル・ストライキが発令された」

一九二五年……それは最初のゼネラル・ストライキであり、私の最初の小説の、最初の文章だった[22]。ここでは、一九六五年七月にマルローが実際に広東と沙面を訪問した時の出来事や町の様子が、『征服者』刊行当時と比較しながら語られている。『征服者』から直接の引用があるゆえ、以下のルポルタージュの体裁をとったこの小説の冒頭を思い起こす読者も多いことだろう。

六月二十五日

「広東でゼネラル・ストライキが発令された」

昨日からこのラジオのニュースが赤で強調され掲示されている。地平線のかなたまで、微動だにしないインド洋は、鏡のように、漆をかけたように――航跡ひとつない。雲で覆われた空が浴室の湯気のように重くのしかかり、むっとする熱気でわれわれをつつむ。乗客たちは、今晩受け取るラジオのニュースが貼りだされる白い掲示板からあまり離れないように気を付けながら、デッキの上を慎重な足取りであるいていた。毎日ニュースは始まったばかりのドラマを詳細につたえてくる。それは全容が明らかになり、いまや身近な脅威となって、デッキの上にいるすべての人の頭から離れなくなっていた。（*Œ* 1, p.117）

ところでルポルタージュとは、その場にいる者の視点から現地の様子を臨場感あふれる描写で行う報告である。このジャンルの文化的モデルの区別や、ジャーナリズムの起源としての歴史的考察を行ったドゥニ・ルランは、ルポルタージュを次のように定義している。

（つかの間であれ）証人というポジションに置かれていた個人によりなされる、情報の探究と公表に関する活動的な方法の産物。したがってルポルタージュは、行動であると同時にその結果である。現地報告するということが生産物にいたる。それは調査であり、エクリチュールである。二つの極と二つの時空間を持つ方法である。前段階と後の段階[23]。

ルポルタージュは読者があたかもその場にいるような感覚を持つ書き方をする点で瞬間的である。「広東でゼネラル・ストライキが発令された」と甲板に貼り出されるニュースを引用し、静かなインド洋や雲で覆われた空が肌につたえてくる熱気を詳細に描く点が、場を瞬間的に切り取っている。しかしそれは文字化されることで永遠の報告となる。したがって『征服者』の冒頭は、瞬間と永遠が共存するボードレール的なモデルニテを醸し出しているといえるのではないか。そしてそれを引用する『冥府の鏡』も美的なモデルニテを内包しているのである。

三．アジアの位置

パリ、ローマ、アデン、バルセロナ、シンガポール、京都。『冥府の鏡』では世界各地の都市の名があがる。前節までに、『冥府の鏡』における中東や中国の都市をめぐる考察を展開した。ジャン＝マルク・ムラはその論文「アジア、『反回想録』における重要な領域」において、マルローとアジアとの深い関わりを指摘している。「実際この大陸は両義的である。マルローの青春のシンボルと古びた英知からの逃げ場、個人的な思い出と記憶なき人々の神話の領域。アジアは他のどの大陸よりも、この著作の語りを特徴づける、若き冒険家――壮年の人――大臣の永続する交換に適している〔…〕(24)」。そして『反回想録』においてアジアの国のイメージが果たす三つの役割を的確に述べている。「それ（イメージ）は西洋の運命を照らし出し、歴史についての瞑想を始めることを可能にし、世界についての形而上学的な問いに必要不可欠な要素をもたらす(25)」。

ムラの指摘をふまえて『冥府の鏡』におけるアジアの重要性をめぐって、その思想史的背景を考えると「ヒューマニズムの危機」に結びつくだろう。つまりマルローは二十世紀のフランス作家の中で、頻繁に外国へ行き自ら西欧の外へと果敢に行動範囲を広げた作家であった。一九〇一年生まれのマルローは、二〇歳でクララという伴侶をえると毎年多くの旅をするようになる(26)。なぜこのように駆り立てられるようにフランスの外へ、ヨーロッパの外へと出かけ、多くの非西欧の都市を訪れたのだろうか。『ヒューマニズムの危機』の著者ミシュリーヌ・ティゾン＝ブランは「マルローの東洋への出発はカフェやアルコーブのニーチェ哲学信奉者との訣別を意味していた(27)」と述べている。西欧について、あるいは人間について「西欧」という枠組みや空間でのみ思考することをやめ、西欧の外へ出たということである。インドシナでの体験は小説『王道』に反映される。そして中国は、『西欧の誘惑』においてフランス文明の対話者となり、『征服者』や『人間の条件』においては革命の舞台となった。前節で確認したように、この二つの小説の舞台となった都市は『冥府の鏡』に大きく取り込まれているので、中国をめぐるモダニズムは印象深い。もちろん中国以外のアジアの国々の都市の存在も看過できない。『人間の条件』の主人公キヨの母親の故郷である日本はどうだろうか。「ボンズとの対話(28)」で知られている日本の章は、「第Ⅰ部　反回想録」の第

V章2にある。対話の内容は日本の精神性をめぐるものであり、そこには伝統と西欧による近代化というテーマは見え隠れするが、小説群との関係性が薄い。考察に値するのは、シンガポールであり、この都市はポスト・モダンのテーマにつながってくるので次に検討する。

四．『冥府の鏡』というエクリチュール

次にまったく別の観点からモダニズムを考えてみたい。ここではジャン＝フランソワ・リオタール『ポスト・モダンの条件』における「ポスト・モダン」からモダニズムを規定し、『冥府の鏡』というエクリチュールの考察を試みる。リオタールは『聞こえない部屋』においてマルローが「その奇癖」によって過小評価をされてきたと述べている。

腐敗したものに明晰に反応するこの種の恐怖症に対して、セリーヌ、バタイユ、アルトー、カミュは限界ぎりぎりのエクリチュールを捧げる。私はここでマルローの作品を彼らに付け加えたいと思う。そのエクリチュールの奇癖によって、つまり叙事詩への好み、公人ゆえの雄弁さ、冒険家的性急さ、によって過小評価されてきたが、その作品は、セリーヌ、バタイユ、アルトー、カミュの作品に劣らず存在論的嘔吐の中に、いかにして奇跡が、諸作品の奇跡が、立ち現れてくるかを明らかにして理解したくてじりじりする嘔吐の中に、沈められているのである。(29)

ここでマルローが「エクリチュールの奇癖によって〔…〕過小評価されている」とリオタールが述べてい

る点について、その奇癖が「叙事詩への好み、公人ゆえの雄弁さ、冒険家的性急さ」とされていることから、「モダンと誤解されている」と解釈できるのではないだろうか。リオタールは著書『ポスト・モダンの条件』で、「モダン」を次のように定義する。

科学は自らのステータスを正当化する言説を必要とし、その言説は哲学という名で呼ばれてきた。このメタ言説がはっきりとした仕方でなんらかの大きな物語——《精神》の弁証法、意味の解釈学、理性的人間あるいは労働者としての主体の解放、富の発展——に依拠しているとすれば、みずからの正当化のためにそうした物語に準拠する科学を、われわれは《モダン》と呼ぶことにする。(30)

この書において「ポスト・モダン」は「十九世紀末からはじまって、科学や文学、芸術のゲーム規則に大幅な変更を迫った一連の変化を経た後の文化の状態を指して言われて」おり、その「一連の変化を、物語の危機との関係において位置付け(31)」ている。モダンの「メタ言説が依拠してきた大きな物語」にある「理性的人間あるいは労働者としての主体の解放」は、マルローの『人間の条件』が取り扱う共産主義革命を指しうるだろう。さらにリオタールはポスト・モダン時代にモダン時代の物語機能が衰退しつつあるとして次のように述べている。「物語機能は、真なる物語を構成する関係の諸要素——すなわち偉大な主人公、重大な危難、華々しい巡歴、崇高な目標——を失いつつある(32)」。マルローの小説『王道』の主要な要素といえば、冒険家という偉大な主人公たちだ。したがってマルローの作品は一見すると失われつつあるモダンの物語機能に則しているのだろう。しかし実はそうではないということがリオタールの主張であり、『聞こえない部屋』では、神と人間の腐敗と再生を描かれているとして、『王道』の密林のシーンを引用している。

ここで改めて『冥府の鏡』の構成を吟味してみよう。一九七六年、マルローの死の直前に刊行されたこの書は、それまでに刊行した著書を統合し書き直し、修正を加えたものである。資料1の左側、第I部が一九六七年の『反回想録』、右側が一九七一年から一九七五年に出版された『過客』『倒された樫の木』『黒曜石の頭』『ラザロ』がまとめられた『綱と二十日鼠』、その後に補遺『弔辞』が続く。

『冥府の鏡』は晩年に、自らの代表作をまとめているゆえ、ゴンクール賞作家、レジスタンスの英雄、そして戦後ド・ゴールの盟友としての文化大臣、という、「重大な危難」を乗り越えた「華々しい巡歴」を持つ「偉大な人物」の最後の「偉大なる作品」のように思われる。つまり一見モダンの物語にみえる。しかしながら、偉大なる人物が知られざる幼少時代のエピソードを開示する、いわゆる〝回想録〟に〝反〟を唱えた『反回想録』が収められて、『人間の条件』におけるフィクション上の人物〝クラピック男爵〟が、実在の人物のように登場する。つまり決して偉大なる作家マルローの真実の物語ではない。そういう意味で、リオタールの規定するエクリチュールのモダニズムから実は逃れているといえるのではないだろうか。『冥府の鏡』の都市とモダニズムとの関係を考察しているうちに、この作品がポスト・モダンを内包していることに気づく。

資料１

Ⅰ. 反回想録

1965年　クレタ島の沖で

Ⅰ

1. アルザス 1913

2. 1934-1950-1965

3. 1934, サバ-1965, アデン

Ⅱ

1. 1923-1945

2. 1945-1965

3. 1958-1965

4. 1958-1965

5. 1958-1965

6. 1944-1965

Ⅲ

1. 1958-1965

2. 1940

3. 1948-1965

Ⅳ

1. シンガポール

2. ［少しよろしいでしょうか……］

3. ［私が思うに……とメリーは言った］

Ⅴ

1. 香港

広東

翌日

北京

北京

延安

Ⅱ. 綱と二十日鼠

Ⅰ. ダカール、1966年3月

Ⅱ. 1966年の終わり Fin 1966

Ⅲ. 1968年5月6日月曜日

Ⅳ. コロンベイ、1969年12月11日木曜日

Ⅴ. ［私はスペイン内戦ノートを世に出す］

Ⅵ. ［私は眠りの病気に襲われた……］

展覧会開会式 «アンドレ・マルローと想像美術館»

マーグ財団で行われた演説

(1974年7月12日)

補遺：弔辞

さて、『冥府の鏡』「第Ⅰ部　反回想録」の第Ⅳ章はクラピックが登場する章である。大臣であるマルローを想わせる語り手が、シンガポールでクラピックに会ったというシーンが以下である。

小柄でやたらと身ぶりをする人物が到着したが、三〇年間会っていないにもかかわらず、その人物は到着を告げられる前にわかった。『人間の条件』に登場するクラピック男爵という名の人物のモデルの一人である。その他のモデルは死んでしまった。彼の目にもう眼帯はかかっていなかったが、黒い片めがねをかけていた。禿げ頭になっていたけれども、詮索好きで人当たりのいいその横顔は変わっていなかった。かつて彼は腕を風車のつばさのように広げ突進してきて言っただろう。「こちらでしたか！　だまったり！　穴でもあったらおはいんなさいって！」再会が果たされると彼は私にこう言った。「あなたが来ることが新聞に報じられていたので来ましたよ。〔…〕」(33)

これは、戦後文化大臣となった偉大な人物という「モダンの物語」に、虚構の人物が登場することでポスト・モダンが開かれる場面であり、『冥府の鏡』のモダニズムを考察する上で最も印象深いシーンではあるまいか。

おわりに

行動する作家、行動する大臣であったマルローは、クララがパートナーとなった一九二〇年から晩年近くまで世界各地の都市を訪れて、世界各地の文化と対話している。気軽に多くの国境を超える、その行動形態は、インターネットの普及と市場原理主義により世界が一体化した二十一世紀のグローバリズムと呼応するかもしれない。『冥府の鏡』は、このようにして世界を駆け巡った一人の二十世紀フランス作家の人生と作品を総括する作品であろう。この作品にあらわれる都市表象とモダニズムとの関係を考察してみると、アジアという地域の近代化と注意深く関わったフランス人作家であり、ロマン主義者というフランス文学の王道の思想の体現者でありつつも、ポスト・モダンでもあろうとする、様々なマルローの横顔が見えてくる。社会的モデルニテを多く内包しているが、美学的モデルニテも表現している。その見え方は、『冥府の鏡』以前の著作の読者であるかなしかでも変わってくるだろう。先行する『冥府の鏡』や『反回想録』の受容研究[34]によると、ド・ゴール政権下の文化大臣の書物として権威的に受け止められた節もあるようだ。しかし『冥府の鏡』の出版から半世紀経とうとしている今、当時の政治的コンテクストからは幾分か距離が置けるようになり、この作品の豊穣なモデルニテが語り始められている。

【注】

（1）『冥府の鏡』のプレイヤード版は一九七六年版とマルロー全集のⅢ巻に収められた一九九六年版（André Malraux, *Œuvres complètes III*, coll. « Bibliothèque de la pléiade », Paris, Gallimard, 1996.）がある。本稿では以下の一九七六年を使用する。André Malraux, *Le Miroir des limbes*, coll. « Bibliothèque de la pléiade », Gallimard, 1976.【資料1】翻訳は「第Ⅰ部　反回想録」に関しては、以下を参照した。アンドレ・マルロー『反回想録（上）（下）』竹本忠雄訳、新潮社、一九七七年。

（2）ジャン＝マルク・ムラは以下の論文において『冥府の鏡』におけるアジアやアフリカといった地域性に注

目し、その描かれ方や役割を検討している。Jean-Marc Moura, « L'Asie, territoire de l'essentiel dans les *Antimémoires* », *Malraux 9, Notre siècle au "Miroir des limbes"*, *La revue des letters modernes*, 1995, pp.85-107. Jean-Marc Moura, « Le Tiers-monde dans La Corde et les souris : la "Nouvelle Afrique" », *ibid.*, pp. 109-118.

（3）Michel Raimond, *Éloge et critique de la modernité, de la Première à la Deuxième guerre mondiale*, coll. « perspectives littéraires », Presses Universitaires de France, 2000.

（4）*Ibid.*, p. 1.

（5）*Ibid.*, p. 2.

（6）以下の研究論文集がある。*Modrnité du* Miroir des limbes, *Un autre Malraux*, sous la direction d'Henri Godard et Jean-Louis Jeannelle, Classiques Garnier, 2011. *Signés Malraux. André Malraux et la question biographique*, sous la direction de Martine Boyer-Weinmann et Jean-Louis Jeannelle, Classiques Garnier, 2015.

（7）André Malraux, *Le Miroir des limbes*, *op.cit.*, pp. 4-5.

（8）Philippe Roger, *L'ennemi américain : généalogie de l'antiaméricanisme Français*, Éditions du Seuil, 2002. フィリップ・ロジェ『アメリカという敵　フランス反米主義の系譜学』、大谷尚文／佐藤竜二訳、法政大学出版局、二〇一二年。

（9）Bruno Viard, *Lire les romantiques français*, coll. « Licence », Presses Universitaires de France, 2009, p. 12.

（10）André Malraux, *Le Miroir des limbes*, *op.cit.*, p. 386.

（11）大石紀一郎「〈モデルネ〉の両義性と非同時性——ドイツにおける〈モダン〉の概念をめぐって」モダニズム研究会『モダニズム研究』所収、思潮社、一九九四年、三二頁。

（12）André Malraux, « Funérailles de Le Corbusier », *Le Miroir des limbes*, *op.cit.*, p. 988.

（13）André Malraux, « Hommage à la Grèce », *Le Miroir des limbes*, *op.cit.*, p. 964.

（14）André Malraux, *Grands discours 1946-1973*, Frémeaux&Associés, 2004.

（15）アンリ・ペイレは次の論文で、二十世紀文学におけるロマン主義の復興とマルローがロマン主義文学者であったことを検証している。Henri Peyre, « Malraux le romantique », *André Malraux 2, visages du romancier*, *La revue des letters modernes*, 1973, pp. 7-20.

（16）Michel Raimond, *Éloge et critique de la modernité*, *op.cit.*, p. 12.

（17）André Malraux, *Le Miroir des limbes*, *op.cit.*, p. 384.

（18）André Malraux, *La Condition humaine*, Gallimard, 1933, p. 26.

（19）*Ibid.*, p. 27.

（20）横光利一『上海』岩波文庫、一九五六年。李征によれば「魔都」という言葉を上海について用いたのは、一九二四年に『魔都』を発表した村松梢風である。しかしながら村松が描く「魔都」は娼婦、犯罪が蠢く魅惑の世界であり、革命という要素がない。したがって横光利一『上海』の方が『人間の条件』に近いと言えるだろう。李征「虚構としての小説空間と租界都市上海——横光利一『上海』における都市表象」『文学研究論集』筑波大学比較・理論文学会、二六〇（一三）〜二八二（一）頁、一九九八年。

（21）例えば「リンからA．D．へ」と題された手紙では、中国では西欧の影響を受けて個人が生まれたが、それゆえに破壊への嗜好が生まれ、混乱している精神状態が指摘されている。（*Œ* 1, p.107）

（22）André Malraux, *Le Miroir des limbes*, *op.cit.*, p. 393.

（23）Denis Ruellan, *Le professionnalisme du flou, identités et savoir-faire des journalistes français*, Grenoble, Presses Universitaires de Grenoble, 1993, p. 104.

（24）Jean-Marc Moura, « L'Asie, territoire de l'essentiel dans les *Antimémoires* », *op.cit.*, p. 85.

（25）*Ibid.*, p.86.

（26）プレイヤード版I巻の年譜によると、一九二一年はフィレンツェ、シエナ、サン・ジャミーノ、ヴェネツィア、プラハ、ウィーン、バイエルン、ローテンブルグ、ニュルンベルク、マクデブルクを訪れている。その翌年一九二二年は、ギリシャ、ベルギーのブリュッセル、ブルージュ、アントウェルペンなどを訪れている。そして一九二三年末にはインドシナへ向かうことになる。

（27）Micheline Tison-Braun, *La crise de l'humanisme, le conflit de l'individu et de la société dans la littérature française moderne, tomeII, 1914-1939*, Librairie Nizet, 1967, p. 431.

（28）このようなタイトルは附されてはいないが、日本滞在を想起しているこの節では、マルローの架空の親友マルイ・タキョウの父親とされる「ボンズ」との対話が中心である。André Malraux, *Le Miroir des limbes, op.cit.*, pp. 451-475.

（29）Jean-François Lyotard, *Chambre sourde*, coll. « Incises », Galilée, 1998, p. 20.

（30）Jean-François Lyotard, *La Condition postmoderne*, coll. « critique », les Éditions de Minuit, 1979, p. 7.

（31）*Idem.*

（32）*Ibid.*, pp. 7-8.

（33）André Malraux, *Le Miroir des limbes, op.cit.*, p. 298.

（34）以下の先行研究があげられる。Françoise Dorenlot, Peter C.Hoy, Walter G Langlois., « Un événement littéraire : Les *Antimémoires* de Malraux. Bibliographie préliminaire, 1967-1970 », *André Malraux 1, du « farfelu » aux* Antimémoires, *La revue des lettres modernes*, n° 304-309, 1972(4), pp.177-197. Robert Harvey, « La réception du *Miroir des Limbes* aux États-Unis », in *Modrnité du* Miroir des limbes, *Un autre Malraux, op.cit.*, pp. 71-83.

第二部　視覚芸術

第一章　美術と美術史

プルーストからマルローへ
――イメージと時間

荒原　邦博

はじめに　プルーストの美術館論からマルローの『想像の美術館』へ

本論の筆者はこれまで、主に二十世紀初頭の小説家マルセル・プルーストにおける美術批評の問題を研究してきた[1]。取り上げた問題の一つに美術館、特にルーヴルをめぐるものがあったが、そこでの議論の出発点はテオドール・W・アドルノが一九五三年に発表した「ヴァレリー　プルースト　美術館」であった[2]。アドルノのこの論考では、ヴァレリーとプルーストの美術館をめぐる態度が対比的に捉えられており、ヴァレリーが作品の自律した生の側から考察を加えているのに対して、プルーストは鑑賞者の立場から見た受容の更新について人間主義的に語っているとされている。

ところで、アドルノの論考に目を向けてみると、それが時代的に孤立したものではなく、同じ時期、フランスではアンドレ・マルローの『想像の美術館』に始まる『芸術の心理学』三部作があり[3]、またマルローの美術館論を批判的に考察したモーリス・ブランショの書評があるということが[4]、次第に視野に入ってきた。すると、マルローを評価するにせよ、幾らか留保を加えるにせよ、マルローとアドルノ、あるいはブランショを取り上げる論者たちの間で、マルローはプルーストの美術館論を引き継いでいるという主張が、しばしば繰り返されていることに気づくようになった[5]。

彼らによればマルローには、美術館において過去の作品と新たな仕方で出会えることを近代の特権として謳歌する人間主義的かつ楽観的な態度がある。それに対してブランショは、ヴァレリーが「美術館の問題」で示した美術館における「居心地の悪さ」という表現を直接受け継いだ「美術館病」という語彙を案出し、それによると芸術作品は美術館において鑑賞者から最大限に隔てられ、自分自身に最も類似するとされていることに彼らはまた注目している。そしてここで、アドルノが試みたヴァレリーとプルーストの対比に話を接続すれば、ヴァレリー的な立場をブランショが継承しているのだから、マルローはプルースト的な美術館論を受け継いだという結論に至ることになるだろう。

だが、本当にそうなのだろうか。本論の目的は、マルローによるプルーストへの参照を具体的に検討することによって、両者の関係がいかなるものであったのかを突き止めることにある。もちろん、両者が共有しているものに関する先行研究がこれまでになかったわけではないが、ヴァルター・ベンヤミンによれば、単なる「連続性」の称揚が「価値を認めるのは、作品の要素の中で、すでに後代への影響史の中に組み込まれてしまった要素だけである」[6]。ベンヤミンと浅からぬ関係があったのはアドルノばかりでなくマルローもなのだが、プルーストとマルローの関係において、いまだ思考されざるなにかがあるとすれば、それこそがマルローとプルーストの限界を双方から突破する、革命的な契機を与えてくれるものとなるだろう。まずは先行研究の再検討から出発し、それから先行研究が依拠することのなかった新たなテクストの分析へと進み、マルローのプルースト受容を明らかにすることにしよう。

一．プルーストとマルロー――対立それとも一致？

そもそも文学史的に見れば、ジャン＝イヴ・タディエが述べるように[7]、サルトルやマルローの世代は「反プルースト」たろうとしたのであり、こうした通説は、周到にニュアンスを施されているが、アントワーヌ・コンパニヨンが『記憶の場』に寄せた『失われた時を求めて』の受容史をめぐる文章においても、基本的には繰り返されている[8]。セリーヌやマルローが求められた一九二〇年代後半から三〇年代にかけてはプルーストの長篇小説にとって不遇の時代であったが、そのことは一九二二年、『新フランス評論ＮＲＦ』にマルローの署名入りの記事が出た際にプルーストが示した手厳しい評価――「［彼の］ノートには思考が皆無で、それは俗語と理解できない仲間内の用語で書かれている」――が、逆の方向から証明しているように思われる[9]。プルーストがマルローに触れているのは書簡のこの一節においてだけなのであるが、この年に亡くなるプルーストはマルローのことを「雑誌の新たな協力者たち」と呼び、個人としてはほぼ認識すらしていない。

こうした文学史的な紋切型をふまえてか、マルロー研究においても根拠が曖昧なままに両者を対立的に捉える見方が少なくない。例えばジャン＝フランソワ・リオタールはプルーストの小説のヘーゲル的なあり方が反マルロー的であると断言する一方[10]、ジョルジュ・ディディ＝ユベルマンはマルローの文体について、その権威的な一人称の「私」はプルーストの小説の話者の相対化された「私」、作者との一体化を拒むフィクションの「私」からは遠いところにあるとしている。[11] プルーストの小説がヘーゲル的であるかどうかは議論の余地があるが、リオタールのようにマルローに肯定的であるにせよ、ディディ＝ユベルマンのように『非現実的なもの』の序文におけるプルースト作品への参照を確認しながらではあるが、マルローのエクリチュールのあり方それ自体に留保を表明するにせよ、いずれにしてもプルーストとマルローは相容れないものであるという規定が最近まで継続していることが確認できる。

それに対して、マルロー研究の立場からプルーストとマルローの間にある「美学的に一致した要素」を確定しようとした代表的な論考に、ミナールから刊行されていた『カイエ・マルロー』の一〇巻目に掲載されている、モハメド・リダ・ブゲラによるものがある。[12] マルローのプレイヤード叢書版第四巻の編者タディエも、その序文で基本的にはこのブゲラの説を踏襲していると考えられる。[13] パスティーシュによる解放、芸術家に対するサント＝ブーヴ的な考え方の誤り、芸術作品と時間との関係への考察という三点において共通点が見られるというのは、プルースト研究の泰斗タディエも繰り返すところである。しかし、ブゲラによる共通点の考察は、一九九九年に発表されているにもかかわらず、テーマ主義批評からブランショ、ロラン・バルトといった広義のテクスト理論に至る一九六〇年代・七〇年代的な見方に依然として完全に依拠しており、またマルローのテクストにおけるプルーストへの参照のうち、具体的に検討しているのは『束の間の人間と文学』におけるわずか一箇所のみであることから、歴史的な視点に立って具体的な参照を新たに解釈する試みとしては、明らかな限界を持っていることもまた事実である。

二.『デルフトのフェルメール』

そこで本論では、プルーストとマルローの関係を論じるにあたって必要とされる実証性を担保するために、まずはマルローによるプルーストへの具体的な参照の数を確定することにしよう。プレイヤード叢書版の第四巻から第六巻の索引によれば、プルーストあるいはその作品への参照は、実に三一頁に及んでいる。しかも、初期の一九二九年から亡くなる一九七六年まで生涯にわたって言及が繰り返されており、実はマルローが『失われた時を求めて』の最終篇である『見出された時』が一九二七年に出版された時期からの、プルーストの熱心な読者であったことが分かる。プルースト研究者である本論の筆者から見て、タディエがなぜそのうちの幾つかの存在を指摘しながらも、それらを具体的に分析しないのかと不思議になるほど、極めて興味深い引用や参照が幾つもあるのだが、本論ではそのうち特に、フェルメールに関するものに焦点を当てることにしよう。

一九五二年、自ら指揮していた「プレイヤード・ギャラリー」コレクションの一冊として、『デルフトのフェルメール』をマルローは刊行する。[14]当時はそれほど有名ではなかったプルーストの小説のフェルメールをめぐる頁を三つの抜粋として冒頭に収録し、その後に、マルロー自身のテクストである「永遠に未知のままの一人の画家……」を載せている。この論考は、前年の『ルヴュ・デ・ザール』誌一二月号に初出しており、『沈黙の声』の刊行と同時期のものである。[15]この文章のタイトル自体が、『失われた時を求めて』の第五篇『囚われの女』からの引用なのだが、本文の一行目でもその引用が続いており、「「……わずかにフェルメールという名で判別される」とプルーストは書いている」と、始まっている。[16]プルーストとマルローを、両者のイメージに対する考察をめぐって比較しようとするのであれば、まさにこの具体的な引用関係

図1　フェルメール《デルフトの眺望》
出典：André Malraux, *Vermeer de Delft*, Gallimard, coll. « La Galerie de la Pléiade », 1952, p. 103.

が成立しているフェルメールに着目して行うのが妥当であることは言うまでもないだろう。

プルーストの小説のフェルメールをめぐる一節は通常「ベルゴットの死」と呼ばれ、マルローによる三番目の抜粋を構成している。[17] ルーヴル美術館の別館であったジュ・ド・ポームで開催中のオランダ絵画展に関する展覧会評の中に、出品されていた《デルフトの眺望》(挿図1)の「小さな黄色い壁面」を讃えるものがあり、その記事を読んだベルゴットは、かつてマウリッツハイスを訪れたときには見た記憶のないその「壁面」のことが気になり、病身を押して展覧会に出掛ける。やっとの思いで絵の前に辿り着いた小説家は、「壁面」のあまりの素晴らしさに震撼し、自らの小説の文章も、その「壁面」のように何度も色を塗り重ねて彫琢すべきであったと後悔する。フェルメールの色彩が最後の一撃となって老人はルーヴル別館の椅子に倒れ込み、そのまま亡くなってしまう。小説の話者である「私」は、ベルゴットの死とともにその小説の価値も消失するのかと問いかけ、将来におけるその復活を思わせる言葉でエピソードは締め括られる。

『想像の美術館』に始まる『芸術の心理学』三部作を『沈黙の声』として編み直す作業に取り組んでいたマルローが、プルーストの書いたこのルーヴルをめぐる挿話のどこにとりわけ興味を惹かれたのかは、想像に難くない。異なる美術館に散らばった同じ画家の作品同士を記憶によって比較するときに起こる、避けがたい曖昧さ、それを写真複製という手段を用いることによって克服し、芸術作品をより知性化された場所に置こうとするのが「想像の美術館」であるのだから、[18] オランダのマウリッツハイスとパリのルーヴルという現実の美術館におけるベルゴットの視覚の記憶の曖昧さを雄弁に物語るものとして、「ベルゴットの死」はマルローにとって、貴重な事例を提供するものであっただろう。現実の美術館においてフェルメールは、プルーストの言うように「永遠に未知のままにとどまる一人の画家」なのである。

しかし、「想像の美術館」においてはそうではない。「プレイヤード・ギャラリー」コレクションの一冊に収録されたフェルメールの作品群は、全点のカラー写真複製が初めて掲載されることによりその未知の状態を脱し、知性化へと向かう。マルローによるプルーストの二番目の抜粋は『見出された時』からのものだが、それはまるでプルーストの小説が「想像の美術館」を予見し、マルローによるこの「芸術アルバム」が、それを理想型な形で実現しているかのような印象を与える。「過去は知性が現像しなかった無数のネガで一杯である」という写真への言及と、「作家にとってのスタイルとは画家にとってと同様に、テクニックの問題ではなく、ヴィジョンの問題である」という文体＝様式をめぐるプルーストの有名な一文が、フェルメールの光線がもたらす独自の世界についてまさに引用されているからである。[19]

画家の幾つもの作品に繰り返し現れる要素、それがフェルメールの「様式」であるとマルローは自身の序文で呼んでいるが、[20] そうであるとすればそれはまさに、プルーストの話者が第五篇『囚われの女』でこの後展開する芸術論で語られる、フェルメール作品のテーマ主義的読解そのものだ。実際、マルローによるプルーストの最初の抜粋は、「ベルゴットの死」の後に置かれたこの芸術論なのである。[21] その一節はいわゆるテーマ主義批評の先駆とされ、一九六〇年代以降繰り返し取り上げられるようになる。文学や音楽、

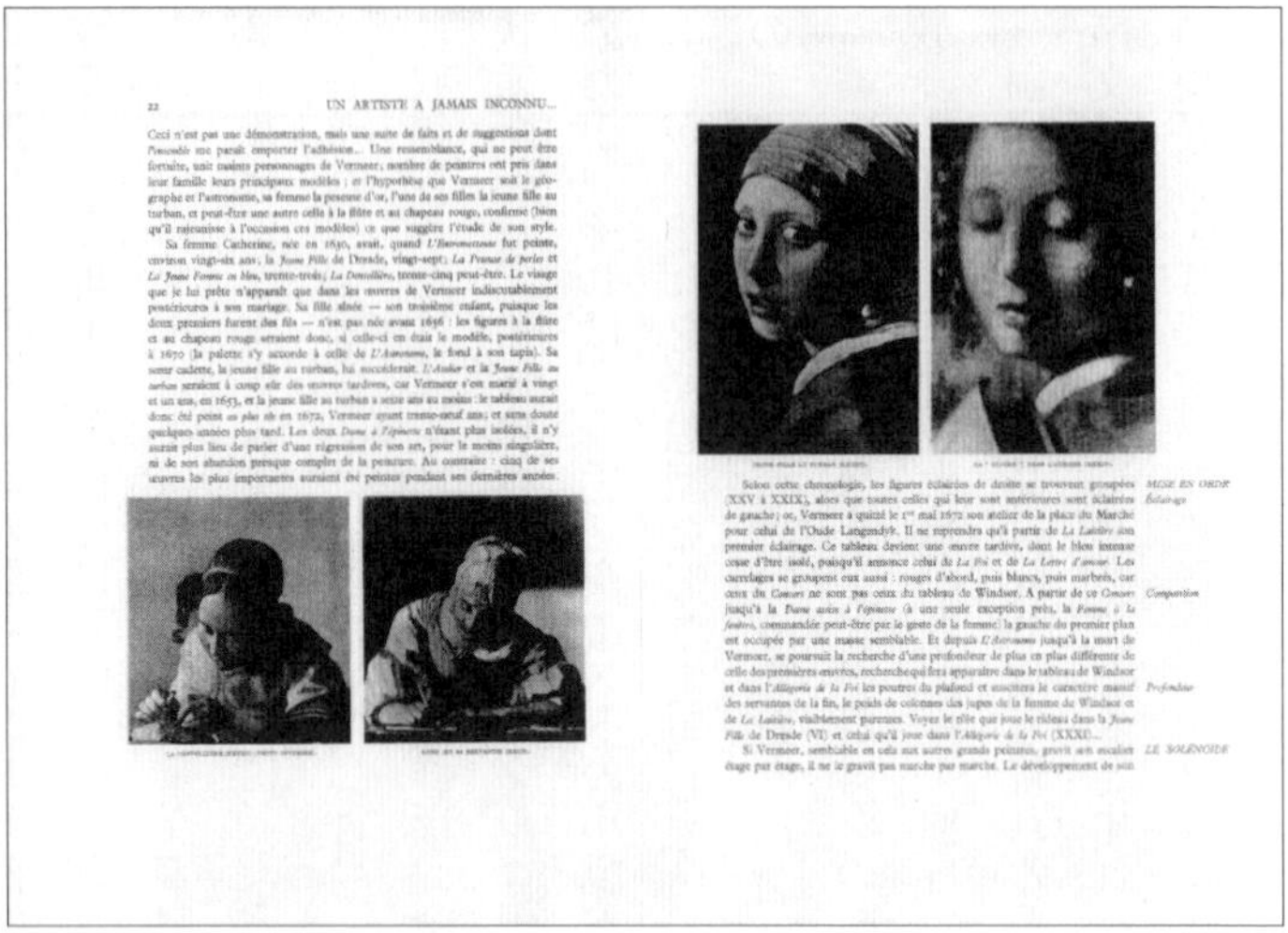

図２　細部の拡大と左右反転の例
出典：André Malraux, *Vermeer de Delft*, Gallimard, coll. « La Galerie de la Pléiade », 1952, p. 22-23.

そして美術作品についてプルースト独自のテーマ批評を提示した部分として今日では有名だが、その中にフェルメールをめぐる分析もあり、この画家の絵は「どれも同じ世界の一つの断片であり、〔…〕それはつねに同じテーブル、絨毯、女性であり、同じ新たな唯一無二の美であって、それを描かれた同様の主題で結びつけようとするのではなく、その色彩が醸し出す特殊な印象を抽出しようとすると、それに似たものはなにひとつなく、それを説明するものはなにもない、当時はまるで謎の美だったんだ[22]」、とされている。

　マルローは明らかに、彼自身にとっても貴重であったドストエフスキーの女性人物たちについて、プルーストがつねに同じ特徴を持っているとそこで指摘していることにも影響されて、フェルメールが描くほとんどの女性人物は画家の妻であるか、娘たちであり、つねに同じ家族であることを自身のテクストで証明しようと試みている[23]。マルローはフェルメール作品における登場人物のモデルを同定してきたボドキンやルネ・ユイグの先行研究に触れながら、知性化の基盤となる写真を用いることによって、ボドキンやユイグの限界を明らかにする。マルローは、「細部」の「拡大」によって幾つもの作品のモデルが同一であること、男性人物はフェルメール自身であること、また絵画の「左右を逆転した写真」によって、何枚もの絵のモデルたちが家族であることが分かるのだと言う（挿図2）。

写真のモンタージュによる「類似性」の把握というのは「想像の美術館」の基本的な手法であり、マルローはこのテクストでもそのやり方を採用しているが、このフェルメール論が特殊なのは、そこで展開されるのが「同一性」に依拠した一種の年代確定作業であるということだろう。画面に描かれた女性人物たちの容貌から彼女たちの年齢を推測することが可能であり、それをもとに、フェルメールの作品群に関する新たなクロノロジーを提案することができるとしている[24]。マルローはこうして、フェルメールの生涯に関するそれまでの了解を覆す発見を提示する。マルローの文章の狙いは自身がその冒頭で示すとおり、当時確証されていたのとは反対に、画家が生涯の終わりまで、すなわちマルローによれば大傑作の生まれる時期まで仕事をしていたことを示すことにあった。

こうした作業においてマルローは、伝記的な要素によってフェルメールの作品を解釈しようとしているのではない。それは、家族とは「主題であってモデルではなく、絵画の手段」なのであると彼自身が述べているとおりであり[25]、プルーストの解釈を指してテーマ主義の批評家たちが名づけたところの、「テーマ」であるのだ。しかし、プルーストのテーマ主義が一人の芸術家が産み出した作品の間にいかなる時間的な前後関係も見ないのに対して、マルローは、新たな仮説としてのクロノロジーが画家の様式に関する研究を補強するとしている。

クロノロジーと様式を結びつけようとすると、今日の観点からすれば幾つかの作品の年代確定には難点があり、特に《牛乳を注ぐ女》を晩年の作としてその青色に注目しているのには、無理があるだろう。プルーストのテーマ主義的な特徴を的確に見抜いて、それをテーマ主義批評の登場以前に実践しようとする点でマルローは先駆的なのだが、しかしマルローがフェルメールに対して行う「家族」のテーマ主義的読解には、「クロノロジー」という縛りがつきまとう。両者がイメージと時間をめぐって見せるこの違いは、時間に関するさらに別の齟齬へと向かうのだろうか。

三　芸術作品をめぐる時間

「プレイヤード・ギャラリー」の『デルフトのフェルメール』では、プルーストの抜粋、マルローの序文に続いて、本編をなす「考証と文献」が画家の作品全点のカラー図版とともに提示される。レンブラントやピーテル・デ・ホーホなどの同時代の作品も比較のために白黒の複製で掲載されているが、《青いターバンの娘》と向かい合ったグイド・レーニの《ベアトリーチェ・チェンチ》（挿図3）が、「想像の美術館」に特徴的な見開き二頁によるモンタージュの効果をここで明らかに狙っている。[26]ところで、一九七六年の『非時間的なもの』でマルローが行ったこのようなモンタージュについてディディ゠ユベルマンは、マルローの「想像の美術館」における図像の対比が当初持っていたはずの「アナクロニックなポエジー」がここでは失われ、イメージが次第に慣習化してしまうと批判している。[27]

しかし先ほど見たように、このモンタージュは実際には一九五二年の『デルフトのフェルメール』の中

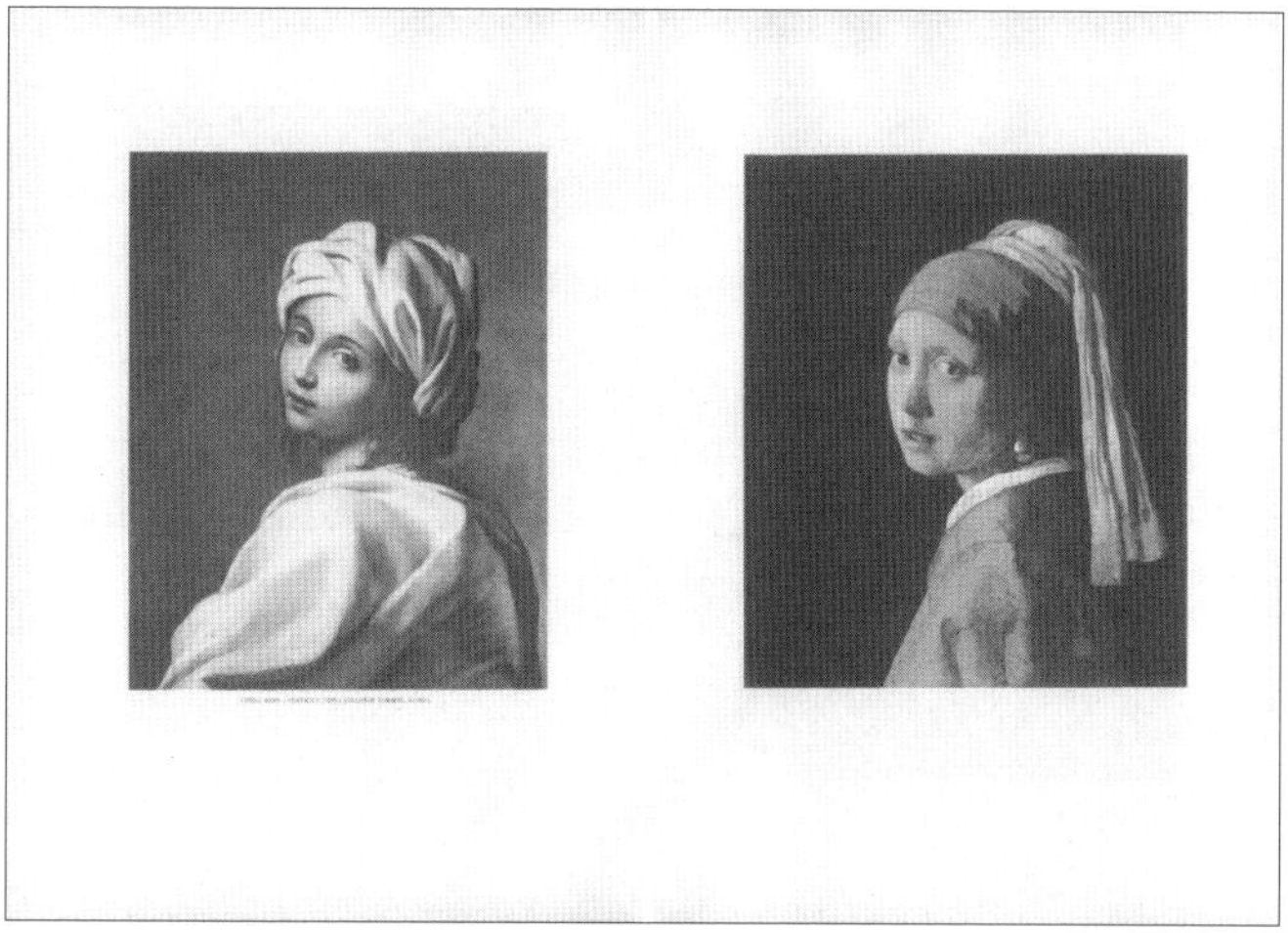

図3　グイド・レーニ《ベアトリーチェ・チェンチ》とフェルメール《青いターバンの娘》
出典：André Malraux, *Vermeer de Delft*, Gallimard, coll. « La Galerie de la Pléiade », 1952, p. 112-113.

にもすでに存在するため、マルローによるモンタージュにはすでに二十世紀半ばの時点で創造的であるものと、慣習的であるものが明白に同居していたことになる。マルローが「想像の美術館」を、歴史性を欠いた同一の美の表出としてしばしば規定してしまうことがその保守性の核心にあったのだとすれば、マルローが『デルフトのフェルメール』の序文において試みたフェルメールに関する新たなクロノロジーの提案は、画家におけるモデルの同一性、家族としての親和性を根拠にしているのだから、この「美術アルバム」はその部分においても全体においても、同一性を希求するものであったということになるだろう。

もちろん、マルローが明確にしているように、「想像の美術館」はそれ以前にあった個別画家の美術アルバムとは異なり、写真複製という手段を通して例えば「バロックの作品を古典主義から引き離し」、「復活」へと導くわけだから、[28]ここでもフェルメールが、

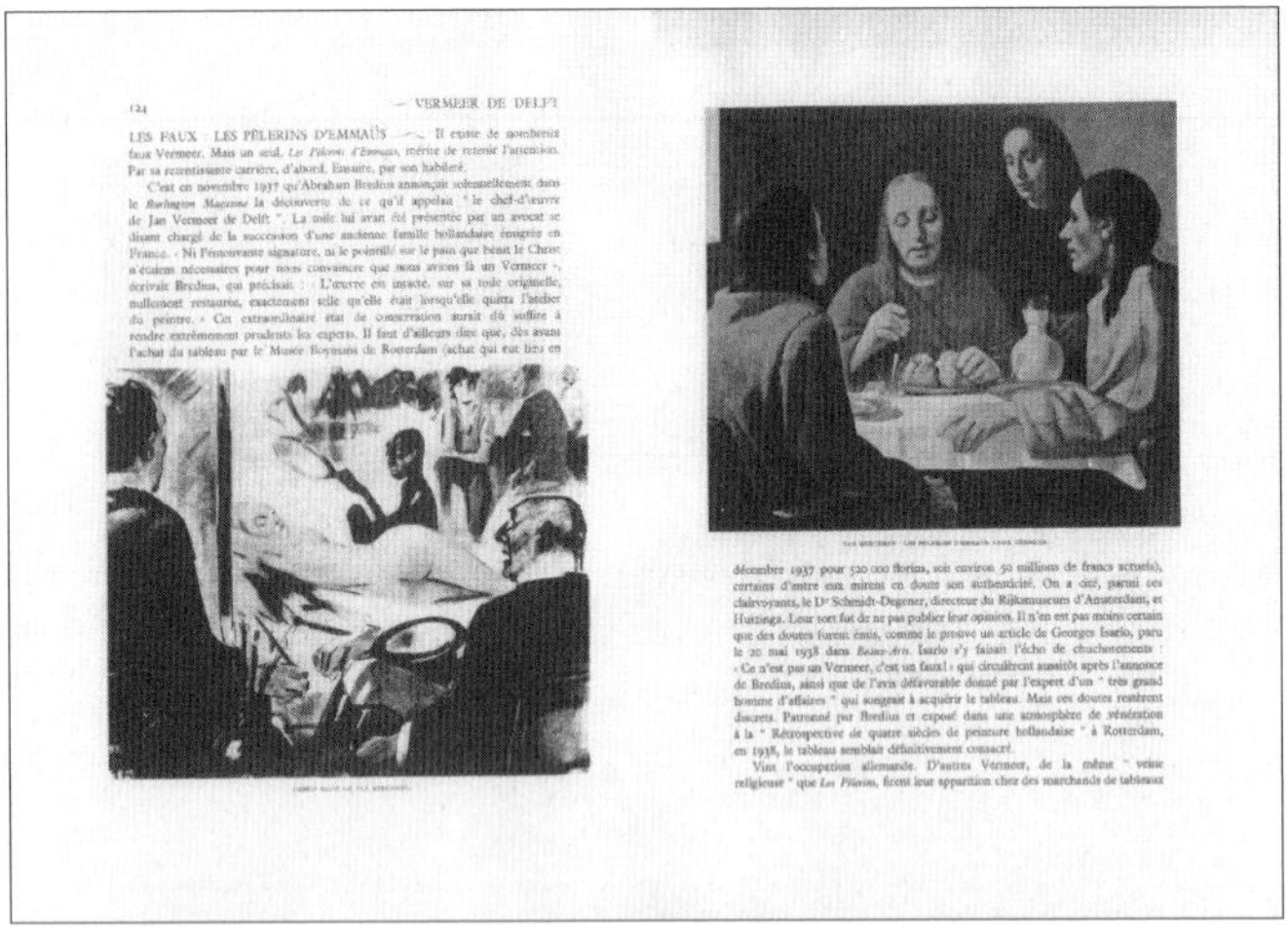
124 — VERMEER DE DELFT

LES FAUX : LES PÈLERINS D'EMMAÜS —. Il existe de nombreux faux Vermeer. Mais un seul, *Les Pèlerins d'Emmaüs*, mérite de retenir l'attention. Par sa retentissante carrière, d'abord. Ensuite, par son habileté.

C'est en novembre 1937 qu'Abraham Bredius annonçait solennellement dans le *Burlington Magazine* la découverte de ce qu'il appelait " le chef-d'œuvre de Jan Vermeer de Delft ". La toile lui avait été présentée par un avocat se disant chargé de la succession d'une ancienne famille hollandaise émigrée en France. « Ni l'émouvante signature, ni le pointillé sur le pain que bénit le Christ n'étaient nécessaires pour nous convaincre que nous avions là un Vermeer », écrivait Bredius, qui précisait : « L'œuvre est intacte, sur sa toile originelle, nullement restaurée, exactement telle qu'elle était lorsqu'elle quitta l'atelier du peintre. » Cet extraordinaire état de conservation aurait dû suffire à rendre extrêmement prudents les experts. Il faut d'ailleurs dire que, dès avant l'achat du tableau par le Musée Boymans de Rotterdam (achat qui eut lieu en décembre 1937 pour 520 000 florins, soit environ 50 millions de francs actuels), certains d'entre eux mirent en doute son authenticité. On a cité, parmi ces clairvoyants, le Dr Schmidt-Degener, directeur du Rijksmuseum d'Amsterdam, et Huizinga. Leur tort fut de ne pas publier leur opinion. Il n'en est pas moins certain que des doutes furent émis, comme le prouve un article de Georges Isarlo, paru le 20 mai 1938 dans *Beaux-Arts*. Isarlo s'y faisait l'écho de chuchotements : « Ce n'est pas un Vermeer, c'est un faux ! » qui circulèrent aussitôt après l'annonce de Bredius, ainsi que de l'avis défavorable donné par l'expert d'un " très grand homme d'affaires " qui songeait à acquérir le tableau. Mais ces doutes restèrent discrets. Patronné par Bredius et exposé dans une atmosphère de vénération à la " Rétrospective de quatre siècles de peinture hollandaise " à Rotterdam, en 1938, le tableau semblait définitivement consacré.

Vint l'occupation allemande. D'autres Vermeer, de la même " veine religieuse " que *Les Pèlerins*, firent leur apparition chez des marchands de tableaux

図４　ファン・メーヘレンのデッサンと《エマオの巡礼》贋作
出典：André Malraux, *Vermeer de Delft*, Gallimard, coll. « La Galerie de la Pléiade », 1952, p. 124-125.

その様式をめぐる発見によって「復活」していると言うことはできる。

とは言え、この美術アルバムには一枚だけ、フェルメールの作品ないしはそれと同時代のものとは異質な作品の複製が収録されている。それはファン・メーヘレンのデッサン（挿図4）なのだが[29]、十七世紀絵画の世界にすっかり浸っていた読者は、そこで急に意識をかき乱されることになる。『デルフトのフェルメール』においては、画家の全作品を紹介した本編の後に、消失した作品および今日ではフェルメールに帰属しないとされる作品に関する解説が続き、最後に贋作をめぐる独立した頁が現れる。したがってアルバムの末尾は、プルーストからの抜粋とマルローによる序文が順に置かれた冒頭と完全に呼応する構成になっていることが分かるだろう。

史上最も有名なフェルメールの贋作家であったファン・メーヘレンに関する頁では、フェルメールの贋作二点のほかに、問題のデッサンの複製が掲載されている。わざわざ贋作をめぐる頁を最後に置いていることも奇妙ではあるが、贋作が判明したのがこの美術アルバム刊行のわずか数年前であったという時代性もあるので、この点はひとまず措いておこう。それではなぜ、このデッサンを収録する必要があったのだろうか。それが贋作《エマオの巡礼》のカラー複製と見開きになっているのは、両者の構図が類似しているからという理由がひとまず考えられる。しかし、ここではモンタージュの効果を追求しているわけでないことは明らかだ。そうしてみるとむしろ気になるのは、このデッサンとマネの《オランピア》との関係である。デッサンでは、マネの作品において娼婦に顧客からの花を届けていた画面右後方の黒人メイドが、メイドでありながら画面の中央にいてこちらを挑戦的な眼差しで見つめている。マネにおいて鑑賞者を見つめるのはオランピアであったが、セザンヌの《モデルヌ・オランピア》を経由し、横たわる裸婦像をさらに画中画と化すことによってマネの作品における西洋中心主義を相対化しているとも取れるのが、ファン・メーヘレンのデッサンなのである[30]。

ところで、マルローの「想像の美術館」とは何よりもまず、マネによって開始された近代絵画のパースペクティヴにおいて、それまでの歴史上の全美術作品を「迎え入れ、秩序づけ、変貌させる[31]」試みの体系に与えられた名前であった。するとここで、プルーストの作品で「ベルゴットの死」と対をなすルーヴルをめぐる挿話のことが思い出されるだろう。第三篇『ゲルマントのほう』において登場するのはやはりマネの《オランピア》だが、問題となるのはこの絵がルーヴル入りして、アングルの《グランド・オダリスク》の横に並んだこと（挿図5）である[32]。四〇年前にあれほどスキャンダルになった《オランピア》は、いまやアングルの裸婦とまるで双子のように見えるのだ。しかし、プルーストが述べているのは、前衛的なものが時間とともに革新的な効果を失うということではない。革新的なものの中に伝統的な要素が一瞬

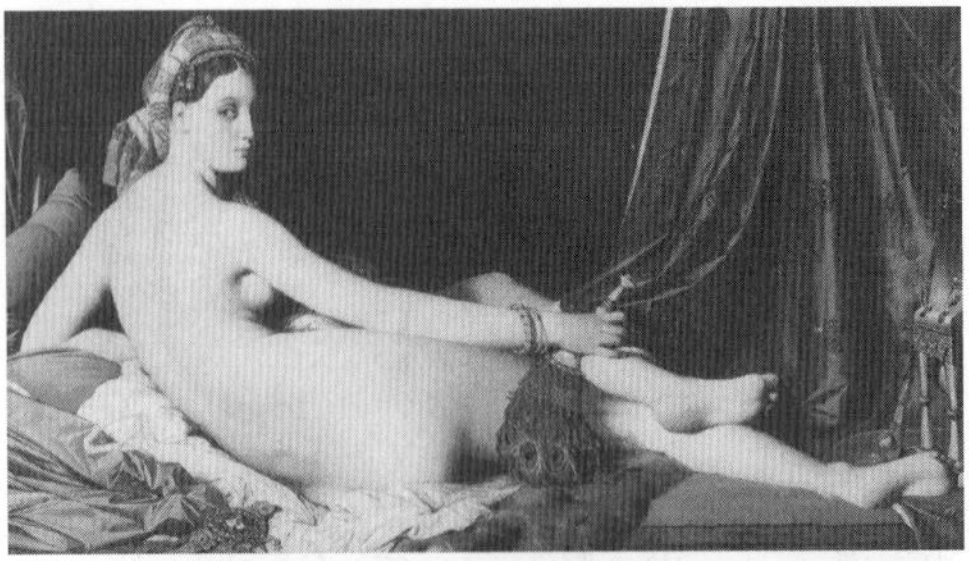

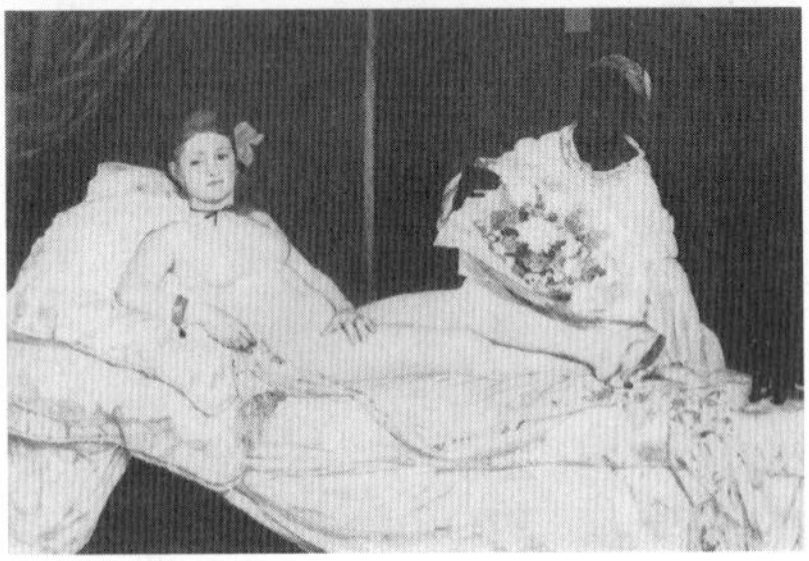

図５　アングル《グランド・オダリスク》とマネ《オランピア》
出典：*Ingres 1780-1867*, catalogue de l'exposition au Musée du Louvre, Paris, Musée du Louvre/Gallimard, 2006, p. 177; *Le Modèle noir. De Géricault à Matisse*, catalogue de l'exposition au Musée d'Orsay, Paris, Musée d'Orsay/Flammarion, 2019, p. 148-149.

甦る、そうした形で「時間のパースペクティヴ」をいつでも経験させてくれる装置こそがすぐれた芸術作品であり、真の「古典」であるということなのである。

　つまりここで語られているのは、写真技術を媒介としてはいないけれども、まさにルーヴルの「国家の間」において一九〇七年に出現したモンタージュの効果であり、用語以前の「想像の美術館」なのではないだろうか（あるいは、プルースト自身が定期購読していた『ガゼット・デ・ボザール』などの幾つかの美術雑誌で、この新たな「国家の間」の様子がまさに写真によって紹介されていたということも十分考えられる）。マルローによる『見出された時』からの引用、つまり二番目の抜粋にあった「スタイルとはテクニックの問題ではなく、ヴィジョンの問題である」というのは、[33]まさにプルーストにとっては「時間のパースペクティヴ」としての「ヴィジョン」であり、そこで出現するのはまぎれもなく、無意志的記憶の作用を繰り返し体験することを可能にするような「文体＝様式」なのだ。現在と過去とを、革新的なものと伝統的なものとを差異があるままに肯定すること、あるいはこの両者のいずれでもない時間性を出現させること。つまり、プルーストの言う「時間のパースペクティヴ」は、マルローが「想像の美術館」について説く「非時間性」と類似しているように思われるが、本当にそうなのだろうか。

マルローはファン・メーヘレンについて、作品が属する時代という点で「時間に関する嘘」をついているので、その贋作は「死んでいる」と述べている。[34] これはアルバム冒頭のやはり二番目の抜粋で、嘘をめぐって、プルーストの話者が現実に関する「不正確な印象」がもたらす嘘を修正し、現実を本当の形で再把握できるようにするのが「無意志的記憶」であると述べるのに、[35] 明らかに対応している。「想像の美術館」における芸術作品の写真複製は、オリジナルを目指さないという点で、贋作とは異なる。フレーミングによってオリジナルの細部を拡大したり、反転したり、コントラストを強調したりして、オリジナルとはまったく違った作品を写真複製として作り出すのが「想像の美術館」という仕掛けであり、それはいわばオリジナルなき反復なのであるから、まさに「無意志的記憶」であるように見えるかもしれない。しかし、マルローがマネ以降の近代絵画の視点からそれ以前の地理的・歴史的な全芸術作品を組織し直そうとしているのに対して、プルーストにおいては、マネに代表される革新的な作品の中にアングルのような伝統的な断片が一瞬甦るのだから、時間のベクトルが正反対であるということになるだろう。マルローが構想するアナクロニスムとプルーストのそれとは、似て非なるものなのである。

ここで、フェルメールに戻ることにしよう。マルローによる「ベルゴットの死」の引用は、小説家の肉体は死ぬが、作品は永遠であるという芸術作品の「不死性」を強調しているように見える。けれどもそれはあくまでも、マルローが次第に「想像」の定義を「不死性」のほうへと狭めていったというその後の展開から、この引用を見ているからに過ぎない。マネの中に甦るアングルがもたらす、プルーストの言う「超時間的存在」は、マルローが《青いターバンの娘》とグイド・レーニとの間に認める「非時間性」ではないのだ。プルーストにおける芸術作品はマルローとは異なる様態において、つねに断片と結びついている。それはつねに事後性によって規定されるほかないため、普遍化されることはないのである。

《デルフトの眺望》の鑑賞体験の反復がもたらすのは、時間的な差異だけでなく、地理的な差異でもある。なぜなら、「小さな黄色い壁面」の到来は、過去のマウリッツハイスと現在のパリでの鑑賞体験の間に起こるのみならず、作品のこの断片は、非西洋の存在をも告げているからだ。冒頭の三番目の抜粋である「ベルゴットの死」には、《デルフトの眺望》における「小さな黄色い壁面」が「中国の貴重な工芸品のようにそれだけで自足した美しさを備えている」、とはっきりと書かれている。(36)《デルフトの眺望》はにわかにその中に非西洋的な部分を出現させ、作品はこの断片が画面全体の意味する西洋との間で作り出す横断線の効果そのものと化すのである。歴史的に言えば「黄色」の出現は日露戦争後の黄禍論とも関係しており、そこには政治的な含意が明らかに含まれている。(37)

そうしてみると、『デルフトのフェルメール』冒頭の三枚の図版と、巻末の複製三点の配置が重要であることが分かるだろう。マルローは作家であるばかりでなく、アルバム製作の全体を統括する、ベンヤミンの言葉を借りれば「プロデューサーとしての作者」なのだから、(38)この三点ずつは絶妙な対応関係にあるはずである。巻末の最後の二点はファン・メーヘレンによる贋作の複製だが、それは冒頭の二点、《牛乳を注ぐ娘》の細部とフェルメールのサインに対応している。マルローが贋作の解説において、「白い点を散りばめたパンと画家のサインのコピーは容易である」と述べているとおりである。(39)ちなみにこのフェルメールのサインにはNRFと入っていることから分かるように、サイン自体が贋作である。そしてまた、残りの一点ずつ、冒頭の《デルフトの眺望》における「小さな黄色い壁面」を含む細部（挿図6）と、巻末のファン・メーヘレンのデッサンとが対応している。中国の工芸品とメイドの黒人がそれぞれ、西洋絵画に内在するその非西洋性を露呈し、西洋を揺さぶるものとして配置されているのである。

したがって、『デルフトのフェルメール』という美術アルバムは、マルローの序文から消失作品に至る部分においては、フェルメールのモデルがつねに画家の家族であったという同一性から導かれるクロノジーと、《青いターバンの娘》とグイド・レーニがもはや同一性しか表現しなくなったモンタージュの保守化によって、規定されている。しかしながらアルバムの周縁部分においては反対に、「想像の美術館」が持っていたはずの地理的・時間的な境界を越える作用が機能し続けており、アルバムの縁でその革新性は保持されているのである。

図6　フェルメール《デルフトの眺望》の細部
出典：André Malraux, *Vermeer de Delft*, Gallimard, coll. « La Galerie de la Pléiade », 1952, p. 13.

おわりに　プルーストからマルローへ、歴史を逆撫でする

プルーストとマルローの関係について、本論はこれまで根拠が曖昧なままに断定されてきた両者の美学的な類似ではなく、マルローによるプルーストの引用の核心をなすテクストを歴史的な資料として実際に取り上げることによって、見かけの類似性の先にあるものを明らかにしようとしてきた。一九五二年に刊行された『デルフトのフェルメール』は両作家の関係がまさに「想像の美術館」をめぐる本質的なものであることを証し立てている。しかし、スタイルをめぐるテーマ主義的な解釈、また芸術作品をめぐる時間的な境界の乗り越えについて、両者はほとんど見解を共有しながらも、厳密に言えば似て非なる態度が表明されていることが明らかになった。

したがって先行研究においては、マルロー的なものをプルーストに投影する、すなわちマルローからプルーストへという方向で事態を把握することしか、実際には行われていなかったのである。それに対して本論は、プルーストからマルローへと初めてパースペクティヴを転換することによって、「歴史を逆撫で」した結果、[40]三つのことを見出すことができた。まずは、プルーストの受容史においてマルローという存在はすっかり忘却されているのだが、実はこの美術アルバムが、『失われた時を求めて』においてはフェルメール作品への参照が重要であるということ、そして特に「ベルゴットの死」の挿話をクローズアップする効果をもたらす一つの要因となったことが分かった。[41]次に、さらに興味深いことに、このアルバムはプルーストをテーマ主義批評の先駆者とみなす見解の確立に寄与しただけでなく、おそらくはそうした見解の始発点それ自体の一つとなったのではないかということである。

そして最後に、芸術作品の時間性については、マルローが「想像」の射程を「不死性」へとシフトさせ

ていくにしたがって、その「非時間性」はプルーストの考える時間とは離れていくのだが、しかし『デルフトのフェルメール』においてはアルバム製作者としてのマルローが「小さな黄色い壁面」の写真複製を書物の周縁部分に保ったことで、この「壁面」がファン・メーヘレンのデッサンと共鳴して、西洋の外部に開かれ続けることになる。時間的な境界の乗り越えはここで、地理的なそれに形を変えて、その効果を継続させるのである。マルローとともにプルーストを読むこと、あるいはプルーストとともにマルローを読むことはしたがって、いままさに必要なことであり、それはマルローの特に第二次大戦後に見られるとされる歴史の拒否という姿勢のさらに向こうで(42)、マルローを歴史的に考えることにもなるだろう。『想像の美術館』において美術史は「写真撮影可能なものの歴史」となったのだが(43)、その歴史は実際にはつねに、ベンヤミン的な「小史」としてのみある。プルーストからマルローへの影響という形で、分かり易く作り上げられた見せかけの連続性の向こうに、「小さな黄色い壁面」の複製をめぐる「ぎざぎざの切断面」が開けるのを読者は目撃し、フェルメールに関する「小さな歴史」が無意志的記憶のように一瞬甦るのに遭遇することになるのである(44)。

【注】

（1）荒原邦博『プルースト、美術批評と横断線』、左右社、二〇一三年。ルーヴルとアドルノについては、同書の第三章（二一一～二四八頁）および第五章（二八一～三四〇頁）を参照のこと。

（2）テオドール・W・アドルノ「ヴァレリー　プルースト　美術館」、『プリズメン』、渡辺佑邦・三原弟平訳、ちくま学芸文庫、一九九六年、二五六～二八七頁。

（3）André Malraux, *Les Voix du silence*, in *Œuvres complètes*, t. IV, *Écrits sur l'art*, t. I, éd. sous la dir. de Jean-Yves Tadié, Paris, Gallimard, coll. « Bibliothèque de la Pléiade », 2004, p. 199-909.

（4）Maurice Blanchot, « Le Musée, l'Art et le Temps » (1950-51) et « Le Mal du musée » (1957), in *L'Amitié*, Gallimard, 1971, p. 21-51 et 52-61.

（5）暮沢剛巳『美術館はどこへ？』、廣済堂出版、二〇〇二年、九八頁、および、郷原佳以「美術館病、あるいは展示価値のアウラ」、『SITE ZERO / ZERO SITE』、No.1、二〇〇七年、一五七頁（註36）。

（6）ヴァルター・ベンヤミン『パサージュ論』第三巻、今村仁司・三島憲一ほか訳、岩波現代文庫、二〇〇三年、二一四頁。（Walter Benjamin, *Paris, capitale du XIXe siècle. Le Livre des Passages*, trad. Jean Lacoste, éditions du Cerf, 1989, p. 240.）マルローが一九三六年の「文化の継承について」において、ベンヤミンの「複製技術時代の芸術作品」を引用していることはよく知られている。

（7）Jean-Yves Tadié, *Proust et le roman*, Gallimard, 1971, p. 310.

（8）Antoine Compagnon, « *La recherche du temps perdu* de Marcel Proust », dans Pierre Nora éd., *Les Lieux de Mémoire*, t. III, Gallimard, 1997, p. 3847.

（9）Marcel Proust, *Correspondance de Marcel Proust*, texte établi, présenté et annoté par Philip Kolb, t. XXI, Plon, 1993, p. 402.

（10）ジャン＝フランソワ・リオタール『聞こえない部屋』、北山研二訳、二〇〇三年、四九〜五〇頁。（Jean-François Lyotard, *Chambre sourde*, Galilée, 1998, p. 39-40.）

（11）Georges Didi-Huberman, *L'Album de l'art à l'époque du « Musée imaginaire »*, Hazan/Musée du Louvre, 2013, p.81-83. なお、本論において以下で主な考察の対象となる『失われた時を求めて』のフェルメールをめぐる一節については、ディディ＝ユベルマン自身がかつて分析を試みているが、そこではマルローは議論の対象とされていなかった。ジュルジュ・ディディ＝ユベルマン『イメージの前で』、江澤健一郎訳、法政大学出版局、二〇一二年、三八三〜四五〇頁。（*Id.*, *Devant l'image*, Minuit, 1990, p. 271-318.）

（12）Mohamed Ridha Bouguerra, « Proust et Malraux : éléments d'une convergence esthétique », *Cahier Malraux*, no.10, Minard, 1999, p. 131-159.

（13）Jean-Yves Tadié, « Introduction », dans A. Malraux, *Œuvres complètes*, t. IV, *op. cit.*, p. XIII.

（14）André Malraux, « Un artiste à jamais inconnu », in *Œuvres complètes*, t. IV, *op. cit.*, p. 1242-1247. ただし、プレイヤード叢書版はマルローによる本アルバムへの序文を図版を付さずに収録しているだけであり、プルーストのテクストの抜粋も示されていない。本論はマルローが制作したこのアルバムの全体を考察の対象とするため、以下のアルバムのオリジナルエディションを参照する。André Malraux, *Vermeer de Delft*, Gallimard, coll. « La Galerie de la Pléiade », 1952.

（15）マルローによる『デルフトのフェルメール』についてはプレイヤード叢書版の解題および註（A. Malraux, *Œuvres complètes*, t. IV, *op. cit.*, p. 1563-1567）を適宜参考にした。また、タディエはプレイヤード叢書版への「序文」において、このテクストにおいてプルーストへの言及があることを指摘している（*Ibid.*, p. XIV）。なお、『沈黙の声』においては、第三部「芸術的創造」では、フェルメールとファン・メーヘレンによる贋作について（*Ibid.*, p. 592-596）、また第四部「絶対の貨幣」の中では、フェルメール作品における女性モデルの同一性について（*Ibid.*, p. 715-721）触れられており、マルローにとってフェルメールがまさに「想像の美術館」において本質的な位置を占める画家の一人であったことが分かる。

（16）A. Malraux, *Vermeer de Delft*, *op. cit.*, p. 15.

（17）本論中で使用する『失われた時を求めて』のテクストは全て以下の校訂版を典拠とする。Marcel Proust, *À la recherche du temps perdu*, édition publiée sous la direction de Jean-Yves Tadié, 4 vol., Gallimard, coll. « Bibliothèque de la Pléiade », 1987-1989. 以下では *RTP* の略号の後に、巻数を示すローマ数字および頁数を記すことにする。マルローによるこの抜粋（A. Malraux, *Vermeer de Delft*, *op. cit.*, p. 11-12）に関しては、*RTP*, t. III, p. 692-693.

（18）A. Malraux, *Le Musée imaginaire* (la première partie des *Voix du silence*), in *Œuvres complètes*, t. IV, *op. cit.*, p. 206, 212.

(19) *RTP*, t. IV, p. 473-474; A. Malraux, *Vermeer de Delft*, *op. cit.*, p. 9-10.
(20) A. Malraux, *Vermeer de Delft*, *op. cit.*, p. 22.
(21) *RTP*, t. III, p. 878-880; A. Malraux, *Vermeer de Delft*, *op. cit.*, p. 7-9.
(22) *RTP*, t. III, p. 879.
(23) A. Malraux, *Vermeer de Delft*, *op. cit.*, p. 18-21.
(24) *Ibid.*, p. 21-23.
(25) *Ibid.*, p. 24.
(26) *Ibid.*, p. 112-113.
(27) G. Didi-Huberman, *L'Album de l'art à l'époque du « Musée imaginaire »*, *op. cit.*, p. 132.
(28) A. Malraux, *Le Musée imaginaire* (la première partie des *Voix du silence*), in *Œuvres complètes*, t. IV, *op. cit.*, p. 211.
(29) A. Malraux, *Vermeer de Delft*, *op. cit.*, p. 124.
(30) 黒人モデルをめぐる表象の歴史については、以下の展覧会カタログを参照のこと。*Le Modèle noir. De Géricault à Matisse*, catalogue de l'exposition au Musée d'Orsay, Paris, Musée d'Orsay/Flammarion, 2019.
(31) A. Malraux, *Psychologie de l'art*, t. I, *Le Musée imaginaire*, Albert Skira, 1947, p. 53.
(32) *RTP*, t. II, p. 713, 812.
(33) *RTP*, t. IV, p. 474.
(34) A. Malraux, *Vermeer de Delft*, *op. cit.*, p. 128.
(35) *RTP*, t. IV, p. 473-474; A. Malraux, *Vermeer de Delft*, *op. cit.*, p. 9.
(36) *RTP*, t. IV, p. 692; A. Malraux, *Vermeer de Delft*, *op. cit.*, p. 11.
(37) Yuji Murakami, « D'après Thibaudet-Bérard : le doublet franco-sémitique et la métaphore chinoise », dans Yuji Murakami et Guillaume Perrier éd., *Proust et l'acte critique*, Honoré Champion, 2020, p. 75-105.
(38) G. Didi-Huberman, *L'Album de l'art à l'époque du « Musée imaginaire »*, *op. cit.*, p. 29.

(39) A. Malraux, *Vermeer de Delft*, *op. cit.*, p. 127-128.

(40) 「歴史を逆撫でする」は言うまでもなく、ベンヤミンの言葉である。

(41) 例えば、本論の第一節で言及したコンパニヨンはプルーストをめぐる「記憶の場」を論じたテクストにおいて、プルーストの小説における「ベルゴットの死」の挿話で語られるのが「不死性」である点を指摘しながらも、別の箇所でマルローに触れたプルーストの書簡を紹介するときには、それを「ベルゴットの死」の一節とまったく関係づけることをしていない。A. Compagnon, « *La recherche du temps perdu* de Marcel Proust », art. cité, p. 3838 et 3847.

(42) G. Didi-Huberman, *L'Album de l'art à l'époque du « Musée imaginaire »*, *op. cit.*, p. 144.

(43) A. Malraux, *Le Musée imaginaire* (la première partie des *Voix du silence*), in *Œuvres complètes*, t. IV, *op. cit.*, p. 217.

(44) もちろん、「写真小史」はベンヤミンの誰もが知る論考のタイトルであるが、「ぎざぎざの切断面」という語句もまた、本論の「はじめに」において引用されているのと同じ『パサージュ論』の断章の中に見出される表現である。

マルローと抽象絵画
――フォートリエとの関係をめぐって

木水　千里

はじめに

一九四七年、アンドレ・マルローは『芸術の心理学』の第一巻として、彼の美術論の中でも最もよく知られる『想像の美術館』を出版し、新しい鑑賞法を提唱した。[1] 複製技術の発達とともに、世界中の芸術作品を写真図版によって比較できるようになった。マルローはこのような時代に、壁のない想像の美術館という概念を生み出したのである。

しかし、この『想像の美術館』の出版とほぼ同時期、それとは異なる美術史の文脈で、すなわち、抽象への関心が高まる戦後の芸術動向においてもマルローの名前を見つけることができる。第二次大戦後のフランスで興った非幾何学的で非定形な抽象芸術運動、「アンフォルメル」の先駆者の一人に挙げられるジャン・フォートリエの、「人質――ジャン・フォートリエの絵画と彫刻展」（以後、人質展）のカタログに序文を書いたのがマルローだったのだ。[2] 終戦後間もない一九四五年一〇月二六日から一一月一七日にかけて、パリのルネ・ドルーアン画廊で開催されたこの展覧会には、虐殺された人たちの顔やバラバラになった身体を想起させる絵画四六点、彫刻三点が展示された。[3] またとりわけ絵画作品に関して、伝統的な油彩とは異なる、いわゆる「厚塗り」と呼ばれる独自の手法が用いられたのは注目に値する。フォートリエは、紙を貼り水平に置いたカンヴァスに粘着力のある白い絵具を塗り、粉末状のパステルで着色した後に筆やパレットナイフ等で線を引いた作品の制作を一九四〇年代初頭から本格化させたのである。

この厚塗りの技法で顕著になる絵画の物質的側面は、マルローの『想像の美術館』で語られた写真図版による芸術作品の鑑賞と対極にあるといっても過言ではない。また、マルローはフォートリエについて積極的に言及しながらも、この芸術家の名が頻繁に取り沙汰される芸術運動、アンフォルメルには興味を示さなかった。そこで本稿は、『想像の美術館』の着想とフォートリエに対する関心という一見相容れない二つの項に共通点を見出し、マルローの芸術観を読み解くことを目的とする。さらに、「抽象」の概念を手掛かりに、マルローの芸術観を美術史において解釈することを目指す。

アンフォルメルの画家としてのフォートリエ理解

マルローのフォートリエへの関心を考察する前に、その比較の項として、人質展がアンフォルメルの文脈で語られるケースを確認しておこう。アンフォルメルとは、フランス人美術批評家ミシェル・タピエによって命名された戦後の芸術運動である。フランスだけでなく、ジャクソン・ポロックやウィレム・デ・クーニングといったアメリカ発の抽象表現主義等の画家も含めた抽象芸術動向を、従来の幾何学的抽象とは全く異なる新しいものだと考えたタピエは、一九五一年にパリで「アンフォルメルの意味するものⅠ展」、一九五二年に「アンフォルメルの意味するものⅡ展」を開催しただけなく、『別の芸術』を出版し、アンフォルメルの定義を試みた。[4] フォートリエの人質展はこの著書で、ジャン・デュビュッフェの厚塗り展とともにアンフォルメルの始まりに位置付けられたのである。[5] タピエはフォートリエの作品について以下のように述べる。

とても小さなサイズの作品には、非常に淡く光沢のある海緑色の下地が塗られており、その上には、楕円形を目指すように（しかし、実際にはほとんど形を成していないが）、白色をたっぷりと厚く伸ばして塗られた濃厚なタルティーヌがある。それはパステルの粉の薄い吹付によって、あるいは鼻や口（ないしは二重の口）の痕、そしておおざっぱな葉っぱでもありえる、何らかの目だと気付かせるような、かなりぼかされた筆さばきによって、かろうじて表されている。(6)

ここで描かれたものの意味決定は何重にも保留されている。まず始めに楕円形を目指しながらも、ほとんど形を成していないと指摘することで、その判別不可能性について明確に言及する。そして、それがパステルの粉や筆さばきによって表されていると述べ、描かれた内容ではなく、物質性を絵画の構成要素として強く打ち出す。さらには、その筆さばきが鼻や口の存在を気付かせることができたとしても、それは飽くまでもその痕跡にすぎず、目に至っては植物の葉の可能性までをもほのめかす。タピエは描かれたものの特定化を何重もの仕掛けによって慎重にかわし、判別不可能なものとして表そうとしている。このことから、ここでは何が描かれたかは重要視されておらず、むしろ不定形であることが彼の関心を引いているのが分かる。

しかしタピエがフォートリエをアンフォルメルの起源として挙げているように、『別の芸術』が発表されたのは人質展の開催後である。すなわち、展覧会が開催された時点ではアンフォルメルは存在していない。

戦争の表象としての「人質」の連作

それではマルローはどのような文脈で人質展の序文を執筆したのだろうか。展覧会が開催された当時、「人質」というそのタイトル、およびそこで展示された作品のタイトル――《人質の頭部》《残虐》《銃殺された人の上半身》――が物語っているように、戦争という重いテーマが反響を呼んだ。マルローにおいてもそれは同様だった。マルローはこの主題を念頭に置きながら人質展で発表された作品を二つの傾向に分類している。すなわち、単純化されているものの、血の直接的な暗示等により、対象との繋がりを保った「理にかなっている」作品と、もはや描かれた指示対象を読み取ることが困難な作品とに区別しているのである。(7) 後のアンフォルメルの動向に繋がるような後者の作品解釈が、フォートリエ理解のカギとなる。マルローはこのタイプの作品に施されている、見るものを困惑させる淡いピンクやグリーンといった「拷問との合理的な繋がりから完全に開放された色彩」について、現実の対象との繋がりが失われていると指摘する。(8) また、荒廃した横顔ではなく、ほとんど葉脈のような唇や何も見ていない目しかないと述べ、フォートリエの絵画に悲劇を表象することなく表現する線を認めるように、もはや色彩だけでなくフォルムの面においても現実との類似関係を否定している。(9)

カレン・バトラーは二〇〇二年に開催されたフォートリエの展覧会のカタログで、マルローが後者の作品を「苦痛のヒエログリフ」と呼んだことに注目する。(10) ヒエログリフは絵と文字の中間のような記号であるが、それを読解するためには何かに似ていることとは別のコードが必要になる。バトラーはこの特徴を二つ目のタイプの作品に重ね合わせる。

例えば、バトラーは《人質の頭部　ナンバー一四》を例に挙げ、この作品が個別で扱われ、タイトルもなければ、全く異なる解釈がなされるだろうと指摘する。しかし、それが展示された他の作品と関係付けられることでシンタックスを与えられると、あるいは、「タイトル」、「一九四四年」、「レジスタンスのヒーロー」といったヒントと結びつけられると、[11] そこにトラウマを読み取ることができるようになる。それだけでは「葉脈」なのか、あるいは「唇」なのか判断しかねるようなフォートリエの作品は、作品外の要素により文脈化されることでかろうじて意味を与えられ、はっきりとは言語化できないが、それでも何か戦争のトラウマのようなものが描かれていると分かるようになるのである。

そしてバトラーは、マルロー自身は気がついてなかったかもしれないが、特別な油絵具の組み合わせや白い下地、パステルやカンヴァスに張られた紙といった絵画の形式的条件や単なる抽象でも表象でもない表現によってトラウマ的効果を作ることができることを最初に見抜いた人物だという。[12] すなわちバトラーは、マルローの序文を介して、フォートリエの抽象的な作品は残酷な内容を直接的に描くことなくトラウマを表すことができており、それゆえ指示対象である戦争と再び結びつくことができると考えているのだ。

「人質」の連作についてのマルローの解釈

しかし以上の見解とは反対にマルローは、フォートリエの抽象的な作品に関して、指示対象から距離を取ろうとする。例えばフランシス・ポンジュは一九四五年に出版した『人質についての覚書』で、おそらくマルローも言及していた淡いピンクやグリーンを用いた作品に対して以下のように述べる。

人間自身による人間の拷問や人間自身の行為によって人間の肉体や顔がつぶされるという耐えがたい考え

に、何かを対置しなければならなかった。恐怖を確認して、それに烙印を押し、永遠化しなければならなかった。批判と嫌悪のうちに恐怖を作り直し、美に変形しなければならなかった[13]。

ポンジュは何が描かれているかわからない作品に美を読み取ることで、その対極にあるむごたらしい現実を想起させる。しかしマルローはこれらの色彩を「媚びている」といい、否定的に捉える[14]。また唇を葉脈に見立てたように、描かれたものと対象にはただ距離があるのみで、そこに美的な価値を付与していない。すなわち、対極にある美ではなく、苦痛は別の何かに変換され、現実から引きはがされるのである。実際、芸術作品における美に対するマルローのこの無関心な態度は人質展の序文でも明らかにされている。そして、それに続き美を基準とする以外の作品の鑑賞法を示すのである。

> 近代芸術はおそらく芸術と美の概念がバラバラになったときに生まれた。おそらくゴヤによって……。今世紀、それほど重要ではないが独特な革命が起こっている。われわれはある作品について何を言うのであれ、もはやそれを歴史から切り離して眺めることはできなくなってしまったのと同様に、われわれはいくつかの絵画を、それらの作者の美術史との関連において眺めるようになった。ピカソはわけもなく絵のタイトルを日付に置き換えたのではない[15]。

マルローは確かにフォートリエの作品が戦争の惨劇を主題にしていることを否定しない。しかし注目すべきはそれに加え、指示対象から距離を取り、作品を画家個人の美術史、すなわち画家の造形芸術の発展史としてみることを促す点だ。マルローは現実と繋がりを持つ作品に単純な線を、そして繋がりが薄い作品に悲劇を再現することなく表現しようとする線を見出す。すなわち、現実は必要だが、それは飽くまでも出発点なのであり、現実に従属するのではなく、それを単純化したもの、さらには再現ではなく表現することが重視される。それゆえ、マルローは序文の最後で「現代の苦悩を、その悲壮な表意文字を見つけるまでにそぎ落とそうとする最初の試み」と述べる。[16]何よりもまず目をそむけたくなる現実がある。しかしそれをそのまま再現するのではなく、単純化し、そぎ落とし、ついにはつらい現実は表意文字に変形させられるのである。このように作品を現実から生じた画家の表現と捉えるマルローは、作品を再び指示対象に戻さない。

この意味においてこそ、マルローは一つの部屋に人質の作品群が並べられることを重要視するのである。

そしてそれぞれの人質が一枚の絵だとしても、人質の連作の強烈な意味は、それらが一堂に展示されるこの部屋と切り離すことができない。そこにおいてこれらの作品は、出口のない地獄への墜落者であり、同時に進化の探求のそれぞれの瞬間に他ならない。[17]

この主張は、バトラーがいうように二種類の作品を一緒に見ることで、直接描かれることのないトラウマを喚起させることを意味してはいない。現実と距離を保ち、画家個人の美術史、絵画表現の変容としてこれら作品を見ることを提案しているのだ。

マルローのこの態度は一九五六年にニューヨークで開催されたフォートリエの展覧会に寄せた記事でも

確認できる。[18] ここで、マルローは自身の人質展についての言及を改めて取り上げ、注意を促している。実は、マルローは「苦痛のヒエログリフ」とはいっていない。「私は『人質』の連作すべてが苦痛の一つのヒエログリフィ（une hiéroglyplie de la douleur）だと書いた。つまり、それぞれの『人質』の作品が一つの苦痛のヒエログリフ（l'hiéroglyphe d'une douleur）では全くない。ましてやその写しでもない」と述べているのだ。[19]「ヒエログリフィ」つまり、「ヒエログリフを作りだす方法」、「ヒエログリフ術」とでもいうべき慣用ではない表現を用いたのである。それぞれの作品が一つの苦痛のヒエログリフで、文字になった作品と対象が一対一の関係にあるのではなく、「人質」の連作はそれ全体ですぐに解読できないようなヒエログリフへと苦痛を変換する一つの術、プロセデとして捉えられている。そして「それら全体が悲痛な不条理の表現（その視覚的等価物とでもしておこうか?）なのである。そして、すべてのフォートリエの作品はこの意味において、世界の基本的要素の表現なのである」というように、[20] 現実と絵画は代替物ではなく等価物であり、並行関係にあると考えている。やはり現実は必要だとしても作品はその表現であり、現実を変換する過程が重要なのである。

人質展以前のフォートリエ理解

自身もレジスタンスに参加したにもかかわらず、マルローは「人質」の連作に戦争という主題を認めながらも、それから距離を置こうとしている。いや、そもそもマルローのフォートリエへの興味は人質展から始まっているのではない。一九二八年頃にフォートリエと出会ったマルローは、彼にガリマール社から出版予定だったダンテの『地獄編』への挿絵を依頼した。しかし、フォートリエの作品があまりに抽象的だったことから出版には至らなかった。そこで、発表されるはずだった作品のパステル画と近作を含む展覧会が、まだ厚塗りの技法が完成されていない一九三三年二月にＮＲＦ画廊で開催され、マルローがカタログに寄稿したのである[21]。

この序文の冒頭でマルローはアンドレ・マッソンの展覧会について言及し、マッソンの絵画に「本能の表現」としてのデッサン、「画家が自らを語る線」を認め、それらを「造形的エクリチュール」と呼び[22]、同様の傾向をフォートリエの作品にも見て取るのである。マルローはフォートリエの絵画において、もはや主題は厚く力強い純粋に造形的なエクリチュールの言い訳になっていると指摘する。そして、これらの作品は荒々しく本能的であり、その力はそぎ落とし、拒絶、最も激しいもの、あるいは最も強烈なものだけを残したいという意志から作られていると述べる。さらにフォートリエがこのような世界を持ちえたのは、彼が外的な資料を有しているからでなく、まなざしや悲劇的な視点を有しているからだと説明する。フォートリエの絵画を純粋造形とみなすマルローの考えは、ともすれば後のアンフォルメル、抽象表現主義で言及される外界のモデルを必要としない絵画の自律性を予感させる。それにもかかわらず、その傾向について、絵画の形式的側面からではなく、世界の捉え方や解釈に、すなわち現実との繋がりから説明しようとするのである。

ここでマルローがフォートリエの絵画に表現主義的特徴を見ているのは明らかだろう。前述したように、人質展のカタログでも確かに「表現」がキーワードになっていた。また、フランス人美術批評家ミシェル・ラゴンも一九五七年に出版した『フォートリエ』で、「フォートリエはどこからきたのか？　まずは表現主義から。彼の頭部の線は、キュビスムを経由しないように、そして自然との関係を保つように常に心がけられていた」と端的に指摘している。[23] 二十世紀初頭、とりわけサロンに作品を出品していたサロン派と呼ばれるキュビストたちは対象を一点から捉える遠近法を捨て、非ユークリッド幾何学、四次元等の理論を手掛かりに、対象の全体を捉えようとした。それは視覚によって対象の一瞬を捕えようとする印象派批判になっており、知性により画布に再び秩序を取り戻し、見たままでは到達不可能な高次の現実を描くことが目指された。その一方で、ほぼ同時期のドイツでは、視覚に頼った印象派に対して、知性ではなく本能や感性により対象を表現することを目指した表現主義が誕生したのである。

また以上のことから、ラゴンが『抽象の冒険』で指摘するように、しばしばキュビスムは、モンドリアンなどの幾何学的抽象芸術の原点に位置付けられるが、キュビスムは「対象物から完全に離れることを信条とする」抽象とは対立関係にあるといえるだろう。[24] ラゴンはモンドリアンや新造形主義に関して、「立体派を極度に推し進めた」、「立体派を克服して全く新しい芸術論を創造するに至った」と述べ、キュビスムと抽象芸術を区別する。[25] キュビスムも表現主義も、現実との繋がりを保持している以上、抽象芸術の始まりとはみなせないのである。

しかし、ここにこそ抽象の多義性が読み取れるのではないのだろうか。すなわち、知性によってであれ、本能や感性によってであれ、現実と繋がりを持っているキュビスム、表現主義を、非具象ではなく、「抽出する」という「抽象」が持つもう一つの意味で理解することができるだろう。キュビスムと表現主義は知性や感情、本能により、現実を抽出しているのである。

全く新しい抽象芸術運動をアンフォルメルと名付けたタピエが、過去との断絶という意味でダダに注目するのと同時に、表現主義にも重要な役割を見出していること、[26] さらに幾何学的抽象でないという理由で、アンフォルメルや抽象表現主義といった戦後の抽象芸術運動はキュビスムを迂回し表現主義に接続されてきた。そもそも抽象表現主義という言葉は表現主義に由来している。それに対し、マルローは飽くまでもフォートリエが現実から出発している点を重視した。この見解は、人質展以前以後も変わらない。

ポーランによるフォートリエ理解を手掛かりに

しかし、この展覧会を境に変化したこともあった。その多くは主題の判別がまだ可能だった人質展以前のフォートリエの絵画を造形的エクリチュールと呼び、描かれた線を直接的な表現として理解していたのに対し、人質展で決定的に何が描かれているか分からない作品が展示されると、現実に戻さないのは勿論のこと、「人質」の連作をヒエログリフへと苦痛を変換する術と捉えた。これを、現実を抽出する抽象から次の段階に歩みを進めたと理解することができよう。

そこでマルローと親交が深かったジャン・ポーランによるフォートリエ理解を手掛かりに、人質展以後のマルローのこの芸術家に対する解釈を改めて考察することにする。[27]そもそも、ポーランはマルローを介して一九四二年にフォートリエと知り合った。そして、一九四三年、ポーランはすぐさま人質展と同様にドルーアン画廊で開催された「フォートリエ、作品、一九一五〜一九四三展」のカタログに記事を寄せた。[28]またこの展覧会はおそらく厚塗りの作品が初めて展示されたものであるだけに、ポーランによる序文は一層注目に値する。

この序文で、とりわけ素晴らしい色使いについて触れる一方で、妙技（virtouse）を評価基準に据えることに躊躇するポーランは、フォートリエの絵画作品の問題点、注目すべき点について言及する。[29]「確かに彼はきわめて現実的なオブジェを描いたことがあった。しかし、誰も彼をレアリストと呼ぼうとはしないだろう。彼はむしろ夢や悪夢から生じる別のものを描いた。しかし、誰も彼を夢想家と呼ぼうとは考えないだろう」と述べ[30]、対象を描いてはいるものの作品の曖昧さを指摘するのである。

フォートリエが私たちに仕掛ける独特の気まずさがここにある。フォートリエは主題がたとえ扱いにくく、むごたらしかろうと、それを恐れていなかったということである。つまり、皮を剥がれたウサギ、草原の死骸、引き裂かれた猪といった主題を恐れていなかったのである。しかし、だからといってそれによって絵がより明解だったということではない。私たちは心を動かされなかった。どうして感動などできただろうか？フォートリエが言わんとすることが分からないのだ[31]。

実際、皮を剥がれたウサギの皮膚を、不良少年たちによってバーの出口に吊るされた若い田舎娘に、腹を裂かれた猪を傭兵に重ね合わせることにより、ポーランは私たちに別の主題が立ち現れてくる様子を提示する。このように主題の不確定性を指摘したうえで、「フォートリエは、曖昧な画家という印象を与えている」というのである[32]。そして、ポーランはこの主題において確認したフォートリエの作品の曖昧さを、今度は絵画のマチエールの面からも説明しようとする。とりわけ厚塗りの作品に関して、マチエールを主題と同等なものとしてみなすのである。

彼（フォートリエ）は、太陽や影、自然や岸壁との現実的な戯れと同様に、油絵具や塗料の意思、絵の具の要求に従っているのである。

それは見るのも不快な奇妙な絵の具である。今まで作品において見たこともない最も巧みではあるが、最も暴力的でもある蒸気やきらめきが形作られる。それは厚みのある平べったい塊、漆喰、撒き散らかされたねっとりとしたチョークなのである。そのとき、私たちはフォートリエが水彩絵の具、フレスコ、テンペラ絵具、グワッシュに似てはいるが、彼固有のマチエールを作り上げたことに気がつくのである。砕かれたパステルは油絵具と、インクは油とまざり合う。それらすべては塗料によってカンヴァスに張られた油紙に素早く塗られる。

そこにおいていわば曖昧さが主題を放棄する。曖昧さが絵画になるのである。[33]

ここで注意しなければならないのは、一般的なアンフォルメルや抽象表現主義についての批評と異なり、マチエールについて言及することで、絵画の物質的側面を強調していない点である。[34] フォートリエが作り出した彼固有のマチエールよって、絵画はその対象や主題から距離を取り、解き放たれ、曖昧な状態に開放される。描かれたものをそれ以外の別のものに開く余地を与えるこの曖昧さがフォートリエの絵画を作り出し、またそれを価値付けているのであり、作品に関して決してマチエールそのものを重視しているのではない。

おそらくこの序文を上梓する以前にフォートリエに宛てたいくつかの手紙のやり取りの中で、ポーランが彼の作品においてマチエールに大きな役割を見出すようになる過程が確認できる。まず、ポーランはフォートリエへの手紙で、文学の問題を提起し、常套句が使い古された場合の解決策に思いを巡らす。[35] ただし、ポーランは常套句を一義的な決まり文句として否定的に考えていないことに留意しなければならない。ポーランは『タルブの花』で常套句について以下のように述べている。

ある意味では、常套句という場においてわれわれは言語の創造の恒常的で執拗な試みに立ち会っているのだともいえるのである。かつて言語学者たちが、言語の起源を探求したことがあった（それは全く成功をおさめることがなかったが）。ところが、各瞬間毎にわれわれの面前において生まれでる――あるいは少なくとも生まれでようとするある言語が存在しているのだ。あらゆる家庭、あらゆる部族、あらゆる流派は、他人には秘密の意味をもたせた自分たちだけの《言葉》や自分たちだけの親しい言い廻しをつくりあげるものである。[36]

常套句は初めから常套句ではない。ポーランは形骸化した貧弱な表現としてそれを退けることなく、新たに固有な表現が生成し、享受されるという常套句が常套句となる過程に注目する。常套句とは、まさしく字義通りに共通の場（lieu commun）が形成されることを意味しているのである。[37]

そして、この常套句という文学表現の問題を絵画に当てはめ、「絵画においてこの問題はどのように措定されるのか？　私は正確には分からない。なぜなら、私は絵画の常套句というものを明瞭に位置付けることも、見分けることもできないのだから。あなたにこの点に関して助言をいただきたいのです」とフォートリエに問いを投げかける。[38]

しかし、それに続くフォートリエへの手紙でポーランはその答えを自ら見つけたことを報告する。それこそが、マチエールなのである。ポーランは「マチエールは絵画に常套句を出現させる（ちょうど文学において、「バラの唇」を自然にいわせるような詩的相互理解、雰囲気のように）」という。[39] ポーランは一九四三年のフォートリエの展覧会カタログの序文で彼固有の分厚いマチエールに注目し、主題から離れ、描かれたはずの対象が別なものになりえる曖昧さこそが絵画を作っていると考えた。フォートリエの絵画の前で、私たちは再現される主題を見るというありきたりな鑑賞法から逸脱し、絵画が生まれ変わる瞬間を共有するのである。そして、常套句の始まりに目を向けていたことを考慮すると、ポーランは個別的で新たな共通認識の生成に対する関心という点において、絵画における常套句としてマチエールを理解していたといえよう。[40]

以上のように、フォートリエの絵画に曖昧さを認めるポーランにとって、描かれたはずのものが崩壊し、そこに新たに別のものが出現する「変貌」がキー概念になっていたことが分かる。実際、まばゆい光を反射した魚が夜明けや黄昏時のようにも見える作品の変わり目を、「変貌の瞬間」という言葉を用いて説明している。

そして、以上のポーランのフォートリエ理解は、人質の連作をヒエログリフへと苦痛を変換する一つの術とみなし、現実を出発点としながらもそれを変換する過程を重視したマルローのそれと重なるのは明らかであろう。マルローにおいて現実の抽出から現実の変貌へと、フォートリエの作品は現実との関係を保ったまま次なる段階に発展していったのだ。その場合、フォートリエをアンフォルメルや抽象表現主義といった現実と繋がりがないとされる非定型な抽象美術の系譜に位置付けるのは難しいといえよう。[41]

以上に加え、マルローの「人質」の解釈で見られるようになる特徴をもう一点指摘できよう。人質展のカタログの序文の冒頭で、「フォートリエの人物像は、絵よりむしろ彫刻から来たものである」と述べ[42]、この展覧会において彫刻作品が重視されているのである。厚塗りが完成する以前の展覧会カタログの序文では「まなざし」、「悲劇的な視点」がキーワードになっていた。すなわち、マルローはフォートリエの絵画を、印象派のような視覚による現実の再現ではなく、現実に対するまなざし、あるいは悲劇的な視点からの世界の表現と理解していた。しかし人質展で、マルローが彫刻作品に注目したことを考慮すると、マルローはフォートリエの絵画史が視覚とは完全に離れた触感的な表現へ発展したと考えていたと理解できる。まさしく人質展の序文で論じたように、「人質」と分かる絵画作品と分からない絵画作品だけでなく、そこに彫刻も加えて議論することによって初めて「厚塗り」という触感的なものに発展したフォートリエの個人的な美術史を読み解くことができるのである。

おわりに　マルローにおける『想像の美術館』とフォートリエの関心の接点について

それでは、ほぼ同時期に見られるフォートリエへの関心と『想像の美術館』の関係はいかなるものなのか。その答えは容易に導き出せるだろう。『想像の美術館』で用いられた写真はしばしば指摘されるように、ライティング、クローズアップ、トリミングといった写真特有の操作が施されており、それまで気がつかなかった作品の特徴が明らかにされている。これは一九三六年に『複製技術時代の芸術』で、技術的複製は手による複製よりもオリジナルに対して独立性を持っていると指摘したベンヤミンの見解と一致する[43]。すなわち、『想像の美術館』において芸術作品が写真によって変貌させられているのである[44]。マルローにとってフォートリエと『想像の美術館』は変貌の概念において繋がっている。

しかしもっと興味深いのは、マルローに宛てた手紙で、フォートリエが『想像の美術館』を絶賛し、写真の使用に注目したうえで自分が所有する写真の提供を申し出ている事実だ[45]。とはいっても、実はこれは意外ではない。フォートリエもまた複製に興味を持っていた。フォートリエは公私ともにパートナーだったジャニーヌ・エプリと協力し複製技術の研究を重ね、「複数原作 les originaux multiples」という印刷術を開発し、作品を制作した[46]。この制作過程において、フォートリエはオーケストラの指揮者のように、指示を出すのみで直接制作を行わなかったという。エプリがフォートリエの絵画を刷り、そこにフォートリエの教え子の美術学生が筆を描き入れる。それゆえ、出来上がった作品には当然わずかな差異が生じる。このように、すべてがオリジナルとなるような作品を制作し、絵画のオリジナル性を破壊しようとした。この試みは、複製とは対極にある厚塗りの技法と矛盾しているように思える。しかし、伝統的な油絵を否定する点において、厚塗りと複数原作は共通していたのだ。

そして一九五〇年にこの技術を用いたクレー、シニャック、デュフィ等の作品の複製一〇点と、フォートリエの複数原作による二点の作品が出品された展覧会が開催されたのだが、その序文もまたマルローが寄稿した[47]。ただし、フォートリエが一九五一年の手紙で複数原作の考えについて言及していないことを指摘するように、マルローの関心は芸術作品の複製に向けられている[48]。しかもこの序文で、複製にそれほど支障がないもともと印刷された作品ではなく、変換が難しいと思われる油絵からの複製に興味を示している。このように、マルローの関心の対象は、作品を理解し変換することなのである[49]。

以上のことから、マルローとフォートリエの間で写真メディアに対する認識のすれ違いが起こっているのは一目瞭然であろう。フォートリエは油絵における神聖なる筆者の痕跡、作品のオリジナル性といった従来の美術の価値基準に対抗すべく、時代に合った芸術作品を模索した。それが、写真作品のように技術的に複製可能な作品制作だった。それに対しマルローは、変貌により芸術作品の新たな解釈を生み出すことができる写真による技術的複製に価値を見出していたのである。

またマルローは『想像の美術館』において写真による複製を比較し、その相互作用的効果を視覚的に把握することで、芸術作品の新たな解釈を試みた。この変貌によって促される従来の芸術的価値基準の変容は、アンフォルメルをアメリカの抽象表現主義に対抗させるのとは異なる方法で、フランスの戦後美術史を再構築しようとしたともいえるだろう。

とはいえマルローのこの構想は痛烈に批判されもした。その最も手厳しいものとして、一九五四年に『沈黙の声』の英訳出版の際にエルンスト・H・ゴンブリッチがイギリスの『ザ・バーリントン・マガジン』で発表した「アンドレ・マルローと表現主義の危機」が挙げられる。(50) ゴンブリッチは美術史家の視点から、作品の文脈を切り捨て、視覚的な繋がりを発見し作品を新たに解釈するマルローを、従来の美術史的手順から逸脱していると捉え、そこに表現主義の批評家の影響を見るのである。(51)

しかしフォートリエへの関心を通して明らかになったマルローの「抽象」の理解を、現実あるいは作品からの抽出、および変貌と捉えるなら、表現主義的気質として孤立させるのではなく、マルローを改めて美術史に位置付けることができるだろう。たとえその後の実際の美術史の展開とすれ違っていたとしても、不定形絵画の出現、芸術における写真メディア受容の拡張、フランスからアメリカへの芸術の中心地の移行といったように、芸術の価値基準が大きく変動した戦後美術界に対し、マルローは独自の抽象観で立ち向かっていたのである。

【注】

（1）『想像の美術館』は一九四七年に『芸術の心理学』の第一巻として発表された後、一九五一年には加筆修正され『沈黙の声』に収録された。本章ではフランスのプレイヤード版に再録された後者を参照した。André Malraux, « Le Musée imaginaire », in Œ 4, pp. 203-331.

（2）Jean Fautrier, André Malraux, *Les Otages : peintures et sculptures de Fautrier*, Galerie René Drouin, 1945. 本章では以下を参照した。André Malraux, « Les Otages », Œ 4, *op. cit.*, pp. 1199-1120.

（3）フォートリエの「人質」の連作については以下に詳しい。山田由佳子「ジャン・フォートリエと『人質』の連作――反復する画家」、『言語社会（六）』、一橋大学大学院言語社会研究科、二〇一二年、二一〇～二三〇頁。山田由佳子「ジャン・フォートリエの『人質』の連作再考――顔のイメージとヴェロニカの聖顔布」、『美学 六十五（二）』、美学会、二〇一四年、七三～八四頁。山田由佳子「傷ついた女性の身体とレジスタンス――ジャン・フォートリエの〈人質〉の連作をめぐって」、国立新美術館研究紀要（一）、国立新美術館、二〇一四年、五六～六七頁。Karen Katherine Butler, *Jean Fautrier's resistance : painting, politics, and the French avant-garde, 1930-1955*, Ph. D. Columbia University, 2006.

（4）Michel Tapié, *Un Art autre où il s'agit de nouveaux dévidages du réel*, Gabriel-Giraud et fils, 1952.

（5）デュビュッフェは一九四六年、フォートリエと同じくルネ・ドルーアン画廊で「ミロボリュス・マカダム商会、厚塗り展」（通称厚塗り展）を開催し、泥、砂、ガラス片などを混ぜ込んだ作品を発表した。

（6）*Un Art autre où il s'agit de nouveaux dévidages du réel, op. cit.*, s. p.

（7）André Malraux, « Les Otages », *op. cit.*, p. 1199.

（8）*Idem.*

（9）*Idem.*

（10）Karen K. Butler, « Fautrier's First Critics, André Malraux, Jean Paulhan, and Francis Ponge », in ed. Curtis L. Carter, Karen K. Butler, *Jean Fautrier : 1898-1964*, Harvard Art Museums, 2003, p. 39.

(11) フォートリエは対独レジスタンス運動にかかわっていたとして、一九四三年にナチスの親衛隊に捕らえられた後、パリ郊外のシャトネ＝マラブリーで精神科の診察所に匿われた。またその近くには捕らわれたレジスタンスの人たちが拷問を受け、処刑されたフレーヌ監獄があったことから、この滞在をきっかけに「人質」の連作が制作されたと考えられてきた。しかし、近年の研究でそれ以前にこの制作はすでに始まっていたとされている。
(12) Karen K. Butler, « Fautrier's First Critics, André Malraux, Jean Paulhan, and Francis Ponge », *op. cit.*, p. 39.
(13) Francis Ponge, *Note sur les Otages : peintures de Fautrier*, P. Seghers, 1946, p. 22.
(14) André Malraux,« Les Otages », *op. cit.*, p. 1199.
(15) *Ibid*, p. 1200.
(16) *Idem.*
(17) *Idem.*
(18) André Malraux, « À propos de l'exposition de Fautrier à New York », in *Œ* 4, *op. cit.*, pp. 1229-1232.
(19) *Ibid.*, p. 1231.
(20) *Idem.*
(21) André Malraux, « Exposition Fautrier », in *Œ* 4, *op. cit.*, pp. 1185-1186.
(22) *Idem.*
(23) Michel Ragon, *Fautrier*, Le Musee de Poche and Georges Fall, 1957, p. 14.
(24) ミッシェル・ラゴン『抽象芸術の冒険』吉川逸治、高階秀爾翻訳、一九五七年、一五頁。(Michel Ragon, *L'Aventure de l'art abstrait*, Robert Laffont, 1956, p. 21.)
(25) 前掲書、二三～二四頁。
(26) *Un Art autre où il s'agit de nouveaux dévidages du réel*, *op. cit.*, s. p.
(27) 小寺はフォートリエと同じくアンフォルメルの先駆者として挙げられるジャン・デュビュッフェを当時の

美術史や思想史に位置付け直す過程で厚塗りの絵画に対するポーランの見解を考察している。小寺里枝「ジャン・デュビュッフェ絵画における物質性をめぐって——一九二〇～四〇年代フランスにおける芸術・思想の諸相」、『美学 六十九（一）』、美学会、二〇一八年、九七～一〇八頁。

（28）Jean Paulhan, « Fautrier l'Enragé, première version (1943) » in *Jean Fautrier, 1898-1964*, Musee d'Art Moderne de la Ville de Paris, 1989, pp. 216-220.

（29）フォートリエはこの手紙の返事で、ポーランが言及した妙技についてとりわけ関心を示し、妙技を中心に議論を発展させている。*Ibid.*, pp. 220-221.

（30）*Ibid.*, p. 217.

（31）*Idem.*

（32）*Idem.*

（33）*Ibid.*, p. 218.

（34）フォートリエもまたアンフォルメルを批判する文脈で、アンフォルメルの絵画作品をマチエールと同一視し、それに対して作品制作における現実の重要性を強調している。Jean Fautrier, « À chacun sa réalité (1957) », in Jean Fautrier, *Écrits publics*, L'Échoppe, 1995, p. 20.

（35）« Lettre de Paulhan à Fautrier (84) », in André Berne Joffroy, Jean Leymarie, Michéle Richet, *Jean paulhan à travers ses peintres*, 1974, Editions des musées nationaux, p. 83. バトラーもポーランのフォートリエ理解の鍵として、彼の常套句の概念に注目している。ただし、バトラーは常套句を否定的に解釈し、マチエールとの関係を考察している。またマチエールに関しても、共通の経験とみなすものの、現実の対象との関わりが論点になっている。Karen K. Butler, « Fautrier's First Critic: André Malraux, Jean Paulhan, and Francis Ponge », *op. cit.*, pp. 40-44.

（36）ジャン・ポーラン『タルブの花——文学における恐怖政治』野村英夫翻訳、晶文社、一九六八年、一〇六頁。（Jean Paulhan, *Les fleurs de Tarbes, ou, La terreur dans les lettres*, Gallimard, 1950, p. 97.）

（37）竹内はポーランにおける常套句を「コミュニケーションの場」とみなし、言葉と意味が乖離するのを避け、常套句が共通のものとすることが要請され続ける必要があると指摘している。竹内康史「ポーランからサルトルへ――『タルブの花』と『文学とはなにか』における編集者としての展望」、『日本フランス語フランス文学会関東支部論集 十三(〇)』、二〇〇四年、一七三〜一八七頁。

(38) « Lettre de Paulhan à Fautrier (84) », *op. cit.*, p. 83.

(39) « Lettre de Paulhan à Fautrier (85) », in *Jean paulhan à travers ses peintres*, *op. cit.*, p. 84.

(40) ポーランが厚いマチエールを主題化する一方で、フォートリエは薄い表面でありながら、マチエールに関心を払っている作家を例に挙げる。さらに、絵画において主題への嫌悪を表明することで、マチエールから話を逸らしている。« Lettre de Fautrier à Paulhan (86) », in *ibid.* さらに、おそらくポーランの要請に応じて厚塗りの手法を説明した後、「用いられた手法は六ヶ月間絵画の制作作業に取り組んだであろう画家のものである。マチエールはそれと異なるのである」と述べ、厚塗によってマチエールが全面的に取り上げられるのを避けようとしている。« Lettre de Fautrier à Paulhan (88) », in *ibid.*, pp. 84-85.

(41) ミシェル・ラゴンもまた、フォートリエの作品を現実との関係から考察し、アンフォルメルの作品とは異なると考えている（ミシェル・ラゴン『美の前衛たち』小海永二翻訳、美術出版社、一九七七年、一三六頁）。それに対しポーランは、「アンフォルメルは一九一〇年のある日に、ピカソやブラックによって出現した」と述べる（Jean Paulhan, *l'Art informel*, Gallimard, 1962, p. 7.）。またこの著作でポーランはアンフォルメルの特徴の一つとして変貌を挙げている。しかし、このポーランの見解に対しイヴ＝アラン・ボワは全く事情が分かっていないとポーランを痛烈に批判する（イヴ＝アラン・ボワ「否……アンフォルメルへの」、『アンフォルム 無形なもの』加治屋健司他翻訳、月曜社、一五八頁）。さらにボワだけでなくフォートリエもまた、インタビューでアンフォルメルについて全く同意しかねると述べるなど、この芸術運動との関係を否定する一方で、*L'Art informel* が出版される数年前の一九五九年に、手紙でポーランにキュビスムとアンフォルメルを同一線上で語るのを考え直すように何度も忠告している（Jean Fautrier, « Réponses à planète », in *Écrits publics*, *op. cit.*, p. 38. « Appendix E Letters form Jean Fautrier to Jean Paulhan, letter 14, 15, 16 », in ed. Curtis L.

Carter, Karen K. Butler, *Jean Fautrier : 1898-1964, op. cit.*, pp. 215-216.）。以上の第二次世界大戦後のフランスにおける抽象芸術発展の独自の系譜については、稿を改めて論じたい。

（42）André Malraux, « Les Otages », *op. cit.*, p. 1199.

（43）Walter Benjamin, *Œuvres III*, traduit de l'allemand par Maurice de Gandillac, Pierre Rusch et Rainer Rochlitz, Gallimard folio essais, 2000, p. 247.

（44）井上は『想像の美術館』に掲載された写真が様々な技術を用いられている点に注目し、それは現実の作品から写真内の像へと「変貌」を遂げ、「復活」を果たした作品が集う場であると論じている。井上俊博「アンドレ・マルローにおける写真―芸術論を中心に―」、『関西フランス語フランス文学 二十一（〇）』、日本フランス語フランス文学会関西支部、二〇一五年、三～一四頁。

（45）« Letters from Jean Fautrier to André Malraux, Letter 4（1949）», in ed. Curtis L. Carter, Karen K. Butler, *Jean Fautrier : 1898-1964, op. cit.*, p. 195.

（46）この技法に関しては以下に詳しい。Rachel E. Perry, « The Originaux multiples », in ed. Curtis L. Carter, Karen K. Butler, *Jean Fautrier : 1898-1964, op. cit.*, pp. 71-85.「ジャン・フォートリエと『人質』の連作——反復する画家」、前掲書。

（47）マルローの序文はパリの Billet-Caputo 画廊で開催された Les répliques de dix tableaux contemporains éxécutées par Apely, imprimeur d'ar と題された展覧会のカタログに掲載された。詳細は、André Malraux, « Aeply, la plus haute qualité de reproductions mises sur le marché Mondial », in *Œ 4*, pp. 1228-1229, note pp. 1558-1559. および « Appendix C André Malraux on Fautrier, III », in ed. Curtis L. Carter, Karen K. Butler, *Jean Fautrier : 1898-1964, op. cit.*, p. 189. を参照した。しかし、フォートリエは商業的失敗を理由に一九五〇年代中頃には複製原画の制作を中止した。

（48）« Letters from Jean Fautrier to André Malraux Letter 7 (1951) », *ibid.*, p. 197. またマルローはダ・ヴィンチとフェルメールについての本を出版する際、その複製画をフォートリエに依頼している。

（49）ペリーは、フォートリエは制度としての美術館自体を否定しているとし、マルローの想像の美術館との違いを指摘している。Rachel E. Perry, « The Originaux multiples », *op. cit.*, pp. 80-81.

（50）エルンスト・H・ゴンブリッチ「アンドレ・マルローと表現主義の危機」、『棒馬考　イメージの読解』二見史朗他翻訳、勁草書房、一九八八年、一六五〜一八二頁。

（51）永井はゴンブリッチのマルローの美術論批判に表現主義的なアプローチに対する批判だけでなく、自己中心的な態度に対する批判も読み取っている。永井敦子「アンドレ・マルローの美術論批判　ゴンブリッチ、バタイユ、ブランショ、メルロ＝ポンティ」、『別冊水声通信　バタイユとその友たち』水声社、二〇一四年、三九六〜四一九頁。

第二章　芸術と行動、そして想像の美術館

マルローと世界美術史の構想

稲賀　繁美

序　再生か処刑か？

ジャン＝イヴ・タディエはプレイヤード版、マルロー『美術論』第一巻の導入冒頭でこう述べている。マルローは藝術を生かし、それへの愛を教えようとするが、人々にマルロー自身を愛させるように仕向ける術には長けていなかった、と。[1]これは日本におけるマルロー受容にも当てはまるのではないか。マルローの『藝術心理《（ママ）》学』（*Psychologie de l'art*, 1949-50）三巻は、小松清によって『藝術新潮』に「東西美術論」として一九五四年から七五回連載で掲載され、五七～八年に書物として刊行された。[2]その検討から始めたい。

はたしてマルローの「空想の美術館」[3]（『藝術心理学』も含め、ここでは小松による表記のママとする）は美術品に新たな生命を授けたのか。それともそれは美術作品へと昇格するものどもの処刑だったのか？

一・日本における「空想の美術館」の初期受容

このマルローの大著は日本では『東西美術論』と題され、東西文化対話の書物として流布された（図1）。全三巻刊行直後の一九五八年八月の『藝術新潮』は一〇名の著名人による講評を掲載している[4]。識者たちは総じて訳者・小松清の超人的といってよい努力を認める傍ら、彼らの何人かは、著作そのものは極めて難解とする評価を下した。（フランスをはじめ、外国では知られていない情報なので）以下個々に要約してみたい。

図1　日本語版『東西美術論』第２巻、第３巻ラッパー

一・一　初期の反応瞥見

当時、批評界を代表していた小林秀雄はマルローの企図をポール・ヴァレリーの「美術館病」と対置させ、「沈黙の声」という表現に注目する。「美術品のフォルムをもった沈黙の声は、フォルムが棄子《ママ》となり、不具《ママ》にならうとも、聞こえる人には聞こえるのである」。高飛車な姿勢だが、自らも「空想美術館《ママ》」を構築中だった小林はそこに「歴史という鋳型の歩みではなく、藝術創造の生きた歩みが感得」できる、と、著者の意図を忠実に汲み取っている。

医学博士で次の世代の批評家として地歩を固めていた加藤周一は、マルローの本を「途方もなくむつかしい」と見る。それは、著者が自己の印象から出発していながら、その印象を世界全体の「形の生命」の全貌に対峙させせようとするからだ。加藤は本書をマルローの「感情教育」（フローベール）だと喝破し、そこに「強烈な個性」「自己の限界を試すことに熱中した、おそらく現代世界でもっとも巨大な「個人」のひとり」を見る。「マルロオにとっての藝術とは、客観化された主観的価値の世界」であり「ほとんど自己崇拝にまで近づいた自己中心主義が、自己を超えようとするときに、藝術の客観性を見出した」と加藤は診断する。

詩人で、鎌倉近代美術館館長の土方定一は、自分のブリューゲルの仕事が忙しくてマルローを読む暇はなかったとあけすけに告白したのち、六〜七年前にパリで雑誌 *Preuve* に掲載されたマルローの演説を読み、その「中華思想」に驚愕したと回顧する。(5)「世界文化の良心」たるフランスをマルロー個人が代表し、受肉していたのだから。

画家の三雲祥之助は、マルローが造形の様式や映像をひたす複製によって把握し、そこに全幅の信頼を寄せるマルローの姿勢に、根本的な疑問を呈する。むろん、望遠撮影や拡大写真には利点はあるが、そこでは作品の質感が犠牲にされており、「複製からくる不健康さ」が「将来の創造に何らかのカゲを落とす」のではないか、との危惧からである。

大岡昇平は遠慮ない物言いで著名な作家だが、「悪夢の美術館」と題したその評からも辛辣な姿勢は歴然とする。「ド・ゴール内閣の情報相」の曖昧な態度が大岡には気に入らない。「空想美術館」（大岡の表記）は英訳不能で「壁のない美術館」（Museum Without Walls）と意訳されているし、「変容」という鍵詞もブリュンティエール式の進歩史観の焼き直しだと、悪態をつく。創造する天才が死に抗するとみるマルローの基本姿勢も、大岡には「かなり勝手な」議論と映る。「沈黙の声」も「小説みたいな題」で、その鯱ばった英雄的美文は『人間の条件』や『征服者』の焼き直しだ、と容赦ない。

美術評論家連盟の会長を務めていた岡本謙次郎は、自らの「空想の美術館」（岡本の表記）へと退却し、「複製や翻訳によってはじめて得られる、あるもの」の探求を、それなりに評価する。だが五千年来存在する美術に対峙する我々は、もっぱらその理由も知らぬまま「受け身」の立場に置かれており、例えば運慶による無着や世親の彫像では色彩が剥落するのも、歴史の歳月の証であり、偶然ではない、といった美的観照の態度を披歴する。

伊藤整はD．H．ローレンスの小説『チャタレイ夫人の恋人』（本作をマルローは熱烈に擁護していた）で訴訟沙汰に巻き込まれた作家だが、「読みやすいとはいわれない」マルローの著作が「美の意味の発見史」であることを好意的に評価する。ただし「どこまで個人的な好みで書いているのか、またどこまで実証的に書いているのかは」、必要な知識のない自分には分からない、と謙虚な姿勢を貫く。

吉川逸治はここで唯一の美術史家。アンリ・フォションの弟子たる彼は、本書の魅力は著者と同意したり反駁したりする「空想のすさび」にあると記す。自信満々のマルローの雄弁に圧倒されつつも、専門家として西洋中世美術の歴史的記述の不正確さを指摘し、とりわけ東洋の仏教彫刻の分析では、欠陥がせっかくの長所をも押し隠していると、注文をつける。とはいえ、「五千年の近代美術」といった逆説的な表現に、吉川はマルローの詩的感性と、造形表現を刷新する文才とを認めつつ筆を擱く。

宇佐美英治は、自らが訳出したばかりのハーバード・リードの『イコンとイデア』をマルローと比較する。両者ともに「藝術がたんに世界の装飾や遊戯でなく、世界の意識化であり、人間の自由を開現する器官」であるとする認識では共通する。だがマルローには「循環学説」があり、過去を永遠の謎へと宙づりにしつつ、そこに変容への契機を捉える。マルローの筆に「西欧のヒューマニズムが到達したもっとも誠実な苦悩のひとつ」を見るにやぶさかでない宇佐美だが、しかしその人文主義に自分は「なお疑問をもつ」とつけ加える。

最後に音楽評論家、吉田秀和が登場する。吉田はマルローに「何というヨーロッパ的な世界征服だろう」との驚嘆を隠さない。世界中の文物の葛藤と衝突から個々の作品の意味が発散するが、それを観照する主体はあくまで西欧だからだ。そしてこの思索者はその「藝術の総力戦的戦闘のなかで、藝術の現存を証明」するのだが、それは「あたかも神の証明のためにあらゆる矛盾と非条理を必要とした中世の僧侶」顔負けだ——。これが吉田の観察であった。吉田はレコード録音による「空想の演奏会」にアフリカやオセアニアやトルキスタンをも含める夢を語り、そこから発する「沈黙の声」は、近視眼的な西欧進化史観による音楽史や、それに囚われた現今の演奏会の偏見を白日の下に晒すだろうと語る。

——概略以上が、一九五〇年代末頃の日本におけるマルロー受容の大要といってよかろう。

一-二　ジョルジュ・デュテュイの悪態——『ありえない美術館』の日本語抄訳

この講評の半年前、同じ『藝術新潮』一九五八年二月号には、ジョルジュ・デュテュイの『ありえない美術館』からの抜粋が掲載されていた。[6] 題名も「「空想の美術館」は意味がない」とあからさまに挑発的である。[7] 同著の「われらはシナ人になれるか?」とする章の抄訳であり、訳者は芳賀徹、「具体」とミシェル・タピエらとの間を取りもつことになる比較文学者だが、前年のパリ滞在でデュテュイとも親交を結んでいた。[8] デュテュイの「前言」はマルローを「藝術の最も恐るべき擁護者」と逆説的言辞を呈し、その事実無視や歪曲を糾弾する姿勢を鮮明にする。はたしてこのような正面切ったこき下ろしを、わざわざ書籍新刊の時期に合わせて、当該の月刊誌に掲載した意図は何だったのか?

周知のとおりデュテュイはアンリ・マティスの娘婿だが、その舌鋒は辛辣極まる。三点に要約しよう。まず、中国美術は複製写真には不向きだというが、この適性のなさは中国美術の劣勢の証拠となるだろうか。次に本質主義者マルローは、東西文化間相互の交流と交雑を認めない。支那趣味から日本趣味を経て、現代のヴォルス、クライン、スーラージュ、サム・フランシス、リオペルなどを無視するのはいかなる料簡か。このマルロー反駁のため、デュテュイは第三巻で多数の東西対比や比較を、皮肉にも多数の複製図版で縦横に展開する。さらに第三としてマルローの中国美術理解の跛行性に、博学なデュテュイは我慢がならない。仏像の様式史的展開は無視、書道の意味も見落とし、禅藝術の、「内に張り詰めた精神性」もお分かりでない。様式と視像ばかりに目を向けるマルローの奇妙な愛玩癖は、中国美術を歯牙にもかけない[9]。そしてその背景には『西洋の誘惑』以来牢固たる、隠された西欧中心主義と、その伝道の使徒たる使命を憚らないマルローの姿が佇立する。要約しよう。アジア美術が「空想の美術館」には不適切なら、それは「空想の美術館」の設えそのものの不適切さの証拠にほかなるまい。そんな西欧の大仰な箱物「展示」の自己顕示欲よりは、自分には日本の茶室の質素な応接の佇まいのほうが、よっぽど好ましい……[10]。

一-三　忠実な友と誠実な使徒と——小松清から竹本忠雄へ

この痛烈なるマルロー批判が日本の当時の読者にどのように受け取られたのか、直接には分からない。だがマルローには忠実な友、誠実な使徒もあった。前者が小松清であり、後者が竹本忠雄氏というのは衆

図2　フランシスコ・デ・ゴヤ《1808年5月3日》1814年　268 cm × 347 cm　マドリード：プラド美術館

図3　エドゥアール・マネ《皇帝マクシミリアンの処刑》1868年　252cm × 305cm　マンハイム市立美術館

目の一致するところだろう。小松は自分の翻訳の解説末尾に、マルローの著作から著名な一節を引く。「我々の許諾如何にかかわらず、西欧は自ら手にする松明《たいまつ》の火で己れを照らす。たとえその手が火にやき焦がされようと！　そして、この松明の火が照らし出そうとするものは、とりも直さず、人間の能力《ちから》を加える一切である」(11)。西欧は自らの手に掲げる松明によって手が焦がされても、その光によって人類を照らす――との、傲岸ともいえる使命感の表明である。まさにこの一節を捉えてデュテュイは「マルロウという名の西洋の欲望」に辟易してみせた。だがこの同じ一節に小松は満腔の共感を寄せ、「その精神の照明なくしては」「東洋やアジアの藝術」が「自らの力で復活し」、「創造的変貌を遂げること」もできなかっただろう、と西欧の指導的立場を留保なく追認する(12)。

ニーチェが宣告したギリシアの神々／キリスト教の「神の死」とともに、「永遠」なるものは喪失した。それにとって代わったのが「歴史」だが、ゴヤの「《五月三日の銃殺》」（小松の表記）（図2）は「絶対」の没落に続く「悪魔的な情熱」を容赦なく描写する。「国家権力」による「民衆」銃殺の光景は、十字架上の救世主の磔刑図を反復している。だがかつての「聖」の末裔たるこの作品のうちにはもはや

「救い」はない。小松はそうマルローを代弁するが、我々として付け加えるなら、《五月三日》の構図を借り、その主題をさらに世俗化したマネの《皇帝マクシミリアンの処刑》（図3）では、マルロー自身、別の場所で宣言するように、形態と色彩とが、表象すべき主題を凌駕することになる。[13]

このマルローの『サチュルヌ・ゴヤ論』の優れた訳者でもある竹本忠雄は、マルローのひとつの言葉に霊感を得る。「ゴヤに憑きまとうサクレは、その否定的性格によって我々を打つ」「それを透かして星辰のまたたき」が窺いみられる「黒ガラス的な否定性」である、という一節である。[14] 救世主の磔刑という「残酷」の裡に聖なるものの顕現をみたキリスト教二〇〇〇年の伝統にとって、この一節は決定的だと竹本は感じた。なぜならそれは「聖の価値転換」つまり「聖の俗への浸潤」であり「闇」が光のうちへと浸食する「混迷の絶頂」なのだから。竹本はそれを超越ならぬ「反世界への超降」と命名し、以降「見えざる神」の神秘への探求に邁進するだろう。詩人ボードレールが目敏くもゴヤの版画の形象に「裂け目」（brisure）としての「自我」を認めたことを竹本は見落とさない。[15] 生涯最後の那智の滝との出会い、さらには伊勢神宮への参拝のなかでマルローを捉えたのは、ほかでもないこの「裂け目」であり、竹本こそは、その場に立ち会った特権的な同伴者にほかならなかった。[16]

二. 東西の対話

想像の美術館（以下、地の文では本書で指定の表記に従う）はそこに注がれる視線とそこで生かされる体験とが深まるにつれて、たえず変貌を遂げる。いかなる作品と隣り合わせになるかによっても、個々の作品は表情を変えてゆく。この変貌は、『藝術心理学』（小松の表記）ののち、とりわけ著者の日本との度重なる接触によってめざましい展開を見せるといってよい。そのなかでここではマルロー最後の日本滞在の前後に記録された三つの対話を検討したい。論述の都合上、最後の高階秀爾氏との対話から始めよう。[17]その前年、サン・ポール・ド・ヴァンスのマーグ財団における展覧会に、マルローは日本から幾つかの埴輪の土偶とともに、隆信筆とされる《平重盛》像を請来していた。[18]

図４　セラフィーヌの柱頭　サン・ブノワ＝シュル＝ロワール教会　1067-1108 年（A. Malraux, *Le Musée imaginare de la sculpture mondiale*, 1952-4 掲載図版）

図５　パブロ・ピカソ《収穫する人》1943 年　パリ、ピカソ美術館蔵（美術館の所蔵品絵葉書より）

二‐一　「東西文明の出会い」（高階秀爾と、奈良、一九七四年五月二五日）

シュメールの彫像は二十世紀にはじめて「美術」になった――。これは『人類の歴史』冒頭でのマルローの有名な宣言である。[19]また同じマルローは、マネとともに絵画は主題から自立したと宣言した。[20]高階氏はこの両者は裏表の関係にあるとみる。つぎにこの現代の定義する「美術」はしかしそのうちに、なにか精神的なものを宿している。それは狭義の宗教性とは別の「何か」だろう。その本来の機能を喪失した文物は「芸術」へと変貌を遂げるとも、今なお我々に話しかけることをやめようとはしない。藝術だけが死を乗り越えるが、それはあたかも文化が自らの死を超えてもなお生きているのと同じではないか。こうして第三点として「変貌」による「復活」が問題となる。ピカソの彫刻がロマネスク彫刻をよりよく理解させる助けとなる（図4・5：なお、この比較は稲賀の提案）。それと同様に、東西美術の出会いを見ることはできまいか――。この高階氏の問いかけに対して、マルローは（デュテュイ流の？）安易な東西の融合といった考えには保留をつける。ふたりはそれを融合ではなく、共存と認識する。あたかも一枚のメダルの表と裏のように。ふたつの言語を理解することはできるが、両者を同時にしゃべることはできない。それと同様に一度に東洋人かつ西洋人であることはできまい、とマルローは語る。だがこの文化的自己同一性（identity）という当時流行の観念は、はたして植民地主義を脱した半世紀後の今日の地球社会において、なお有効な見解といえるのだろうか？

二-二 「芸術における西欧と日本」（加藤周一と、箱根、一九七四年五月二〇日）

文化間対話の可能性は、世界の美術史をどのように構想するかと、深くかかわる。加藤周一との対話はこの点を掘り下げる。[21] 冒頭でマルローは日本趣味（Japonisme）に言及し、それを三点に要約する。まず構図における自由さ。ついで平面的な色付け。第三に現実錯視技法からの離脱。それが十九世紀後半に欧州が極東から学んだ美学だった。これに対して加藤はさらに視野を広げ、すでに徳川時代後期に日本は西欧から現実錯視（illusionisme）の技術を学んでいた事実に注意を向ける。オランダ渡りの画法書や銅版画は一部の日本人に絵画空間を枠づけする術を教えたが、その日本が欧州に「浮世絵版画による逆襲」（マルロー）を加えたことになる。――あたかも欧州からは何も学んでいなかった風を装いながら。

しかし、日本と西欧との間のこうした丁々発止の駆引きにも、マルローはむしろ本質的に対立するふたつの原理の衝突を観ようとする。日本の絵巻物を見ても、インドはアジャンターの石窟寺院を見ても、そ

図6　伝 藤原隆信《伝 平重盛像》
13世紀　材質：絹本　143.0 × 112.8 cm
高雄山神護寺

こには構図や枠組みの感覚は不在である。この「不在」が西欧社会にとっては衝撃だった。この東西価値観の衝突こそが近代世界を特徴づけ、「東洋」のみならず「西欧」の危機も、そこに由来する。昨日には明白だったものが、翌日にはその明白さを喪失するのだから。

ここに伝藤原隆信筆の《平重盛》が登場する（図6）。だがマルローはそこに宗教性とは無縁な精神性を見出す。だが加藤は高階と同じく、マルローの用語の定義に疑問を投げかける。セザンヌは敬虔なカトリックだったがもはや宗教画を描かなかった。確かにその後もルオーやシャガールはいるが、もはや宗教画は実現不能となったとみるのが、マルローの現代認識。これに反して、キリスト教社会がながらく悪魔の所業として唾棄してきた偶像や呪物は、二十世紀に西欧の美術館という制度によって回収され、やがて「美術」として復権する。それに先駆け、ゴシックも「美術」への変貌を遂げる。シャルトルの扉についてマルローはこう語る――「かつて人々が祈りをささげた聖人たちは、いまでは人々の称賛する彫刻となった」[22]と。

そこで隆信だが、マルローは加藤との対談でも、ジョルジュ・ブラックの逸話を持ち出す。曰く「隆信は私のやれないことをやっている。つまり隆信は《重盛像》によって精神的な宇宙に到達したが、私の場合は、私の創造によって、一個の絵画に達しようとするだけだ」と。隆信にはマティス言うところの時間を超えた「空間の充実」があったのか。ここで藝術は宗教を超えることができるのか――。高階氏のこうした質問へのマルローの返答は、鮮明とは言い難かった。

だが加藤はここで、隆信の肖像は宗教的ではなく世俗だと、きっぱりと言い切る。ブラックと違って隆信が非宗教的な主題で精神性を発揮できた理由、それは「ブラックの生きていた世界では世俗的なものと宗教的なものがはっきり分離されていた」が、「隆信の生きていた世界、即ち伝統的な日本の世界においては両者の区別はさだかではな」かったからだ、と。この加藤の仮説に対して、マルローは「それは内的実相の理論」だと返答する。[23] 晩年の『黒曜石の頭』に繰り返される議論だが、このあたりで会話は別の方向に逸れる……。

二-三『美と聖』（一九七四）へ——岡本太郎との対話

この「内的実相」の議論の行方を見定めるのに有効なのが、一九七三年一一月にパリ郊外のマルロー邸で交わされた岡本太郎との対話「世界芸術の運命」だろう。[24] マルローは冒頭から性急に隆信についての岡本の意見を聞きたがる。岡本はヴァンスでの展覧会での《平重盛》の評判は耳にしており、元文化大臣が、《モナリザ》の日本展覧の返礼として、フランスでの《平重盛》展示を意図していたことも知ってはいた。だが議論はそれ以上発展を見せない。

マルローの日本古美術贔屓にうんざりした岡本は、自分は日本の伝統が嫌いで戦前パリに脱出し、そこでリンガ・フランカとしての造形・絵画言語を学び、欧州と交流する術を身に付けたと告白する。日本帰国後は伝統美学への叛逆姿勢を鮮明にした。本当の伝統は自分の住む文化の矛盾に満ちた現場との対峙から生まれるとするのが岡本の持論。だがその彼は『忘れられた日本』再発見に貢献している、と自賛する。

図7　岡本太郎『美と聖』フランス語版（日本語題名は『美の呪力』）パリ：セゲール書店、1976年

岡本は訪問先の主に、自分が先史時代縄文の土偶を再発見し、それを日本美術の始原に位置する表現としていちはやく評価した事情を語る。

だが両者の意見は滑稽なまでに対立する。マルローが弥生の埴輪が素晴らしいと言えば、岡本は縄文ですごいのは土器だとやり返す。マルローが王朝文化の書道の洗練を称賛すれば、岡本は左様な洗練は唾棄すべきだと自説を展開する。カナダ先住民の石積みイヌクシュックの図版を見せて、造形はやがて最後にはすべて無に帰すと岡本が説けば、マルローは偉大なものは死や喪失に抵抗すると反論する。だが岡本は自分の死後、自分の作品の永世など眼中にはない、大切なのは今の瞬間だけだと、にべもなく藝術の永遠性を足蹴にする。

両者およそ議論が噛み合っているとは言い難い。だが、この対立は不毛ではない。岡本が言及した自著は、『美と聖』と題して翌年にはフランス語で公刊される[25]（図7）。その表紙には他ならぬ「イヌクシュック」があしらわれる。そこで岡本が提唱する世界美術史の再構築は、「空想の美術館」（掲載記事中の表記に従う）ともおよそ無縁ではない。一方で岡本は、西欧中心の美術史観が無視してきた辺境へと注目する。他方、岡本の「イヌクシュックの謎」への問いかけは、石に潜む「沈黙の声」、人間の営為としての「石積みの構築」さらには美に注がれる眼差しによる物体の「変容」という三点において、マルローの構想する「空想の美術館」と踵を接する[26]。とりわけ、「呪術」が人間生命を覆い、その救済に結び付くとする解釈は、文化大臣マルローのアフリカ藝術の再評価とも比較するに値する。

セネガルのダカールで、独立二年後に開かれた「世界初の黒人藝術の世界祭典」（一九六六）の開会式で、マルローは「たとえ現代人が呪術からは隔離されたにせよ、アフリカの面や彫像にはなお呪力が籠っている」と述べていた[27]。「アフリカの藝術的な遺産」は「グレコ＝ローマンの美の規範を破壊し、より古い太古の時代を現代に取り戻すうえで、強力な貢献を果たした」、「アフリカの精髄は世界美術の性質を問い直した」それがマルローの見解だった[28]。だが、それでもなお、マルローが主張して止まぬように、「想像の美術館は、とりあえずのところは西欧のもの[29]」なのだろうか[30]？

三．「空想の美術館」の現代的価値

三‐一　悪魔祓いから《彫像もまた死ぬ》へ――ピカソ、アラン・レネ、クリス・マルケル

マルローはピカソの有名な証言を書き留めている。《アヴィニョンの娘たち》はピカソにとって「最初の悪魔祓いの絵だった[31]」。それは悪霊への隷属からの解放だったとピカソは説明する。だがここで悪霊とは何なのか。霊的なものから解放されてアフリカの呪物は藝術の仲間入りする、これがマルロー自身の解釈だ。だがそれは同時に、西欧の現実錯視藝術という憑き物からの解放でもなかったか？　その両者が表裏一体に進行したところに、近代における聖性の変容がある。精神（esprit）と悪霊（esprits）とは背中合わせではなかったのか？　なぜこうしたメダルの両面が、マルローには見えなかったのか？

アフリカの彫像を対象としたアラン・レネとクリス・マルケルの著名な「発禁」映画に《彫像もまた死ぬ》（一九五三）がある。ジャン＝ピエール・ザラデールも述べるとおり、これは一見したところ、マルロー

図8　サンドロ・ボッティチェッリ《春 ラ・プルマヴェーラ》部分。
（矢代幸雄『サンドロ・ボッティチェルリ』英語版、1925年版挿絵より）

の空想の美術館の全否定に等しい。[32] 映画の語りはこう始まるのだから――「影像が死ぬと、それは藝術の仲間入りをする。この死の植物学こそ、我々が文化と呼ぶところのものだ」と。[33] マルローが「再生」「変容」とみる現象に、この映画は「死骸回収」という葬儀屋稼業をみる。だがザラデールは両者に和解を試みる。実際、呪物としての影像は、死ぬことによって藝術的影像へと蘇生を果たすのだから。とはいえ、その基盤をなす哲学は対立したままだろう。レネらが美術館や博物館が提供する視覚的な喜びに植民地主義の匂いを嗅ぎつけるのに対して、文化大臣マルローは同じ営みに、「形而上学」的な意味を与え、「運命に抗う人間」の、プロメテウス的なる「永遠の闘争」を読むのだから。だがそれは火傷を負いつつも神から火を奪った人類の、原初の劫罪ではなかったか？

三 - 二　ヤシロ・メソッドと霊的彫刻――矢代幸雄

ここで南北の聖性に関する議論に東西から三角測量の補助線を引くため、もう一人の日本人を召喚しよう。矢代幸雄は一九三六年ニューヨーク・タイムズ日曜版付録雑誌に「日本の藝術家は象徴をとおして魂を語る」と題する英文記事を寄せた。[34] そこで問題とされたのが彫刻の霊性・精神性である。グレコ＝ローマンの写実＝表象による現実再現とは異なる規範にそった別種の彫刻、なにがしかの精神性・霊性を具現した非古典的な影像も権利問題として存在するはずだ――それが矢代の論旨。その矢代はマルローの「東西の美術」が『藝術新潮』に連載されていた時期、それに平行して「日本美術の再検討」を連載していた。この矢代はある意味でマルローの先駆者の位置にある。部分写真の駆使による細部拡大がそれである(図8)。矢代が作者同定や細部の質感を確認するための手段として拡大写真を使い始めたのに対して、マルローは寸法の違う作品を自在に比較するために拡大写真を利用した。両者の目的は違うが「神は細部に宿り給う」とする見方において両者はあい通じる。矢代発案の拡大図は、二〇年代後半にはウフィッチ美術館を手始めに、欧州各地で流行をみる。盟友であったロンドン・ナショナル・ギャラリー館長のケネス・クラークは、みずからもこの「ヤシロ・メソッド」を活用して展覧会図録を作成している。[35]

三‐三　死後の生、あるいは輪廻転生――ヴァルター・ベンヤミンとアビ・ヴァールブルク

ボッティチェッリの専門家でありバーナード・ベレンソンの弟子だった矢代は、アビ・ヴァールブルクの業績にも通じていた。そのヴァールブルクが提唱した「死後の生」は古代の形象が情念もろともルネサンスの造形に再生しているとの仮説に立脚する。このNachlebenの観念は、マルローのmetamorphoseとすくなからぬ親和性を呈している。その傍ら、マルローはまた、ヴァルター・ベンヤミンの「アウラ」の概念にフランスで最初に接したひとりでもあった。ベンヤミンは著名な論文「機械的複製時代における藝術作品」において「礼拝価値」が崩壊して「展示価値」へと移行したと説いていた。このフランス語論文の抜き刷り謹呈を受けていたマルローは、一九三六年ロンドンで行った講演で、ベンヤミンのこの一節に言及している。[36] ベンヤミンがどちらかといえば否定的に捉えた「アウラの消滅」を、マルローは逆手にとり、

機械的複製にむしろあらたなる可能性を賭けようとした。というのも、マルローに言わせれば、礼拝の対象から展示の対象たる藝術への「変容は事故ではなく、藝術作品にとって生命にしてその生き様（vie）」なのだから[37]。

とはいえ、「藝術作品」なる範疇が、他ならぬこの「変貌」によって生成するのだから、このマルローの議論は、実際のところ循環論法たるを免れない。ここで『空想の美術館』冒頭の有名な一節が否応なく想起されよう。曰く「ロマネスクの磔刑は彫刻ではなかったし、チマブエの聖母も、当初は板絵〔タブロー〕ではない、フィディアスのアテナ女神像ですら、最初は彫像ではなかった[38]」。拡大写真や意図的な照明、さらには撮影者が選んだ撮影角度――。こうした技術の連関や複合を頼りにして「展示価値」は、（「アウラ」喪失による「礼拝価値」の廃棄といった）その得失・功罪の両面を含めて、美術行政的な文化事業としての「可視化高度化」すなわち「文化財遺産の再生」に貢献することとなった。

そのマルローは、最晩年に日本に見出した「内的実相」について、『黒曜石の頭』（一九七四）でこう語ることになる。「西欧はこの概念――内的実相（réalité intérieure）――をよく知らない。なぜなら我ら西欧人はいかなる内的現実も、それを主観的なものと取り、それを作品が表現する特異な性格と混同してしまうのだから[39]」。マルローはこの「内的実相」への「極東」における接近の契機をふたつ捉える。「非仏教の極東が〈生〉を逃れようとするのと同様に、極東の仏教は輪廻から逃れようとする」のだと。前者は自作『人間の条件』でマルローがキヨの自裁に描写し、三島由紀夫の自裁によって確証を得た神道の「自己決断」であろう。後者の仏教的な涅槃への悟りも、神の死を体験した西欧的人間の「運命との闘争」とは異なる位相をしめす。そして極東の〈神道的〉決断あるいは〈仏教的〉沈思瞑想は、ともに「その本質との〈融合〉

によって」達成される。「融合」と仮に訳したが、「不可知論者」マルローはここに敢えてキリスト教概念の「聖体拝領（communion）」という語彙を充てている。「タカノブはシゲモリをこの至高の本質（essence suprême）へと結びつける」と。

「これら生き延びた作品たち（Ces oeuvres survivantes）は画家たちに、時間から解放された過去（le passé délivré du temps）をもたらす――それが重盛像を生み出すことになる世界なのである」。ここにマルローは「アジアにおける空想の美術館」（le Musée Imaginaire de l'Asie）の姿を垣間見る。「我々の空想の美術館が極東絵画をどのように併合するかなど、空想しても無駄なことだ。なぜなら変貌がどのような途をたどるか予言できる者など、どこにもいないのだから（nul ne peut prédire les voies de la métamorphose）」。この諦念に続いて次の文章が締めくくる――「空想の美術館は、とりあえずのところは、西欧なのである」（Le Musée Imaginaire, provisoirement, c'est l'Occident）と[40]。

では、この「内的実相」に迫る「空想の美術館」は、どのような姿を取りうるのだろうか？

結　論

藝術作品と霊との関係について、結論を下すに際して、ここで再度ヴァールブルクに戻ろう。このドイツ系ユダヤ人の学者は、晩年にムネモシュネー・アトラスを構想したことで知られている。「記憶の地形図」だが、これを構成する画面には一見すると脈絡も判然としない多種多様な図版が、古代から現代までを跨いで、時代錯誤も構わず、貼りつけられている。彼が「情念定型」（Pathosfomel）とよんだ祖型が図像相互の引力や斥力のうちに浮かび上がり、それとともにその磁力によって特有の磁場を形成する。「名のない

図9　ミシェル・タピエ・芳賀徹共著『連続性と前衛の日本』
ミラノ：フラテッリ・ポッゾ出版社、1961年（表紙）

科学」（Wissenschaft ohne Name）と彼が呼んだこの試みは、パノフスキー流の図像解釈の文献学にも、ゴンブリックが提唱した実験的知覚心理学にも収まらない。またそのディオニシオス的な暗い情念は、カッシーラーのプラトン的あるいはアポロン的な光明の象徴哲学によっても制御できない[41]。このヴァールブルクの記憶の地形図は、マルローの「空想の美術館」とどう関係するのだろうか？

　ここで本稿冒頭に引いた芳賀徹に戻ろう。デュテュイのマルロー批判を訳した芳賀は、盟友の美術批評家ミシェル・タピエとともに『連続性と前衛の日本』と題する画集を刊行している（図9）。そこには次のようなフランス語の文章が読まれる。「華厳哲学の中の最高の理論のひとつ、「因陀羅網境界門」は説いている。その「因陀羅網」の「網の目」を飾る明珠は互いに相映相発しているので、一珠のうちに他の一切の珠が映っている。そしてその一切の珠映を収めた珠はさらに他の珠に映っている。こうして互いに他の一切を顕現して、二重三重ないし無尽に重なりあわされて極まるところがない」[42]。およそこの法界にあっては、事物になんらの妨げもなく、相互の距離も無関心もなくなり、一方通行の因果律も不完全なものとして超えられ、個々の存在は自らを損なうことなくすべてと結びつき、光明に包まれた澄みきったコスモスのうちに安らう。「一即多」「一即一切」と呼ばれるこの相互嵌入・相映相発の法界は、「空想の美術館」を無際限な時空において補完する。ここには「空想の美術館」（le musée imaginaire）の「想像可能」（imaginable）な「操作様態」（modus operandi）のひとつの範型があり、映像相互の自在な接触や融合あるいは相互照射と相互解明とを、時代や空間を超えて実現する「夢」が、霊的な次元において具現されている。[43]――「裂け目」（brisure）を跨ぐ「内的実相」（réalité intérieure）の具現として。

ここに二十一世紀の「空想の美術館」のあらたな可能性が、その片鱗をみせる。韓国出身の「見者」の藝術家、ナム・ジュン・パイクが夙に「定住的遊牧」（stationary nomad）として夢想した夢だが、この無限拡張の網の目は、今や地球表層を覆ったインターネット網によって実現されている。[44]だがそれは否応なく、また不可逆的に「空想の美術館」の「生き様」をも変更する。実際、かつてモーリス・ブランショが（マルローとデュテュイの調停を狙った文で）「美術館病」と揶揄した症状も、電子回路はいやましに亢進させる。[45]それは仏教学者、佐々木閑《しずか》が「ネット・カルマ」と呼んだ、消去不能な永劫の業を増幅する。[46]電子の蜘蛛の巣とも呼ぶべきこの網目に閉じ込められた我々は、もはやそこから脱出する術も知らない。情報機器が貯め込み複製する無尽蔵なデータの集積は、もはや人類には操作可能な限界を超え、big data と呼ばれる怪物と化して増殖を続けている。[47]

サイバー（cyber）空間の仮想現実のさなかに展開する「空想＝想像の美術館」。それがもたらすのは、はたして究極の楽園なのか、それとも最悪の悪夢なのだろうか。それによって果たして人類は、「自由を征服する」ことができるのだろうか。[48]電子回路のなかで霊たちは再生し、蘇生できるのだろうか。想像界（l'imaginaire）の美を追求したマルローの問いは、なお開かれたままになっている。

日本語要約版、二〇一九年一二月二日[49]

【注】

（1）Jean-Yves Tadié, «Introduction », André Malraux, *Écrits sur l'art I* (Œuvre complète, IV), Gallimard, 2004, p. ix. なお引用典拠に「芸」とある場合を除き、本文中では「藝術」の「藝」には本字を用いる。

（2）マルロオ著・小松清訳『東西美術論1　空想の美術館』『東西美術論2　藝術的創造』『東西美術論3　絶対の貨幣』美術出版社、一九五七～五八年。

（3）*Le Musée imaginaire* の訳語は一定しないが、本稿の引用文中では、各論者の表記を尊重する。なお本書の地の文章では「想像の美術館」で統一することを要請されており、それに従うことも吝かではないが、本稿に限り、原則、一九五〇年代に一般的だった「空想（の）美術館」を鉤括弧に入れて用い、当時の雰囲気を伝えたい。

（4）「「東西美術論」をこう読んだ」『藝術新潮』一九五八年八月号、九巻八号、五四～七三頁。

（5）問題の演説は « Ce que nous avons à défendre », Discours au Congrès pour la liberté de la culture, publié dans *Arts-spectacles*, 5-11, juin 1952 Aussi dans *Preuves*, mai, 1952. *Écrits sur l'art II*, Pléiade, OC. Vol.IV, pp. 1235-1242.

（6）Georges Duthuit, *Le Musée inimaginable*, Libraire José Corti, en 3 volumes, 1956.

（7）ジョルジュ・デュテュイ「「空想の美術館」は意味がない―マルロオに反駁する―」翻訳：芳賀徹、『藝術新潮』一九五八年二月号、九巻二号、一七八～一九五頁。

（8）参照：瀬木慎一「アンフォルメルをめぐるスキャンダル」『藝術新潮』一九五八年二月号、九巻二号、五四～六六頁。

（9）デュテュイは早くも一九三六年には *Mystique chinoise et peinture moderne* を出版し、それは *Chinese Mysticism and Modern Painting* として英訳されていた。だがマルローはこれをまったく無視している。両者の確執の一要因はこのあたりに推定できる。

（10）デュテュイは芳賀を促して *Connaissance de Monde*（ママ）誌一九五六号の一巻に日本の茶道に関する論文の寄稿を依頼しており、彼の茶道に関する知識はこの経験に負っているものと推測される（掲載誌未確認）。

(11) 小松清「譯者の言葉」『東西美術論3』新潮社、一九五八年、二三二頁。芳賀訳では以下のとおり。「我々がそれを引き受けようが引き受けまいが、西欧人は自分の手にかゝげる炬火によつて己が身を照らすばかりだ、たとえその手が焼けても。そしてこの炬火の照らし出そうとするもの、それは人間の力を拡張しうるすべてのものである」(Duthuit, *Le Museé inimaginable*, vol.1, p. 139, 芳賀訳『藝術新潮』一九五八年、一九四頁。小松訳は同書翻訳 第三巻一六二〜三、二三一頁)。なお本文表記は「譯者の言葉」中の引用とは細部が異なる。

(12)『東西美術論3』、二一三頁。

(13) André Malraux, *Le Musée Imaginaire*, Gallimard, folio/essais, 1965, pp. 46-52 : « *L'exécution de Maximilien* de Manet, c'est le *Trois Mai* de Goya, moins ce que ce tableau signifie... ».

(14) Pléiade éd., *Écrits sur l'art I*, p. 157; 竹本忠雄訳『ゴヤ論・サチュルヌ』新潮社、一九七二年、二一九、二五一〜四頁。

(15) 竹本は一九六九年にマルローの自宅を訪問した折に、この一節について質問している。『藝術新潮』一九七〇年六月号、二一巻六号、七〇〜七四頁。

(16) Tadao Takemoto, *André Malraux et la cascade de Nachi*, Julliard, 1989. 本件については Bernard Frank の証言が以下に見られる。Michel Temman, *Le Japon d'André Malraux*, Éditions Philippe Piquier, 1997, p. 193, note 6. ミシェル・テマン・阪田由美子訳『アンドレ・マルローの日本』TBSブリタニカ、二〇〇一年、二二〇頁。

(17)「東西文明の出会い」マルロー・高階秀爾『国際交流』一九七四年七月、第二号、二〜一五、六四頁。

(18) *André Malraux*, Fondation Maeght. Saint Paul, du 13 juillet au 30 septembre, 1973.

(19) *L'Univers des forms*.1960 ; *Écrits sur l'art II*, p. 1142. 日本語訳は新潮社より『人類の歴史』として刊行。

(20) *Le Musée imaginaire*, folio/essais, 1965; 1997, p. 46.

(21)「芸術における西欧と日本」(加藤周一と、箱根、一九七四年五月二〇日)『朝日新聞』一九七四年五月二三日掲載。

(22) *Écrits sur l'art I*, p. 1192.

(23) マルローは「内的実相」« Réalité intérieure » を隆信の肖像にひきつけ、*La Tête d'obsidienne*, Gallimard, 1974,

p. 206. で敷衍する。本件については、本論文結論部で詳述する。

（24）「世界芸術の運命」『藝術新潮』一九七四年一月号、八六～九八頁。

（25）Taro Okamoto, *L'Esthétique et le sacré*, Seghers, 1976, avec la préface de Pierre Klossowski. 岡本自らはこのフランス語題名を「美と聖」と和訳している。

（26）岡本太郎「イヌクシュックの神秘」（一九七〇）; 著作集6『美の呪力』講談社、一九八〇年、八頁。

（27）« Premier Festival mondial des arts nègre, Dakar » (30 mars 1966). *Écrits sur l'art, II*, pp. 1184-85; 1538-39.

（28）竹本忠雄による日本語要約は、『藝術新潮』一九六六年七月号、第一七巻七号、一四六～一九八頁。

（29）André Malraux, *La Tête d'Obsidienne*, p. 209. ここでは、前注の竹本の訳語に従う。

（30）以下参照。Shigemi Inaga, « Is Art History Globalizable? » in James Elkins (ed.), *Is Art History Global?* Routledge, 2007, pp. 249-279; 384-390.

（31）André Malraux, *La Tête d'Obsidienne*, pp. 19-21. 岩崎力訳『黒曜石の頭』みすず書房、一九九〇年、一三～一四頁。

（32）Jean-Pierre Zarader, « *Les Voix du silence* d'André Malraux et *Les Statues meurent aussi*, d'Alain Resnais et Chris Marker, une harmonie polémique », *André Malraux 10, réflexions sur les arts plastiques*, Lettres modernes Minard, 1999, pp. 163-166. ザラデールはこの同じ刊行物に « Les Mots de l'art, Petit Vocabulaire malrucien » という有用だがさまざまな論争を仲介する姿勢も顕著な語彙集をまとめている (pp. 13-29)。

（33）Cris Marker, *Commentaires*, Paris, Seuil, 1961, p. 11.

（34）Yukio Yashiro, "Artists of Japan Speaks the Soul through Symbols," *The New York Times Magazine*, Sep.6, 1936.

（35）以下参照。Shigemi Inaga, « Yashiro Yukio between the East and the West in search of an aesthetic dialogue", in Krystyna Wilkoszewska (ed.), *Aesthetics and Cultures*, Krakow: Universitas, 2012, pp. 44-60.

（36）Walter Benjamin, « L'œuvre d'art à l'époque de sa reproduction mécanisée », *Écris français*, Paris, Gallimard, 1991, pp. 140-171. ベンヤミンはこの論文が *Zeitschrift Sozialforschung*, Nr.5, 1936 に掲載されるや、それをマルロー

に献じている。以下参照。Edson Rosa da Silva, «La Rupture de l'aura, et la métamorphose de l'art; Malraux, lecteur de Benjamin? », *André Malraux 10*, 1999, pp. 55-78; note 8.

（37）*Musée imaginaire*, folio/essais, p. 246.

（38）*Musée imaginaire*, folio/essais, p. 11.

（39）André Malraux, *La Tête d'Obsidienne*, pp. 198-199.

（40）*Ibid.*, pp. 198-203, 209.（翻訳はフランス語原文より、稲賀試訳）

（41）Cf. Georges Didi-Huberman, *Les Images survivantes*, Minuit, 2002. 稲賀繁美「（書評）ジョルジュ・ディディ＝ユベルマン著『残存するイメージ：アビ・ヴァールブルグによる美術史と幽霊たちの時間』竹内孝宏・水野千依訳　人文書院：「イメージはいかにして生まれ、伝播し、体験されるのか：二十世紀の知的精神史の生態を骨太な輪郭で縦横に描く」『図書新聞』二七八九号、二〇〇九年六月六日付。

（42）Haga Tore (sic), « Point de vue japonais de Tôre Haga », *Continuité et avant-garde au Japon*, (sans pagination), Torino : Fratelli Pozzo, 1961. 日本語版は、芳賀徹「別の藝術―アンフォルメルの誕生」『講座現代芸術7　今日の藝術』勁草書房、一九五九年：『藝術の国日本―画文交響』角川学芸出版、二〇一〇年、四四五〜四四六頁。なお芳賀徹氏は本論文の元となった国際会議（後注49）における筆者のフランス語での講演公表の直後、二〇二〇年二月二〇日に逝去された。このため以下本文では「氏」を省く。

（43）以下参照 Toshihiko Izutsu, « The Nexus of ontological Events : A Buddhist View of Reality » (1980), *The Structure of Oriental Philosophy, Collected Papers of the Eranos Conference II*, Keio University Press, 2008, pp.151-185; Toshio Izutsu, « Le Concept de création perpetuelle en mystique islamique et dans le bouddhisme zen », *Unicité de l'existence et Création perpétuelle en Mystique Islamique*, Les Deux Océan, 1980, pp. 85-120.

（44）稲賀繁美「ナム・ジュン・パイクと仏教思想：「没後一〇年二〇二〇年　笑っているのは誰？　？＋？＝？」展より」『あいだ』第二三一号、二〇一七年一月二〇日、二一〜一四頁。

（45）Maurice Blanchot, "Le Mal du musée", *L'Amitié*, 1956, pp. 52-61.

（46）佐々木閑『ネット・カルマ』角川新書、二〇一八年。

（47）以下参照。Shigemi Inaga; “Cultural Gap, Mental Crevice and Creative Imagination: Vision, Analogy, and Memory in Cross-Cultural Chiasm”, *Journal of Aesthetics and Phenomenology*, 2020, pp. 1-18〔online publication〕. “Weg (Dô)-Rahmenlosigkeit -Verlauf, Eine Reflexion auf Japanisches in der Kunst », *Bilder als Denkformen*, Berlin: De Gryter, 2020, SS. 127-144.

（48）André Malraux : « Premier Festival mondial des arts nègres, Dakar » (30 mars 1966); *Écrits sur l'art, II*, p. 1188-89.

（49）本稿は、« André Malraux et le projet de l'Histoire de l'art mondial » と題して、Colloque international, *Repenser André Malraux, La Valeur actuelle de sa pensée interdisciplinaire* 上智大学および日仏会館、二〇一九年一二月七～八日で発表したフランス語原稿を筆者が当日の通訳用に要約して和訳した原稿である。論文の体裁とするため、註などを必要最小限補った。

アンドレ・マルローと小松清
——行動主義をめぐって

永井　敦子

はじめに

アンドレ・マルローの作品が日本で最初に紹介された一九三〇年代中頃に、彼の作品をさかんに翻訳し、スポークスマン的な役割や日本滞在の案内役も引き受けたのは小松清（一九〇〇～一九六二）だった。人道主義者でアナキスト的傾向のあった小松は一九二一年にフランスに渡り[1]、パリの日本人社会に閉じこもることなく、敬愛する芸術家や批評家と、国籍や言語の隔てなく交わった。また画家を志した小松は、一九二五年から三〇年にかけて地中海沿岸のアンティーブ、パリ地方、南西部の山村サン＝シルク・ラポピで絵画修行をしている[2]。その後マルローの小説『征服者』（一九二八）に出会って感銘を受け、三一年一月にマルローに手紙を送り、翌月ガリマール書店で面会する。彼らはすぐに意気投合し、同年九月に『新フランス評論（ＮＲＦ）』誌の日本特派員という肩書きを得て帰国した小松は、一〇月にはマルロー夫妻を神戸で出迎えた。小松はフランスでは「キヨ」と呼ばれ、マルローはこの呼称を『人間の条件』（一九三三）の主人公の名にした。小松は一九三三年、すでに厳しい思想統制下にあった日本で本格的な執筆活動を始め、それ以降死にいたるまで、マルロー作品の評論や翻訳を続けた。

本稿では、一九三〇年代の小松によるマルロー紹介を中心にたどり、当時の日本の社会・文化状況において小松がマルローに期待した役割や、小松の仕事が当時の日本の芸術状況やマルロー受容に与えた影響の、内実と意味を探りたい。

一．マルローと「行動主義」、もしくは「行動的ヒューマニズム」

マルロー、とりわけ『征服者』の著者としてのマルローは、日本には「行動主義（l'Action）」[3]、もしくは、後ほどより詳しく見るように、ラモン・フェルナンデスらが提唱した「行動のヒューマニズム（l'Humanisme de l'Action）」という概念とともに導入された。

しかし近年小松の名を目にするのは文学や思想より、むしろ美術史の分野においてである。[4]たとえば二〇一九年に東京国立近代美術館で開催された福沢一郎展では、福沢の画業が一〇期に分けられ、各時代を要約するタイトルとともに紹介されたが、そこでは代表作「牛」（一九三六）を含む三〇年代後半の作品群に「行動主義（行動的ヒューマニズム）」というタイトルがつけられ、当時の福沢の作品には小松がフランスから導入した「行動主義」または「行動的ヒューマニズム」への共鳴の表れが認められ、福沢は「絵画におけるヒューマニズムの実践」を行ったと説明されている。[5]福沢が「芸術運動としてのシュルレアリスムを評価してはいたものの、その追随者ではなかった」というのが、福沢に詳しい研究者のあいだの了解事項と言えようが、[6]とりわけ彼の初期作品には、現実性と不可思議さが共存するその表現にも、主題の諧謔性にも、この運動、とりわけマックス・エルンストの影響が顕著だ。つまり日本では、主にマルローの文学との関連で紹介された「行動主義」概念の反映が、絵画という別ジャンルの、しかもマルローが批判したシュルレアリスムの影響下で生まれた作品に見られるという、[7]一見すると二重に捩れた結びつきが生まれている点を、まずは事実として指摘したい。

　さて一九三三年末に故郷の神戸から東京に転居した小松は、翌年七月『セルパン』誌に「アンドレ・マルロオと行動の文学」を発表し、日本での本格的な執筆活動を始めた。彼はその後諸雑誌、とりわけ紀伊國屋書店創業者の田辺茂一が三三年一〇月に創刊した雑誌『行動』に、「行動主義」に関する論考などを多数発表した。この雑誌は小松が寄稿を始めた三四年八月号以降、明確に「行動主義」を支持するようになった。次いで小松は同年一一月に自身による『征服者』の翻訳を出版し[8]、翌年六月には『行動主義文學論』と題する論文集を出版した[9]。その表紙の著者名と題名、さらに冒頭のマルローへの献辞は日仏両言語で記され、小松とフランスの当事者たちとの関係が印象づけられている。そして本書にも再録された「アンドレ・マルロオと行動の文学」で、小松は『征服者』を、行動主義の代表的実践例として紹介している。ただ、彼が『征服者』の何に「行動主義」を見ていたかには、曖昧な面がある。

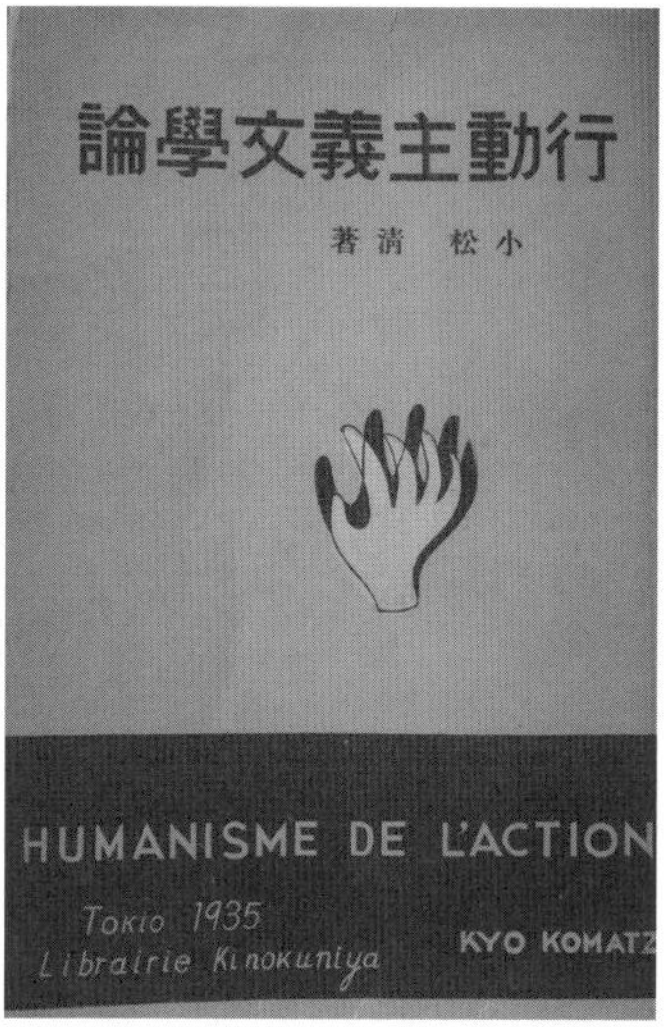

小松清『行動主義文學論』、紀伊國屋出版部、1935 年

　たとえば小松は、『征服者』を「一九二五年の広東革命を背景とし、伝統的支那と新しく生まれた行動的支那の葛藤、その争闘の渦中にあって権力への熱意《ヴォロンテ》に、空しき人生を燃焼する欧人の悲劇を描いた壮大な史詩《エポッペ》[10]」と形容している。また彼は、批評家で自身の友人でもあったジョルジュ・デュヴォーによる、「時代錯誤的な地方主義文学や伝統的心理小説の小市民的低徊を一蹴してマルロオは動く歴史の現実と人間の相剋

る悲劇の世界に肉迫する」[11]といった評価を紹介している。これらの言葉からは、小松が権力者の影で困難を強いられている人々の尊厳の回復や、個人の精神の自由を求めて奮闘する者の苦悩という、マルローが『征服者』の登場人物の生きざまにこめた悲劇性に「行動主義」を見ていることがわかる。ただ、ヨーロッパの著名人によるマルロー作品への賛辞を多数紹介する本論では、高揚感に満ちたマルロー賞賛が先立ち、『征服者』を「行動主義」の好例とみなす理由の、小松自身による具体的な説明は乏しい。

とはいえ小松は、「行動主義」にどのような歴史的位置を見ていたか。『行動主義文學論』所収の「行動主義の諸問題」において、小松はバンジャマン・クレミュウやアンドレ・ベルジュを参照し、「行動主義」を「大戦後仏蘭西の思想、文学の主流をなしていた懐疑・不安・否定の傾向に反発して擡頭したもの」で、「より的確に云えば、戦後の青年《ヤンガ・ゼネレション》の魂に深く根をおろしたダダイズムや超現実主義のニヒリズム若くば厭世的・絶望的な思考に対蹠して現れたものである」[12]と位置づける。つまりマルローの『征服者』やエマニュエル・ベルルの『ブルジョワ思想の死』のペシミズムに見られる「強度の現実否定は多くの場合烈しい現実受理の心理と一致」し、行動によって「ペシミズム、不安、絶望などが」、「現実に対する最も熾烈な執着と克服の意欲となって現れ出てくる」ということである。[13]

こうした説明において「行動主義」は先のマルロー論と同様に、主として文学作品の登場人物の生きざまの描かれかたに認められている。また小松は「芸術、文学を直接の対象として行動主義を説く立場」[14]を自称するものの、行動主義は「一方に於ては自我と世界の遊離または自我それ自体の分散の状態に置かれていた人間に全体性（totalité）への意識をあたえることによって全体人間（homme total）を再生させようと努め、また他方、観照的思索の「象牙の塔」に自らを幽閉していた過去のヒュマニズムを揚棄して、近代の歴史的、社会的現実を動かすもののうちに、積極的にまた実験的に生きようとする、多分の社会性と行動性をもったヒュマニズムをうち樹てようと試みた」というように、それが社会的現実への対しかたの問題でもあることを認識している。実際小松は「作家の意識と生活」と題された論考でフランスを例にとり、そこでは作家が自らの文学的、政治思想的信条に応じた寄稿誌の選択を強いられていること、さらに作家の多くが生活手段を作家業以外に求め、現実社会で活動し、陶冶されることで個人的心理の発展と成熟を得ているのに対して、日本の文学者、作家の多くは「文学によって彼らの世界観と人間学に到達しようと」していることを指摘し、「わが国の文学者、作家における意識と生活の不調和」、「意識そのものの検討と、生活的領域の拡大・深化の欠乏」を批判している。[15] そして小松は、「創造的自我の理想主義行動」は「社会的なもの、普遍的なものの意識のうちにたえず自我を再編成しようとする」[16] ことだと述べる。つまり小松にとって行動とは、文学創作と社会的な働きかけの両方にまたがるものであり、その理想は、自我と社会的現実の両方の、創造を通した変革にあると言える。

二．芸術派とプロレタリア

小松が参照しているフェルナンデスの論文「行動的ヒューマニズム」は一九二六年、すなわち『征服者』出版以前の発表で、そこにはマルローへの言及もない。したがって行動主義とマルローを、とりわけ『征服者』のマルローを結びつけた小松の紹介には、彼なりの解釈や狙いがあったと思われる。時代的に先んじたドリュ・ラ・ロシェルでもモンテルランでもフェルナンデスでもなく、「われわれを一等強くひきつける行動主義の文学はつまり現代的ヒュマニズムの能動的な形態はマルロオによってはじめて文学の世界に具現されたと思います」[17]とまで小松が主張した理由は、どこにあったか。

それまでほぼ無名だった小松は、第一次世界大戦後の厭世的なニヒリズムから脱し、現実を肯定しつつ変革せんとする「行動的ヒューマニズム」を紹介し、そのなかで「マルロー・小松・行動主義」という繋がりを強調することで、日本の知識人界や文壇での自らの立場を強固にしようとしたことがうかがえる。「アンドレ・マルロオと行動の文学」に高揚した情緒的表現が目立ち、その分具体的な分析や濃密な考察が乏しい点にも、そうした意図が反映していよう。ただ小松の執筆動機にはもちろん個人的野心だけでなく、日本の知識人界が共有していた危機感や、喫緊の社会的課題を解決せんとする意志も読み取ることができる。

当時の日本の文壇では、分裂していたプロレタリア作家たちが一九二〇年代末に再集結、再興の動きを見せるも、強まる政府の弾圧下ですぐに弱体化した。小林多喜二は一九三三年に獄死し、翌年には日本プロレタリア作家同盟が解散した。他方谷崎潤一郎のような実力を認められた芸術派の作家も、時代に危機感を抱く者の期待には即応できなかった。作家で、『行動』の編集長だった豊田三郎は、社会の「混沌期にあって一番重要なものは指導的精神である」が、いかに谷崎潤一郎の「春琴抄」が傑作だろうと、デモクラシーが地に落ちている時代に超時代的な芸術至上主義の文学には指導性がなく、「世界的不安、世界の変換期に於ける職責を自覚して、不安を超克するのはわたしたち青年である」と書いている。[18]小松も、一九三三年から三四年の上半期にかけて「この国の文壇は加速度的に文壇の社会的存在理由を失いつつあった」が、そこに生じたのは「芸術創造と社会的現実の甚しい乖離」であり、「プロレタリア文学すら萎縮・凝固の傾向のうちに新しい時代意識と文学精神から遠ざかるばかり」で、さらに「智識階級のエゴイズムは無意識裡に反動・ファシズムに侵蝕されうる絶好の地帯を準備しつつあった」[19]と嘆いている。それゆえ小松は『征服者』が具現する「行動主義」、「行動的ヒューマニズム」を、プロレタリア作家と芸術派のなかの自由主義者が相和し、互いに再活性化するための格好の旗印と認識していたと考えられる。というのも、中国人労働者の過酷で非人間的な労働からの解放という『征服者』の登場人物ガリンの活動目的には、プロレタリア文学者に受け入れられやすい人道性、社会性があり、他方こうした社会問題は芸術派の作家たちが好んで扱うテーマではないものの、マルローやフェルナンデスや小松自身が『NRF』誌から得ていた信頼ゆえに、この作品は芸術派の作家たちにも受け入れられやすかったはずだからだ。『NRF』誌は政治傾向も穏当で、プルースト、ヴァレリー、ジッドといった彼らが評価する作家たちを扱う、ブランド力のある文芸誌だった。そのため「マルローの『征服者』の行動主義」は対立傾向にあるプロレタリア作家と芸術派作家の両方に受け入れられ、双方を融和的に結束させるためのアイコンになりえた。小松はジッドが使った「コムニスト的個人主義」という矛盾を孕んだ表現も好んで用いているが[20]、ここにも同様の意図があろう。また論文集『能動精神パンフレット』を編集した田辺茂一は行動主義の擁護者だったが、そこに政治的立場や行動主義への賛否の隔てなく執筆者を集めた。総体的には小松に批判的であったプロレタリア作家の青野季吉や森山啓、アナキストで『征服者』の最初の翻訳者だった新居格、芸術派のなかでは進歩主義的自由主義者で、小松に近かった阿部知二、舟橋聖一、豊田三郎、春山行夫、そして小松自身といった寄稿者の選択には、この書物自体をイデオロギー的な断絶のない討論の場にしたいという、編集意図を読み取ることができる[21]。田辺茂一の盟友の豊田三郎も、「この時機には方法論上の問題は価値がすくない。何故なら文学上の指導精神は決して文学の範囲だけに適用されるものではない。全体の思想界、文化がこの方向づけに指導性を見出さなければならないからである」と、行動主義の精神を文学以外にも浸透させるべきで、そのために芸術ジャンルごとの方法論の問題は棚上げにしてもよいという意見を表明している。[22] したがって小松に見られた、マルローのイメージを「行動主義」に、また「行動主義」のイメージを『征服者』のマルローに回収させる傾向も、当時の日本で「行動主義」を広く浸透させようとした文化人たちの戦略の一環だったと言えるし、それが一定の成果を生んだと言える。福沢一郎は一九二四年に渡仏し、小松と同様に三一年に帰国した。帰国後彼は行動主義に賛同し、小松らとともにその浸透につとめている。小松が土方定一や伊藤整、フランス時代からの友人だった彫刻家の清水多嘉示らとともに一九三五年四月に創刊した雑誌『時代』にも、福沢は美術時評で参加している。[23] 福沢は、三五年九月号をもって廃刊した『行動』の後をうけて翌三六年六月に創刊された『行動文学』の、表紙のデザインも行った。またその創刊号に発表した論考「繪畫の進歩性」では、「近々再び雑誌「行動文学」による行動ヒュマニズムの運動が起こらんとしている。〔中略〕「行動文学」に対して、吾々は絵画が行い得る範囲の協力を辞したくはない。同時に吾々の絵画がそれによって一層推進力を増すであろう事を信ずるものだ」[24] と、文学界有志との連帯と、絵画を介した「行動文学」支持を表明している。[25] また小松も一九三七年の論考「ヒューマニズムと繪畫について」で、「日本の現代絵画に多少ともヒューマニズムの意識が入って来たのは、恐らくフォービズムの運動以後ではなかろうかと思う。此の役割を果したのが独立美術の一部の指導者であった。此の功績は確かに歴史的なものであろう」と、明らかに福沢を指して、その活動を評価している。[26] 文学に発した「行動主義」や「行動的ヒューマニズム」がジャンルを超えて画家にも支持され、目指されえた理由のひとつは、それらを提唱した小松や豊田が、文学という表現形式の特性に根ざしたその展開には、あえて踏みこまなかった点にもあっただろう。

三．小松とシュルレアリスム

小松と福沢の連帯の背景には、小松の美術への関心の高さだけでなく、同時期にフランスに滞在していたゆえの現状認識の共通性もあっただろう。福沢は一九三五年五月の『行動』掲載の討論会「現代繪画を語る」で、当時のフランスにおける前衛芸術の動向においては、シュルレアリスムが初期とはかなり変わってきているが依然として最重要だと指摘したのち、「今の行動主義などもやっぱりシュール・レアリズムと非常に密接な関係にある事御存知の通り[27]」と、その行動主義との繋がりを強調している。また小松自身もこの芸術運動に、行動主義の「対蹠」とばかりは言えない両義性を見ている。そもそも小松が『行動主義文學論』に「超現實主義《スウルレアリズム》とその前後」と題するシュルレアリスム論を収録したことや、シュルレアリスムに関して夥しい数の言及をした点は、この運動や、この運動と行動主義との繋がりに対する彼の関心の高さを示していよう。では小松はどういう点に、行動主義とシュルレアリスムの繋がりを見たのか。

小松は「行動主義の諸問題」において、「反理智主義の根拠に立つ」シュルレアリスムの理論が「全的人間性を追求する点から見て、いままで未知のものとして残されていた無意識や潜在意識の領域を開拓し、既往の思想及芸術が意識生活の原始的根源から遊離していたことを摘発したこと」を評価しつつも、「意識の原始的状態とその自働主義 automatisme が直ちに思想及芸術を制定し形成すると見たところ」に、その「宿命的な欠陥」を見て、結局はそれも「一種の意識生活における分離主義の傾向に流されていったことは否定出来ない[28]」と、批判している。

このように小松は、シュルレアリスムの反理智的、反観念的なものへの過剰な信頼には欠陥を認める一方で、フェルナンデスの考える「行動的ヒュマニズム」に導かれて、人性の全体的状態は一元的に理智的、観念的には表現できないとも考えている[29]。したがって彼の考えるシュルレアリスムと行動主義との関係は、排他的対立関係として捉えきれるものではない。彼は「超現実派によって発見され提供された新しい意識的領域とその流動的性能を包括し、その事実によって拡大された人性のレヤリテをば、エスプリの統制におこうとするところに、行動的ヒュマニズムの主張と傾向が見られる[30]」と、シュルレアリスムにも、行動的ヒューマニズムが理智や観念に傾針しすぎないために取りこむべき面があることを認めている。またこうしたシュルレアリスムの役割は、第一次世界大戦を経て、モダニズム芸術としてのシュルレアリスムがなした十九世紀的な主智・主我の否定という、歴史的展開のなかで捉えられてもいる。小松はシュルレアリスムの歴史的意義を強調する。

恐らくスウルレアリストのスツユルム・ウント・ドランクを無視してモウダニズムの存在は勿論、今日の文学を考えることは不可能であり不正義である。それほど彼等は忌憚なく徹底的に十九世紀的遺産としての主智、主我のブルジョワ文学を清算することに努力した。〔中略〕惜しむらくは彼等の小市民的アナルキズムは一種の浪漫的絶望に窒息し、ジャック・リゴオの自殺（一九二八）とともにその運動は論理的最後を遂げるに至った。けれどもその没落によって彼等の破壊的行動精神が逆に今日の建設的行動のエスプリを刺激したことは否定出来ない現象である[31]。

小松が反理智的、反観念的なものへの過剰な信頼にシュルレアリスムの欠陥を見るのは、それが「唯物史観の場合と均しく必然的に、一つの決定論（déterminisme）に到達し、人間の自由意志若くばエスプリの自発性を否定する傾向となり、否定しないまでもそれらの重要性を著しく逓減することとなる」[32]からだ。それに対して行動的ヒューマニズムが「意識生活におけるエスプリの自発性と意思的自由の第一義性」[33]を重視するからこそ、シュルレアリスムはそれに包括されることで、智性主義や観念主義への逆戻りを免れうると小松は考えている。

福沢一郎のようなシュルレアリスムの影響を受けた画家が行動主義に期待できたのは、シュルレアリスムと行動主義のこうした繋がりが示されることで、シュルレアリスムの批判的、破壊的精神や、潜在意識や無意識の探求が、芸術家個人の全的人間性の追求と社会変革の意思という両面に活かされる道筋を実感できたからだろう。

さらに一九三〇年代の日本のシュルレアリスムには、一九二八年にシュルレアリスムの影響下で創刊され、フランスのシュルレアリスムの状況も盛んに紹介していた『詩と詩論』誌が三〇年八月号をもって分裂し、神原泰ら社会状況への関心が強い者たちが同年六月創刊の『詩・現実』に移るなど、文壇全体の対立構造と同様の分裂と停滞が起きていた。[34]そのなかで小松は、「超現実派は純粋主観主義《ピュルサブゼクチィヴィズム》の立場からして、勿論 anti-déterminisme でありアンチ・マルクスであるけれども、反主智主義、反個人主義の主張からしてコムニストである」[35]と、旧弊的な対立状況の解消をめざすような、シュルレアリスム観を提示してもいる。そしてこうしたシュルレアリスム観と、フランス文学者の小島輝正が春山行夫を例にあげて指摘するように、「行動主義をめぐる論争の最大の論点」が、行動主義論者たちが「当初から抱いていたマルクス主義」、

「もっとはっきりいえば共産党に対する留保」[36]にあり、「反ファシズム統一戦線には熱い共感の目射しを送りながら、その現実的な一翼を形成するソヴェトのスターリン体制には根深い不信を表明する」のが、「ジードやマルローのアンガジュマン理論に触発された日本「行動主義」が当初から負っていたアポリア」[37]であったこととを考え合わせれば、小松がシュルレアリスムと行動主義とに、相似したアポリアを見ていたこともわかる。このようにシュルレアリスムを行動主義に繋げようとした小松の考えには、彼が一九二〇年代のフランスで、シュルレアリスム運動自体も変質し、社会との建設的な関わりの必要により自覚的になっていった過程を、目の当たりにしていたことの影響もあるだろう。[38]

四．行為的瞬間と行為の無動機性

このように小松が描き出すシュルレアリスムと行動主義との関係に関して、なお違和感として残るのは、シュルレアリスムと、彼自身が行動主義のアイコンとして日本の読者に行き渡らせようとした「『征服者』のマルロー」とのあいだには、今見たような繋がりを、とりわけ表現形式の面で見出しづらい点だ。

当時の小松がシュルレアリスムをめぐる多くの論考を残したにもかかわらず、戦前の日本の芸術におけるシュルレアリスムの影響を論じるなかで小松の著作があまり話題にならないのは、こうした違和感に由るところが多いのではないか。確かに彼自身が文学や美術の表現特性には踏みこまずに行動主義を唱えたことで、その精神が分野を問わず広く共有された面はあっただろうが、他方、小松の行動主義論のなかにはそうしたスローガンの影に隠れて、文学者や画家に伝わりづらかったものもあったのではないか。

特に問題になるのは、行動主義と造形表現との繋がりを、小松がどう考えていたかだ。

小松は芸術表現の方法論に、無頓着ではなかった。彼は、フェルナンデスの行動的ヒュマニズムは「ネオ・理智主義にあっての理性的統御による方法論を、行動的啓示の方法論に置換したようなもの」としながら、「個的人間を全体性と独自な現実の上に見るためには、ただ行動的角度においてのみ可能である」というフェルナンデスによるテーゼを、「行動的ヒュマニズムの理論的進化をもっとも端的に物語るもの」と評し[39]、さらにこのテーゼを、「人性の全体的表現とその個的顕示は、行為的瞬間のうちにもっとも純粋な姿態に於て見られる」と言い換えている[40]。小松はこの「行為的瞬間」を重要視している。さらに彼は、こうした行為的瞬間にある行為の「無動機性」を強調し、それをダダやシュルレアリスムと行動主義を繋ぐものと見ている。小松は、「戦後の青年達の苦悩に満ちた心霊に誕生した特異な感情」である「目的物を関心の圏外に置いた、そして完全に絶望的な熱情」を「不安時代のヒロイズム」と呼び、これを行動主義に結びつける。

ダダイズム、超現実派の不安期から行動主義の意識再建の時代に至るまでの過程期にあって、いま述べたような特異な感情が、いわゆる無償的な非合目的な純粋行動 acte gratuit の動機となって、それを誘発せしめたところに、それら二つの思想傾向を結びつける、もっとも重要な楔点がある。これを換言すれば、不安の思想に棹した精神が、その精神行動自体のうちに、フェルナンデスやマルロオの(何よりもまづ行為によって、そして行為のうちに)というイデェとその価値を把握したのである。この心的論理の発展は行動主義の本来的意義を規定する上に不可分離のものである[41]。

芸術創造において、自働主義に過剰な期待を寄せることに小松が批判的であったことを思えば微妙な議論ではあるが、苦悩や不安に襲われた主体が明確な目的や到達目標を据えず、瞬時に行う行為に全体的な人間性の表れを見るところにダダやシュルレアリスムと行動主義の繋がりを見る考えは、「行動主義理論」の主題のひとつになっている。瞬間的行為の無動機性にはしばしば現代的な衝動の虚無性が指摘されるが、ここではむしろ、絶望的心情が建設的行動に転じる契機が見て取られている。またこの論考には、フォークナー論に関する短い記述を除けば[42]、マルローに関する言及がない。さらに本論考は「アンドレ・マルロオと行動の文学」の熱のこもったマルロー賛とは異なり、むしろ学術的な調子で書かれている。

ここで小松が参照するフェルナンデスの論考は、一九二八年三月に『NRF』誌に掲載されたベルナール・グラッセ（一八八一〜一九五五）の『行動主義論』の書評である[43]。グラッセは出版社の社主兼編集者としても知られ、同年『征服者』の初版を出版してもいる。小松が『征服者』を読む前にこの書評を読んでいたかはわからないが、いずれにせよ、ここでフェルナンデスが引用するグラッセの『行動主義論』の次のような断章は、フェルナンデスだけでなく小松をも触発しただろう。

「行動的人間は、その能力が自分に備わっているのを知る前に、自分が行動してしまっていることに気づく……かくして真の創造とは、小説的フィクションにおいても行動においても、何らかの観念ではなく、自分自身が最初の観客になる情景から生まれるものなのだ。」

「活動によって創出されるものの特性は、それらが想像力だけから生まれるのでも、現実だけから生まれるのでもなく、行動的人間が、今ある現実をそれに置き換えられると感じている、想像された現実であるところにある。[44]」

さらに小松は行動主義の今日的性格や、その哲学的、心理学的背景を説明した上で、シュルレアリスムが行動主義に及ぼした影響も指摘している。

フェルナンデスによれば人性の全体性《トタリテ》は行動的瞬間において躍動する心的状態に具現するものであり、表現としての行動は必然的に生活状態にある思想の様式となる。ここに行為的表現に於ける思想の同時性と統一性、その多様性と偶然性を瞭にする近代科学および近代哲学の影響を見ることが出来る。またベルグソン、ニュウマン、ヂャネ、フロイドがそれぞれ異なった角度から、彼の思想に作用していることが窺われ、とともに彼が反動した超現実派の理論や潜在意識の動的状態を表現するオウトマチズムからも示唆されるところが少くないことが推測される。[45]

さらに小松は、こうした行動主義を文学以外の芸術行動にも敷衍させる。

行動主義の文学は、従来の諸文学形式に見るが如く、人間の理智的統制による人間性の全体的把握を信じない。が故に例えば、行動主義にあっては、小説における権威は概念的に様式化された意図の合理的発展でなくなり、その反対に瞬間ごとにその形式を再構成して行く自発的な創造的展開をなすこととなる。これは小説の構成に於いてのみ妥当であるのみならず、小説に於ける人物の生活的発展に於いても同様である。またこれは文学行動に於いてのみならず、すべての芸術行動に於いても同じであって、動機的若くば意図的瞬間が制作行動に移ったとき、一瞬間一瞬間ごとに見られる飛躍的な変化やひらきによって、創造としても行動的真実が証拠立てられている。(46)

このように行為的瞬間の無動機性という現代的な様態は、ダダやシュルレアリスムと行動主義を繋ぐだけでなく、文学作品の主題と表現形式、人間の思想と行為、創作と日常、文学とその他の芸術などの両方にまたがり、それらを繋ぐものと考えられている。

またマルローとの関係で言えば、行為の瞬間性や無動機性に注目して行動主義を捉えかえすと、敵対的と思われたダダやシュルレアリスムとマルローとの繋がりに、実は小松が認めていた繋がりも見えてくる。またそれにより、「アンドレ・マルロオと行動の文学」の末尾の部分で、小松が言おうとしていたことの意味もわかるようになる。

私は彼〔マルロー〕によって始めて近代芸術の意義を教えられた。彼によって芸術や文学を、行動と経験への一つの局限された手段として考えるようになった。それらが永い世紀に渉って保持していた美的完成の観念を棄てることによって、そこに無報酬《グラチュイ》の行為《アクト》性を発見し、そしてそれが為めにより大きな可能性を加えたことを私は知った。彼の文学にあって偉大さ《グラントウル》は思想《パンセ》そのもののうちに存在しない。そこには行為の現実に審判される思想と、思想を前にして飽迄勇敢であろうとする行為があり、その峻烈なプロセスのうちに人間的試練が開け、真の偉大さとヒロイズムが顕現する。この観念に立ってこそ、マルロオの文学がもつ現代的意義が自ら釈然とするのである[47]。

既成の思想の実現のために行動するのではなく、局限状況で瞬間ごとになされる行動が生み出す新たな現実が逆にその思想を裁き、改変すると捉えるマルローの行動主義と、完成という観念を棄て、到達目標をおかず、意思と行動が不可分な瞬時の行為として創作を捉える近代芸術とのあいだに、小松は並行関係を見る。そして社会行動へ踏み出す意思とそうした美的経験とが、無関係ではないことを示唆する。小松はここで、『征服者』の作者マルローと前衛芸術の批評家マルローの、両方を念頭に置いていただろう。

五．行動主義の歴史と同時代性

小松は行動主義がイデオロギー的、哲学的に見れば個人主義やアナキスムに近いながらも、共産主義の代替思想としての存在理由を持っていたことを理解していた。それは小松が、「純粋に云えば彼〔マルロー〕などは寧ろアナーキストだが現実の的を前にすれば、コムニスト的行動をとらざるを得ないだろう。ただそこまで辿りつくまでには、さっき楢崎〔勤〕氏の云われたように個人的な追求、虚無の中に自分を置いて闘ってゆくというモラルとは密接な関係があると思う。この点、僕の紹介の仕方に不完全な点があったと思ひますけれども[48]」と述べていることからもわかる。

また小松には自らのフランスでの経験によって、こうしたマルローの行動主義の造形芸術との関係を、受け止めやすかった面もあっただろう。たとえばグラッセの『行動主義論』では、文学と造形芸術とが芸術という範疇にまとめられている。[49] さらに一九二〇年創刊の雑誌『アクション、哲学と芸術の個人主義研究手帳』[50] も、行動主義という概念と造形芸術との関わりを示唆していた。一九二二年春の第一二号をもって廃刊したこの雑誌は、『ヌーヴェル・リテレール』誌の美術批評を担当していたフロラン・フェルス（一八九一～一九七七）が創刊し、運営していた。[51] フェルスは文学も美術も平等に扱い、文学では現代詩、とりわけ友人のマックス・ジャコブの作品をはじめとするキュビスム詩を、また美術でもいくつかの前衛的傾向の美術、とりわけキュビスムを支持した。マルローも、文芸批評と美術批評で五回寄稿している。その二回目の寄稿は、ブルトンとスーポーの自動記述を用いた合作詩集『磁場』をめぐる皮肉な調子の書評だった。[52] この雑誌の復刻版には、マルロー研究者としても知られるヴァルテール・ラングロワが長い序文を寄せているが、[53] 彼によれば、本誌は「個人主義的アナキスム運動と関係の深い活動[54]」であり、そこにダダに関する記述がないのは、ダダの「規律を欠いた、無動機で、破壊的な精神」に対するフェルスの対立感情を示している。[55] フェルスはまた、「『行動主義』の支持者たちと、ブルトン＝ピカビア＝ツァラ・グループとを隔てる[56]」距離を強調している。政治的イデオロギーのなかに閉じこもることも、現実世界から切り離されることも嫌ったフェルスは「この運動の人道主義的な計画を推進させ[57]」ようとしていた。フェルスとマルローの芸術観や、同時代社会に対する考えに類似性があったのは明らかだ。小松が本誌を読んでいたかは不明だが、フェルスは自身が編集長を務めていた『アール・ヴィヴァン』誌の一九二六年の独立展評で小松の出展作品に好意的な評価を与えていたので、[58] 彼がフェルスや本誌に関心を持っていた可能性は高い。

おわりに

見てきたように行動主義は、日本には主に小松清によって、『征服者』の作者マルローとの繋がりを強調し、分かりやすさ、受け入れられやすさを優先させたと思われる説明とともに導入された。しかし小松はそうした説明と並行して、前衛芸術家など、より限られた人の問題意識に訴える説明もしていた。そしてその説明は芸術表現と主題との関係性や、作品と作品外の現実との関係、さらに文学と造形芸術との関係の考察にも及んでおり、それをたどれば、行動主義には第二次世界大戦後の「アンガージュマンの文学」のみならず、造形芸術における「アクション・ペインティング」の先駆的側面もあったこと、しかもその両者のあいだには理念面でも表現面でも繋がりがあり、ともに人間の全体性の獲得への欲求と、外部世界と創作主体の改革への希求の両方が認められることが理解できる。「行動主義」のこうした側面はほとんど認識されてこなかったと思われるが、第二次世界大戦前後の日本の前衛的な文学と芸術の流れをたどるとき、より意識されてしかるべきだろう。そして文壇や画壇に広く呼びかけられた行動主義においても、前衛芸術の創作行為に結びついた行動主義においても、ともにマルローが関わっていたこともあわせて認識されてよいだろう。

＊本稿は令和二年度科学研究費助成事業（学術研究助成金）基盤研究（c）（一般）課題番号 20K00504. ならびに令和二年高久国際奨学財団研究助成の成果の一部である。

【注】

（1）小松清の生涯については、林俊／クロード・ピショワ『小松清　ヒューマニストの肖像』（白亜書房、一九九九年）に、特に小松とマルローの関係については、林俊『アンドレ・マルロオの「日本」』（中央公論社、一九九三年）に詳しい。また年譜や参考文献は花﨑育代編『小松清――フランス知識人との交流』（和田博文［監修］ライブラリー・日本人のフランス体験　第八巻、柏書房、二〇一〇年）参照。

（2）下記の小松の評伝には、一九二九年頃の小松によるサン＝シルク・ラポピの風景画の写真が掲載されている。Hervé Marion, *Malraux et le samouraï*, Paris, Magellan&Cie, 2019.

（3）本論では概念としての《l'Action（行動）》を、「行動主義」と訳す。

（4）たとえば以下の論考など。大谷省吾「シュルレアリスムと行動主義――小松清、福沢一郎、矢崎博信を中心に」、『近代画説』（明治美術学会誌）、第一五号、二〇〇六年、三六～四七頁。

（5）大谷省吾、古舘遼、中村麗子編集『福沢一郎展　このどうしようもない世界を笑いとばせ』、東京国立近代美術館、二〇一九年、五六頁。なお福沢の表記には「福澤」も使われているが、本論では「福沢」で統一する。

（6）伊藤佳之「はじめに」、伊藤佳之他『超現実主義の１９３７年――福沢一郎『シュールレアリズム』を読みなおす』、みすず書房、二〇一九年、三頁。

（7）マルローのアンドレ・ブルトンに対する反発に関しては、一九二三年にバンテアイ・スレイ寺院遺跡のレリーフ密盗掘の件で禁固刑を受けたマルロー救済のための嘆願署名で、妻クララからの援助要請に応じたブルトンをマルローがよく思わなかったというエピソードが知られているが、注52で示すように、マルローは自動記述を始めとする、無意識の領域に詩の源泉を見ようとするシュルレアリスム詩の理論や実践に当初から批判的だった。アンリ・ベアール『アンドレ・ブルトン伝』、塚原史・谷昌親訳、思潮社、一九九七年、一八六頁。（Henri Béhar, *André Breton*, Paris, Calmann-Lévy, 1990, p.164-165.）

（8）マルロー作品の初の日本語訳は、新居格（一八八八～一九五一）による『征服者』の翻訳だった。アンドレ・

マロウ『熱風　革命支那の小説』、先進社、一九三〇年。
(9)小松清『行動主義文學論』、紀伊國屋出版部、一九三五年。表紙のフランス語綴りの著者名は« Kyo Komatz »と、彼がフランスで用いていた表記で記されている。
(10)小松清「アンドレ・マルロオと行動の文学」、『行動主義文學論』、前掲書、五〇頁。本論において、地名以外の固有名詞と書名、論考名を除く引用文中の旧字体は、原則として新字体に変更する。
(11)同右、四九頁。
(12)小松清「行動主義の諸問題」、『行動主義文學論』、前掲書、一二頁。
(13)同右、一六頁。
(14)小松清「行動主義理論」、田邊茂一編『能動精神パンフレット』、紀伊國屋出版部、一九三五年、五〇頁。
(15)小松清「作家の意識と生活」、『行動主義文學論』、前掲書、一一九～一二六頁。こうした状況を短時間で解消するのは困難だ。小松の賛同者で、行動主義に触発された舟橋聖一（『ダイヴィング』（一九三五））や豊田三郎（『弔花』（一九三五））も、小説と社会の関わりを意識するも、結局作品のなかでは作家の分身的な主人公が、同時代社会と自分との繋がりの脆弱さや偽善を嘆いている。
(16)小松清「行動主義の諸問題」、前掲論文、二七頁。
(17)小松清他「アンドレ・マルロオを語る座談會」、『行動文学』第二号、一九三六年七月、二〇頁。
(18)豊田三郎「文学的指導精神の確立」、田邊茂一編『能動精神パンフレット』前掲書、八七～九二頁。
(19)小松清「行動主義の防禦」、『セルパン』五六号、一九三五年一〇月、三五頁。当時の文壇は「文芸復興」の機運が高まった時期で、すでに言及した『行動』が創刊された一九三三年一〇月には、小林秀雄らが文化公論社から『文學界』を創刊。さらに翌一一月には改造社から『文藝』も創刊された。
(20)小松清「江口渙に與ふる書」、『行動文学』第二号、前掲誌、四〇頁。
(21)雑誌『行動』の編集方針や、当時の文壇における本誌の意義は、以下でも分析されている。野口冨士男「「行動」解説」、『行動』複製版、一九七四年、臨川書店、一～一七頁。

(22) 豊田三郎、前掲論文、九一頁。
(23) 『時代』は一九三五年四月の創刊号から一一月まで、全五号が出された。三号と四号は未見だが、創刊号と最終号には福沢一郎による「美術時評」が掲載されている。『時代』については次も参照。紅野敏郎「≪連載≫逍遥・文学誌(96)」、『国文学　解釈と教材の研究』一九九九年六月号、学燈社、一六二〜一六五頁。
(24) 福沢一郎「繪畫の進歩性」、『行動文学』創刊号、一九三六年六月、四八頁。
(25) 同右。福沢はここで「行動主義」の意味を論じてはいないが、「ファッショの一元的政治が、絵画をまたそれに誘うとは考えられない。反ってそれは絵画自体の性質から云って一層それに相応する大きな反動となって現れるであろう」(同右)と述べていることから、彼が個人の自由を疎外する同時代の社会傾向への反発を、絵画に見ていることが感じられる。福沢の行動主義や小松との関わりについては、以下に詳しい。大谷省吾『激動期のアヴァンギャルド　シュルレアリスムと日本の絵画一九二八―一九五三』、国書刊行会、二〇一六年、一一四〜一二六頁。
(26) 小松清「ヒューマニズムと繪畫について」、『École de Tokio』、一九三七年一月号、三〇頁。鶴岡善久編集『コレクション・都市モダニズム詩誌　第3巻シュールレアリスム』、ゆまに書房、二〇〇九年、七九〇頁。
(27) 安井曾太郎、中村研一、福沢一郎、司会豊田三郎「現代繪画を語る」、『行動』、第三巻第五号、一九三五年五月、一六七頁。
(28) 小松清「行動主義の諸問題」、前掲論文、二〇頁。
(29) 小松清「行動主義理論」、前掲論文、四四〜四五頁。
(30) 同右。
(31) 小松清「佛文學の一轉機」、『行動』、第二巻第八号、一九三四年八月、三三頁。
(32) 小松清「行動主義理論」、前掲論文、三八頁。
(33) 同右。
(34) 澤正宏、和田博文他『日本のシュールレアリスム』、世界思想社、一九九五年、九〜一〇頁、五六〜五七頁。

（35）小松清「超現實主義《スウルレアリズム》とその前後」、『行動主義文學論』、前掲書、一四一頁。

（36）小島輝正『春山行夫ノート』、蜘蛛出版社、一九八〇年、一七一頁。

（37）同右、一七二頁。

（38）自動書記に関しても、アンドレ・ブルトン自身その効果を全面的に認め続けたわけではなかった。たとえば同時期、「自動記述的託宣」（一九三三）でブルトンは、「ここ数年来、文学の馬小屋の大掃除のために自動記述の奔流的水量に期待したことを認めずにすますわけにはゆかない」としつつも、「質が、他の場合と同じくここでも、量の函数とならぬわけにはいかなかった」と書いている。アンドレ・ブルトン「自動記述的託宣」、『黎明』、『アンドレ・ブルトン集成第6巻』巖谷國士・生田耕作・田村俶訳、人文書院、一九七四年、三三三～三三四頁。（André Breton, « Le Message automatique », *Point du jour* (1934), *Œuvres complètes* II, Gallimard, 1992, p.380.）

（39）小松清「行動主義理論」、前掲論文、四〇頁。フェルナンデスの引用の出典は以下。Ramon Fernandez, « Humanisme de l'Action », *Les Cahiers du Mois*, 21/22, Paris, Émile-Paul Frères, 1926, p. 95. ラモン・フェルナンデス（一八九四～一九四四）は一九三〇年代半ばにそれまでのマルクス主義的立場を離れ、三七年には右翼政党のフランス人民党に加盟、第二次世界大戦中は対独協力派だった。しかし本論や後に言及するベルナール・グラッセの『行動主義論』の書評が発表された一九二〇年代にはまだ、彼は明確に自分のイデオロギー的傾向を示すようなことはしていない。Jacques Julliard/Michel Winock, *Dictionnaire des intellectuels français*, nouvelle édition, Paris, Seuil, 2009, p. 572-573. 参照。

（40）小松清「行動主義の諸問題」、前掲論文、二二頁。

（41）同右、一七頁。

（42）小松清「行動主義理論」、前掲論文、五二～五三頁。

（43）Ramon Fernandez, « Remarques sur l'Action, par Bernard Grasset, (Editions de la N.R.F.) », *La N.R.F.*, Tome XXX, 1928, p. 397-398.

（44）*Ibid.*, p.397. 最初の引用は、引用元と完全に同一ではない。以下を参照。Bernard Grasset, *Remarques sur l'Action*, Paris, Éditions de la N.R.F., 1928, p. 59-60.

（45）小松清「行動主義理論」、前掲論文、四六頁。

（46）同右、五一～五二頁。

（47）小松清「アンドレ・マルロオと行動の文学」、前掲論文、五四～五五頁。

（48）「アンドレ・マルロオを語る座談會」、前掲記事、二八頁。

（49）Bernard Grasset, *Remarques sur l'Action*, *Op.cit.*, p. 55-56.

（50）*Action, cahiers individualistes de philosophie et d'art*, collection complète mars 1920 à avril 1922, Paris, Jean-Michel Place, 1999.

（51）フェルスについては以下を参照。« la préface de Maria Green », Max Jacob, *Lettres à Florent Fels suivies de textes inédits de Max Jacob*, Mortemart, Rougerie, 1990, p. 9-17.

（52）André Malraux, « Les Champs magnétiques » André Breton et Philippe Soupault 1920 », *Essais, Œ* 6, p. 16.

（53）Walter G.Langlois, « Action : témoignage d'un courant oublié de l'Avant-garde (1920-1922) », *Action, cahiers individualistes de philosophie et d'art*, *Op.cit.*, p. IX-XL.

（54）*Ibid.*, p. IX.

（55）*Ibid.*, p. XXXI.

（56）*Ibid.*, p. XXXIII.

（57）*Ibid.*, p. XVIII.

（58）Florent Fels, « Le Salon des Indépendants 1926 », *L'Art vivant*, N°31, 1er Avril 1926, p. 249.

行動の実践としての芸術をめぐる思想
――『神々の変貌』序論の分析

フランソワーズ・ニコル

プロローグ

日本、二〇一九年一一月三〇日。アンドレ・マルローは、一九六〇年に東京でこう宣言していた。「芸術は、異なる諸文明を超え出る」[1]。日本の古都奈良で、東大寺の大仏の足元に立ち尽くしていたとき、私はマルローの考えの正しさを実感した。彼が初めて奈良を訪れたのが一九三一年、そして彼がここで、諸起源の仏陀である盧舎那仏に出会ったのが一九五八年。『神々の変貌』は私の鞄のなかにあった。『想像の美術館』は旅の必携品のなかでも、精神の働きをもっとも活性化するアイテムだと私は思った。マルローの思想は人を作品に向かわせ、それが引き起こす感動を強める。それは、（現象学的な視点から見て）眼前の作品から記憶に刻まれた作品への、旅行者が身を置く特別な時空間から別の時空間への、心の道のりに寄り添ってくれる。行ったり来たりが起きるのだ。

この像の力（その狙いは美的なものではなく、宗教的なものだ）は、驚きで人を凍りつかせる。というのもこの像は「絶対的なもの」に直面させ、無神論者の作家すらそれに対峙することになるからだ。ただ、それにはひとつ条件がある。この寺に入ることが、すでに全身をかけてひとつの儀礼を果たすことなのだ。それはたとえ急ぎ足の観光客であれ、現代の訪問者も、過去の巡礼者と同じ道を辿らなければならない。それは美術館に行くことと同じではない。神聖な場に入るには木の敷居を跨ぎ、群衆とともに寺へ続く歩道を進み、石段を上らなくてはならない。仏がその先にいることはわかっているが、まだ姿は見えない。立ち並ぶ線香が燃えている巨大な鉢が、仏が待つ広間への接近を一瞬阻む。それからようやく、そこに入る時が来る。盧舎那仏は私たちの上にせり出している。そのとてつもない大きさ、仏のためのこの巨大な広間（日本最大の木造建築）のなかでそれが占める中心的な位置、右手のしぐさ、そのまなざしなどが組み合わさって、心の動揺や、霊的でも冥界的でもあるエネルギーに圧倒されているような気持ちになる（図1）。

こうした感覚のなかに、信仰心はまったく入ってこない。しかし何分ものあいだ、私は仏から目をそらすことができなかった。それから仏の支配力が緩んだとき、私の注意は細部に移った。そうした細部こそが「各自の精神以外に場所[2]」のない、想像の美術館を開いたのだった。私の記憶から、いくつかのイメージが湧き上がった。金の光背はビザンチン様式や、トゥルーズのサン＝セルナン・バジリカ聖堂のピレネー山脈の大理石を用いた浅浮彫りなど（図2）、ロマネスク様式のキリスト像のそれを思い出させた。右腕に巻きついている衣服のひだは、ベルヴェデーレのアポロンに私を連れ戻した。この大仏訪問がそのとき私に教えてくれたこと、それは想像の美術館は、寺やカテドラルや洞窟で創造行為を目の当たりにした旅行者としての経験と結びつくことによってしか、着想できないということ……想像の美術館の記憶のなかへの開設は、どこかへ行くことと不可分なのだ。ようやく私は、盧舎那仏から我が身を振りほどくことができた……出口には寺の売り子たちがいて、人生のなかの日常的な災厄を払うためのお守りが並んでいた。しかし私には、あの作品の力が宿っていた。

フランス、二〇二〇年三月三〇日。四ヶ月前の私の日本滞在は、過ぎ去った時のなかにあった。未知の

図1　東大寺盧舎那仏
©Kouichi Sudou/SEBUN PHOTO/amanaimages

図2　*Christ en majesté*. Plaque de marbre sculptée par Bernard GILDUIN, Basilique Saint-Sernin, Toulouse, vers 1100. in Marcel DULIAT, « Saint-Sernin », revue *Archéologia*, décembre 1974, p. 35.

ウイルスが、集団で悲劇に立ち向かっている地球上の住人の半分を自宅に閉じこめた。報道機関は私たちに数字の爆弾を投下するが、唯一確かなのは、目の前の現実が私たちのものだということ。恐怖からくる動揺と無知のあいだのたとえようのない麻痺感覚が、私たちの精神を支配しようと脅かしている。安定を失ったこの世界で、本を広げても読んでいられない。多くの人が思考を再開しようとしているが、それもできない。しかし寄稿を約束した『神々の変貌』に戻らなくては。驚いたことに、そのとき私が徐々に確信を強めたのは、文学作品は「色褪せない」ということだった。それは死の恐怖や人間の運命をめぐる問いに向き合う。というのも、それは既成の解答を押しつけず、精神的な問いをそのまま保ち続けているからだ。かくしてそれは、現実がつきつける試練を乗り越える。

はじめに

一九五七年に、『神々の変貌』[3]の一巻目が出版された。本書は長い序論（七〜三七頁）から始まり、その序論はマルローにとって重要な、ひとつの概念に立ち戻っている。『想像の美術館』は一九四七年に『芸術の心理学』、すなわちすでに一九三一年には構想され、頻繁に再開されたものの結局未完に終わったこの「一生涯の書」の、第一巻の題となっていた。『神々の変貌』については、たとえその出版から今日にいたるまで評価が分かれているとしても、偉大な批評家でマルローの友人でもあったガエタン・ピコンがそこにマルローの芸術思想の完成を見て、与えた評価を否定する者はいないだろう。

表現の簡潔さと例の的確さの両方によって本書を支配している明快さは〔…〕、一種の論理の織地〔強調は論文筆者〕を浮かび上がらせている。あたかも知性が、個々の素材を対立や同一性や類似性などからなる関係の体系のなかに強制的に組みこむことで、ひとつの歴史が持つ雑然とした多様性を、その知性の言語に訳すことにようやく成功したかのように。[4]

本書の序論はゆったりと、かつ抑制のきいたリズムを奏でながら、明快さと抒情性とを調和させている。文学的手段が、立証のために多用されている。つまりボードレールをルーヴルに立ち戻らせた「（猫の姿をした）門番役の魔物」の幻想的な夢は、現代的な芸術観と十九世紀のそれとの隔たりを理解させ、さらに本書に出てくる数少ない物語のひとつであるナーラダの寓話は、見かけと現実に関する省察を導入している。想像の美術館のあらましは、形体をめぐる考察を通して少しずつ描き出されてゆく。この形体という語の意味も、作品のなかで変化している。（たとえば彫刻の形体と言うときのような）通常の意味から、ヘルダーリンの言葉をくりかえせば、それだけが世界を住みうるものにすることができるような、（形作ることからなる）創造活動そのもののことまで。芸術と美学の歴史を狭めすぎる枠には閉じこもるまいと考えるマルローは、作品の作用する力を明らかにする。彼はたえず手探りで、ときには自ら「超越」と呼ぶものに近づくための努力もするが、決して宗教的なものに向かうことはない。

　これほど濃密なテクストの意味を汲み尽くすことなど不可能とはいえ、このテクストをめぐる考察は行動、あるいはむしろ行動の開始に及ぶことになろう。行動についてはこの作家の生涯や小説をめぐってすでに多くの研究があるが、東京のシンポジウムでは、いくつかの新たな角度からの接近が試みられていた。彼の作品全体において重要なこのテーマは、『芸術論』とも無関係ではない。『神々の変貌』の序論は、それが三つの次元で指摘できるキー概念であることを確証している。第一に、行為の開始を促される受け手の視点から。第二に立証の過程において。最後に、芸術作品自体が単なる収集対象としての美しい客体というだけではなく、もとの文脈においては、何らかの力を行使する主体として現れたものであるという面において。この序論の中心にあるスフィンクス像は、自らの力に具体的な形を与えたものなのだ。

　マルローはときにその教条主義を非難され、彼の著作のなかのいくつもの主張が取り沙汰され、不正確とか無根拠といった判断が下されている。彼の暴力性や西欧中心主義が非難されるが、その非難が正当なこともある。しかし私には、そのテクストは「人間にある『永遠の部分』にはどうやってたどり着けるのか」という本質的な問いを立て、それを開いたまま保ち続けることのできる、文学史上、貴重なテクストのひとつだと思われるのだ。

一．活動をおこす読者

序論は、話者が訴えかけようとする受け手の人物像を間接的に描き出し、また冒頭から、次のことも描き出す。

> 新しい時代が始まり、一八六〇年頃に新しい時代の絵画が生まれたこと、それを知らない人はもう誰もいない。しかし新しい時代とともに、前例のない芸術の過去が始まること、私たちはそのことをほとんど意識してこなかった（*Œ* 5, p. 8）。

『一八六三年、近代絵画の誕生』。一九七四年に出版された本書においてガエタン・ピコンが展開した考察は、アンドレ・マルローにも共有されている。一八六三年は美的革命の年だった。八月にはボードレールの友人だったウジェーヌ・ドラクロワ（一七九八〜一八六三）が亡くなった。彼について、マルローは近代性の始まりに触れる際に頻繁に言及するが、ピコンはむしろ「歴史画家、その職業において最高位に位置する者」[5]という彼の公式の称号を用いて紹介する。そのほんの少し前、マネは五月の「落選展」に《草上の昼食》を出展していた。近代絵画が生まれた。

この言説で対象とされている受け手は誰か

冒頭から、きわめて個人的な芸術論が描き出される。話者は「私たち」という代名詞によって、おそらく西洋人で、非常に事情通で、多分彼ら自身も美術史家である芸術愛好者からなる（したがって彼自身も含む）集団を指すことで、自分のことも当事者にしている。彼らはこの美的革命を意識していたという意味では（したがって大衆ではない）、近代的だったと思われているが、「前例のない芸術の過去」の出現という近代性の逆説的帰結のことは、十分には意識できていない。この逆説に戻る前に読者という、この暗黙のうちに示される人物像について検討しておこう。論の続きでマルローは、美的観点から諸形体を眺めることに甘んじ、美術史をヘーゲル的な、(6) 継続的に進展する一連の「発展」（二四頁）の諸段階として思い描く読者を批判する。前衛芸術の現代的な活力にも、それと同様の論理的必然を認めるというのか。こうした読者は遠い過去の創造物や、大部分の非西洋文明の創造物を不器用なものと考え、諸形体を本当に我がものにするには西洋のルネサンスを待たねばならなかったと思っている。

いずれにせよ、考察の出発点はヨーロッパの美術史である。その始まりから絵画に中心的な位置が与えられていたのは、そもそも美術の伝統的な体系の遺産を既得のものとみなしているからだ。そこからマルローのヨーロッパ中心主義を批判するところまでは、一歩の違いしかない。東京のシンポジウムにおいて、とりわけ稲賀繁美氏によって紹介されたその告発は説得力のある論拠に基づいていた。彼はどの程度そうなのか。見かけとは裏腹に、問題なのは、マルローによる考察に西洋美術史からの参照が目立つということではない。序論のもう少し先では（二六頁）、西洋美術史は世界的規模で考慮しなくてはならないと説明されている。それがヨーロッパの覇権に利するよう、広く広められたからだ。中国や（明治時代以降の）

日本の大学は、それを完全に自分のものにした。したがって、それが共通の思考の枠組みになっているのである。とは言えそれは、マルローにとっても世界中の専門家たちにとっても普遍的なモデルではない。反対に、芸術の諸形体の関係づけは全般的に相対性を感じさせ、それによって、西洋思想によって作られた「包括的性格」は徐々に解体されてゆく。パリでは「ヨーロッパ史は私たちにとって、いくつもある歴史のひとつになった」。北京や東京では「極東の伝統画家にとって、アフロディテ像はシュメール美術の彫像と同様に必然性のないものである」（二六頁）。マルローは、巧妙に論理を転倒させる。彼は自分たちの確信のなかに閉じこもっている西洋人たちにはまだ知られていない、この「包括的感覚」の喪失を確信し、それに基づいて美的な次元から哲学的（あるいは実存的）な次元に問いを移しつつ、西洋人とそうでない人たちの両方に訴えかける。つまり彼はあらゆる人々に、芸術へのヒューマニズム的——つまり包括的ということになるが——接近方法を提案しようとするのだ。彼が本質的にヨーロッパ人であり続けているのは、おそらくそこにおいてだ……。とは言え、彼の言説が狙いとする受け手の輪が著しく広がったことにかわりはない。

動き出す読者

『神々の変貌』の序論は『芸術論』全体と同様に、読書にまつわる前例のない契約を提案する。種類の点では、「期待の地平[7]」は確定しづらい。「本書はその目的を美術史にも〔…〕美学にも見ていない」、美術史の土台を崩そうとするマルローは、こう主張する（三七頁）。しかしながらここで三巻全体においてと同様に、彼は歴史家としての力量をはっきり示している。この見かけの矛盾については、ジョルジュ・ランブールがマルローに好意的な一九五七年の記事のなかで、巧みに分析している。

マルローは美術史を書くつもりはないが、彼の芸術創造の心理学は、彼がそれに準拠することを余儀なくしている。ただし彼は、その物の見かたを覆す。実際現在の歴史家の多くが――それはまさしく、視野が狭く、また思い上がりの強いあれほど多くの個別研究にも私たちが見ていることなのだが――美的な、とりわけ技術的な問題しか考慮に入れていない。絵画史は形体や量感や空間に対する見方の評価に帰着するばかりで、〔…〕彼らはそうした問題を精神的な、つまり絵画の外のいかなる不安にも結びつけようとしない。(8)

この話者はすでに序論から、諸ジャンルの垣根を越えてあらゆる役割を引き受けている。彼は物語り、描き出し、評価し、世界的な基準に評価をほどこし、抒情的あるいは皮肉のこもった調子を取り、(9)古典作家のごとくミケランジェロやセザンヌを紹介するときには、すべてを見極めるような視点を取る。この問題は周知のことだ。(10)専門家は作家の方法を利用して、「世界的な芸術の登場」を脚色する(二一七頁)。ボードレールが立ち戻るフィクション、ナーラダの寓話、さらに「月の王」や「カルデアの空を解読する天文学者」(三四頁)など、作品でも神話でもある人物像の想起はその点に由来する。だからといって読者は、大々的な演出の映画を受動的に見るよう促されているわけではない。というのも読者には、余白で分けられた七つの部分からなるテクストに欠けている鍵(説明、参照対象)を見つけ、マルローがよく用いる類似性、省略、切断などの下に、ピコンが探し当てた「論理の織地」を復元することが必要になるからだ。マルローの思想はニーチェの思想によって養われたが、ニーチェは「金槌で叩きながら」哲学した。この復元の実現可能性までは保証できないが、第一の逆説については検討しよう。この逆説はひとつの立場のうえに成り立っているが、この立場について、批評はおそらく十分に注意してこなかった。

セザンヌとピカソのあいだにアフリカ彫刻を見ることで、ヨーロッパは黒人芸術を発見した。〔…〕ヨーロッパは中国の大彫像を中国の工芸品ではなく、ロマネスクの人物像を介して発見したのである。（二一四頁）

想像の美術館と変貌というふたつの概念を組み合わせることで、マルローは「過去への接近を可能にしたのは現代芸術である」という彼のテーゼの前提を定立した。過去に会うためには現代的でなければならない。「過去の変貌には、まずまなざしが変貌すること」（二一五頁）。そして唯一、芸術の本質的な問題を明らかにできるこの過去こそが、同時代の創作品と同様に、私たちの文明の共通財産になる。マルローは説明する。「ある文明の芸術は、その文明が創造する芸術であると同時に、その文明のために存在している諸像の全体でもある」（二一四頁）。二〇年代に作られたマルローの思考の枠組みが、本質的に現代的であることを理解しておくのは重要なことだ。永井敦子氏が思い出させたように、一九二〇年に彼はマックス・ジャコブ(11)の側について雑誌『行動（アクション）』に初期の評論を掲載し、一九二一年には編集者でありキュビストたちの作品の初期の画商でもあったダニエル＝アンリ・カーンワイラーのところで、フェルナン・レジェが挿絵を描いた『紙の月』を出版している。序論にはキュビストたち（ジョルジュ・ブラックとその友人たち、詩人のピエール・ルヴェルディやアポリネール）が、暗々裏にではあるが登場している。ブラックとルヴェルディは最初に、ルネサンス期に生まれた「模倣芸術」（マルローは「イリュージオニスム」と言っている(二六頁)と、形を生み出す「創造芸術」との対比を明確化した。マルローの説明によれば、ヨーロッパが「生み出した絵画は、それを介して［キュビスムの］芸術家たちがヨーロッパの瞳から濁りを除去し、ヨーロッパがその『変形』を無能や不器用さのせいにしていた作品の『形を生み出す力』を、ヨーロッパに対して明らかに示したのだ」(二五頁)。ブラックはこう書いている。「感覚が変形し、精神が形を生み出す」、あるいはまた「変形する必要はなく、形のないものからはじめて、形を生み出す」[12]。キュビスムによる革命は、まさにマルローの思想の出発点である。それは、創造するという精神的かつ物質的な活動はルネサンス期に定められた慣例に基づく現実の模写よりも、ひとつの形を自由に生まれさせることにあるというものだ。

キュビスムは現実を変形しているという非難を受けた。しかしこの変形の効果が予期せぬ結果をもたらした。それこそが大衆に、エジプトやシュメールやアフリカの芸術への門戸を開いたのだ。それらの「芸術創造力が、それによって人間が人間になり、混沌や動物性や本能的衝動や不滅のシヴァ神の支配を脱したものに最初に形を与えたのだ」(二八頁)。形という語の、より深い研究が必要になるだろう。それほどこの語の意味は変化しているのである。マルローはその多様な意味を明示したり、ブラックや、アンリ・フォションとロマネスク芸術を論じた彼の『形の生命』(一九三四)など、彼がいろいろな所から借用して変形した着想源をはっきりと示してはいないが。読者には逆説の居心地の悪さを容認しつつ、「論理の織地」を縫い合わせることが求められている。

二．効力を及ぼすマルローの思考

『芸術論』の有無を言わせない語調とその「芝居がかった世界」は、それを教条的と捉える多くの注釈者に不快感を与えている。[13]とは言え書かれたものは、思想が少しずつ形成されていったことを示している。それは逆説を提起し、いろいろな図像を集め、憶測を払拭し、類似性に基づく比較や、作品を前にして生まれる直観や、詩的な閃きを論証と結びつける。彼の（発見術という意味での）事実発見法に役立つ相互補完的なこうした方法のあいだに、マルローは上下をつけず、むしろこの語の音楽的な意味で響き合いを持たせる。彼はそれを追求し、それらすべての方法は「［芸術の］世界をわかりやすいものにする」（三七頁）のに役立つ。

彼の出発点が包括的な問いであるとしても、彼は読者に創造行為という本質的な謎を意識させたいがために、自らの経験に立脚するのだ。

包括的な問い

若いときから、彼は実存的な問い[14]と芸術的な問いとを結びつけた。「生について――死を前にした生について――考察することは、おそらくそれについての問いを深めることでしかない」。『反回想録』[15]の冒頭にあるこの文のなかの「生」を、芸術という語に置き換えてもよいだろう。彼の伝記は、二〇年代の初頭から結びついている生と芸術との密接な繋がりを証言している。マックス・ジャコブと初めて会った一九一九年とインドシナで逮捕された一九二三年とのあいだに、彼は現代芸術を打ち立てた人々の輪に入り、そのことが彼の芸術観を覆した。また彼は植民地体制の問題に気づき、そのことが彼の西洋文明に対する見方を根本的に変えた。同時に、個人主義的な観点に閉じこもった同時代の多くの知識人とは異なり、第一次世界大戦についての彼の総括は、ニーチェの思想の影響を受けた未来に対する悲劇的な見方に通じていた。それについて、ガエタン・ピコンは次のように説明している。

一九一八年の和平成立後、文学はプルースト、ジロドゥ、コクトー流の文学的逃避か、ないしはジッド流モラルへの逃避かのいずれかに分かれてしまった。〔…〕しかしマルローは、すぐさま感じとった。われわれの生きている時代では、個々人の気ままな振る舞いや自己満足は決定的に時代おくれになっていることを。〔…〕マルローはたちまち見てとった。自分たちは、第一次世界大戦の思い出をいつまでも懐かしんでいるわけにはいかない、時代には脅威が重く垂れこめ、一九二〇年のヨーロッパは戦前であって、人びとが思っているように戦後のヨーロッパではないのだということを。最初のひとりとして彼は、自分たちが必ずや、悲劇的事件に出あうことを知った。[16]

したがって、再びピコンの言葉を借りれば、「革命は芸術作品の神話として、同時に、永遠に人間を条件づけるものと競い合う思考の神話として現れる」以上、マルローは芸術革命と政治革命とをたえず結びつけることになる。片方に小説家がいて、もう片方にエッセイストがいるのではなく、ひとりの作家が、二〇年代に生じた問題を一生持ち続け、創作と人間の悲劇的運命とを分けなかった。そこから、もっぱら個人的な美的悦楽に向けられた西洋芸術への彼の異議申し立てや、ピコンが「何かに支配されている」と形容した作品、つまり「人間の背丈が、何か上位の力に引き上げられて、さらに大きくなるような作品」[17]

への傾斜が生じているのだ。

旅行者の経験

すでに述べたように奈良のおかげで私は、もしも主体が、それらがもともとあった場所での作品との出会いという真の実践を取りこんでいなければ、主体の記憶のなかの想像の美術館は強い存在感を持たないだろうということを悟った。彼の省察は部屋に閉じこもった収集家の夢想ではなく、ヴァルター・ベンヤミンの思想の延長上にある、作品のアウラに出会うための一連の物理的移動の経験の結果なのである。ここでもまた、それを指摘しているのはピコンである。マルローは大旅行家だったという点で、彼の時代において希なフランス人作家のひとりだった、すなわち彼の比較に基づくアプローチを可能にした、あの脱中心化を実践した限られた人たちのひとりだった。東京のシンポジウムでは、とりわけ上江洲律子氏の研究報告によって、彼の小説における身体の重要性が強調された。『芸術論』は、この角度からも研究しうる。マルローは、生身の人間に会いに出かけるように旅をした（美術館に積み重ねられている作品はこうした存在感を喪失し、最後には命を失ったモノに成り果てる）[18]。『神々の変貌』の序論は、ひとりの人間のヨーロッパ、アフリカ、アジア、中東から極東への、大陸をまたいだ旅の様相を呈している。そこでは芸術それ自体が、移動する身体の総体のように描き出されている。たとえば、「芸術は舞台に登場する」（三二頁）、「世紀初頭からの行列が、私たちの記憶を占領している」（二七頁[19]）、「沸き立つようなインドの森を前にして、何かが取り憑いていそうな穴をうがつ洞窟の彫像」など。主体の移動に、諸々の像の命が応える。

解読不能な謎

過去の芸術が現代の想像の美術館の一部になった今、過去の芸術の解明の試みは何に到達するのか。序論全体は、らせん状の道のように読めるかもしれない。つまりマルローは、彼が動員する図像のあいだを行きつ戻りつする。マルローは真理をかすめるところまで接近するが……それに到達はしない。「何千年ものあいだ、芸術創造の主たる目的は〔…〕、「真理」の様々なかたちの啓示と維持にあった」（一八頁）。しかし二十世紀には「永遠との絆」は絶たれ、人間と世界の合一の時代も、宗教的答えが得られる時代も過ぎ去った。[20]そこにはニーチェ的で、ジョルジュ・バタイユ、マルローの友人だったアンドレ・マッソン、ガエタン・ピコンにも引き継がれた、断裂というテーマが見出される。[21]この断裂は政治的でもあり（マッソンとバタイユは、三〇年代にファシズムの勃興とともにそれを実感した）、存在論的でもある。つまり人間と自然、人間と神との別離という痛みをともなう意識、精神的苦痛の源泉である。

しかしながら今日でもなお、「神々が現れるその絶対的な闇」（一一頁）に自己を投影することは可能で、それにより、解決にはいたらぬともその謎に最接近することはある。それがエジプトのギザに関する件《くだり》の意味だ。序論のはじめでは、過去の作品の価値をめぐる濃密な論証が長く展開されている。ギザでは私が結論で論じることになる、言葉では表せないこの「力」との出会いが起きるだろう。しかしさしあたり、マルローがそこに最初に見たものにとどめておこう。それは日暮れ時に、「大きなピラミッドの影のなかに」（一二頁）見られたスフィンクスだ。ここでは詩的直観が理論的省察にとってかわっている。スフィンクスは現実に存在する巨大な像であると同時に、謎の形象化そのものでもある。スフィンクスをめぐってマルローは画家のごとく、黒色というマネが流行らせた「色彩」の様々な価値を並べた。[22]すなわち夜の黒、謎の黒、「砂漠のスフィンクス」（一四頁）の無回答という回答。マルローは新たなオイディプスとして自らの問いを追い求め、さらに危機感を抱く読者にその問いを共有させる。盲人のように手探りする彼には、その「絶対」を指し示すことはできないだろう（一一頁）。

したがって読者は、大量に降りかかる新たな謎に甘んじるしかないだろう。スフィンクスの像は中心的な位置を占めながらも、時に蝕まれて識別不可能である。この形体は、「不定形」を宿している。その少し前では中世のカテドラルの、薄明のなかの「空隙の配置」の重要性が問題になっていた（キリスト教の絶頂期と言われるこの時代についてなら、むしろ中身のつまった存在感の言祝《ことほ》ぎのほうが期待されたかもしれないが……）。「いにしえの建築」の目的は、「その場がその諸形体を呼びこむように、最高度の存在が宿る場を創造すること」にある（一一及び一三頁）。しかしそれらの存在は気配を感じさせるだけにとどまっている。さらに「私たちは、芸術という概念を持ち合わせていなかった芸術家たちによって創造された、芸術の世界を見出す[23]」。芸術は、芸術の外にある……。

三．作品の力

序論は諸形体の創造とその受容とを結びつける、二重の問いによって始まる。どのような目的で諸形体は創造され、それはどのような効果を生むのか。

ふたつの基準の枠組み

これに答えるために冒頭から、さらにこのテクスト全体にわたって、マルローはふたつの基準の枠組み、一方は否定的、他方は肯定的と判断されるふたつの価値体系を持ち出している。退けられているのは「耽美主義的態度」、「美」、「悦楽」、個人的趣味、さらに多様なこともしくは「折衷主義」。評価されているのは「神秘」、「聖なるもの」、作品の「存在感」、さらに、広く多くの人に共有される一なるもの。ふたつめの範疇に属する作品（制作年代がいつであっても目には新鮮な、想像の美術館を形成する作品）だけが、「私たちにとって、共通の存在感のなかに「それらを」まとめる力の謎」（九頁）を掘り下げることを可能にするのだ。

確かに、マルローが色々な作品を自分勝手にグループ化しているという非難もあるだろう。なぜ「アッシジと奈良の大壁画」を結びつけ、「レンブラントやピエロ・デラ・フランチェスカやヴァン・ゴッホの絵画と、セザンヌの絵画やラスコーのバイソン」（八頁）とを分けるのか。それらすべては西洋文化によって認知されており、岡本太郎が賞賛した[24]単純な石の積み重ねからなる「イヌクシュク」ではないのに。いくつかの作品は他のもの以上に価値があるように見られ、普遍的な価値基準を提起しながら、主観的な嗜好をも肯定する（各自が自分の教養に従って、自らの想像の美術館を構成する）のは矛盾している。この矛盾が、提起されているふたつの基準の枠組みの妥当性を弱めている点に、異論を唱える余地はない。

革命的な見地

しかしながら、もしも私が取ってきた行動の実践という骨組の重要性を十全に考慮するならば、マルローの計画は非常に興味深い見地を提供することになる。彼にとって重要なのはある作品の美的な価値や歴史上の位置よりも、それが広く及ぼす「力」だ。問われているのは、芸術が人間に何をするかだ。それは、いくつかの作品が人を驚きで凍りつかせることでその目を釘付けにし、変貌して「もうひとつの世界」に通じる扉を開いてくれるようなものだ。

> 人間は、〔…〕神秘的な力を認知することで結びつく。その力は、美という手段とは異なる手段のおかげで歴史を超越し、魔術という語がその形体の説明にはまったくならないような先史時代の絵などを、彼らから見て存在感のあるものにするのだ。（八頁）

私たちの文明のような神なき文明においても、こうした力の性質を定義しないまでも、少なくとも実験を通してそれに近づかなくてはならない。マルローの作品は勇敢で独創的な探査であり、それは理性的なアプローチに限定せず、かつ宗教的思想に与することもせずに理解できるものの限界に留まるものである。それは、私たちと世界との関係を変更する性質を持つものだ。この点においても、それはニーチェによる探査の延長上にある。芸術の実存的価値は、専門家たち（画商、美術史家、もしくは今日であれば、教養と余暇と現実逃避をまぜこぜにする文化指導員……）によって作品に与えられている価値とは一線を画している。

序論のはじめには（一二頁）人間による創造行為の力をめぐる、マルローの論のうちでも極めて示唆に富む一節がある。ギザでの体験が、未刊の旅行ガイドの様式で詳しく述べられている箇所だ。ここではその一段落にとどめるが、それは次のように始められている。「おそらくいくつかの像が持つ、空間を神聖化する力は、他のどこの遺跡でもギザほどの力では顕在化されていない」。現実的なものや外観に関する省察を導く次の段落では、力という同じ主題を、「ここで、砂漠の純粋さのなかに現れる力」というように、別のやりかたで取り上げ直している。この訪問記は、宗教的な用語とは切り離された語としての、ひとつの出現を扱っていると考えよう。

すでに一九三四年に訪ねていたエジプトがここで選ばれているのは、象徴的だ。「連続的な歴史から見ればエジプトは人類の幼年期であり、不連続の歴史から見れば過ぎ去った人類だ」（三四頁）。ヘーゲルとシュペングラーのあいだで迷う余地はない[25]。エジプト芸術は完成に達している。たとえ王家の神々が消滅しても、エジプトは今日「私たちの生のなかで、死に属するはずのものの存在」を啓示する力を持っている（三三頁）。スフィンクスと出会ったギザ訪問の記述では、力学が支配している。まず旅行者は移動し、日暮れが日中砂漠の風景を包んでいた不動の光にとってかわる。もちろんこの出会いには、空間と時間に関する厳密に限定された諸条件があった。彼は夕方に到着しなければならなかった。しかも「街道からではなく、村から来る」（繰り返しになるが、現象学的視点を強調しておこう）。それから旅行者の移動につれて、スフィンクスは外観をかえる。弱まる光のなかで、スフィンクスは変貌する。「現実のもの」だと思っているものの、明確な輪郭が消えてゆくほどに。「頭から垂れ下がる部分」は「異国風の兜」に、彫像そのものは「巨大な死者の仮面」に、それから「砂漠の波と闇に抗して仕掛けられた罠の番人」へと変貌する。ここに装飾的な隠喩を見てはなるまい。主体は、「死者の仮面」もスフィンクスの「痛んだ顔」もはっきり知覚している。知覚の領域は、デカルト的習慣が私たちに思わせているより広いのだ。

まなざしは別の力学をも知覚する。何世紀もの年月によって彫像に課せられる、「劣化」の進行だ。しかしあらゆる期待に反して、劣化は致命的ではない。それは変形の一動因である。というのも「主要な残骸はヒエログリフの輪郭に、台形の記号になる」のだから。この文字にまつわる問題意識はキュビスムによって提起された、記号に関する省察に向かう。現代芸術は現実的なものとの繋がりを断つのではなく、形体と不定形なものとの作用のなかで現実的なものを模写するのでもなく、それを意味する。エジプトのスフィンクスについても同じことが言える。

マルローは切断のない、映画で言うところのトラヴェリングを実行したのだ。それは石の建造物の不動性ではなく、その変貌を明らかにする。この変貌が、私が描き出してきた支配的動性の別の名だ。この卓越した叙述は、詩の次元のものである。もしもマルローと同様に、この詩がいろいろな文学ジャンルのひとつではなく、その正当性が権威ある科学的言説の正当性にも劣らない、「真理」に迫る手段とみなされるならば[26]。それにこのトラヴェリングは、叙述の頂点としての広大なロングショットにも及ぶ。この大きな運動が終わったとき、視線は宇宙的スケールにまで広がっている。こうしてとうとう、長きに渡った二拍子のあいだに作られ、ゆったりした三拍子のリズムによって引き継がれた出現の描写をむかえることになる。

今や、最古の時代に大きな力に支配されていた形体が、絹の衣服がたてるさざめきに耳を傾ける時だ。砂漠はそのさざめきを介して、オリエントの遠い過去の人々のぬかずきに応えている。それらの形体が、神々が口をきいていた場所に再び命を吹きこみ、無秩序な広野を払いのけ、それらの形体の周りを回るためだけに夜から生まれているかに見える星辰に、命を下す時が来た。（一一二頁）

かつてスフィンクスを建立した人々の創造行為によって世界は秩序を見出し、対話が生まれ、存在が空虚にとってかわり、形体が不形体にとってかわる。世界の諸要素は楽器のように相和し、諸関係の調和が聞こえるようになる。この感動的なテクストをめぐる最後の逆説によって、結論としよう。芸術は厳密に言えば意味をめぐる問いに応えるのではないが、人々の意味を追求したいという望みに応えるのだ。

おわりに

一九四五年、『芸術論』が書かれる前に、ガエタン・ピコンはマルローにとっての「生」の重要性を分析していた。ここでもまた、「生」を芸術に読みかえてみよう。

生はある認識を他の認識に対抗させることで、勝利を得るわけではない。生の歌声は、精神の断定のとどかぬところに、それを超えたところにある。だから、人生経験の総和であるこの作品に向かって、系統的な思考だけが達し得るような反論を並べたてるのはやめよう。〔…〕人生は、論理の二者択一のなかにおしこめられてはいない。そのことを心得ているのが、まさにマルローの作品の長所なのだ〔…〕。彼の作品がわれわれに示そうとする啓示は、知性のカテゴリーに属してはいない。それは生のカテゴリーに属している。(27)

マルローをその修辞に還元しないようにしよう。非の打ち所のない美術史家ではないと、彼を非難するのはやめよう。彼の著作によってもたらされる三重の動力に導かれて、それを読もう。すなわち読者は行動に移り、思想は効力をもたらし、芸術の力は人間の渇きをいやしにくるのだ。

【注】

（1）アンドレ・マルロー、東京日仏会館開館式演説。一九六〇年二月二二日。*Œ* 5, p. 1133.

（2）*Id.*, p. 26.

（3）プレイヤード叢書内の『神々の変貌』の文章は、一九七七年のものである。文章と図版のこの最後の状態は、「マルロー自身により念入りに準備された。ただし初版と最終版のあいだの相違は、「この文章に関しては重要性はほとんどない」（« Avertissement » *ibid.*, p. LXXI）。本作品は以下の過程をたどった（Chronologies, *Œ* 4, p. LXXIII et *Œ* 5, p. LXIII）。

・一九四七年　「想像の美術館」、『芸術の心理学』第一巻（vol.2, « La création artistique », 1948; vol.3, « La monnaie de l'absolu », 1950）、スキラ。

・一九五一年　『沈黙の声』、ガリマール。『芸術の心理学』改定増補版（*Œ* 4, p. LXXXII）。第一部の名称が「想像の美術館」。

・一九五二～一九五四年　『世界の彫刻の想像美術館』（ガリマール）。第一巻『彫像』、一九五二年一一月。第二巻『浅浮彫りから聖なる洞窟へ』、一九五四年五月。第三巻『キリスト教世界』一九五四年一一月。「神々の変貌」と題された第四章は、一九五三年一月の『新新フランス評論』（*NNRF*）の第一号で、別に発表された。

・一九五七年　『神々の変貌』第一巻、ガリマール（一九七七年に「超自然的なもの」という題で、再発行されることになる）。第二巻「非現実的なもの」、一九七四年、第三巻「非時間的なもの」、一九七六年一〇月（マルロー逝去の一ヶ月前）。

・一九七七年　『神々の変貌』、既刊の三巻を包括する題。

（4）ガエタン・ピコン、「マルローと『神々の変貌』」、『メルキュール・ド・フランス』、一九五八年三月～四月（*Œ* 5, p. 1230）。

（5）Gaëtan Picon, 1863, *Naissance de la peinture moderne*, Genève, Skira, 1974. Édition Paris, Gallimard, Folio, 1988,

p. 41.

（6）これは次の有名な言葉の意味においてである。「作品はその時代のなかで、その時代から生まれ出る。しかし作品はそこを超え出るものによって芸術作品になる。」（三四頁）

（7）Hans Robert Jauss, *Pour une esthétiqe de la réception*, Paris, Gallimard, 1978.

（8）Georges Limbour, « *La Métamorphose des dieux* par André Malraux », in *L'Œil*, Paris, décembre 1957 (cité in *Œ* 5, p. 1247). この記事は本書の最初の出版後、ほどなくして書かれている。

（9）皮肉な調子は、たとえば黒人芸術の発見にまつわる以下の問いに明らかである（二四頁）。そこでは話し言葉のように、学術的な倒置形が取られていない。「西洋はバナナと同じようにアフリカ芸術を発見したのか？」その答えはもちろん、否である。

（10）ドミニク・ヴォージョワの著書を薦めたい。本書は『芸術論』を対象とし、言説の練り上げの視点からも、背景（想像の美術館、芸術と時間の関係等）についても検討している（Dominique Vaugeois, *Malraux à contretemps* (Paris, Nouvelles éditions Jean-Michel Place, 2016)）。

（11）晩年をサン＝ブノワ・シュル・ロワールの修道院のそばで過ごしたマックス・ジャコブは、訪問客にその柱頭を見せて「ピカソ」のようだと言った。マルローなら、この比較に絶対関心を示しただろう。

（12）厳密に言えば、ブラックやピカソのキュビスムは「抽象」ではない。これらの画家はつねに描き出す対象の像に執着し続けたが、マルローにとってのその重要性も、知られているところだ。はじめの引用と「模倣芸術」と「創造芸術」との対比は、一九一七年にピエール・ルヴェルディの雑誌『南北』に発表された「絵画をめぐる思想と省察」にある（Françoise Nicol, *Braque et Reverdy*, Paris, L'Échoppe, 2006 参照）。ふたつめの引用の出典は以下。Georges Braque, *Cahier, (1916-1947)*, Paris, Maeght, (28 octobre) 1947. 同様の分析は、「永遠化する」（三〇頁）という動詞からもできたかもしれない。この動詞は、ギヨーム・アポリネールの著作（Guillaume Apollinaire, *Les Peintres cubistes, méditations esthétiques*, 1913）からマルローによって取られた。

（13）Gaëtan Picon, *André Malraux*, Paris, Gallimard, 1945, p. 99.

（14）「形而上学」、「超越」という語もマルロー自身によって時々用いられている。たとえば二九頁。しかし私たちは、私たちの分析から宗教的分野をはっきり除外するために、それらを避けるほうを選ぶ。
（15）André Malraux, *Antimémoires*, Paris, Gallimard, Folio, 1972, p. 10.
（16）Gaëtan Picon, *André Malraux*, *ibid.*, p. 16.（ガエタン・ピコン『アンドレ・マルロー論』、川村克己訳、サンリオ選書、一九七五年、二六〜二七頁。欠落していた訳文を付加［訳者］。）このテクストは第二次世界大戦の終わり、パリ解放の何ヶ月か前に書かれた。
（17）*Ibid.*, p. 43 et 44.（ガエタン・ピコン『アンドレ・マルロー論』、前掲書、五九頁）
（18）マルローは次のように書いている。「美術館は作品をモノに変える」（二五頁）。
（19）この「行列」という語は、序論のなかで繰り返し出てくる。
（20）この「永遠との絆」については、以下を参照のこと。André Malraux, *Les Voix du silence*, *Œ* 4, *La Monnaie de l'absolu*, *Œ* 5, p. 722 et sq.
（21）このテーマは、『悲劇の誕生』（一八七一）から『ツァラトゥストラはかく語りき』（一八八五）まで見られる。
（22）戦争の終わった一九四七年、パリのエメ・マーグの新しい画廊で大規模な展覧会が開催された。タイトルは「黒はひとつの色」だった（普通黒や白はその色ではなく、意味が話題になる）。
（23）マルローは、西洋的な知的構築物としての「芸術という概念」に暗黙のうちに異を唱えるために、言葉の意味を問いただしている。
（24）本書内稲賀繁美氏の論文を参照のこと。Taro Okamoto, *L'Esthétique et le sacré*, Paris, Seghers, 1976.
（25）以下を参照。*Œ* 5, p. 1337.
（26）序論のなかで（二九頁）マルローは、本物の作品と忠実な再現とを対比させるのと同様に、詩と物語とを対比させることで、彼が詩に与える価値を明らかにする。「……私たちが芸術作品と呼ぶ作品、見かけばかりを優先させ、観客の楽しみばかりを目的とするあらゆる忠実な再現とはきっぱり区別される作品。詩が最良の物語から区別されるのと同じくらいに」。

(27) Gaëtan Picon, *André Malraux*, *op.cit.*, p. 92 et 93.（ガエタン・ピコン『アンドレ・マルロー論』、前掲書、一二二～一二三頁）

（訳：永井 敦子）

第三章　映画と映画史

可視化されなかったアンドレ・マルロー『人間の条件』
――「終わりなきアダプテーション inadaptation」の理論に向けて

ジャン＝ルイ・ジャンネル

はじめに

本稿で問うていくのは、アンドレ・マルロー『人間の条件』（一九三三年）のアダプテーションにかんする一連の企画であるが、それらの企画についてわれわれが目にしうる映像はまったく存在していない(1)。完璧な正確さを期するならば、たしかに何枚かの図像があるにはある。じじつエイゼンシュテインは、マルローと共同で作成したシナリオに付された八ページのメモのあちこちに、いくつかの場面を

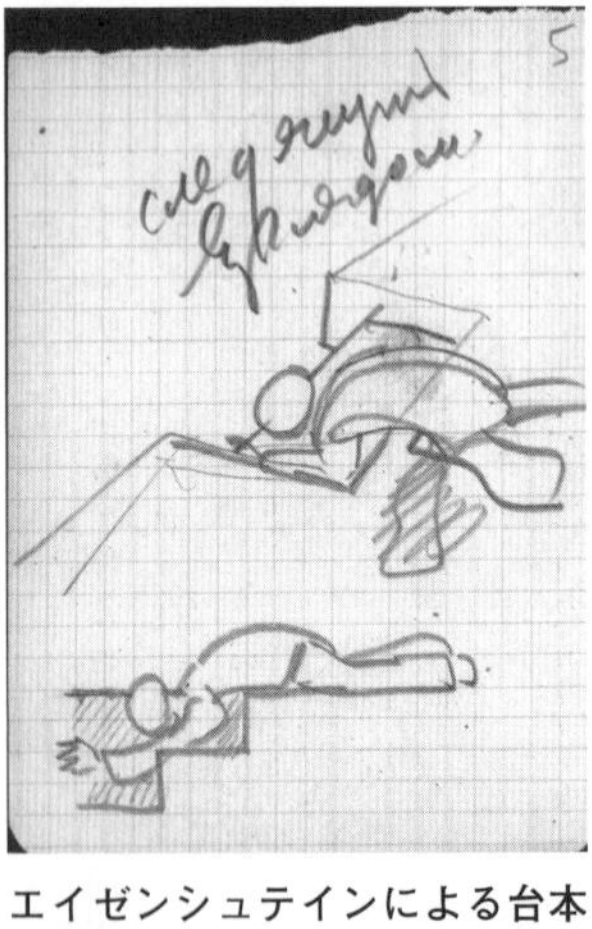

エイゼンシュテインによる台本草案（ロシア国立芸術・文学アーカイヴ（RGALI）所蔵）

大ざっぱにデッサンしている――それらのデッサンはロシアのアーカイヴに保存されており、おもに小説冒頭のチェン〔陳〕による殺人がなされる部屋の間取りや、戦闘場面における人の群れの動きにかかわるものである〔挿図参照〕。

一九六九年一二月に *Man's Fate* というタイトルでの映画化が中止になったあと、フレッド・ジンネマン[1]がMGM（メトロ・ゴールデン・メイヤー）にたいして起こした訴訟の資料がロンドンのBFI〔ブリティッシュ・フィルム・インスティチュート〕に保管されている。とりわけ出演者の写真（キヨ〔清〕を演ずる予定だった岡田英治[2]のそれのような）や衣装をつけた主要な俳優たち――たとえばメイ〔キヨの妻のドイツ人医師〕を演ずるはずだったリヴ・ウルマン[3]あるいはメーキャップをしてクラピック〔一種の山師でキヨたち革命派に何かと便宜を図るが、最後に彼らを裏切る〕に扮したデヴィッド・ニーヴン[4]――のとても美しいポートレートがあり、これらの写真は、映画作品がどのようなものになりえたのかについて、漠然とではあるが、おおよそのイメージを伝えてくれる〔次頁写真参照〕。

いずれにせよ、この一九三三年の小説の映画的アダプテーションに対応する映像が録画されるはずだったフィルムはただの一センチも存在しておらず、本質的な問題点はもちろんそこにこそある。これから論

〔1〕〔訳注、以下同様〕アメリカの映画監督、一九〇七～一九九七年。
〔2〕日本の俳優、一九二〇～一九九五年。
〔3〕ノルウェー人の女優、一九三八年生まれ。
〔4〕イギリス出身の俳優、一九一〇～一九八三年。

リヴ・ウルマン

岡田英治

デヴィッド・ニーヴン

（3枚ともマーガレット・ヘリック図書館フレッド・ジンネマン・コレクション所蔵）

じていく映画作品は潜在的にしか存在しないのだ。そのうえ、『人間の条件』の刊行以来、八〇年以上にわたって、映画化の企画が次々に立てられたにもかかわらず、そのなかにうまくいったものはひとつもない。そのためにこれは比較的特異なケースになっている。一九三三年以来なされた試みがいくつあるか想定するのはむずかしい、というのも〔『人間の条件』を出版した〕ガリマール社は数十年前からの記録しか保管していないからである。一九八〇年以前で知られているのは完成されたシナリオのみだが、とはいえきわめて不完全にであって、というのもそのうちいくつかは行方不明になっているのである。そのようなわけで、わたしの研究は次の七つのテクストをめぐって構築されることになった。

・一九三四～一九三五年に、アンドレ・マルローがエイゼンシュテインとともにフランス語で書いた四〇ページほどのシナリオ――エイゼンシュテイン自身は慎重を期して、この映画のアドバイザーにおさまるはずだった。監督として予定されたのは、彼のかつての弟子であったウクライナ人アルバート・ゲンデルシュテインである。この映画の撮影が始められることはついになかった。

・マルローの小説の最後の部分に対応する長いシークエンス、つまりクラピックの逃亡のすぐあと、雨天体操場に閉じこめられた革命軍の兵士たちが蒸気機関車のボイラーに投げこまれるのを待つ場面。ジェイムズ・エイジー[5]によって書かれ、一九三九年に『フィルム』誌の最初の号に発表された。並ずれた視覚的な力をもつ驚嘆すべきテクストで、エイジーはそこで複数のボイスオーバーの重ね合わせを考案して、それらにある種の抒情的次元を付与している。死に向かおうとするキヨの思考が彼を取り巻く囚人たちの声と混じりあい、古代劇のコロスのようなものを形成するのである。

・三番目に、一九六〇年代の後半にフレッド・ジンネマンが撮ることになっていたアダプテーション作品のために相次いで作成された三つのシナリオがある。そのシナリオとはジャン・コー[6]によるもの（一通り書き終えられた）、ジョン・マクグレイス[7]によるもの（詳細な筋書）、そしてさらに女流作家ハン・スー

〔5〕アメリカの作家、映画批評家、映画脚本家、一九〇九～一九五五年。
〔6〕フランスの作家、ジャーナリスト、脚本家、一九二五～一九九三年。

イン[8]によるもの（完成された撮影用台本にまでいたるいくつかのヴァージョン）である。この彼女の企画については監督とMGMが合意に達していた――ハン・スーインのシナリオにはジンネマンのコメントや準備に必要な一連の資料のすべてが付されており、それゆえこれは研究対象としてまちがいなくもっとも興味深いテクストである、なにせ映画の撮影が始まるぎりぎりのところまでたどり着いた唯一のテクストなのであるから。

・次に来るのは、一九七〇年代の終わりに、『カッコーの巣の上で』〔ミロス・フォアマン監督、一九七五年〕の脚本家ロレンス・ホーベン[9]によって書かれたシナリオで、彼はコスタ＝ガヴラス[10]とともに新しいヴァージョンの脚本を作成した。結果としてできたのは極度に政治的なテクスト

MGM から撮影中止の通知があった 3 日後、1969 年 11 月 19 日に撮った撮影隊の写真。撮影は 11 月 24 日に始まることになっていた（そして 1971 年に予定されていた *Man's Fate* の封切りのために、1970 年 5 月 1 日に終わるはずだった）。真ん中でフレッド・ジンネマンがリヴ・ウルマン、デヴィッド・ニーヴン、岡田英治と乾杯している。（マーガレット・ヘリック図書館フレッド・ジンネマン・コレクション所蔵）

であり、上海の若き革命派の背後には人民軍を率いる毛沢東の叙事詩がすでに輪郭をあらわす。そうしたことは草稿の最後に言及されている。

・入手可能な最後のシナリオがあるが、これは別あつかいする必要があった、というのもその著者マイケル・チミノは最後までそれを映画化する可能性を諦めていなかったからである。[11]そこにはいくつかの壮大な場面がある、たとえば捕らえられたコミュニストたちの最後の処刑がそうだが、この場面は映画の始まりに置かれて、ほとんど幻覚のようなふくらみを持つにまでいたっている。

本稿では、一九三四〜三五年にマルローとエイゼンシュテインによって作られた『人間の条件』の未完の映画化草案を、わたしが「終わりなきアダプテーション」と呼ぶものの典型的な例として、考察していく。

歴史を書き直す

『人間の条件』が出版された数ヶ月後にソヴィエトの映画製作会社メズラブポムフィルムがこの小説の

〔7〕イギリスの劇作家、一九三五〜二〇〇二年。
〔8〕中国生まれの著作家、父は中国人、母はベルギー人、一九一六〜二〇一二年。
〔9〕アメリカの脚本家、一九三一〜一九八五年。
〔10〕ギリシャ生まれ、フランスで活動する映画監督、一九三三年生まれ。
〔11〕マイケル・チミノはアメリカの映画監督、一九三九〜二〇一六年。原注（1）に挙げられた著書が刊行された時点（二〇一五年）では、チミノは存命中だった。したがって映画化が実現する可能性はまだわずかながら残されていた。

権利を買いとった経緯については、何ひとつ知られていない。マルローがエイゼンシュテインとの共同作業を企てるのは、一九三四年六月から彼がソヴィエトに滞在して以来のことで、これについての手書きの記録が保管されている――ただし付け加えておくと、メズラブポムフィルムと交わされた契約上では、指定された監督はアルバート・ゲンデルシュテインでエイゼンシュテインではなく、彼はテクニカル・アドバイザーという資格で現れてくるにすぎない（ゲンデルシュテインはエイゼンシュテインとフセヴォロド・プドフキン[12]の将来をたいへん嘱望された教え子だったが、「モンタージュ派」の一員と目されるようになり、その後はもっぱら生活のための仕事だけを手がけることになった）。

このソヴィエト版『人間の条件』については、三つの資料が残されている。[13]わたしの興味を惹くのは三つ目のもの、三五枚の台本草案で、ロシア国立芸術・文学アーカイヴ（ＲＧＡＬＩ）に保管されている。話の流れは三つの大きな部分に分割され、それぞれの部分が四つないし五つのシークエンスからなっている。なぜこの台本にそれなりに大きな重要性を認めることができるのか？　これが『人間の条件』のシナリオとしてほかよりかなり内容が豊富であるという事実もさることながら、マルローとエイゼンシュテインの共同作業から直接生みだされたことを確信できる唯一の資料だからである。フランス語で起草され、タイプで打たれており（最後の数枚を除いて）、さらに手書きで加筆がなされているうえに（いくつかの用語については、余白にロシア語の翻訳）、何よりもこのソヴィエトの映画監督のメモとデッサンが書き添えられているのだ。

知られているように、マルローの小説は一九二七年四月の上海におけるコミュニストの蜂起の鎮圧を物語っている。当時コミンテルンは、軍閥や列強諸国に対抗して蔣介石率いる国民党との同盟を保持することを、中国共産党に強いていた。小説は、コミュニストたちが国民軍の上海到着の直前におこなうはずの蜂起のために、政府のために用意されていた武器を奪取することで幕を開ける。キヨ、カトフそしてチェンは武装グループを組織し、ゼネストの呼びかけがあったそのすぐあとに襲撃にうつる。いっぽうその間、フランス商工会議所長フェラルは、上海の銀行家の代表および国民軍の代表と、蒋介石との同盟関係の見直しについて交渉する。共産党と国民党の合流が進められ、それはさまざまな緊張を作りだす。そこでキヨは共産党の支配下にある漢口におもむき、コミンテルンの政治方針を変換させようと試みるが、失敗に終わる。チェンはテロリズムを志向するようになり、蒋介石の殺害を試みるが、四月一一日、蜂起の鎮圧が始まり、コミュニストたちは虐殺される。

台本草案の冒頭のシークエンスは誤解を生じさせかねない。そこにチェンによって犯される殺人のあのよく知られた場面があることはわかる。彼はこのとき政府の武器を簒奪することを可能にする書類を盗むのである。しかしその直後、プロットはふたつに枝分かれする。クラピックはキヨに、〈政府〉は二台の車を送って山東号上の武器をおさえるはずで、船はフランス領事館の前で停泊する準備をしていると告げる。革命派は船を襲うことをみずからの目標と定め、その結果、武器の奪取、さらにその分配が、〈第一

〔12〕ロシアの映画監督、一八九三〜一九五三年。
〔13〕「三つの資料」とは、この論文で論じられる三五枚の台本草案のほかに、各場面ごとの簡単な説明をまとめた一枚紙の資料、さらに場面それぞれを詳細に記述した一一枚の資料のことをいう。後者二つはいずれもパリのジャック・ドゥーセ図書館所蔵。最後の資料は『人間の条件』を収めたプレイヤード版マルロー全集第一巻に読むことができる。Œ I, p.1295-1300. Cf. Jean-Louis Jeannelle, *Films sans images : une histoire des scénarios non réalisés de « La Condition humaine »*, Paris, Éditions du Seuil, coll. « Poétique », 2015, p. 55 sq.

部の〕シナリオの三分の二を占めることになる。小説から借用された筋書の時間はこうして二晩に集約される。最初の晩、中心的な登場人物たちは〈政府〉を出し抜こうとする――キヨは武器の奪取を援護するために、〔政府が送ってきた〕車を爆破することを決める。第二部はそれらの車を止めるための一連の試みに割かれる。まずキヨが試みて失敗し、そのあとチェンが車の下に身を投げて車とともに爆死する。コミュニストたちは船から盗んだ武器を分配し、いっぽうクラピックは彼の仲間たちが捕らえられることになるとの警告を受けるが、〔賭博場で〕そのまま賭博を続け、彼らをその運命の手に委ねてしまう。話の流れは極度に簡略化され、こうしてひとつの山場に集約されることになるが、それは小説では副次的な位置を占めていたにすぎない、なぜならこの場面が差しはさまれるのは、ゼネストと都市の占拠の前なのだから。マルローとエイゼンシュテインはこうした話の流れにある背景を付け加えたが、その時間的射程は小説よりはるかに長い。船の襲撃はじじつ市中のコミュニストたちを武装させるためになされ、それは上海に近づく革命軍との合流を準備することを目的としているのである。ところでこの合流は、第三部で、中心的な登場人物たちの死のあとに実現するとされる。キヨとカトフが死を待つそのいっぽうで、上海の街での「船から奪ったピストルで闘いを挑む小隊」のショットと、上海をめざして「田園のなかを進む革命軍」のショットが代わる代わる挿入される。シナリオは最後、一文にまとめられた次のようなシークエンスで終わる。

ここに資本家たちと警察のあいだの重要な場面、これは革命軍と上海の革命派による都市の占拠と結びついている（小説参照。いくつかの戦闘場面、ゼネストなどを結び合わせる必要がある）。

シナリオのイデオロギーへの合致はそれゆえ、できごとの起こる時間をこのように分解することを代償にして初めて可能になるのであり、一連のできごとの決着は、キヨとカトフの犠牲的行為のあとに置かれる。このような決着のつけかたは「社会主義リアリズム」の革命的イデオロギーには合致するが、歴史的視点からすればまったく真実からは遠い。その結果、小説の中心的なエピソードの数々、すなわちストライキの開始、ふたつの警察署の襲撃、装甲列車の阻止、フェラルによって並行して進められる国民党の代表者と上海の銀行家の代表者との交渉……は完全に姿を消してしまう（あるいは最後のシークエンスに一部分だけが残されて、完全にその意味を逆転させる）。

正統派の『人間の条件』

マルローとエイゼンシュテインは小説的な時間性をいわば解体するわけだが、それは革命の理想に合致する力学をそこに書きこむためである。すなわちそうした時間性を、主要な登場人物たちを死に追いやりながらも、上海の占拠のなおも上昇的な局面のなかに位置づけるためである。エイゼンシュテインは台本草案に書き添えたメモの最初のほうに、小説家の協力を得て『人間の条件』を再解釈し、考察し直したことを一九三四年一二月二〇日に記し、とりわけ「テロリストの爆弾の単独性」と「大衆の革命的創造性」の対立に触れて、「一五一本の小銃が忠誠心に富む者たちの手にあれば、ひとつの都市が征服されうる」という考えを結論として述べる。

このソヴィエトの映画監督はとくにふたつの革命勢力を交互にとらえる並行モンタージュでフィルムを

閉じることを想定していた。これらの革命勢力は、「囚人たちの顔」を映すショットを伴う、カトフ（台本草案ではカタロという名前になっている）の歩みのゆっくりとしたリズムによって、象徴的なやりかたで導かれていく（草案三五枚目）――このようなシークエンスは、三つの話の流れのあいだにあって、同じように並行モンタージュによって構成された、全体のかなめともいうべき賭博場のシークエンスと二枚折りの絵をなすように機能しただろう。とはいえこちらのシークエンスは革命派の逮捕へと話を導いていくものであった。

『マガジン・リテレール』誌一九七一年七月～八月号に掲載された、ジャン・ヴィラールおよびフランソワーズ・ヴェルニとの対話（『アンドレ・マルロー、世紀の伝説』撮影のためのもの）のなかで、マルローは件のシークエンス（彼はそのアイデアをエイゼンシュテインに帰している）を次のように説明した。[14]

覚えておられると思うが、生きたまま機関車に投げこまれようとしている何人もの囚人たちがいた。機関車には巨大な釜がある、木でボイラーを炊くのでね。彼らはひとりずつ呼ばれて機関車のほうに歩いていく。そしてカトフの番になり、彼も機関車のほうに歩いていく。ところで彼は怪我をして、びっこを引いている。カトフが少し短い右足でびっこを引いて右側に傾くショットがあり、次のショットは、右方向から上海に向かって行軍してくる革命軍のひとつを見せる。カトフが次の一歩を踏みだす、それで傾いた身体が元に戻る、すると左方向から別の革命軍が上海に向かって近づいてくる。シークエンスの全体がこういうふうで、カトフが一歩、ひとつの革命軍、もう一歩、別の革命軍、そしてエイゼンシュテインはモンタージュで動きを加速させていき、最後の場面で見られるのは、カトフが機関車に投げこまれるところではなく、ただ捕らえられるところだけだ。そのあと機関車が獲物を受けとったことを意味する汽笛が鳴る、そしてこの汽笛と同時に、ふたつの軍が合流し、上海に入ってくる。これが最後のシークエンスだった。(2)

この映像の逆説のすべては以下のようなことである、すなわち、小説のエッセンスそのものをとらえ、いわばその「生成的イメージ」を提供しながら、そのいっぽうでこの「生成的イメージ」はできごと（歴史上と物語上のできごと、という言葉の二重の意味での）の展開と相容れず、それゆえ小説とはまったくかけ離れてしまうということだ。エイゼンシュテインによって考案されたこの終わりは、それだけでテクストの「視覚化にかんする決まりごと」を凝縮して示すが、その物語内容を完全に逆転させてしまう。だからこそそれは、マルローの作品に底流する革命的ポテンシャルを顕在化することにはなる、しかしそのために驚くべき事実の歪曲が代償とされざるをえないのである。

じじつこのような再解釈には、ありとあらゆる種類の改変を想定する必要がある。事実だけではなく、時系列やとりわけ小説の登場人物についてもそうである。一九三三年の小説〔『人間の条件』〕のプロットは、極端なまでに枝葉を刈られ、単一化され、線的な物語の流れとなって、そこからは女性の登場人物〔ヴァレリー〔ファレルの愛人〕とメイ(3)〕がまったく姿を消してしまう。ジゾール〔キヨの父でフランス人の哲学者、チャンにも大きな思想的影響を与える〕についてもそれは同じことだが、彼は小説のなかで、たんなる哲学的なやりとりだけに還元されていたわけではない。だがそれ以上に驚くべきことがある。敵方も同盟者も

〔14〕クロード・サンテリとフランソワーズ・ヴェルニが制作した、マルローのインタヴューを中心とするテレビ番組。一九七二年に九回にわたって放映された。

同じようにすっかり消え去っているのだ。蔣介石もフェラルも台本草案には残っておらず、そこで唯一敵とされているのは〈政府〉であり、コミンテルンの代表者ヴォロギンも、その影響力は圧倒的であったにもかかわらず、もはや跡形もない。小説では、ゼネスト、ついで都市の主要拠点の占拠は、第二部の終わりに、チェンの礼讃するテロリズムという方向と、カトフの擁護する革命的正統性という方向のあいだの運動の分裂に帰着していた。キヨは、国民党が仕掛けてくる脅しと漢口のコミンテルンの命令の板挟みになりながら、テロリズムを排除し、そのいっぽうで国民党との同盟の維持にかんしてはヴォロギンと対立していた。映画のシナリオはもはやただひとつの敵を認識するのみである、すなわち現行の上海の当局だ。市中では革命派の行動は〈インターナショナル〉から来る命令に従っているようには見えず、彼らは「友軍」（草案六枚目）あるいは「革命軍」と――そしてもはや国民軍とではなく――名指される者たちとの合流を実現可能なものにするために、犠牲的行為にいたるまで歩みを続ける。こうした自己検閲の実行がもたらす主要な利点は、蔣介石の歴史的役割を隠蔽し、結果としてスターリンとブハーリンが（トロツキーと彼の賛同者たちの意に反して）強いた国民党との同盟という政治的誤りが矮小化されることであるように思われる。こうして一九二七年の革命が再現されるが、国民党の戦略上の方向転換に言及されることはない――ここには、政治的かつ美学的レベルにおける言葉の二重の意味でのアダプテーションの荒っぽい作業があり、そのためシナリオ内部にさまざまな矛盾を来すことにならざるをえない……エイゼンシュテインはシナリオの最後に付された手書きのメモで、市中で闘う者たちと、いままさに上海を攻撃しようとしている革命軍（機関車のボイラーへと向かうカトフの歩みがこれらを結び合わせている）のあいだの並行モンタージュについて、この最初のふたつのグループは「まったく異なっている」と記す――だがどのような点において異なっているというのか、市中で〈政府〉に対峙する者たちと外でそうする者たちのあいだのイデオロギー的隔たりなど、台本草案のいかなる場所にも記されていないのに？

『十月』の記憶と『チャパエフ』の影

この台本草案の背後にひとつの映画作品が存在し、忘れがたいある映画的記憶として筋の展開を裏打ちしている。それは成功した権力奪取の理想的モデルであり、とりわけエイゼンシュテイン自身がその視覚的かつイデオロギー的力を感じ続けずにはいないイメージと手法の貯蔵庫である。『十月』（エイゼンシュテイン監督、一九二八年）がそれだ。闘いの脅威が迫るある港町の占拠、一定の間隔で強調される一艘の船の現存（『十月』では「オーロラ」号）、何度かの熱狂的な襲撃によって中断される待機の夜の長いシークエンス、港の水や濡れた通りの水溜りに映るガス灯の明かり……この一九二八年の映画作品と台本草案のあいだの対照はきわめて多数にのぼる。

（『十月』が主題化する）一九一七年一〇月二五日のペトログラードにおけるボリシェヴィキのクーデタ（十月革命）は、勝利にいたる革命のプロセスの帰結として『人間の条件』のシナリオに憑きまとい、そこで歴史はたんなる時系列の法則以外の法則に従う。[4] たとえば「ある寺院の中庭でラッパ《トロンプ》を吹くラマ僧」のショットが、音の一致でチェンの二度目のテロのさいに彼に向かって突き進んでくる車のクラクション《トロンプ》につながり、『十月』における「神々の」シークエンスといわれる部分の自己引用として機能する。[15] 同じように、市中における革命派の個々の行動は、上海のさまざまなショット、船、革命派に向かってくる車、あちこちに分散して闘う小隊、さらにはまた近づいてくる革命軍のショットに裏打ちされている。それゆえにマルローとエイゼンシュテインは、さまざまに異なる同時生起的な一連のショットを交互的なモンタージュによって示して、そうしたものがもたらす束の間の開放を、ある八方塞がりの重苦しい状況に重ね合わせようと力を尽くしたのだ。この束の間の開放は鎮圧の脅威をダイナミックでポジティブなプロセスに反転させる体のもので、闘いの場面と革命軍をひとつに収斂させてゆく最後の部分がとりわけよくこれを例証している。

しかしながら、マルローとエイゼンシュテインの考案したシナリオは完成までいたることがなかった。一九三四年八月、ソヴィエト作家同盟の第一回会議にさいして、アンドレイ・ジダーノフは芸術の目的は次のようであらねばならないと定めた。すなわち芸術は「その本質において楽観主義的」であるべきで、労働者階級が身を投じた闘争の英雄性を反映して、「新しい生活のアクティブな建設者たち、すなわち男女の労働者、男女のコルホーズ農業組合員、党のメンバー、行政職員、技師、若きコミュニスト」を称揚しなければならないというのだ。[5]『人間の条件』のシナリオに書きこまれたエイゼンシュテインの最後のメモの日付けは一九三五年一月八日、つまり映画労働者会議が始まるほんの一日、二日前で、この会議で彼自身が非常に激しく攻撃されたのだった。けれどもすでに一九三四年一一月の「ソヴィエト映画の三つのステップ」についての記事で、この映画監督は自分が正統派であることの証拠を示そうとして、ヴァシリエフ兄弟[6]の『チャパエフ』（一九三四年）（これは当時スターリンお気に入りの映画作品で、ソヴィエト映画の絶対的モデルと見なされていた）を、英雄的な人物像が背景に位置する大衆から浮かびあがることで創出される「ディープ・フォーカス」によって、特徴づけたりしていた。これは仮説としていうのだが、ヴァシリエフ兄弟のヒーローの運命は、マルローとエイゼンシュテインにモデルの役割を果たしたのではないか。[7]夜、白軍によって仕掛けられた襲撃の最中に、傷を負ったチャパエフはウラル川を泳いで渡ろうとして撃ち殺される。だが最後のシークエンスは、赤軍の騎兵隊が戦いの場所に着き、敵に惨敗を喰らわせるさまを見せるのだ。とはいえ『チャパエフ』において、映画の描く内戦のヒーローがスターリニズムのイデオロギーに合致したのは、彼が〈党〉から派遣された委員のフルマノフと力を合わせることができたからであった。だがフルマノフが去って別の委員に代わり、チャパエフが途方に暮れたまま取り残されると、そのすぐあとに白軍の心理攻撃が始まるのである。ある観点からすれば、このヒーローの死が示そうとしていたのは、「ヒーローたちは死ぬ、だが共産党は死なない（党においてはあらゆる個人が交換可能だ）、共産党は勝利の永続性を保証する」[8]ということであった。これとは違って『人間の条件』では、犠牲になった革命派に寄り添って〈党〉の方針への忠実さを請けあってくれる指南役はおらず、英雄性とイデオロギー性のそのような重ね合わせが根拠づけられることはなかった。したがって、たとえどのような撮り方をしても、中国におけるコミンテルンの（ということはつまりスターリンの）政策の失敗を明らかに示すこの物語を具体的に回収するいかなる方途も、ありはしなかったのである。

小説のプロットのこうした驚くべき再構成は失敗へとたどり着くしかなかった。マルローとエイゼンシュテインがこうむったイデオロギー的圧力は、革命の失敗を、それ以上にスターリンの政策の失敗を、

〔15〕『十月』で世界各地（アフリカ、中国、日本など）の仏像、人形、仮面などが次々に映しだされるシークエンス。ジョルジュ・ディディ＝ユベルマンはこれを『想像の美術館』でマルローが自在におこなう画像の配置（「モンタージュ」）の発想源のひとつとしている。Georges Didi-Huberman, *L'Album de l'art à l'époque du « Musée imaginaire »*, Hazan-Louvre éditions, 2013, p. 40.

アレクサンドル・ドヴジェンコ『武器庫』（Bach Films）

取りあげることを不可能にした。一九二九年にアレクサンドル・ドヴジェンコ[16]は『武器庫』（一九二九年）（一九一八年一月、ブルジョワジーの主導する中央政府のウクライナ・コサック兵たちにたいしてキエフの武器庫を守るボリシェヴィキの虐殺を描いた映画作品）を、主人公のティモシュが、弾薬が尽き、敵にたいする最後の砦となって立ちあがるあのショットで閉じた。敵の弾丸は彼にあたることはなく、恐怖で引き下がってしまうのだ。

　現実にはまったくありえない『武器庫』のこのエピローグの場面は、これだけでボリシェヴィキの敗北を象徴的レベルにおいて〈革命〉の勝利に変える。マルローとエイゼンシュテインは全力を注いでこのような映画的奇跡を甦らせようとした。言い換えれば、上海の革命派の殺戮からイデオロギー的高揚の方向性を引きだそうとした。だがティモシュの勝利は象徴的なものでしかなく、いっぽうマルローとエイゼンシュテインがここで試みているできごとの再現は、実際に起こったことの逆を物語る以外にありえないのである。

終わりなきアダプテーションのプロセス

ある意味で、終わりなきアダプテーションのプロセスはこのばあいシナリオそれじたいに内在している。マルローとエイゼンシュテインが、このような企画から引き起こされる政治的圧力をともども自覚していたにもかかわらず、小説の刊行から時をおくことなく押し進めた仕事の総量から判断すると、『人間の条件』をスクリーンに移し替えることは、彼らには必然であり同時に不可能でもあるようにみえたのだろう。行き詰まりはこの企画と不可分であった。じじつ、このアダプテーションの仕事のなかで作動している自己検閲は、ふたりの人間の共同作業に先立って存在していたことすら明らかになる。『人間の条件』の草稿を検討すると、この小説を書きあげようとする段階で、マルローがそこに描かれるコミュニズムの正統性の証拠を用意していたことがわかる。(9) 彼はなかでも〔コミンテルンを代表する〕ヴォロギンのネガティブな特徴をぼやかし、もともとは党本部の襲撃のさいに命を落とすことになっていたエメルリックを生きながらえさせて「ポジティブな」ヒーローに仕立てあげ〔エメルリックはその後ソヴィエトで電気工場の組立工になる〕(10)、とりわけキヨが思い描く農民革命の仮説を消し去った。(17) それは当時の労働者中心の政治指針にあまりにもそぐわないものだったのだ。それゆえイデオロギー的調整のプロセスは、小説執筆のあいだにすでに動きだしていた。そしてシナリオの執筆とともに論理的矛盾にまで膨らんでいったというだけにすぎない。行き詰まりは次のように要約できる。マルローの目には、『戦艦ポチョムキン』の作者による『人間の条件』の映画化は彼の小説の明らかな帰結、つまり小説の革命的ポテンシャルの十全な実現だった。しかしそのような帰結は〔小説の記述の〕イデオロギー的修正を不可避のものとした。そしてそのような

(16) ロシアの映画監督、一八九四〜一九五六年。
(17) キヨがヴォロギンに会うために上海から揚子江をさかのぼって漢口に向かう途中、次々に現れる街の数々を見ながら、それらは「農民の街だ」、「中国、それは農民だ」という思いにふける箇所が草稿にはあった〔決定稿では削除されている〕。*Œ* I, p. 1335, variante *b* de la p. 606, cité dans J.-L. Jeannelle, *Films sans images*, *op.cit.*, p. 87.

修正が施されたために、考案された映画作品は〔共産党の〕歴史的躓きを説明することに失敗してしまうのである。

とすれば、この企画の頓挫にどのような意味を与えればよいのか？　そこに抑圧の一形式を見るべきなのか？　未完に終わったことは、ここではシナリオを研究することにつきものの困難をいっそう大きくする、なぜならたとえ完成していても、[11] シナリオはテクストである前にひとつの資料であり、そのようなものとして、明確な財政的かつ具体的制約に従わねばならないからである。[12] シナリオは製作プロセスの支持体であり、その中途での放棄は、どの段階でなされたとしても、ひとつの映画作品を一個の完全な作品たらしめているものをそれから奪ってしまう。とすればシナリオは、取り返しのつかない欠損をもつテクストであらざるをえない。書かれたテクストがすでに（その舞台上演とは別の）ひとつの劇作品である劇作家とはちがって、映画の脚本家はひとつの資料を人の手に委ねるが、それは（まだ）映画作品ではない。映画監督がシナリオのなかに書きこまれた指示に逐一したがう意向を持っているときでさえ、そうなのである。

撮られなかった映画作品に興味をもつのはわたしが最初ではない。アンリ＝ジョルジュ・クルーゾー[18]『地獄』、スタンリー・キューブリック[19]『ナポレオン』、テリー・ギリアム[20]『ドン・キホーテ』のことを考えていただきたい。もっともよく知られた不可視の映画作品たちについて、多数の歴史が存在しさえする。しかしながら、「映画の亡霊」と呼ばれるもののこのような歴史が考慮するのは、監督の名前と結びついた映画作品の企画のみである。じっさい頓挫した映画作品は、よく知られた作品群のなかの欠片としてのみ、ある映画監督が、製作者、予算的制約、政府の検閲、あるいはさらに公衆の無理解、といったものの専制に抗ってみずからのスタイルを貫くために推し進める闘いの呪われた部分としてのみ、われわれには関心を注ぐに値するものにみえる……こうした作家中心主義的フィルターは一種の倒立したパンテオンの出現を促進した。その失われたあるいは損なわれた傑作にたっぷり解説がほどこされる天才たちによって形づくられるパンテオンである。結果、撮られなかったあるいは失われた映画作品たちは、われわれにとって規範をなす作品全集に収められた未完の断片として現れることになる。未完の断片にならざるをえなかったのは、映画製作に通常つきものの財政的、道徳的あるいは政治的制約ゆえである。

ここには例外効果とでも呼びうるようなものがあるが、これは問題含みである。というのも作家中心主義というこのフィルターが覆い隠しているのは、じつのところ映画という現象の構造的性格だからである。じっさい以下のことは第七芸術に固有のありようといってもいい、すなわち準備はされながらその実現のどこかの段階で中断された作品の数は、完成されて公衆に公開された作品の数をはるかに超えているということだ。第七芸術の特異性はさまざまな企画のこうしたたえまない再利用の実践に由来し、この再利用の実践は終わりなきアダプテーションというケースにおいてある本質的な役割を果たしている。途切れることがなく、費用もかさむこのようなシナリオの産出は、そこに膨大な浪費しか見ないうぶな人間には驚くべきことかもしれないが、ある理論的視点からすれば、「非生産的な脚本 *unproduced screenplay*」というカテゴリーを完全に無効にするという結果をもたらす。権利上、いかなるシナリオも決定的に放棄される

〔18〕フランスの映画監督、一九〇七～一九七七年。
〔19〕アメリカの映画監督、一九二八～一九九九年。
〔20〕アメリカ生まれのイギリスで活動する映画監督、一九四〇年生まれ。

ことはなく、未完に終わったあらゆる企画は待機の状態のままとどまっていて、その意味で再スタートする余地が残されている（とはいえ時が経つにつれ、その実現には不確かさがどんどん増していくが）。こうしたすべてに通じていない公衆の目には、映画化されなかったシナリオはそれゆえいかなる存在の形態ももたないが、映画のプロフェッショナルたちの目からすれば、それはたえず再評価されうるものである、場合によっては原型をとどめないほど変わってしまうこともあるにせよ(13)。

そういうわけで、作家中心主義的な展望を逆転させてみることにしよう。じっさい映画化のシナリオが単独で存在することはけっしてない。よく知られた小説の場合には、他のヴァージョンが先行し、さらに別のヴァージョンがあとに続くだろう（たとえアダプテーションの企画がついに実を結ぶことになったときでさえも。そのときはアダプテーションとリメークの混淆という問題となるだろう）。『人間の条件』の一連のシナリオに、ただ言及すればいいだけの、そして関与した映画監督の名声次第で多少の注釈がほどこされもする、たんなる失敗を見るだけにとどめたいという思いに駆られるかもしれないが、そうではなくそれらのシナリオを網の目状にとらえ、小説に期待しうるその拡張の一種として考える必要がある。それらのシナリオをそれじたいとして読む必要がある。エイゼンシュテインとマルローの試みをいま問題にしてきたが、この試みをこれに続いた一連の試みとの関連でとらえなければならない。ジェイムズ・エイジーの、ハン・スーインの、ロレンス・ホーベン（とコスタ゠ガヴラス）の、マイケル・チミノのさまざまに異なった取り組み、あるいはさらに他の知られざるさまざまな取り組みは、その歴史が小説の受容を裏打ちするあるプロセスを表している——長いあいだ人目につかないでいたこのプロセスにおいてはイデオロギー的かつ歴史的核心がしっかり結び目をつくり、毎回異なった理由で（スターリン支配下だった、ヴェトナム戦争の真っ最中だった、中国が西洋との関係を正常化しようと努めた時期だった)、この小説の映画化は必然であると同時に不可能にもなってきた。まさにそれらの失敗こそが残っているシナリオたちを入手可能にし、読解に供することでその存在の様態を変容させたのである。シナリオは、その質の高さや完成度の如何にかかわらず、そこから引き出されたであろう映画作品と同等の価値をもつことはありえない。だがたとえそうだとしても、以後それは、他の未完に終わった一連のアダプテーションの総体のなかにそれじたいも含まれるという事実そのものによって、オリジナル・シナリオがそうであるよりももっと、作品として存在することになるのである。

以上のことを簡単にこう言い表してみよう。シナリオの回収不可能な赤字分として、自力では存在させることができない映画的作品のプログラムを書きこんでいるという事実がある(それゆえ、シナリオは映画作品の等価物であることはけっしてないだろう)。だがそのいっぽうで、この赤字分はシナリオに、これまで完全に無視されてきたある利点を与えもする。それは途方もないテクスト的生産性を持つことができるという利点であり、この生産性は、以下のことを考えればますます重要なものになる、すなわちシナリオはもっぱら資料としてのみ考慮され、(その権利が守られているので)一般にあらゆる流通の外にあり、さらにはアダプテーションの場合、ある映画作品が完成しても、あまたの新しいヴァージョンのさらなる追加を妨げることはけっしてないということである。この生産性には十分な関心が注がれておらず(映画監督の名声による特殊なケースを除いて)、〔シナリオという〕書かれたテクストは、まるで文学にも映画にも属していないかのようなのである。

*

『人間の条件』を映画にしようと試みる一連の企ては、こうしてある相互連関的読解の作業の全体を要請し、わたしは『映像のない映画作品』という著作でこの作業に注力した[14]。こうしたアプローチのおもな有用性は、アダプテーションについての研究の主要な問題を形成していることがら、すなわちテクストとフィルムのあいだの行ったり来たりをショートカットしてしまうということだ。この往来をおこなえばこそ、〔テクストからフィルムへの〕移し替えのある種逐語的な点検が否応なくなされねばならなくなる。というのも真に問われているのは忠実さの問題ではなく創造性ということであり、言い換えるなら、あるテクストの翻案可能性ということであって、それはテクストが生みだした異本たちの作りだす網の目、別の言い方をすれば、スクリーンをめざす書き直しの潜在的可能性によって評価されるのである。シナリオの執筆はひとつの持続的、流動的プロセスとしてそこにあらわれ、伝統的な流通経路の外部で生きながらえて、結果として、自律的な仕方で自己展開していくことが可能になる。同じひとつのアダプテーションの企画について次々に畳みかけられる書き直し、ある時点でひとつのチームのなかでなされる共同作業、他の脚本家の後を襲う脚本家が、前任者のヴァージョンにたいしておこなう再解釈あるいは剽窃的書き換え……こうしたすべては、完成された映画作品とそのもとになるテクストとの（ノヴェライゼーションの場合は逆の方向での）たんなる比較よりも、もっと重要な役割を果たしているように思われる。

本来の目的であった視聴覚的形態では現実化されなかったというこの事実こそがまさに、これらのシナリオたちに固有の価値を与えている。すなわち映画の潜在的歴史を提供するということだ――撮影され、公開された映画作品たちの公式的な歴史を裏打ちするもうひとつの歴史、この歴史は、望まれた映画作品という観点からみればただ可能態として存在するにすぎないが、そうしたありようをとおして、起源のテクストが秘める力により敏感であることが明らかになる。そして予測を超えた〈歴史〉の展開に、それと同時にあれやこれやの小説が映画になるのを見たいという異なったさまざまな時期にひとが抱きうる欲望に、さらには、そうした企画が引き起こしうるためらい、あるいは検閲の影響にも、より柔軟に対していることが明らかになるのである。

【注】

（1）この論文は Jean-Louis Jeannelle, *Films sans images : une histoire des scénarios non réalisés de « La Condition humaine »*, Paris, Éditions du Seuil, coll. « Poétique », 2015 という試論の大まかな流れを提示するものである。

（2）フランソワーズ・ヴェルニ「ジャン・ヴィラールによるアンドレ・マルローとの対話」、『マガジン・リテレール』五四号、一九七一年七月〜八月、一五〜一六ページ。

（3）唯一の言及は、草案九枚目に「もしかしたらキヨとメイの場面」が想定されているところ。

（4）以下を参照。Michèle Lagny, Marie-Claire Ropars et Pierre Sorlin, *La Révolution figurée : film, histoire, politique*, Paris, Albatros, coll. « Ça cinéma », 1979.

（5）Andreï Idanov, *Sur la littérature, la philosophie et la musique*, Éditions de la Nouvelle Critique, 1950, p. 8.〔訳注〕アンドレイ・ジダーノフ（一八九六〜一九四八）はソヴィエト連邦の政治家で「社会主義リアリズム」の名のもとに前衛芸術を抑圧する論陣を張ったことで知られる。

（6）セルゲイ・ヴァシリエフ（一九〇〇〜一九五九）とゲオルギー・ヴァシリエフ（一八九九〜一九四六）は

兄弟ということになっていたが、同姓というだけで姻戚関係はなかった。

（7）Sergeï Eisertstein, « Les trois étapes du cinéma soviétique », *Lu*, novembre 1934.

（8）Marc Ferro, *Cinéma et histoire* (1977), nouv. éd. refondue, Gallimard, coll. « Folio histoire », 1993, p. 92.

（9）プレイヤード叢書版のジャン＝ミシェル・グリクソンによる『人間の条件』の「解題」参照。Œ I, p. 1284.

（10）プレイヤード叢書版の「注と異稿」参照。Œ I, p. 1358, variante *b* de la p. 714.

（11）そもそもシナリオの執筆が真の意味で完成にいたるということがありうるのだろうか？

（12）Amélie Vermeesch, « Poétique du scénario », *Poétique*, nº 138, 2004, p. 213-234 参照。

（13）その証拠に、フランクリン・レオナードが二〇〇五年に、膨大な量の放棄されたシナリオを集成した『ザ・ブラック・リスト』を作ったという事実を挙げておく。この本はただのカタログとしてではなく、最良のシナリオを格付けすることを、言い換えると、潜在的な製作者の注意を惹くことをめざしたセレクションとして、提示されている。

（14）注1参照。

（訳：吉村　和明）

アンドレ・マルローによる映画
――アンドレ・バザンの『希望　テルエルの山々』解釈をめぐって

吉村　和明

前線地帯では物音が凄まじくて、人間以外のどんな生き物も逃げだしてしまう。
耳が聞こえないのでアリだけが人間とともに残り、落ち着きはらって歩きまわり、
機関銃の上にまで足を伸ばす。あなたはクロースショットでそれを見る… そのアリを…[1]

はじめに

『希望　テルエルの山々』（一九三九年／一九四五年）はアンドレ・マルローの唯一の映画作品として知られている。[2] この作品は映画批評家アンドレ・バザンに、映画のレアリスムについての本質的な考察を深めていく大きな契機を提供することになった。[3] ところでそうしたことは、マルローの映画で人間が世界と取り結ぶ関係のありようのいわば存在論的な次元での把握と不可分である。そのことについて考えてみたい。まず小説『希望 *L'Espoir*』（一九三七年）との関係から見ていこう。

一．『希望』、映画の「影響」を受けた小説？

『希望』は、語りの組み立てや場面の描き方などに映画的な手法を取り入れた小説だとしばしばいわれる。

マルローにとって「場面」は「小説的創造の基本的な単位」であり、彼はそれぞれの「場面」を独立したまとまりとして書き、それらを映画でいう「モンタージュ」のように自在に組みあわせて一つの全体を練りあげていったというのだ(4)。たしかに当時のマルローが映画と深いかかわりをもっていたことは周知の事実だし、この小説の執筆に際して彼が映画を意識したこともまちがいないだろう。だがただちに付け加えなければならないのは、「モンタージュ」という言葉がマルローの小説にかんして引き合いに出されるとき、それが場面の独立性および場面相互の非連続性によって特徴づけられる語りの様態を指しているのにたいして、映画ではそれは逆に、場面をつなぎ合わせて多かれ少なかれ首尾一貫した連続性を創出するための基本的な技法であるという事実だ(5)。「モンタージュ」のような映画用語を不用意に使ってマルローの小説作法を説明することには少なからず危険がともなう。アンドレ・バザンは、小説にたいする映画の影響が、えてして安易に、そして大ざっぱに断言されがちなことを批判して、端的にこう述べている。「ドス・パソスやマルローの小説は〔…〕フロマンタンやポール・ブールジェの小説と対立しているのとおなじくらい、私たちがふだん見なれた映画と対立している(6)」。なるほどドス・パソスやマルローは「世界に関するある種のヴィジョン(7)」を映画と共有しているかもしれない。しかしだからといって、そこからただちに彼らへの映画の直接的影響を結論づけてしまうのは、あまりに単純すぎるということである。

バザンだけではなく、助監督として『希望　テルエルの山々』の撮影でマルローを支えたドニ・マリオンもまた、映画の小説への「影響」を不用意に言いつのることには懐疑的だ(8)。彼の著書『アンドレ・マルローによる映画』に、共和派のパルチザンが前線の仲間に合流する道を開くために、ファシスト軍の大砲に車を突っ込ませる場面の詳細な分析がある(9)。小説では車を運転して大砲に突っ込んでいくのはプイグという登場人物で、「もはや防弾板に守られていない砲兵たちが、まるで映画のなかでのようにクロースアップされるのがプイグの目に映った。ファシストの機関銃が火を吐き、大きくなった」とマルローは記している（傍点は引用者、以下同様）[10]。だがマリオンの指摘するように、実際には車にカメラを載せて砲兵たちや大砲が大写しになっていくのをそのまま映像化することは、当時の技術では物理的にできない。マルローは、彼方から疾走してくる車をとらえる遠景ショット、カラル（小説のプイグにあたる映画の登場人物）のクロースアップ、大写しになる大砲の一瞬のショットなどを次々にたたみかけて、小説と相同的な――あるいは映画ならではのいっそう迫真的な――効果を演出しようと試みている。

「映画のなかでのように」といった映画へのレフェランスは『希望』に何度となく出てくる。だがそれらはまさしく一種の比喩として機能するにすぎない。そしてそのかぎりにおいて、むしろ小説／映画の差異を際立たせるものだ。そのことをマルロー自身はよく理解していた。たとえば次のくだり、

> 国別にまとまって、次から次と中隊が、身をかがめ、銃を前に突き出して、霧のなかを走っていく。霧はいまや炸裂する砲弾の煙からなっているかのようだ。まるで映画だ、しかし全然ちがう！[11]

『希望』第二編「マンザナレス河」第一部「存在と行為」の最後の部分に読まれるこのくだりで、「まるで映画だ」と記しながらただちに「しかし全然ちがう！」とその言葉を打ち消す自発的な否認の身ぶりに、小説に映画を重ね、同時に差異化するマルローの意識が先鋭に現れている。

いっぽうバザンは、皮肉をこめて次のようにもいう。「マルローの『希望　テルエルの山々』のような

映画の独創性は、小説、それも映画によって……「影響を受けた」小説をもとにしてどのような映画ができるかを示してくれる点にある。[12]」じっさい『希望』が映画的な小説だという紋切り型的な思いこみから、『希望　テルエルの山々』をその単純な翻案だとする皮相な理解が生じてくる。だがシネアスト・マルローが意図したのは、マリオンも指摘するように、単純に小説を脚色することではなく、「（小説と）同じ素材からオリジナルなシナリオを引きだす」こと、ひとことでいえば「（小説とは）異なった一つの作品を製作すること」であった。[13]こうして、荒削りではあっても、たんなる小説のアダプテーションとは「正反対」の、[14]真正で力強い映画作品が作りだされることになった。

この大砲に向かって車が突っこむ場面は、小説ではこのように終わる、「失神したプイグが意識を回復する――革命がそこにあり、大砲も捕獲されていた[15]」。

映画監督・批評家のロジェ・レーナルトは一九四五年に『希望　テルエルの山々』が公開された当時、いち早くきわめて的確な批評を書いた。彼は初期のバザンの思想形成にもっとも大きな影響を与えた人物の一人だが、[16]そのレーナルトは一九三六年に書いた「映画のリズム」のなかで「映画のデクパージュ」と「小説のコンポジション」の違いについて、映画では「省略 ellipse」こそが「一本のフィルムを構成する骨組みとなる」と記す。「省略」はその意味で「映画の本質」をなしているというのだ。いっぽう彼によれば、「小説は省略を内包しない」。なぜか？「小説家は、芸術作品を作るために、移し替える」からである。[17]「移し替える transposer」という一語だけでは簡潔すぎてややわかりにくいが、レーナルトの説明によると、小説においては場面そのものが一つの創造であり、自己完結的で、当初からそこには多くのメッセージが内包される。このような場面が統合されて全体をなし、入念に練りあげられた諸要素はいっそう強固なものになる。そこではつねにすでにある種の「統合」がなされている。そしてそのかぎりにおいて「小説は省略を内包しない」ということになるのである。[18]「移し替え」とはこうして、現実から虚構への移行、場面へのいわば隠喩的な意味付与にほかならない。

先の場面で、プイグは失神から意識を回復して「革命がそこにあり、大砲も捕獲されてい」るのを見いだす。〈現実的なもの〉に能うかぎり隣接しようとする（その意味ですぐれて換喩的な）散文のなかに動詞の直接目的語としてこの「革命」の一語が書きこまれるだけで、[19]すべてのイメージは一瞬にして隠喩的な地平へと「移し替え」られる。小説でプイグは印象的な登場人物の一人としてかなり入念にその人物像が書きこまれる。筋金入りの戦闘的なアナキストで、「小説的とさえいえる」数々の武勲で知られ、人望も厚い。[20]この大砲への突入のエピソードのあと、彼はスペイン内戦以前にはアナキストにとってもっとも憎むべき敵であった民衛隊の隊長ヒメネスと会い、「奇妙な友愛」のなかでこの熱心なカトリック教徒と真摯な議論を交わす。しかしファシスト軍がバリケードを築いて抵抗を続けていることを知った彼は、結局トラックでそこに突っ込み、銃撃によって命を落とすのである。[21]プイグにとって「革命とはつねに一揆《ジャックリー》」であった。[22]彼についての一連の記述に描かれているのは、この人物にとってのそうした「革命」のありようにほかならない。大砲への突入もこのコンテクストのなかにある。それゆえ「革命がそこにある」という記述は、そのようなコンテクストへのいわば隠喩的参照として読まれなければならないのだ。

いっぽう映画では、たしかにカラルはパルチザンの隊長として強い存在感を画面に刻印してはいる。しかし彼は車で大砲に突っ込んだあと、「革命」も「捕獲された大砲」も見いだすことはない。車から投げだされて、足の悪い運転手アグストとともにあっけなく死んでしまうのであり、いっせいに飛び立った鳩たちが空を横切っていく映像――小説の「飛びながら方向を変えると同時に色も変わる鳩たち」という記述に対応する――が一瞬差し挟まれたあと、反転した車とともに血を流して倒れたその姿が映しだされるだけだ。そして彼の死を悼む間もなく、だれかがそばに投げだされた機関銃をすばやく拾って走り去っていく。[23]

ここに露呈しているのは、〈現実的なもの〉それじたいというよりは、映像が〈現実的なもの〉に肉薄しようとしてそれととり結ぶあやうい関係性そのものであるだろう。このことについてはふたたび検討することにしたいが、映像がここでは、バザンのいう「現実への漸近線[24]」を目指しながら、同時にその切り刻まれた（換喩的）断片としてのみ現前している、という事実をとりあえず確認しておきたい。このことも含めて、このシークエンスにかいま見られるのは、〈現実的なもの〉とのかかわりにおける、小説の「（隠喩的）移し替え」とは違った映画的イメージに固有の存在論的様態であるといってもいいかもしれない。

二　省　略

さて、ロジェ・レーナルトが前記のように「映画の本質」と呼ぶ「省略」であるが、アンドレ・バザンはその重要な論考「『希望』あるいは映画におけるスタイルについて」で、[25]まさにこの「省略」の独特のありように注目することから『希望　テルエルの山々』の分析を始めている。そこでまず彼の論述をたどりつつ、この「省略」の問題について考えてみたい。

もともと修辞的技法としての「省略」は、意味作用に意図的な欠落や分断を作りだして逆に想像力や知性を刺激しようとするすぐれて文学的な手法である。さまざまな水準でその適用を考えることができるが、小説における語りの技法としての「省略」を映画におけるそれによって根拠づけ、それが「映画と現代小説に共通した新しい修辞学」であることを強調したのはクロード＝エドモンド・マニーであった[26]。バザンはまさにこのマニーの名を挙げながら「省略」の文学的意義をこう説明する。「省略によって物語《レシ》のなかに同時に時間的でありまた空間的でもある非連続性を導入する意思」が、ある種の現代作家たちに共通して見られる。この「非連続性」は「見かけのものから導かれるある種の論理に沿って現実を自動的に組織立てたり、それに一つの意味を与えたりすることができないようにする」ものである。そして付け加えていう、「マルローの美学は、他のどんな美学にも増して、複数の瞬間を非連続的に選び取ることで進んでいく[27]」。

じつはマニーの著作のなかで、マルローへの言及は「省略」を論じた章ではなく、次の「映画と文学におけるデクパージュ」の章に出てくる。しかしマルローこそがたしかに「省略」を「隠喩」と対立させて、後者にその虚構的世界の構築の基礎をおく十九世紀までの文学の力が弱まっていき、そのいっぽうで、前者に基礎をおいて「知性と感性によって現実をわがものにすること」をめざす「ルポルタージュ」――さらには「映画」――が、逆に現代において力を増しつつあるという認識を、いち早く示したのであった[28]。「現実の超越あるいはそこからの逃避」（つまり隠喩）を本質とする「文学」は「事実を破壊すること」をその目的とする。他方そのような超越あるいは逃避を拒絶し、「二つの事実」の「省略的な突き合わせ le rapprochement elliptique」のなかに「（同じ）力」を見いだすのがリポーターとシネアストなのだとマルローはいう[29]。「二つの事実の省略的な突き合わせ」というとき、「事実」とは主体が世界に関与する際に立ち現れてくる〈現実的なもの〉の姿そのものである。それがなぜ「省略的」にならざるをえないのかというと、まさにそこで隠喩的移し替えがおこなわれないからである。省略はこうしてルポルタージュ、さらには映画に特有の新たな美学的基準となる。

なるほどマルローは、このように映画を「省略にその基礎をおく芸術」として語っている。ただしここで彼がいう省略のありようは、映画とルポルタージュを一括りにしていることからも察せられるように、意味作用に意図的な欠落と分断をもたらす文学的技法としての省略に等しいものである。

それにたいしてアンドレ・バザンは、映画が「ショットに細分化されるという構造」をもつにもかかわらず「非連続を許容しない」ことに注意を促している[30]。たとえばあるショットで一人の男が車から降りて自宅の入り口の敷居をまたぐ。次のショットでは、彼は自分の部屋に入っていく。特別の意図があるのでないかぎり、この二つのショットのあいだで、玄関を横切り、階段を登る男のショットが省略されたとしても、語りの連続性が損なわれることはない[31]。したがって、仮に一本のフィルムを構造化するショットへの分割を省略と呼ぶとしても——「映画の本質、省略」というときにレーナルトがそうしているように——、それは文学のばあいのように意味作用に欠落や分断を作りだすというよりはむしろ、語りの連続性を保証するための基本的な手立てとして機能することになる。まさにこのような機能ゆえに「省略は一本のフィルムを構成する骨組みとな」りうるのである[32]。

ロジェ・レーナルトはその『希望　テルエルの山々』論のなかで、まずマルローが先に見たように、映画（そしてルポルタージュ）を「隠喩の芸術」としての「文学」に取って代わる「省略の芸術」として定義づけていることに言及し、そのうえで「彼〔マルロー〕は『希望　テルエルの山々』においてこのルポルタージュの簡潔なスタイルを厳密に実践した」のだと述べている[33]。「ルポルタージュのスタイル」とはまさしく「省略の芸術」としての「映画」ということになるが、ここでいう「省略」とは、繰り返せば、連続性を作りだして一本のフィルムを構造化する映画的語りの常套的技法ではなく、欠落や分断をはらんだ映画的イメージのいわばぎくしゃくしたつなぎを意味している。

『希望 テルエルの山々』のバザンの分析も、先に触れた映画における「省略」についての彼の認識にもかかわらず、基本的にはレーナルトのこの指摘を踏まえている。一見論理的に不整合のようだが、まさにそこにこそ彼の着眼の鋭さがあるのだ。

マルローの映画作品にみられる省略は、原作の場合に劣らぬ有効性と美学的射程をもっているのかもしれないが、省略は映像に入り込むときにそれをねじ曲げざるを得ない。(34)

「省略は映像に入り込むときにそれをねじ曲げざるを得ない」というのは、それが通常のようにフィルムの連続性ではなく、理解のために知性の動員が必要になる非連続性を作りだしているということだ。そしてそのことが『希望 テルエルの山々』の「わかりにくさ」の原因になっているとバザンはいう。(35) 困難な撮影条件のなかで、このフィルムは多くのショットが撮られずに終わった。わかりにくさはそれゆえだと考えられがちだが、そうではなく、バザンによれば「偶発的な欠落でさえ、結局のところ計算された省略とまったく同じ役割を果たしている」。(36) そして『希望 テルエルの山々』の省略はわかりにくさを代償にして、少なくとも映画の語りが過剰な冗語法におちいることを妨げている。このことからバザンは『希望 テルエルの山々』における省略が「きわめて文学的なものにとどまっている」と指摘するのだ。ただしこのような指摘によって彼が意図しているのは、「隠喩の芸術」への先祖返りにたいする単純な断罪などではない。『希望　テルエルの山々』においては、映画的語りの連続性を保証するはずの省略が「文学的な省略」を特徴づけるその「知的構造」によって非連続性を作りだす。ところが、ある意味で反＝映画的というしかないこの身ぶりの突出にもかかわらず、『希望　テルエルの山々』はすばらしい映画作品たりえている。この逆説にこそ注目しなければならないとバザンはいうのだ。[37] 彼は『希望　テルエルの山々』を「アダプテーションとは正反対のもの」と呼び、「たとえマルローが『希望』〔…〕を書かなかったとしても、われわれは一篇の小説になりえた何かをスクリーン上に見ることができただろう」とまでいっている。[38] そしてさらに『希望　テルエルの山々』を、『戦火のかなた』（ロベルト・ロッセリーニ、一九四六年）などと並んで、「映画であることを選んだ〔…〕小説」の一つであると付け加える。[39] あとでまた触れるが、問題は『希望　テルエルの山々』の映画的イメージにおける「存在の密度」にかかわっており、[40] それと同じものが文字通り画面全体を支配しているありさまを、数年後、バザンはロッセリーニのフィルムに見いだすことになるだろう。彼の「映像＝事実」という概念はこの発見を通じて深められ、彼はまさにそこにこそ、小説に比肩しうる、そして映画にしかありえない表現の射程を見てとったのだった。

三．神　話

マルローはその映画論「映画心理学の素描」（一九四六年）のなかで、「偉大なサイレント映画」から一九三九年までのアメリカ映画への移行を「芸術」から「ジャーナリズム」へのそれとして提示する。[41] なぜジャーナリズムなのかといえば、それは端的に映画が「気晴らし」であり「娯楽」であるからだ。ただ彼によれば、このとき映画は「芸術がかならずや入り込まずにはすまない領域」をふたたび見いだす、すなわち「神話」である。彼はこういっている、「最良の映画は、すでに十年以上も前から、神話を自家薬籠中のものにすることによってその活力を得ているのだ[42]」。

ところで『希望　テルエルの山々』において神話とはスペインにほかならない。じっさい多国籍の登場人物たちが交錯してさまざまな場面を往きかう文字通り国際色豊かな小説『希望』がレーナルトのいう「スペインについての小説」であるのにたいして、あらゆる水準でスペインのローカル・カラーが強調される映画『希望　テルエルの山々』は「真の意味でのスペイン映画」といってもいいだろう[43]。アンリ・ゴダールが「『シエラ・デ・テルエル』についての覚書」でいう『希望』から『シエラ・デ・テルエル』への「スペイン化 hispanisation」ということだ[44]。

そしてそうしたことは、なによりテルエルの農民たち――とりわけ山下りの場面を埋め尽くす彼ら――の「顔」のクローズショット、近接ショットに具現化されている。H・ゴダールはこれらの農民たちについて、次のようにいう。

> この映画は、その本性そのものから、画面に映しだすこれらすべての男たちと女たちを端役とは別の存在に変えた、たとえ彼らがなに一ついうべき言葉をもっていないときでさえそうしたのであった[45]。

農民たちが「端役ではない別の存在」になるというところに神話作用が機能しているというわけだ。そしてさらに、こういう提示の仕方が場面を一種の「列神式」に変容させていると、彼は記している。

テルエルの農民たち © Les Documents cinématographiques

山下りの場面について、その「根本的に宗教的な性格」とか、これが「ほとんど宗教的な儀式」のようであるといった指摘は、しばしばなされる。[46] たしかにそうした荘厳な雰囲気は、山を下る人々の長い行列の映像が反復的に提示される一九三九年のヴァージョンではとりわけ強く感じられる。とはいえ、宗教性や聖別化はいわばこの山下りの字義性にたいする一種の「隠喩的移し替え」であって、そんなふうに〈現実的なもの〉を否認してしまうのではなく、いわば字義性そのものの次元にとどまることにこそ、マルローのいう「省略にその基礎をおく芸術」の本質的なありようが見いだされると考えることもできる。だとすればここでの農民たちは、むしろ聖別化されないまま神話になるという逆説を生きているのではないだろうか。

エマニュエル・シエティは、先のH・ゴダールの言葉を逆手にとってこう述べている、

> 逆にこういうこともできるだろう、「映画のすべての登場人物たちは、なにかをいわなければならないときでさえ、ある英雄的行動を成し遂げなければならないときでさえ、端役としての悲劇的条件を保ちつづけている〔…〕」。[47]

じっさいシエティによれば、「〔…〕彼らの生はいかなる特権によっても、この戦争で端役を演じるという

以上のいかなる権利によっても、保証されていない」。すなわち彼らは――そして彼らに見送られる負傷者たちや死者もまた――この戦争のなかでこうして「端役としての悲劇的条件を維持しつづけて」いるがゆえに、ある逆説的な英雄性を身にまとうことになるのだ。[48]

その意味で、レーナルトが『希望　テルエルの山々』のスペインを「〔ルイス・〕ブニュエルのドキュメンタリー映画、『糧なき土地』のスペインの妹」と呼ぶのは、まったく正しい。[49]『糧なき土地 *Terre sans pain*』（一九三二年）は、『希望　テルエルの山々』同様に共和派への共感に裏うちされつつ、しかし情け容赦ないまなざしでラス・ウルデス地方の苛烈きわまる貧困状態を描きだす。「端役としての悲劇的条件を保ちつづける」テルエルの農民たちはこのようなラス・ウルデスの住民たちとつながりながら、そ、の、ま、ま、英雄的でありえている。『希望　テルエルの山々』は、こうして、まさしくシエティがマルローの表現をもじっていう「反ファシスト的スペインの《純粋状態の神話》」になりえたのだった。[50]

四．「非人間的な対位法」

語りのレベルで「省略」という文彩を中心に鋭く切り込んでいくバザンの論考だが、それにとどまらず「現実の造形的複製としての映画は潜在的隠喩 la métaphore virtuelle の芸術である」という重要な指摘もしている。[51]彼が「潜在的隠喩」の例としてまず挙げるのは、ダイナマイトを仕掛けにいくためにパルチザンたちが出ていったあと、画面に映りこんでくるあの「謎めいた細口の大瓶」だ。彼はこう続ける、

滴の立てる澄んだ音が劇的な静けさを孕んだ部屋に響き渡り、滴が溶液にぶつかって波紋ができ――男たち

> がせわしなく去っていった後、それだけが静止状態における動きとなっている——、大瓶というかたちそれ自体がかすかに砂時計を思わせるといった、こうした細部のすべて〔…〕が、〔…〕あるがままの状態で私たちに引き渡されているのである。[52]

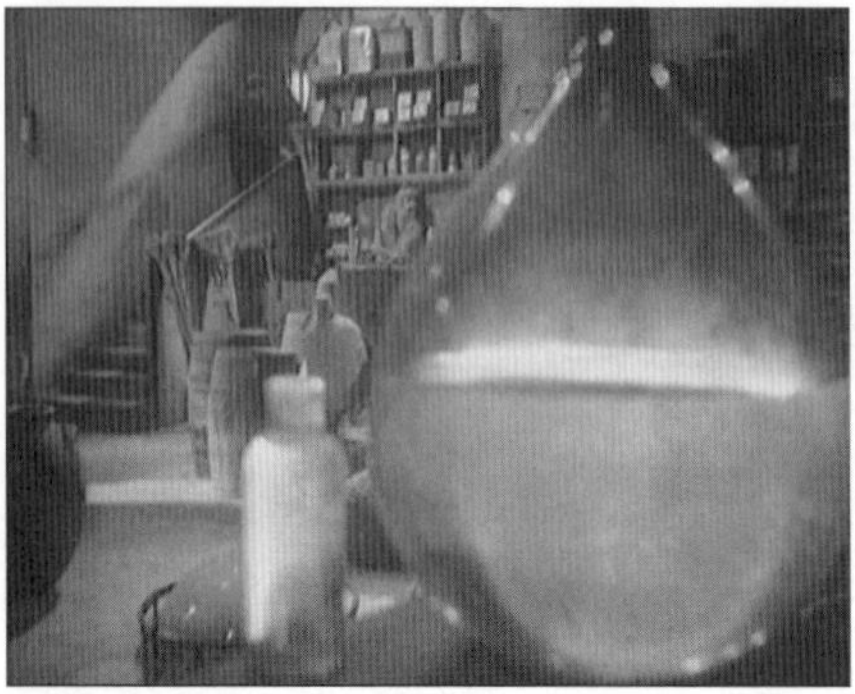

謎めいた細口の大瓶
© Les Documents cinématographiques

なるほど、バザンはそれらの細部が「隠喩の多様な潜在性を通じて、意味にたっぷり満たされている」と付け加えてはいる。だがどれほど多様でありえても、隠喩は潜在的なままとどまっている。多義的な解読はたしかに可能かもしれないが、それはあくまでも事後的な作業にすぎず、重要なのは「こうした細部のすべてが〔…〕あるがままの状態で」映画的イメージとして現前しているという事実そのものなのではないだろうか？　そのような細部こそがバザンのいう「存在の密度」の充塡された映画的イメージであり、そこに目を凝らすことで、たぶん小説にはない映画ならではの表現的可能性を垣間見ることができるのではないか。じっさいバザンはそのあと「映画の特権的な文彩《フィギュール》」として「二つのリアルな事実の突き合わせ」（「突き合わせ rapprochement」には「省略的な」という形容詞が付けられてもよかっただろう）をとりあげ、「それらの事物たちの並置から独自の重要性を引きだす」ことができると記しているのだ。

　バザンは、ファシストのカフェ店主の殺害直後の萎れたヒマワリのショットなどいくつかの例を挙げたのち、とりわけ「機関銃の照

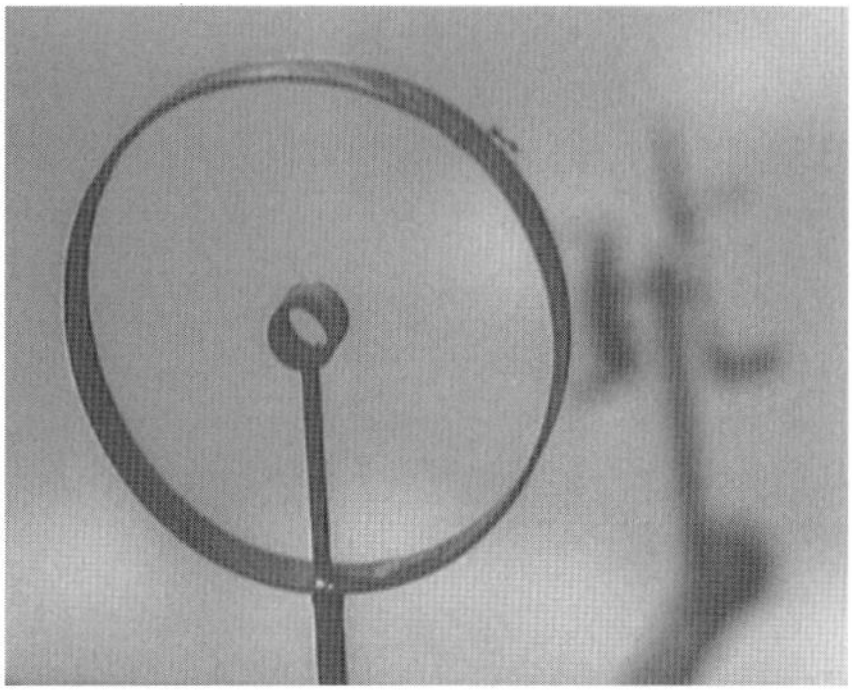
機関銃の照準器の上を小走りにわたっていくアリ
© Les Documents cinématographiques

準器の上を小走りにわたっていくアリ」に注目する。[53] もちろんこれはほんの数秒ほど画面に現れでるささやかなイメージにすぎない。しかし随所に挿入されるこのような細部にこそ、マルローの映画で人間が世界ととり結ぶ特異な関係のありようが示されている。バザンのいう「非人間的な（宇宙的な、ともいいうる）対位法」ということであり、マルローはつねにこの「非人間的な対位法」をさし挟みながら人間の活動を編成するのだとバザンはいう。[54] これはとても重要な指摘だ。「彼〔マルロー〕は映画にそのようなものの最大限の表現と芸術的有効性を見いだした。」つまり他のどんな芸術にもまして映画こそがみずからの表現のうちにこの「非人間的な対位法」を含みこむことができるということだ。これもまた文字通り映画的イメージに固有のある本質的様態の発見にほかならなかった。

おわりに

マルローはバザンの批評について、彼に書き送った感謝の手紙でこう記している、

映画でわたしが惹かれるのは、それが芸術的に、言葉以外のやりかたで、人間を世界（宇宙としての）に結びつける方法であるということだ、それをあなたが最初に指摘してくださった、そのことにたいへん感謝し

ています。[55]

そしてさらに付け加えて、「もしわたしがもう一本映画を撮ることがあったとしたら、そこでもっとも重きをなす一連のイメージは、あなたが見つけた、機関銃の視準機の上を走るあのアリのようなタイプのものになるでしょう[56]」。

機関銃の視準機の上を走るアリのようなタイプのイメージ……最後にこのアリについて触れることで、拙論の締めくくりとしたい。

先にバザンの「現実への漸近線」という表現に言及した。これは彼がネオレアリズモの代表作の一つ『ウンベルト・D』（一九五二年）を論じながら、「〔監督〕ヴィットリオ・デ・シーカと〔脚本家〕ザヴァッティーニの課題は、映画を現実への漸近線にすることにあった」と指摘するくだりに出る表現であった[57]。ところで映画が「現実への漸近線」であろうとするならば、それは途切れのないイメージの連なりにかぎりなく近くなるはずで――バザンのいう「現実という縫い目のないドレス[58]」に対応するために――、そのとき映画はショットへの分割、つまり省略による断片化や抽象化とは背馳するべつのありようをもたねばならない[59]。じじつバザンは『ウンベルト・D』のあるシークエンス（女中マリアの起床の場面）を詳細に分析しながら、「カメラはこまごまとした朝の仕事をじっと見つめるばかりだ」と記し、さらに続けていう、「まだ眠たげな様子の娘は台所のなかを何度も回り、流しに入り込んでいるアリたちを溺れさせ、コーヒーを挽く……」そしてこう結論づける、映画は「省略の芸術」であることを余儀なくされているとあまりに安易に信じられているが、ここでは映画はそれとは正反対のものになっている。(60)

一見われわれは『希望　テルエルの山々』の「二つのリアルな事実の（省略的な）突き合わせ」の対蹠点にいるかのようだ。だが「省略と正反対のもの」とバザンが呼ぶこの場面についての説明のなかに出てくる「流しに入り込んでいるアリたち」は、じつはこのシークエンスに出てこず、ただ壁に水をかけるマリアの身ぶりがあるだけであることが指摘されている。(61)ここで問題になっているのは時間的な省略ではなく、空間的な省略ではあるが、アリの現存がそのように「省略」されているのであるかぎり、たしかにこれは「典型的な省略」の一場面といいうるにちがいない。かぎりなく「現実への漸近線」に近づいたはずの途切れのないイメージの連なりにもこのような「欠落」――「縫い目のないドレス」の思いがけない破れ目？――が隠されている……だが、切れ目のない連続としての現実の幻想とその否応なしの断片化のあいだの「容認しがたいと同時に必要不可欠な根本的矛盾」にこそ、バザンにとっての映画的レアリスムの本質的問題が存するのであれば、(62)この『ウンベルト・D』の「現実への漸近線」と『希望　テルエルの山々』の「二つのリアルな事実の（省略的な）突き合わせ」とは、いわば背中合わせに結ばれたその現れであるというにすぎない。このことを真に理解するためにはさらに突っ込んだ論究が必要だが、(63)いまは「川を渡るために人が岩から岩へと飛び移っていくように、観客の精神は、事実から事実へと飛んでいかなければならない」というバザンの有名な言葉をあらためて思いだすだけで満足しておきたい。(64)「事実から事実へと」アリたちもまた「欠落」を超えて小走りにわたっていく。バザンのいう「非人間的な対位法」がこうして組織化される。彼がこれを「宇宙的な、ともいいうる」と記していたことを思いだそう。ダドリー・アンドルーはその示唆に富むバザン論「この残酷な世界へのインテグラルな視座」の一章をいみじくも「宇宙論—量塊としての世界」と名づけていた[65]。ここで「宇宙」という言葉がいい表しているのは、複雑であいまいな事実の集積として、人間的な知覚を超えて無限に広がる「非人間的な」現実の様態のことである。

周知のようにロベルト・ロッセリーニ『戦火のかなた』は、アンドレ・バザンにとって特別の意味をもつフィルムであった。それは彼の目にはまさしく「「レアリスム」の革命を完成させる」作品だったのだ。ところで重要なのは、その「革命」が『希望　テルエルの山々』にすでに「力強く素描されてい」たという事実だ[66]。バザンはマルローの映画でささやかな事物が「宇宙的」次元を含みもちながら現前するのを目の当たりにして、その「存在の密度」をたしかに感じとった。それはまさしく映画というメディウムならではの豊かなイメージの造形性の直観にほかならなかった。そしてマルローの映画がもたらしたこのような直観的認識こそが、のちに、ロッセリーニの映画の「スクリーンの表層全体」にみなぎる「具体的な事物の等しい密度」の文字通り全身的な感受へと、バザンを導いていくことになるのである[67]。

【注】

（1）ルイ・アラゴンの引用によるマルローの言葉、「アンドレ・マルローへの感謝」、『ス・ソワール』紙、一九三九年八月一二日。Louis Aragon, *Un jour du monde* (chronique de *Ce soir*) 2e partie : 1939 jusqu'au pacte germano-soviétique, *Les Annales de la société des amis de* Louis Aragon et Elsa Triolet, 2018, p. 365 に再録。

（2）紙幅に限りがあるので、この映画の製作、公開にまつわる諸事情はここでは割愛させていただく。それについては注3に挙げるバザンのテクストの訳者、堀潤之による「訳者解題」（『アンドレ・バザン研究』4号、七六～七七ページ）に簡潔なまとめがあるほか、Denis Marion, *Le cinéma selon André Malraux*, Cahiers du cinéma, « Petite bibliothèque des Cahiers du cinéma », 1996, p. 9-25 などを参照。映画のタイトルは一九三九年の「試写」の段階では *Sierra de Teruel* だったが、一九四五年にいくつかの内容の改変をともなって封切られたときに *Espoir*（定冠詞なし）とあらためられた（堀潤之「訳者解題」、『アンドレ・バザン研究』4号、七六～七七ページ）。『シエラ・デ・テルエル』（一九三九年のオリジナル・ヴァージョン）はスペイン放送協会の以下のリンクで視聴可能。https://www.rtve.es/alacarta/videos/filmoteca/sierra-teruel-1938/3918025/『希望』（一九四五年の一般公開版）については、Les Documents cinématographiques からＤＶＤが出ている（二〇〇三年）。以下、引用文中などを除き、日本語タイトルとして、現在もっとも流通していると思われる『希望 テルエルの山々』という名称を使用する。

（3）André Bazin, « À propos de l'*Espoir* ou du style au cinéma », *Écrits complets*, Édition établie par Hervé Joubert-Laurencin, Macula, 2019, p. 121-126. 初出は *Poésie 45*, n026/27, août-septembre 1945. この初出テクストの堀潤之による邦訳「『希望』あるいは映画におけるスタイルについて」および「訳者解題」は、『アンドレ・バザン研究4』（山形大学人文社会学部附属映像文化研究所、アンドレ・バザン研究会、二〇二〇年、六一～八二ページ）参照。以下、バザンのオリジナル・テクストの引用はこの『全集』版に拠り、書名（*EC* と略記）とページのみを記す。

（4）François Trécourt, « Notice » de *L'Espoir*, dans André Malraux, *Œ* 2, p. 1311-1314.

（5）場面の撮影がかならずしもシナリオの順序通りにおこなわれないばあいでも、その場面がフィルム全体のどこに置かれるかはあらかじめ決められているのにたいして、マルローの場合はまったくそうではないことを、プレイヤード版『希望』の校訂者フランソワ・トレクールも強調している。*Œ* 2, p. 1313.

（6）André Bazin, « Pour un cinéma impur », *EC*, p. 825. アンドレ・バザン「不純な映画のために」、『映画とは何か（上）』、野崎歓、大原宣久、谷本道昭訳、岩波文庫、二〇一五年、一五二ページ。この著作にかぎらず、以下の邦訳には、文脈によって訳語を改変させていただいた箇所がある。

（7）*Idem*. 前掲ページ。

（8）Denis Marion, *Le cinéma selon André Malraux*, *op.cit.*, p. 41.

（9）*Ibid.*, p. 44-49.

（10）*Œ* 2, p. 22. アンドレ・マルロー『希望（上）』、岩崎力訳、新潮文庫、一九七一年、三五ページ。

（11）*Œ* 2, p. 288. A・マルロー『希望（下）』、一〇五ページ。

（12）A. Bazin, « Pour un cinéma impur », *EC*, p. 825. A・バザン「不純な映画のために」、『映画とは何か（上）』、一五〇ページ。

（13）D. Marion, *Le cinéma selon André Malraux*, *op.cit.*, p. 37.

（14）後に記すように、バザンは「『シエラ・デ・テルエル』は、アダプテーションとは正反対のもの」だといっている。小説と映画作品はそれぞれ「同一の美学的基盤に拠って立」ちながら、「ひとつの創造的な企てが異なったふたつの美学的素材のなかで別の表現形態をとった」というのである。A. Bazin, « Le style, c'est l'homme même. *Les Dernières Vacances* », *EC*, p. 423. A・バザン「『最後の休暇』」、『映画とは何か（上）』、三六八ページ。

（15）*Œ* 2, p. 22. マルロー『希望（上）』、三六ページ。

（16）バザンの『映画とは何か』は、フランソワ・トリュフォーとともにこのレーナルトに捧げられている。

（17）Roger Leenhardt, « Le rythme cinématographique », *Chroniques du cinéma*, Cahiers du cinéma, 1986, p. 42.

（18）ただしレーナルトは同時に、他ならぬマルローの文章を援用しつつ、「隠喩」ではなく「省略」によって基礎づけられる新たな文学の誕生にも言及している。これについては後述する。

（19）原文は « Puig sortit de l'évanouissement pour retrouver la révolution et les canons pris. » (*Œ* 2, p. 22)

（20）*Œ* 2, p. 18. マルロー『希望（上）』、二九ページ。

（21）*Œ* 2, p. 24-30. 前掲書、三七～四七ページ。

（22）*Œ* 2, p. 23. 前掲書、三七ページ。

（23）とはいえ、この少しあとで、まさに彼の死を悼むかのように教会の鐘が鳴り響くなか、倒れたカラルの映像が反復される。こうしてこの「英雄的」というにはあまりにも直截なカラルの死が、映画の最初に出てくる飛行士マルチェリーノの簡素でかつ真情溢れる「葬儀」の場面に続いて、『希望　テルエルの山々』に強いアクセントを与えてはいる。

（24）A. Bazin, « Une grande œuvre : « Umberto D » », *EC*, p. 1024. A・バザン「偉大な作品『ウンベルト・D』」、『映画とは何か（下）』、野崎、大原、谷本訳、岩波文庫、二〇一五年、二一〇ページ。

（25）注2参照。ジャン＝ルイ・ジャンネルはマルローの映画作品を総合的に論じた著書のなかで、このバザンの批評を「〔『希望　テルエルの山々』〕について今まで書かれたまちがいなくもっとも奥深いテクスト」と評している。Jean-Louis Jeannelle, *Cinémalraux*, Hermann, 2015, p.108.

　この論考はフランソワ・トリュフォーの編纂による André Bazin, *Le cinéma de l'occupation de la résistance*, Union générale d'éditions, « 10/18 », 1975 に収録されるさいに、初出テクストの「前書き」的な部分の削除や、注40で問題にする語句の差し替えなどといった改変がなされた。ジャン・ナルボニの編纂による *Le cinéma français de la Libération à la Nouvelle Vague*, Édition de l'Étoile, 1983（のちに Petite bibliothèque des Cahiers du cinéma, 1998 として再版）もこのトリュフォー版を踏襲している。

（26）Claude-Edmonde Magny, « L'Ellipse au cinéma et dans le roman », *L'Âge du roman américain*, Seuil, 1948, p. 79. クロード＝エドモンド・マニー「映画と小説における省略」、『アメリカ小説時代――映画と小説』、三輪秀彦訳、フィルムアート社、一九八三年、七八ページ。

（27）A. Bazin, « À propos de l'*Espoir* ou du style au cinéma », *EC*, p. 122. 「『希望』あるいは映画におけるスタイルについて」、『アンドレ・バザン研究4』、六三ページ。

（28）A. Malraux, « Préface à « Indochine S.O.S. » d'André Viollis », *Œ* 6, p. 311.

（29）*Idem.*

（30）A. Bazin, « À propos de l'*Espoir* ou du style au cinéma », *EC*, p. 122.「『希望』あるいは映画におけるスタイルについて」、『アンドレ・バザン研究4』、六三ページ。バザンのいう（ショットへの）細分化と（全体の）連続性のあいだのこの逆説あるいは矛盾は、ネオレアリズモとの出会いを経て、後述のように（切れ目のない）現実という幻想と美学的判断によるその断片の取捨選択のあいだの「根本的矛盾」に変奏されて、映画におけるレアリスムの問いとしてさらに深められることになる。A. Bazin, « Le réalisme cinématographique et l'école italienne de la Libération », *EC*, p. 353. Ａ・バザン「映画におけるリアリズムと解放時のイタリア派」、『映画とは何か（下）』、九四〜九五ページ。

（31）A. Bazin, « À propos de l'*Espoir* ou du style au cinéma », *EC*, p. 122.「『希望』あるいは映画におけるスタイルについて」、『アンドレ・バザン研究4』、六四ページ。

（32）それゆえ、バザンが記すように（*Idem.*）、撮影に先立ってあらかじめ設定されるカット割りについてフランス語で使われる「デクパージュ」という言葉は意味が逆であって、英語では同じことを「コンティニュイティ」といい、こちらのほうがより適切な言い方ということになる。ロジェ・レーナルトも「映画のリズム」で同じ指摘をしている。R. Leenhardt, « Le Rythme cinématographique », *Chroniques du cinéma, op.cit.*, p. 42.

（33）Roger Leenhardt, « Malraux et le cinéma », *Chroniques du cinéma, op.cit.*, p. 96.

（34）A. Bazin, « À propos de l'*Espoir* ou du style au cinéma », *EC*, p. 122.「『希望』あるいは映画におけるスタイルについて」、『アンドレ・バザン研究4』、六三ページ。

（35）バザンが挙げている例は、共和派の飛行基地に向かう農民のホセと案内人が道を訊ねるために入ったカフェの裏庭で、ファシスト側に寝返ったカフェの主人が突然案内人を銃で撃ち殺し、すかさずホセが彼の背中をナイフで刺す場面。*Ibid.*, p. 123.『アンドレ・バザン研究4』、六五ページ。二つの殺人が一瞬のうちに起こり、その直後に萎れたひまわりのショットが続く。さらに大胆な省略を介して、次の場面ではホセはすでに飛行隊長のペーニャと話をしている。

（36）*Idem.* 同ページ。

（37）*Idem.*『アンドレ・バザン研究4』、六五〜六六ページ。
（38）A. Bazin, « Le style, c'est l'homme même. *Les Dernières Vacances* », *EC*, p. 423. A・バザン「『最後の休暇』」、『映画とは何か（上）』、三六八ページ。
（39）*Idem.* 同ページ。
（40）原文では « la densité existante » という表現である。フランソワ・トリュフォーは、「『希望』あるいは映画におけるスタイルについて」を注25に挙げたバザンの論集に収録するさいに、« existante » を « excitante » に読み替え、Petite bibliothèque des Cahiers du cinéma 版もこのトリュフォーの読みにしたがっている。だが、アンドレ・バザン『全集』の編纂者エルヴェ・ジュベール＝ローランサンは、これと相同的な表現 « une égale densité concrète »「具体的な事物の等しい密度」が、「映画におけるリアリズムと解放時のイタリア派」（注30参照）のなかで、バザンが「映像＝事実」について論ずるくだりに出てくることを指摘している。
（41）A. Malraux, « Esquisse d'un psychologie du cinéma », *Œ* 4, p. 14. アンドレ・マルロー「映画心理学の素描」、野崎歓訳、『ユリイカ』一九九七年四月号、一三八ページ。
（42）*Idem.* 同ページ。
（43）R. Leenhardt, « Malraux et le cinéma », *Chroniques de cinéma*, *op.cit.*, p. 97.
（44）Henri Godard, « Notes sur *Sierra de Teruel* », *Présence d'André Malraux* n.1, 2001. https://malraux.org/wp-content/uploads/2012/04/images_docs3_13godard_pam1.pdf（二〇二〇年八月七日に参照。）
（45）*Idem.*
（46）Cf. Robert S. Thornberry, *André Malraux et l'Espagne*, Librairie Droz, 1977, p. 178 ; Jean-Claude Larrat, *L'Espoir. André Malraux*, Nathan, 1996, p.75-76.
（47）Emmanuel Siety, « *Sierra de Teruel (Espoir)* d'André Malraux », *Cinéma 09*, printemps 2005, Léo Scheer, p. 152.
（48）*Idem.*
（49）R. Leenhardt, « Malraux et le cinéma », *Chroniques de cinéma*, *op.cit.*, p. 98.

（50）E. Siety, « *Sierra de Teruel (Espoir)* d'André Malraux », art. cit., p. 153.
（51）A. Bazin, « À propos de l'*Espoir* ou du style au cinéma », *EC*, p. 124. 『アンドレ・バザン研究４』、六九ページ。
（52）*Idem.* 同ページ。
（53）*Idem.* 七〇ページ。
（54）A. Bazin, « À propos de l'*Espoir* ou du style au cinéma », *EC*, p. 125. 『アンドレ・バザン研究４』、同ページ。
（55）Lettre d'A. Malraux à A. Bazin, datée du 8 mars 1946, A. Bazin, *Le cinéma français de la Libération à la Nouvelle Vague*, *op.cit.*, p. 239.
（56）*Idem.*
（57）A. Bazin, « Une grande œuvre : « Umberto D » », *EC*, p. 1024. Ａ・バザン「偉大な作品『ウンベルト・D』」、『映画とは何か（下）』、二一〇ページ。
（58）A. Bazin, « Renoir français », *EC*, p. 843. Ａ・バザン『ジャン・ルノワール』、奥村昭夫訳、フィルムアート社、一九八〇年、一〇六ページ。
（59）「省略とは、論理的であるがゆえに抽象的な物語のプロセスであり、分解と選択を前提としながら、複数の事実をそれらが従うべきドラマにおける意味に沿って編成するものである」とバザンは述べている。A. Bazin, « Une grande œuvre : « Umberto D » », *EC*, p. 1024. Ａ・バザン「偉大な作品『ウンベルト・D』」、『映画とは何か（下）』、二〇八ページ。
（60）*Idem.* 同ページ。バザンのこの主張は、クロード＝エドモンド・マニーの論考「映画と小説における省略」の冒頭の一文「映画はその技術の本質そのものからして、省略の芸術であることを余儀なくされている」を踏まえ、それに反駁するものである。Claude-Edmonde Magny, « L'Ellipse au cinéma et dans le roman », *L'Âge du roman américain*, *op.cit.*, p. 62. クロード＝エドモンド・マニー「映画と小説における省略」、『アメリカ小説時代——映画と小説』、六〇ページ。
（61）Jean-François Chevrier, « Deux notes sur André Bazin », *Ouvrir Bazin*, sous la direction de Hervé Joubert-Laurencin

avec Dudley Andrew, Les Éditions de l'Œil, 2014, p. 171 et p. 176 (note 27). 実際にアリが出てくるのは別の場面で、しかもそこでアリたちは「流しに入り込む」のではなく、ぞろぞろと台所の壁を這い、マリアに水をかけられ、さらに火をつけた新聞紙で焼かれてしまう。

（62）A. Bazin, « Le réalisme cinématographique et l'école italienne de la Libération », *EC*, p. 353. A・バザン「映画におけるリアリズムと解放時のイタリア派」、『映画とは何か（下）』、九四ページ。注30参照。

（63）これにかんしては、『アンドレ・バザン研究2』（山形大学人文社会学部附属映像文化研究所、アンドレ・バザン研究会、二〇一八年）の特集「存在論的リアリズム」、とりわけ伊津野知多の精緻な論考「アンドレ・バザンのリアリズム概念の多層性」参照。

（64）*Ibid*., p. 358. 前掲書、一一一ページ。バザンのこの言葉は、ロッセリーニ『戦火のかなた』（一九四六年）の六つ目の物語を構成する各エピソードのあいだに「大きな省略」あるいは「欠落」があり、しかもそのエピソードじたいが、それがあらわにする現実そのものにたいしてすでに「省略的」であるという指摘に続くものである。

（65）ダドリー・アンドルー「この残酷な世界へのバザンのインテグラルな視座」、『アンドレ・バザン研究3』、二〇一九年、一三ページ。アンドルーは注61に挙げたシェヴリエの論考を引用しつつ『ウンベルト・D』のアリのモチーフを他の映画のアリたちと結びつけて展開させ、論考を締めくくっている。

（66）A. Bazin, « Païsa », *DOC 47. Cahiers de documentation*, nº 2-3, Noël, 1947, *EC*, p. 313.

（67）A. Bazin, « Le réalisme cinématographique et l'école italienne de la Libération », *EC*, p. 358. A・バザン「映画におけるリアリズムと解放時のイタリア派」、『映画とは何か（下）』、一一六ページ。

＊本稿では扱うことができなかったが、バザンの論考のもう一つ重要な問題提起として、「アマチュアリズム」の積極的評価ということがある。これについては、注25に挙げたジャン＝ルイ・ジャンネルの著書、*Cinémalraux*, p. 103-113 参照。

美術館の徴のもとに
――マルロー、ゴダール、マルケルをめぐる三角測量の試み

千葉　文夫

はじめに

床一面に美術作品の写真図版が並べられている。グランド・ピアノを背にして立つアンドレ・マルローは、手にする写真の一枚あるいは資料に目を落としているところだ。ジゼル・フロイントやジェルメーヌ・クルルが撮影したポートレート写真と同じく、ここでも彼は煙草を口にくわえている。この写真は「想像の美術館」の図解[1]に相当する証拠物件として近年さかんに用いられているものだが[2]、ドミニク・パイーニはこれを最初に見たときの驚きを語るなかで、芸術作品の複製を見下ろすマルローはドゥルーズが問題化する「イメージの散乱」に向きあっているとしている[3]。

一九五四年にブーローニュ＝ビヤンクールのマルロー宅の居間で、モーリス・ジャルヌーによって撮影された写真である。床に並べられた数々の写真図版はすべてマルローの側から見ると上下逆さまの状態におかれていることもあって[4]、瀟洒な邸宅の居間に招き入れられた客が、家の主人から収集品の説明を受けるに近い雰囲気がある。『パリ・マッチ』誌（一九五四年六月一九日号）の「アンドレ・マルローの冒険」と題する特集ページには、これと似た別ヴァージョンの写真が掲載され、キャプションとして以下の言葉が記されている――「最近作『想像の美術館』第二巻「浮き彫りから聖なる洞窟まで」を飾る写真を前に

して。四万枚の写真を集め、三九〇枚を選んだ」[5]。ここで紹介されている『世界の彫刻の想像美術館』は全三巻の構成で、一九五二年から五四年にかけて刊行され、総計すると一四三四点の写真図版が用いられている。マルローは個別の彫刻の解説を専門家の手に委ねているが、数万枚の写真から図版を選び出す作業をほかの人間にまかせようとはしない。

『芸術の心理学』三部作（一九四七～五〇年）、『サチュルヌ』（一九五〇年）、『沈黙の声』（一九五一年）、『世界の彫刻の想像美術館』三部作など、マルローの「芸術論」の主要部分は一九四〇年代後半から五〇年代前半にかけて集中的に書かれている。これ以外にもジョルジュ・サルと共同で監修したガリマール書店「形態の世界」叢書[6]の刊行が一九五〇年代半ばにスタートし、さらに『神々の変貌』[7]も同じ時期に刊行されている。マルローの役割がテクストを書くだけでなく、写真図版の選定やレイアウト編集にもおよぶ厖大なものだったことを思えば、驚異的な仕事ぶりだと言わざるをえない。

それから半世紀近い時間が過ぎ、二〇〇四年にガリマール書店からプレイヤード叢書版全集の四巻および五巻として「芸術論」が新たな装いのもとに刊行されたことをきっかけに、テクストの精緻な読み直しがなされるようになった[8]。扱いの難しい厄介な相手として敬遠されてきたきらいがないわけではなかったマルローの「芸術論」は、いまや安定的な位置を見出したことになるのだろうか。ただしマルロー研究の動向とは別に、「想像の美術館」なる壮大な構想が、批評的な読解とはまったく別の場で少なからぬ影響力を行使してきたことはパイーニの証言からも十分に想像することができるだろう。本稿ではマルローの芸術論を重要なレフェランスとして創作活動をおこなってきた映画作家ジャン゠リュック・ゴダールとクリス・マルケルをとりあげ、この二人とマルローとの関係をさぐることで、いわば三角測量に相当する試みをおこなってみたい。彼らがマルローの仕事のうちに、ドゥルーズの言うような意味でのコンセプト、つまり解釈のための対象ではなく、新たな仕事を誘い出す可能性を見出したことに疑いはないのである。[9]

一．演出家マルロー

芸術論関係の著作といっても、新たなレフェランスとしての地位を獲得したプレイヤード版二巻本ではなく、一九四〇年代後半から五〇年代半ばにかけて刊行された判型の大きなオリジナル版を参照することでより鮮明に見えてくるのは、ルイーズ・メルゾーの言うように、ページを舞台に見立てる演出家（metteur en page）[10]マルローの姿である。その仕事は自著のみならず、彼が責任編集者となった「形態の世界」叢書にもおよんでいる。[11]そこに認められるマルロー的演出の独自性は、要約すれば、見開きページの矩形の平面を最大限に活用した並列対置、クローズアップに比すべき効果の追求、[12]とくに彫刻のモノクロ写真に見られる明暗のコントラスト、仰角などのアングルの工夫といった点に求められるだろう。これに関して、映画的手法との関連が取り沙汰されるのもそれなりの理由があると言える。いまここで詳細に立ち入る余裕はないが、印象的な例を見ておきたい。

マルローによる図像の扱いにおいて、何よりもまずわれわれの目をひくのは遠くかけ離れたものを接近させる手法である。[13]その手法の先駆者と言うべきエリー・フォールは『形態の精神』（一九二七年）の冒頭で、黒人彫刻、ポリネシアの彫像、ギリシア彫刻などとヴェネツィア派絵画が遠く離れたものに見えるとしても、「個性的差異」を超えたところで「調和」の発見が可能だと述べて、異なる文化圏に属する芸術作品をむすびあわせるアナロジーの原理の探求が必要だとしている。[14]コンテクストから切り離して並置するという点では、マルローはエリー・フォールを継承していると言えるが、しかしながら「調和」を見出すことにその狙いがあるとは言えない。日本を訪れた晩年のマルローが根津美術館で《那智瀧図》の脇に牧谿《漁村夕照図》を並べさせ、両者を見比べたというエピソードは、対置の緊張関係のなかに、作品の「真実」を浮かび上がらせようとする独自の眼力のありようを雄弁に物語っている。

『芸術の心理学』第一巻『想像の美術館』と、この三部作を圧縮し一巻本に再編集した『沈黙の声』で、繰り返されるピカソの彫刻と豊饒を象徴するシュメール芸術の並置からなる図版の扱いは、若干の異同はあっても、そのような接近と対比の演出例のもっとも印象的な例となっている。一見すると、ピカソの彫刻とシュメールの彫刻のあいだには数千年の時空を飛び超えて形態上の類似が認められるという主張に沿って、接近と対比の試みがなされているように見えるが、どちらの本にあっても、二枚の図版を掲示する当の頁およびその前後の流れのなかで、これに関する具体的な説明がなされているわけではなく、またピカソの頭部の図版と、豊饒を象徴する像の頭部の図版が隣接する位置におかれてはいても、果たして形態上の類似がそこに確実に認められるのかどうかという点は曖昧である。形態的な類似以上に、むしろ黒をバックに頭部が浮き上がるようにして一定のフレーム内に収める処理法、彫像に加えられる照明によってつくりだされる起伏の影など、彫像をとりまく雰囲気にこそ共通点が見出されるとした方がよいのではないか。図版説明によると、ピカソの彫像の写真はアルベール・スキラの撮影であり、またシュメール芸術の写真はマルローの片腕とも言うべきロジェ・パリーが撮影したものである。細かなことだが、ピカソの頭部は若干仰角でとらえられており、ほぼ同じ角度から見たものだと言ってもよさそうだが、明暗のコントラストの違いなどの点からして、同一写真を使っているとは思われない。シュメール芸術の方は写真トリミングの仕方も含めてさらに大きな違いがある。『芸術の心理学』を『沈黙の声』に書きなおすなかで、文章以上に、写真図版の扱いの方により大きな注意が払われているようにも思われるのだ。

『芸術の心理学』第三巻および『沈黙の声』第四章はいずれも「絶対の貨幣」なるタイトルをもつが、この両者におけるアンリ・ルソー関連の図版の扱いにも微妙な変化が見出せる。テクスト部分にはほとんど違いはない。『芸術の心理学』第三巻を見ると、マルローは《飢えたライオン》（著者はこれを一貫して《異郷の風景》と呼んでいる）に描かれた動物たちの闘争は「シュメールからアレクサンドリアにいたる四千年の時間を横断する」[15]と述べるとともに、古代貨幣の図版をそこに挿入することで、古代と現代の対比を試みている。さらにライオンの上方には、悪魔の象徴としてふくろうが描かれていると付け加えるのだが、掲げられているモノクロ図版を見ると、「ふくろう」の部分はカットされており本文と図版は対応していない。これは古代貨幣の浮き彫りの図版が挿入されることで、スペースの余裕がなくってしまったせいだろう。『沈黙の声』の該当箇所を見ると、こちらの方には古代貨幣の図像が使われていないので、古代と現代の対比という主張は補強の柱をうしなっている。ルソーの絵の方は少しばかり上下の余裕ができて樹木の枝の上にいる豹の姿が見えるが、相変わらず「ふくろう」はカットされたままでいかにも中途半端な感じだ。要するにいずれの場合においても、テクストとイメージが密接に対応しているわけではなく、本文の主旨とは別の位相にあって、たえず効果的な図版の使用のあり方を求めつづける演出家の姿が見えてくる。

マルロー的な演出が濃厚に認められるのは、たとえば『沈黙の声』においてジオットのフレスコ画《聖母》の天使（ウフィッツィ美術館）を見開きページの左端に、ピサの石像（ジオット以前）の天使を右端に配する例である。どちらの天使もやや上方に視線を向けていて、ページ中央の延長線上で両者のまなざしが交錯するように仕組まれている。その配置のあり方からして、マルローの関心は「類推」という以上に画面枠（カドラージュ）をいかに効果的に利用するのかという点におかれていると結論づけてもよさそうだ。

マルローの「芸術論」では、クローズアップに似た効果の追求も頻繁になされている。代表例として、『サチュルヌ』初版でのゴヤの《マドリード　一八〇八年五月三日》（プラド美術館蔵）の扱いを簡単に見ておくことにしよう。『サチュルヌ』は『芸術の心理学』と版元は違うが、同じ判型を用い、装幀の面でも、またカラー写真図版の貼り込みなど図版の扱いの点でも、共通する要素が多い。『サチュルヌ』巻頭言には、「図版は著作の描写的記述につきそうのではなく、その代役となるのであり、映画的イメージのように、画面構成《カドラージュ》やつなぎによる連想作用をもたらす場合がある」という言葉がしるされている。マルローにおける図版の扱いを理解するうえで大きなヒントとなる言葉であり、彼の文章には概してエクフラシスに類する要素が希薄であることの裏返しの説明になっていると言ってもよい。

『サチュルヌ』では、ゴヤの《五月三日》の全体図が見開きページの左上部分にモノクロ図版として示されている。同じく右側には絵の左半分に相当する部分、つまり両手をひろげた白いシャツ姿の男を中心に据えるカラー図版が一ページ大に拡大されて示されている。(16) 図版に対応するテクスト部分にあって、いかにもマルローらしいのは、銃殺刑という主題のもとに、ドストエフスキーの流刑体験が語られるかと思えば、これに続いてアウステルリッツの会戦で負傷したアンドレイ公爵が空に浮かぶ雲を眺める『戦争と平和』の一シーンが喚起され、一瞬のうちに壮大な文学的パノラマがくりひろげられ、これと並行してゴヤにおける『戦争の災禍』から《五月三日》への展開についての言及がモンタージュされている点である。

文章を読み進める読者は、図版のクローズアップ効果に突き動かされるままに、いままさに銃殺されようとする「操り人形のような亡霊的人物」の突き出た腕に視線を向けることになるのである。

モノクロ図版とカラー図版を用いたクローズアップの手法という点では、『沈黙の声』におけるレンブラントの《夜警》の図版の扱いにも似たようなことが言えるが、その効果は必ずしも同じではない。《夜警》の場合も、カラーの拡大図版の導入を通じて表情の細部が判別できるようになり、人物の存在感《プレザンス》が強まるといった変化はあるだろう。ただし《五月三日》にあって、何よりもわれわれの視線をとらえるのは地面に倒れた者の周囲に流れる血である。暗黒の空、剥き出しの地面、両手をひろげる男が着ている真っ白なシャツ……、そしてまばゆいばかりの光がそのシャツにあたっているのは、映画撮影の時のように照明が必要だと言うかのようだ。モノクロ図版でも、そのような照明効果は想像しうるかもしれない。ただし鮮やかな血の色、その生々しさが感じられることはないだろう。(17)

二．ゴダールと「現実の美術館」

ゴダールは一九六〇年代には、ジャック・リヴェットの『修道女』の上映禁止およびシネマテーク館長アンリ・ラングロワ更迭という二つの事件をめぐって文化相マルロー批判の側に立ったが、とくに『映画史』とそれ以後のフィルムではマルローへの言及が目立つようになる。この流れの最後に位置する『イメージの本』（二〇一八年）冒頭のカットは、ゴダールにとってマルローが重要なレフェランスでありつづけてきたことをしめす状況証拠にあたるものだ。黒い背景に人差し指を真上に伸ばした右手が浮き上がるそのカットは、『想像の美術館』（『芸術の心理学』第一巻）の表紙デザインのコピー以外の何ものでもない。(18) このカットは、まるで念を押すかのように、この映画の最後の部分にもふたたびあらわれる。ゴダールが『テレラマ』誌のインタヴュー（二〇〇〇年）で、一九四七年刊行のスキラ版『芸術の心理学』が自分の進むべき道を示してくれたと述べているところからも、その意味は明らかだろう。『想像の美術館』の表紙をいわば『イメージの本』の表紙としてそのまま用いることで、彼自身のイメージ探究の来歴を再確認するとともに、タイトルが示唆するように映画フィルムに「本」という意匠をあたえようとしているのである。

顔と手のクローズアップは、『映画史』から『イメージの本』に向かう流れのなかで反復的に用いられる映像コラージュのひとつである。『イメージの本』の「表紙」もその一例だが、ほかにキャンバスの上に絵を描く手のうごきを接写でとらえるショットがあり、そこでは塗り重ねられてゆく絵の具の物質感が強調される。かつてマルローはマネの絵の細部に目をむけるようにわれわれをうながし、重要なのは絵画的表象ではなく、絵の具というマチエールそのものだとしたわけだが、絵の具が塗り重ねられてゆく瞬間の接写ショットは、この有名な一節を映像によって反復しているようにも思われるのである。[19]参照項にドゥニ・ド・ルージュモンの著作『手で考える』があげられていることからも、手の主題が意識的に扱われていることはまちがいないし、そこに「眼」の専制に対する抵抗を読みとるのもごく自然な流れだろう。[20]

マルローの場合、扱う素材はほぼ芸術作品の写真に限られていた。「絶対の貨幣」と題された『芸術の心理学』第三巻、そしてこれに対応する内容をもつ『沈黙の声』第四章のいずれにあっても、アフリカやオセアニアの彫刻と仮面、北アメリカ先住民の仮面、民衆芸術、子供の絵など、かつてプリミティヴ芸術と呼ばれていたオブジェの数々が扱われているが、その場合もまたマルローは西欧的な「美的観想」の圏域の枠内に身をおいているといってよいだろう。[21]マルローの「想像の美術館」の構成要素は、言うまでもなく「芸術作品」、より正確に言えばその複製画像である。

ゴダールの世界には、映画、写真、絵画、音響、音楽、言葉など、ありとあらゆるイメージ素材が無造作に投げ込まれている。その作業の根幹をなすのは、VHSテープ、DVCAM、Blu-Rayなど種々の素材および機器を用いたザッピングとダビングである。堀潤之は『イメージの本』での『戦争と平和』（セルゲイ・ボンダルチュク監督、一九六五～六七年）の引用――『サチュルヌ』で《五月三日》にあわせて小説『戦争と平和』が引かれていたことを思い出せば、騎兵の突進や舞踏会の場面などの断片的映像の挿入にもマルローの影響がおよんでいると見てもよいのではないか――をめぐって、アナログのヴィデオエフェクタを用いた色彩調整がなされ、テクノロジー進化の趨勢に逆行するような手仕事の側面がそこに認められることを示唆している。(22)

「イメージの散乱」という表現は、マルロー以上に、みずから「現実の美術館」と呼ぶ断片的コラージュによってすべてをパラタックス的解体へと押しやる仮借なきモンタージュ作家ゴダールを形容するにふさわしいものではないだろうか。(23) マルローが「この一〇〇年間というもの芸術の歴史は、専門研究者の手を逃れるとすぐに、写真撮影可能なものの歴史となる」と述べるのに対して、「すべて現実のものは映画撮影が可能であり、フィルムに撮影されたものこそが、完全な意味において現実的なのだ」とゴダールは応じる。この場合の「現実」は二重の意味をおびたものと理解する必要があるだろう。想像的なものに対立する意味での「現実」があり、そしてまた編集作業の技術的問題に内包される「現実」があるのだ。

一九八〇年代半ばに製作が始まる『映画史』は、上映時間が四時間半におよぶ全八章からなる大作だが、完成まで約一〇年を費やしている。ゴダールみずから「現実の美術館」と呼ぶこのビデオ作品は、その第二章「ただひとつの歴史」の公開（一九九五年）がニューヨーク近代美術館でなされているなど、映画作家と美術館の関係という点からしても新たな流れを象徴的にしめすものだった。[24]『映画史』の製作が開始されたのはオルセー美術館の誕生（一九八六年）と同じ時期である。この美術館は言うまでもなくマネの代表作《オランピア》に象徴される「現代性」のしるしのもとにある作品（一八五〇〜一九一四年）の収集と展示を使命とするものであり、鉄道駅であった建物を再利用したという来歴は、映画と鉄道を結びつけるゴダール的思考とも重なりあう。そのような背景のもとに、マルローにならって――ここでも表紙をつけかえるようにして――「絶対の貨幣」というタイトルを付した『映画史』第五章でのゴダール自身のナレーションが始まる。

私は一冊の本を手にしていた。ジョルジュ・バタイユによるマネの本だ。マネの女たちは誰もがあなたが何を考えているのかわかっていると言いたげに見える。たぶんこの画家にいたるまで、そしてマルローを通じてそのことを知ったわけだが、内的現実が宇宙よりもなお繊細なものでありつづけていたというわけだ。[25]

これに続いて、ゴダールは「エドゥアール・マネとともに近代絵画が始まる、つまりシネマトグラフが、つまり言葉へと向かう形式、まさに思考するひとつの形式が始まる」と、次々とたたみかけるように言葉を続ける。マネとともに近代絵画が始まるとする命題は「現代性」を論じるどの本にも書かれていることだが、近代絵画の始まりとはシネマトグラフの始まりのことだとして、両者をイコールで結んでみせたのはゴダールくらいのものだろう。この部分で用いられている絵画の大半はマネの作品だが、そのなかに挿入されるレオナルド・ダ・ヴィンチの《聖アンナの素描》とフェルメールの《ターバンを巻いた少女》の画像は、どちらも『沈黙の声』のページからそっくりそのまま切り取ってきたようにしか見えない。ほかにもオーヴェルニュのロマネスク期聖母像、フランツ・ハルスの《養老院の理事たち》に描かれる男の顔のクローズアップ、紀元前一三七〇年頃の作と推定されるカイロ美術館蔵の彫像《アクナトンの巨像》など、ゴダールが用いる断片的イメージには、マルローの本の図像をそのままコピーして使っているように見えるものが数多くある。ジャン＝ルイ・ルトラが言うようにマルローの「想像の美術館」はゴダールが必要に応じて素材を探しだすための貯蔵庫となっているのである。[26]

ゴダールのナレーションにも、マルロー的と言いたくなるような断定がもたらす飛躍がひんぱんに見受けられる。しかしながらこと具体的な言葉の引用という点に関しては、マルロー以上になぜかエリー・フォールの印象の方が強い。『気狂いピエロ』の冒頭で、エリー・フォールの『美術史』ポッシュ版を手にしたジャン＝ポール・ベルモンドが浴槽でベラスケスをめぐる一節を読み上げるくだりなどがその最たるものだが、『映画史』第七章の「宇宙のコントロール」と題された部分の最後では、アラン・キュニーが同じく『美術史』のレンブラントに関する一節を長々と朗読している。『気狂いピエロ』の場合は、かなり省略があっても元の文章の忠実な朗読と考えることができた。これに対してアラン・キュニーの朗読は本来の意味の引用とは言いがたいものになっている。驚くべきことに、元の文脈ではレンブラントを指すはずの三人称単数の代名詞がそこでは強引に「映画」に関係づけられてしまっている。[27] ゴダール独自のフォーカスの設定のもとにエリー・フォールの息の長い文章は解体され、「顔」、「形態」、「影」、「光」、「夜」、「苦悶」、「死」などの言葉があたかも強調線が引かれたかのようにして浮かび上がるのも不思議だが、『美術史』の一節を実際に確かめてみてあらためて気がつくのは、どちらの引用部分も、晩年にさしかかった芸術家に訪れる変化——サイードならば「晩年のスタイル」と呼んだはずのもの——を語っている点である。「五〇歳を超えたベラスケスは、もはや形が定まったものは何ひとつ描かなかった」[28]とか、レンブラントについて（ゴダールはこれを「映画について」と書き換えるわけだが）述べられる「それでも無頓着から不安まで、初期の愛情に満ちた記録から最後のためらいがちだが本質的な形態にいたるまで、まさに同じ求心的な力が映画を統括している」[29]といった言葉に象徴されるように、「引用」はいつしかゴダールの「自画像」めいたものに変わってゆく。

三. マルケルと「記憶のアーカイヴ」

「ゴヤと同じくドーミエは近代絵画と美術館に属している」[30]というマルローの言葉は、「ゴダールもマルケルもヌーヴェル・ヴァーグと美術館に属している」と書き換えることが可能だ。ゴダール以上にマルケルの仕事は想像と現実という二重の位相において「美術館」と深く関係している。この場合の美術館とはアーカイヴ化された記憶の意味であり、インスタレーションのための場を映画作家に提供するキュレーションの意味でもあるが、ボルタンスキーの例に見られるようにここでも「記憶」と「インスタレーション」は密接に結びついている。

二〇一八年にシネマテーク・フランセーズでおこなわれた「クリス・マルケル回顧展」では、この映像作家のアトリエの書架にマルローの著作がまとまって並んでいるところを映し出す写真が紹介されていた。[31]さらに興味深いのは、その隣の棚にエリー・フォールの『美術史』ポッシュ版と思しき本がおかれていることである。いささか強引な対比となるが、このようにレフェランスを共通しながらも、ゴダールは「絵画」に通じる道をたどり、マルケルは「彫刻」に通じる道をたどると考えることができるのではないか。というのも、マルローが『沈黙の声』の冒頭部分で、傑作とみなされる作品の大半のカラー写真の普及という現象に触れたあとで、彫刻の撮影法に話題を転じ、「われわれのアルバムは——モノクロ写真は絵画を複製するよりもずっと忠実に彫刻を複製する——彫刻のうちに特権的な場を見出す(32)」と述べるのに対して、あたかもその言葉を引き継いで行動をおこすかのようにして、『彫像もまた死す』（アラン・レネとの共同監督作品）におけるマルケルは彫刻の撮影にとりかかるように見えるのである。この映画は、植民地主義批判を含む内容からしても、アフリカ彫刻の芸術的な再現を主要な目的とするものではないはずだが、それでも二体の彫像がペアとなって背景の暗がりから次々と登場するシーンはいまだなお新鮮さを失わずにいる(33)。マルローが「彫刻の撮影法」を語るときに念頭においていたのは『世界の彫刻の想像美術館』三部作に名前がクレジットされるロジェ・パリー、ジゼル・フロイント、ジェルメーヌ・クルル——点数は少ないがそこにはラウル・ユバックや土門拳の名もある——などの仕事ではないかと思われるが、『彫像もまた死す』の撮影法は、彼らの仕事を上回る迫力をもっているのである。この映画の製作年は一九五三年であり、『世界の彫刻の想像美術館』三部作の刊行とぴったり時期が重なり合う。

マルローにおいて「想像の美術館」は「世界の」（mondial）という形容詞と切り離せないものだった。マルケルにあって「世界の」という表現は別の次元におきなおされる。マルローにとっての（世界の）彫刻とは過去のものであり、それを現在に甦らせるための手段として写真が用いられたのに対して、マルケルの場合は、たとえば『もしラクダを四頭持っていたら』（一九六六年）にしめされるように、日常を生きる（世界の）人びとが撮影対象に選ばれるのである。

この作品はマルケルが一九五五年から一九六五年の一〇年間に旅した二六におよぶ国々で撮影した写真——同じ時刻を選んで、パリでは、モスクワでは、北京では……というふうに次々と場面が切り替わり、人びとの日常生活にカメラが向けられ、人間ばかりではなく、場合によっては動物園のライオンや象もまた被写体となる——を組み合わせた映像作品であり、写真アーカイヴの活用によって構成された最初の例となっている。静止画を組み合わせ、ナレーションをかぶせる——ここではアマチュア写真家と二人の友人が写真についてのコメントを述べ合うかたちをとっている——その手法は、マルケル作品のなかでもっとも有名な『ラ・ジュテ』にも通じるものだが、その三〇年後に製作されたＣＤ‐ＲＯＭ作品『インメモリー』は、デジタル映像の出現とともに技術的に可能になった写真アーカイヴ作品化の新たな地平をしめすものになっている(34)。

「想像の美術館」という表現がマルケルの作品に最初に登場するのは『もしラクダを四頭持っていたら』が最初だと思われるが、マルケル自身の映像アーカイヴをそのまま作品化したとも言える『インメモリー』には、構成要素となる七つの領域《ゾーン》のひとつに「美術館」が設けられ、その枠のなかで画像の展示がなされることで、ある種の入れ子型の構造が出現している。これはその後さらに遊戯的な雰囲気をもって彼がネット上にたちあげた『工房　映画《ムーヴィー》』に引き継がれ、そこではアニメ的雰囲気が濃厚な新たな装いのもとに、名画のパロディにまじって、またしてもマルケルのモノクロ写真が展示されることになるのである。

ここで少しばかり迂回が必要になる。ジョルジュ・バタイユは雑誌『ドキュマン』誌（一九三〇年）のために「美術館」と題する短いテクストを書き、美術館を容器とすれば、その中身は芸術作品ではなく、訪問者だとする独自の認識を披露し、美術館は大都市の肺に相当する器官であり、大衆は血液としてそこに送り込まれ、美に酔いしれて浄化されて再び外に送り出されるのだと述べている。[35] マルローの美術館論には見出せない視点と言うことができるだろうが、マルケルはあたかもバタイユに倣うかのようにして、美術館の訪問者を被写体としてとらえる試みを随所でおこなっている。『もしラクダを四頭持っていたら』にあって、モスクワの美術館で絵画の展示——ピカソの絵が背後に見える——を見る人びとの姿をとらえる写真、『彫像もまた死す』において、アフリカの仮面を映し出すショットが、これを見つめる若い女性の顔のショットへと切り替わるシーンなどがその印象的な例をなしているが、この系譜につらなるのが最晩年の写真集『パセンジャーズ』である。[36] ウォーカー・エヴァンズ（＋ヘレン・レーヴィット）の古典的試みにならって、パリの地下鉄の乗客を至近距離から撮影した写真を集めた一冊であるが、冒頭におかれた短い文章では、夜になって彫像が美術館を抜け出す情景を描くコクトーの散文詩「秘密の美術館」が引かれている。この引用と対になるように表紙カバーのポケットには、レオナルド・ダ・ヴィンチの《モナ・リザ》をはじめとする四点の絵画作品と四人の地下鉄の乗客——もちろん女性である——を並置するリーフレットが差し挟まれていた。地下鉄に乗っていると、名画から抜け出てきたような女性に出会うことがあるというわけだが、レオナルドやドラクロワやアングルのモデルはヨーロッパ系女性ばかりではなくアフリカ系だったり、アジア系だったり、出自は世界的な（mondial）ひろがりを見せている。彼女らはモデルとしてポーズをするのではなく、地下鉄の乗客として移動中である。マルケルが手にするディジタル機器のレンズは無名の乗客のうちに見出される日常の表情としぐさと身振りをその無防備な状態のままに、ほとんど非合法的といってもよいやり方——眼鏡に仕込まれたスパイカメラを使っている場合があるかもしれない——で記録するとともに、個々の人間存在を超えた巨大なうねりの運動を背後に浮かび上がらせようとしているようにも見える。

ゴダールはマルローの晩年の著作『神々の変貌』三部作を念頭におきつつ、図像の扱いの面ではありきたりで平凡なものになってしまったとしても、「永遠に女性的なるもの」を描く画家たちの領分がみごとに押さえられていると言う。[37] ゴダールにとってこの主題がもつ重要性はあらためて指摘するまでもないはずだが、同じ主題についてのマルケル独自の応答がこの『パセンジャーズ』に見出せると考えることができるだろう。

おわりに

マルローからアンリ・ラングロワを経由してゴダールにいたる「想像の美術館」の変容を論じる視点はすでにおなじみのものとなっている。この三つの固有名の組み合わせに対して、マルロー、ゴダール、マルケルの組み合わせを提示することで何が見えてくるのだろうか。『芸術の心理学』——あるいはその一〇年前に発表された「映画心理学の素描」(『ヴェルヴ』誌第一号、一九三七年)——に始まり『神々の変貌』に最終的な到達点を見出すマルローの「芸術論」、ゴダールの『映画史』以降の幾つかのフィルムにおけるコラージュ映像、マルケルの『もしラクダを四頭持っていたら』から『インメモリー』を経て『パセンジャーズ』にいたるメディア横断的な展開……、その途方もない試みの数々は、いみじくも『イメージの本』というゴダール作品のタイトルが示唆するように、書物という形式の臨界にみずからの場を求めつつ、いずれも反復に反復を重ねる展開という点に共通点があると言える。あらためて三者三様のそのあり方を見なおすとき、そこに見出されるのは個別の独立した作品の集合というよりも、複数のヴァージョンの反復的推移であるように思われ始める。われわれがまず目にするのは反復の諸形態であり、反復のみぶりが数々のヴァージョンを生み出していると考えるべきではないか。

マルローの「芸術論」は段階を追って発展してゆく著作の連続というよりも、テクストと図像の再利用によるリメイクに近い性格をもっている。新たなヴァージョンが生み出されてゆくなかで、錯綜も深まる。『神々の変貌』三部作が「超自然的なもの」、「非現実的なもの」、「非時間的なもの」という概念装置の組み合わせをもって、芸術と文明の変貌の弁証法的な綜合を目指すみぶりを見せるにせよ、いざマルローの著作に向きあうわれわれをとらえるのは、むしろ綜合とは逆の錯綜へと向かうベクトルなのではないか。

ゴダールの『映画史』とそれ以降のフィルムを見るなかで、コラージュ映像がマルローの「芸術論」に由来することにふと気づく瞬間が訪れる。ただしそれが具体的にどの著作に関係するのかを特定するのは容易ではない。逆に『芸術の心理学』から『神々の変貌』にいたるマルローの著作のページをひもとき、任意の図版を眺めながら、ゴダールの「引用」に気づく瞬間がある。ただし具体的にどの映画で用いられていたのかを特定するのはそれほど簡単ではないはずだ。マルケルの場合にも似たような現象が生じる。彼の写真はさまざまな場所で繰り返し用いられているせいもあって、果たしてどこで目にしたのか確かめようとすると、とたんに記憶が曖昧になる。マルロー、ゴダール、マルケルが独自のやり方でつくりあげた「美術館」あるいは「アーカイヴ」にあって、イメージは反復に反復を、コピーにコピーをかさね、起源が定かではない無数の断片となって浮遊するほかない。そのような「イメージの散乱」と呼ぶべき状態の出現はマルローのプログラムにすでに予告されていたということになるのだろうか。

【注】

（1）ダグラス・クリンプはこのマルローの写真について、床に並べられた複製写真をシャッフルしなおせば、新たな様式の連続的継起《セリー》が可視化されると述べている。Cf. Douglas Crimp, *On the Museum's Ruin*, The MIT Press, Cambridge, Massachusetts, London, England, 1997, p. 58.

（2）そのすべてというわけではないが、その代表例は以下の通り。Rosalind Krauss, « Le ministère du destin », *De la littérature française*, sous la direction de Denis Hollier, Bordas, 1993 ; Dominique Païni, *Le cinéma, un art moderne*, Cahiers du cinéma, 1997 ; Douglas Crimp, *Op.cit.* ; Hubert Damisch, *L'Amour m'expose*, Yves Gevaert Editeur, 2000 ; Hal Foster, *Design and Crime*, Verso, London & New York, 2002 ; Angela Dalle Vacche (ed), *Film, Art, New Media : Museum Without Walls ?*, Palgrave Macmillan, 2012 ; Georges Didi-Huberman, *L'Album de l'art à l'époque du « Musée imaginaire »*, Louvre éditions, 2013 ; Michael Witt, *Jean-Luc Godard, Cinema Historian*, Indiana University Press, Bloomington & Indianapolis, 2013 ; Walter Grasskamp, *The Book on the Floor, André Malraux and the Imaginary Museum*, The Getty Research Institute, Los Angeles, 2016.

（3）Dominique Païni, *Op.cit.*, p. 17.

（4）形態分析のために写真を上下逆さまにして見ることがないわけではない。マルローもまた『沈黙の声』においてジオットの《ラザロの復活》を上下逆さまにした写真図版を挿入している。

（5）Cf. Walter Grasskamp, *Op.cit.*, p. 31.

（6）日本語版は新潮社から「人類の美術」叢書として刊行された。

（7）『神々の変貌』第二巻にあたる『非現実的なもの』、第三巻にあたる『非時間的なもの』は約二〇年後に刊行された。

（8）ただし『芸術の心理学』三部作は収められていない。プレイヤード叢書の刊行とともに、マルローの「芸術論」をめぐる議論も活性化し、アンリ・ゴダール、ジョルジュ・ディディ＝ユベルマン、ドミニク・ヴォジョア、ジャン＝ピエール・ザラデールなど異なる視点をもつ著作が相次いで刊行されている。

（9）ザラデールはマルローの「芸術論」をドゥルーズ的な意味での「コンセプト」の創出をともなう独自の芸術哲学の書物として読み解こうとするが、本稿の視点からするならば、マルローの「芸術論」は、哲学的読解の対象となるテクストに限定されない。それは「本」という物質的形態をもつ著作の総体、すなわち写真図版の効果的な用法を含んだテクスト＋イメージ（＋α）の集合体にほかならない。

（10）Louise Merzeau, « Malraux metteur en page », *Les Ecrits sur l'art d'André Malraux*, sous la direction de Jeanyves Guérin et Julien Dieudonné, Presses Sorbonne nouvelle, 2006. そのほかアンリ・ゼルナー、ムナ・メクアールなどによってページのレイアウト、デザインの詳細をめぐる分析がなされている。マルローの「芸術論」に独自の芸術哲学を見出す試みが説得的なものになりうるかどうかは疑問であり、むしろリオタールの言うように、「映画」のように構成されていると考える方が生産的な読解につながるように思われる。Cf. Jean-François Lyotard, *Signé Malraux*, Grasset, 1996, p. 338.

（11）辻佐保子は「没にされた大学者の原稿――マルロー編集長の強権――」（『天使の舞い降りるところ』岩波書店、一九九〇年）と題する文章で、同叢書の一冊のために書かれたアンドレ・グラバアルの原稿が編集方針にあわないという理由でマルローからつきかえされたという挿話を披露し、図版についても「大きくしてほしい図版は小さくするし、小さなものをなんだかわからないくらい大きくしてしまう」という恩師の言葉を紹介している。辻はマルローが発動する「強権」だけでなく、そこに並み外れた力量があることも認めており、世界的な学者と妥協なく共同作業をおこなう熱意を認め、さらには「マルローの主張の方がこの際もっともと思われる点も多い」とも言っている（同書、二三六ページ）。

（12）この場合のクローズアップとは、ダニエル・アラスが問題化するような細部（cf. Daniel Arasse, *Le Détail. Pour une histoire rapprochée de la peinture*, Flammarion, 1992）ではなく、ドゥルーズが『シネマⅠ』の情動イメージに関する一章で論じる顔のクローズアップにむしろ関係するものだと考えた方がよい。

（13）もちろんゴダールにとっても「接近」（rapprochement）は重要な要素であり、『古い場所』のアンヌ＝マリー・ミエヴィルとの対話形式をとったナレーションでもこれについての言及がなされている。「遠い／近い」の問題系との関係で、芸術作品は遠くのものの一回的なあらわれだとする「ベンヤミンの言葉」も引用するが、これは実際には「芸術作品」ではなく「アウラ」について語る『複製技術時代の芸術作品』あるいは『写真小史』の一節のゴダール流書き換えである。

（14）Elie Faure, *L'Esprit des formes*, t. I, Jean-Jacques Pauvert, Le Livre de poche, 1964, p. 14.

（15）André Malraux, *Psychologie de l'art. La Monnaie de l'absolu*, Albert Skira, 1950, p. 67.

（16）『沈黙の声』にもゴヤの《五月三日》のモノクロ写真図版が挿入されているが、見開きページのもう一方に挿入されるのは拡大図ではなく、マネの《マクシミリアン皇帝の処刑》のモノクロ図版であり、図版の扱いは一般的な研究書のそれに近づいている。

（17）後日談になるが、それからほぼ四〇年後、ゴダールは『映画史』で《五月三日》をコラージュのための素材として扱い、色彩をポップ調の鮮やかなものに変えている。『パッション』（一九八二年）では《五月三日》と《夜警》が活人画として登場し、ラウル・クタールによる撮影をもって立体的な次元を獲得している。

（18）四方田犬彦（『映画の領分』岩波書店、二〇二〇年）や堀潤之の指摘を俟つまでもなく、レオナルド・ダ・ヴィンチの《洗礼者ヨハネ》（ルーヴル美術館蔵）の部分図とおぼしきものだが、実は『芸術の心理学』第一巻のどこにもこの表紙挿絵についての説明は見当たらない。むしろレフェランスを消し去り、闇に人差し指が浮かび上る純粋な構図として見ることでイメージとしての強度を高めようとするマルローの演出に目を向けるべきところではないか。やはりこの場合のゴダールは、レオナルド・ダ・ヴィンチの《洗礼者ヨハネ》を引用するのではなく、マルローの本の表紙をコピーしているとすべきなのだ。

（19）André Malraux, *Les Voix du silence*, Gallimard, 1951, p. 114; *Œ* 4, p. 318.

（20）ミシェル・レリスとジャクリーヌ・ドゥランジュの共著『黒人アフリカの芸術』（岡谷公二による邦訳あり）はマルロー監修の「形態の世界」叢書の一冊だが、同書に見出される「影像はしばしば眺められるというより手で扱われるものとして作られている」というレリスの言葉は、マルローはあまりにも「眼のひと」であって、彼の「芸術論」に何が欠落しているのかをおのずと示唆しているように思われる。Cf. Michel Leiris &

Jacqueline Delange, *L'Afrique noire*, Gallimard, L'Univers des formes, 1967, p. 217.

（21）アフリカ、オセアニア、アジア、アメリカ大陸の「彫刻」を主体とするコレクションをもって「ケ・ブランリー美術館」がスタートしたのは二〇〇六年のことだが、開館を記念して入口に掲げられた「フランスが世界に先駆けて器物に芸術的価値を見出した」とする主旨のジャック・シラクの言葉にもマルローの「残像」を見出すことができるだろう。

（22）堀潤之「プロダクション・ノート」（『イメージの本　パンフレット』コムストック・グループ、二〇一九年）、および「引用で考える――ゴダール『イメージの本』解説」（飯田高誉編著『「文明」と「野蛮」のアーカイヴ』新曜社、二〇二〇年）。

（23）「イメージの散乱」（dissipation des images）とはドゥルーズのベケット読解に由来する表現である。そこでは名の言語、声の言語に対して、名づけることができる対象にも、声にも関係しない、イメージと呼ばれる第三の言語があるとされている。「イメージは爆音、燃焼、凝縮したそのエネルギーの散乱とまざりあう」という表現からもそれが持続的なものでないことは明らかだ。Cf. Samuel Beckett, *Quad*, suivi de *L'Epuisé* par Gilles Deleuze, Les Editions de minuit, 1992, p. 76.

（24）その後一九九九年に製作された『古い場所』はニューヨーク近代美術館の委嘱作品である。

（25）Jean-Luc Godard, *Histoire(s) du cinéma*, t. III, Gallimard, p. 48.

（26）Jean-Louis Leutrat, *Des traces qui nous ressemblent*. Passion *de Jean-Luc Godard*, Editions Comp'act, 1990, p. 47.

（27）この点に関してはジャック・オーモンおよびマイケル・テンプルの論考を参考にした。Cf. Jacques Aumont, *Amnésies. Fictions du cinéma d'après Jean-Luc Godard*, P.O.L., 1999, pp. 132-133. Michael Temple, « Big Rhythm and the Power of Metamorphosis: Some Models and Precursors for Histoire(s) du Cinéma », *The Cinema Alone. Essays on the Work of Jean-Luc Godard 1985-2000*, Edited by Michael Temple & James S. Williams, Amsterdam University Press, Amsterdam, 2000.

（28）Elie Faure, *Histoire de l'art. L'Art moderne*, t. I, Le Livre de poche, 1965, p. 167.

（29）同書の九八ページの一節に該当するものだが、ゴダールは「絵画」を「記録」に置き換え、「精神」を「映画」に置き換えている。

（30）André Malraux, *Les Voix du silence*, Gallimard, 1954, p. 100.

（31）クリス・マルケルとマルローの関係を考えるにあたってはクリスタ・ブリュムリンガーによる以下の二つの論考が参考になる。Christa Blümlinger, « Marker/Malraux : ambiguïtés partagées », *Chris Marker*, catalogue d'exposition, La Cinémathèque française, 2018 ; « L'attraction du musée chez Marker », *Chris. Marker. Photographe*, sous la direction de Vincent Jacques, Graphis Editions, 2018.

（32）André Malraux, *Les Voix du silence*, *Op.cit.*, p. 14. プレイヤード叢書版には、元の緒言にあたるこの部分は再録されていない。

（33）このような二対の彫像の写真図版はマルローの本にも掲載されているが、マルケル＋レネのような徹底性は見られない。さらに強引に付け加えれば、アラン・レネの『去年マリエンバードで』における庭園をのぞむテラスを飾る彫像の印象的なショットは『彫像もまた死す』のこの部分の発展形態だとも見える。

（34）詳しくは拙稿「ヴァーチャルな書物、あるいはクリス・マルケルの結合術」（港千尋監修、金子遊・東志保編『クリス・マルケル　遊動と闘争のシネアスト』森話社、二〇一四年）を参照して頂ければ幸いである。

（35）Georges Bataille, « Musée », *Documents* n° 5, 1929, p. 300.

（36）Chris Marker, *Passengers*, Peter Blum Edition, New York, 2011.

（37）Jean-Luc Godard & Youssef Ishaghpour, *Archéologie du cinéma et mémoire du siècle*, Dialogue, Farrago, 2000, p. 31.

おわりに

本書は二〇一九年度の公益財団法人日仏会館「日仏学術研究助成」ならびに上智大学「ソフィアシンポジウム」の助成を受けた共同研究のプロジェクトの一環として日仏会館ならびに上智大学ヨーロッパ研究所の後援の下に二〇一九年一二月七日（上智大学）、八日（日仏会館）に開催された国際シンポジウム「アンドレ・マルロー再考――その領域横断的思考の今日的意義――」の成果論集となっている。

なぜアンドレ・マルローなのか。

マルローはフランス文学史の中だけに名を連ねるようなたんなる文学者ではない。ヘミングウェイらと同様にスペイン内戦に義勇兵として参加し、ドイツ占領下時代のフランスではレジスタンス活動を行いロンドンにいたド・ゴール将軍とともに戦い、戦後は文化大臣として活躍するなど、ついに映画化されなかった『人間の条件』の登場人物以上にさらに劇的な映画的人生を歩んだ。またその存命中はたびたび日本を訪れ、その文化に対する造詣が深いこと、そしてそこから広がったわが国の研究者や政財界との交流もよく知られていた。本書のまえがきで述べられる「マルローの聖別」はフランス国内にとどまるものではなかった。

しかしながら世紀が変わると状況はまったく異なったものとなる。近年日本でアンドレ・マルローの名を冠した大きな催しといえば、マルロー研究を永年担われてきた先生方が中心となり、秋田国際教養大学で二〇〇八年六月に開催された『マルロー・コロキアム』くらいのものであろう。それからすでに一〇年以上の月日が経つ。マルローと直接交流を持っていた世代の方々が次第に鬼籍に入られるにつれ、マルローの思想圏における日本のプレザンスを確認する以前に、本人の姿やその作品は人々の記憶から薄れつつある。

しかしその一方で、本書の「序論」で紹介されているようにマルローの活動を直接知ることのない世代がその小説作品や美術論を読み、「ポストヒューマニズム」といわれる時代を生きる私たちにとっての「希望」の一つ手がかりとして、あらたに研究対象として据える傾向もまた現れてきているのである。実際に今回の共同研究プロジェクトは、二〇一七年五月より主に若手の文学研究者が中心となり創立された日本アンドレ・マルロー研究会の活動が発端となっている。マルローの専門家や周辺分野の研究者たちが集い、年一、二回程度の研究集会を行い、現在に至っている。記録として、また今回の論集に至る経緯の参考までにこれまでの活動を記しておきたい。

〈アンドレ・マルロー研究会の活動〉

第一回研究会（上智大学）　二〇一七年六月二日

発表題目：「マルローとモランの異文化表象――「東洋」と「スペイン」をめぐって」

発表者：畑亜弥子（熊本大学）

第二回研究会（南山大学）　二〇一七年一〇月二七日
発表題目：「絵画のポエジー——ヴァレリー、マルロー、バタイユ」
発表者：永井敦子（上智大学）

第三回研究会（上智大学）　二〇一八年六月一日
発表題目：「マルローとドリュ・ラ・ロシェルのヨーロッパ論再考」
発表者：吉澤英樹（南山大学）

ワークショップ「アンドレ・マルローと視覚芸術」　二〇一八年六月三日
日本フランス語フランス文学会春季大会（独協大学）の枠内で
コーディネーター：永井敦子（上智大学）
発表題目：「マルローと写真『世界彫刻の想像美術館』における写真的世界観について」
発表者：昼間　賢（立教大学）
発表題目：« André Masson et André Malraux : la ligne continue »
発表者：Françoise Nicol（ナント大学）
発表題目：「アンドレ・マルローと映画」
発表者：吉村和明（上智大学）

第四回研究会（上智大学）二〇一九年五月二四日
発表題目：「マルロー『人間の条件』における「身体性」――女性像をめぐって」
発表者：上江洲律子（沖縄国際大学）

第五回研究会（オンライン）二〇二一年五月二九日
発表題目：「「ユダヤ人の友」としてのマルロー――マネス・シュペルバーに着目して」
発表者：鈴木重周（大阪市立大学）

これらの活動の延長線上に、シンポジウムでは公益財団法人日仏会館と上智大学の助成を受けた招待講演者として、ポスト・コロニアル的な視点で研究を続ける美術史家として稲賀繁美（国際日本文化研究センターおよび総合研究大学院大学教授）、藤原貞朗（茨城大学教授）に登壇を依頼する一方で、フランスからジャン＝ルイ・ジャンネル（ソルボンヌ大学教授）ならびにジャンイヴ・ゲラン（パリ第三大学名誉教授）を招聘し、ディシプリンの枠組みを越えるかたちでマルロー研究のアクチュアリティについて日仏でのすり合わせを行った。その成果は七日の第二セッションの司会を担当した伊藤直（松山大学准教授）が訳出したゲラン氏のテクストなどにおいて目にすることができよう。またシンポジウム当日は若手を中心に必ずしもマルローを専門としない美学・美術史などの専門家も交え、今回の論集に繋がるようなかたちでの研究発表や活発な議論を行った。その際、八日の第二セッションならびに第三セッションの司会として登壇したフランソワーズ・ニコル（ナント大学名誉准教授）、千葉文夫（早稲田大学名誉教授）は、当日の総括討論での発言ならびに議論を踏まえた上で、マルロー研究の今日的な意義を問う新たな論考を執筆し、本書の目指す「希望の再生」に一役を買うこととなった。

以上、本書がまとめられるまでの経緯である。シンポジウムの実行委員は畑・永井・吉村・吉澤の四人で構成され、このメンバーがそのまま今回の成果論集の編集を担当している。論集に据えられたタイトルは、編集委員の間で何回も議論を重ねた上で選び取られたものである。果たしてそれが正しい選択であったのかどうか。それはこの本を手に取ってくださった方々にご判断をお任せするべきことのように思う。とりわけ「ポストヒューマニズム時代の〈希望〉の再生」という副題は、流行のワードへの迎合を背後に見た読者からの反発や議論を呼ぶかもしれない。ただ石川論文がよく示しているように、苛烈な条件下での「人間」の追求はマルローの根幹的なテーマであり、おそらく彼の美術論・文学テクストを貫いて現代の私たちが今なお何かを受け取るべきものの一つがここにあることは間違いない。マルローのテクストの話者や登場人物がそのような状況や主題に向き合う時に見られるある種の絶望感を秘めた必死さを目にすると、なんとも相反する感情を抱かされる。時代がかった大仰さに鼻白み、気恥ずかしさを覚える反面、その先に残そうとしたものまではどうしても否定しきれないのだ。編集委員の永井がマルローのテクストの背後にあるナイーヴさや脆さといったものに惹かれると発言していたことも忘れることができない。確かにマルローの領域横断的な思考のうちには、皮肉にもCOVID-19の流行を契機として進展していく情報のデジタル・アーカイヴ化と『想像の美術館』における試みの対比といった観点などから研究すべき今日的な主題もいまだ多くある。しかし、彼が絶望的なまでに捨てきれなかったもの、それを別の状況下にある私たちがまた別の目で見つめ直すことによってしかそのアクチュアリティを取り戻すことはないのではないか。

今回の共同研究の実現には、本研究活動を助成し、シンポジウムを共催してくださった公益財団法人日仏会館ならびにご担当の武田恵理子さんと青澤なみさん、上智大学ヨーロッパ研究所ならびにご担当の藤代郁子さんのご協力が不可欠だった。心より、御礼申し上げたい。また当日シンポジウムの運営を手伝ってくださった上智大学フランス文学科研究補助員の持地秀紀さん、学生スタッフの皆さん。シンポジウムが成功を収めることができたのは皆様のおかげである。

本書の刊行に当たっては、二〇二〇年度第二期上智大学出版（SUP）出版企画助成を受けた。出版にあたっては、上智大学出版事務局、編集から刊行までご担当くださった（株）ぎょうせいの皆さんに大変お世話になった。最後にシンポジウムのポスターとこの論集の表紙の素敵なデザインをしてくださった松本和史さん。この場を借りて感謝を申し上げたい。

吉澤　英樹

ワ行

マルロー作品名索引

ア行

カ行

マ行

ヤ行

ラ行

ナ行

ハ行

サ行

タ行

人名索引

ア行

カ行

ブルトン』(人文書院、1997年)、『ひとつの町のかたち』(書肆心水、2004年)、『街道手帖』(風濤社、2014年)。

フランソワーズ・ニコル(Françoise NICOL)
ナント大学名誉准教授。20世紀初頭の前衛芸術以降の文学と視覚芸術の関係を研究。ジョルジュ・ランブールを主たる研究対象とし、マルティーヌ・コラン=ピコンとの共編で、ランブールの芸術論を出版。2017年に、フランスと東京の上智大学を研究拠点として戦後の日本の芸術家についての研究を開始し、現在も継続中。参考サイト:carnet de recherche en ligne : https://relarts.hypotheses.org/

ジャン=ルイ・ジャンネル(Jean-Louis JEANNELLE)
ソルボンヌ大学教授。専門は20世紀文学。近著に『シネマルロー、映画におけるマルロー作品をめぐる試論』(Hermann, 2015)、『映像なき映画、『人間の条件』の映画化されなかった脚本の歴史』(Seuil, coll. « Poétique », 2015)、『小説の抵抗、アンドレ・マルローにおける「ノン」の形成』(CNRS Éditions, 2013)などがある。また共編書として、プレイヤード叢書、シモーヌ・ド・ボーヴォワール『回想録』(2018)。その他に、オンライン共編誌 *Fabula-LHT* (http://www.fabula.org/lht)など。

吉村　和明(よしむら・かずあき)
上智大学名誉教授。主たる研究対象として「モデルニテ」の詩人、芸術家(ボードレール、マネ、ロップス)、文学と映画の関係。編著書として『テオフィル・ゴーチエと19世紀芸術』(澤田肇、ミカエル・デプレと共編、上智大学出版、2014年)、『文学とアダプテーション』(小川公代、村田真一と共編、春風社、2018年)など。翻訳として、ロラン・バルト『断章としての身体』(みすず書房、2018年)、ヴァルター・ベンヤミン『パサージュ論』(共訳、岩波文庫、全5巻、現在刊行中)など。

千葉　文夫(ちば・ふみお)
早稲田大学名誉教授。著書に『ファントマ幻想』(青土社、1998年)、『ミシェル・レリスの肖像』(みすず書房、2019年)、編著に『ジャン・ルーシュ』(森話社、2019年)、訳書にレリス『日記』(みすず書房、2001-2002年)、同『縫糸』(平凡社、2018年)、シュネデール『グレン・グールド 孤独のアリア』(筑摩書房、1991年)、クロソフスキー『古代ローマの女たち』(平凡社ライブラリー、2006年)、マセ『帝国の地図』(水声社、2019年)、キニャール『死に出会う思惟』(同、2021年)などがある。

の作品を中心に、20 世紀フランス文学・思想を専門とする。

畑　亜弥子（はた・あやこ）
1974 年千葉県生まれ。熊本大学大学院人文科学研究院准教授。ジャンイヴ・ゲラン教授指導の下、*Orient et Occident dans les premiers écrits d'André Malraux* でパリ第三大学博士課程取得（2009 年）。主要業績として、「マルロー『ゴヤ論―サチュルヌ』について―スペイン趣味の系譜における位置づけの試み―」（『文学部論叢』、2016 年）、« Tragiques grecques » (*Dictionnaire Malraux*, 2010) など。

荒原　邦博（あらはら・くにひろ）
1970 年東京都生まれ。東京大学大学院総合文化研究科博士課程修了。パリ第四大学博士課程 DEA 修了。博士（学術）。東京外国語大学大学院総合国際学研究院准教授。専門は近現代フランス文学、美術批評研究。著書に、『プルースト、美術批評と横断線』（左右社、2013 年）、『ジュール・ヴェルヌとフィクションの冒険者たち』（共著、水声社、2021 年）、訳書に、カトリーヌ・マラブー編『デリダと肯定の思考』（共訳、未来社、2001 年）など。

木水　千里（きみず・ちさと）
1976 年香川県生まれ。パリ第一大学博士課程修了。早稲田大学教育学部複合文化学科助教。専門･研究分野は、20 世紀美術。著作に『マン･レイ 軽さの方程式』（三元社、2018 年）、共著に『古典主義再考 II　前衛美術と「古典主義」』（担当「シュルレアリスムと古典主義」pp. 223-256）中央公論美術出版、2021 年）他、論文に「カリフォルニア時代のマン・レイ―クヌド・メリルの『フラックス』との比較を通して」（『美学』（255）pp. 73-84、2019 年）他。

稲賀　繁美（いなが・しげみ）
京都精華大学教授。国際日本文化研究センター・総合研究大学院大学名誉教授、放送大学客員教授。主要出版『絵画の黄昏』（名古屋大学出版会、1997 年）、『絵画の東方』（同、1999 年）、『絵画の臨界』（同、2013 年）、『接触造形論』（同、2016 年）。フランス語での共編著に『日本の空間語彙』（CNRS 出版、2016 年）。最近の編著に『映しと移ろい』（花鳥社、2019 年）。

永井　敦子（ながい・あつこ）
1961 年東京都生まれ。アンジェ大学博士課程修了。上智大学教授。専門は 20 世紀フランス文学。主たる研究対象としてシュルレアリスム、グラック、マルロー、サルトルなど。著書として『クロード･カーアン』（水声社、2011 年）、『ジュール･モヌロ』（水声社、2019 年）。訳書としてジュリアン・グラックの『アンドレ・

藤原　貞朗（ふじはら・さだお）
1967年大阪府生まれ。修士（大阪大学文学研究科）、DEA（リヨン第二大学）取得。茨城大学教授。専門は近代フランス美術と近代美術史学・考古学の学史研究。著書・論文として « Henri Focillon et le Japon » (*Histoire de l'art*, 2000)、『オリエンタリストの憂鬱　フランス人東洋学者とアンコール遺跡の考古学』（めこん、2008年）、『山下清と昭和の美術』（服部正と共著、名古屋大学出版会、2015年）など。訳書としてガンボーニ『潜在的イメージ』（三元社、2007年）、『ゾラ 美術論集』（三浦篤監修、藤原書店、2010年）、タルディ『塹壕の戦争』（共和国、2017年）など。

石澤　良昭（いしざわ・よしあき）
1961年上智大学外国語学部卒業、上智大学アジア人材養成研究センター所長。専門は東南アジア史、特にアンコール王朝時代の碑刻文の解読研究。長年にわたるカンボジア人遺跡保存官の養成はじめ、アンコール遺跡保存・修復の貢献により、2017年、国際賞であるラモン・マグサイサイ賞を受賞。主な著書『新・古代カンボジア史研究』（風響社、2013年）、『カンボジア　密林の五大遺跡』（連合出版、2014年）、『東南アジア多文明世界の発見』（講談社学術文庫、2018年）など多数。

ジャンイヴ・ゲラン（Jeanyves GUÉRIN）
1947年生まれ。パリ第三大学（ソルボンヌ・ヌヴェル）名誉教授。主著として『新しい芸術あるいは新しい人間. 20世紀文学におけるモデルニテと進歩主義』（オノレ・シャンピョン、2002年）、『アルベール・カミュ　文学と政治』（同、2013年）、『1944年のブラックリスト』（ソルボンヌ・ヌヴェル出版、2015年）、『政治文学』（オノレ・シャンピョン、2020年）、『新演劇と政治』（同、2020年）、『アルベール・カミュにおける反抗の道、反抗の声』（同、2020年）など。

伊藤　直（いとう・ただし）〔ゲラン氏論文の翻訳を担当〕
1977年宮城県生まれ。パリ第三大学博士課程修了、文学博士。松山大学准教授。専門は20世紀フランス文学。これまでの研究として、『アルベール・カミュ辞典』（ジャンイヴ・ゲラン編、ロベール・ラフォン、2009年）における「時間」の項目の執筆、「カミュ、その日その日の歴史家：1944年の『コンバ』の論説を中心に」（『カミュ研究』第14号、青山社、2019年）など。

石川　典子（いしかわ・のりこ）
1988年生まれ。東京大学大学院総合文化研究科地域文化研究専攻博士課程在籍。日本学術振興会特別研究員DC。ルーアン大学Master 2課程修了（研究題目は、« André Malraux : de l' " humanisme " à l' "homme précaire" »）。アンドレ・マルロー

〈執筆者紹介〉

※執筆順。内容は 2021 年 7 月現在。

吉澤　英樹（よしざわ・ひでき）
1970 年神奈川県生まれ。パリ第三大学大学院博士課程修了。現在、南山大学外国語学部教授。専門は 20 世紀フランス語圏文学。主な著作に、*Pierre Drieu la Rochelle : Genèse de sa "voix" littéraire (1918-1927)* (L'harmattan, 2015)、『ブラック・モダニズム』（未知谷、2015 年、編著）、『混沌の共和国―「文明化の使命」の時代における渡世のディスクール』（ナカニシヤ出版、2019 年、共編著）、翻訳に、ポール・モラン『黒い魔術』（未知谷、2018 年）など。

杉浦　順子（すぎうら・よりこ）
1971 年愛知県生まれ。ルーアン大学博士課程修了。広島修道大学教授。専門は 20 世紀フランス文学、特に L.=F. セリーヌ。訳書としてフィリップ・ソレルス『セリーヌ』（現代思潮新社、2011 年）、アラン・バディウ&アラン・フィンケルクロート『議論して何になるのか』（水声社、2018 年）など。近刊論文として、« Perte et deuil dans *Mort à crédit* », Ph. Roussin, A. Schaffner, R. Tettamanzi (sous la dir.)、*Céline à l'épreuve — Réceptions, critiques, influences*, Honoré Champion, 2016 など。

上江洲　律子（うえず・りつこ）
1964 年沖縄県生まれ。大阪大学博士後期課程単位修得退学。モンペリエ第三大学 DEA 課程修了。沖縄国際大学准教授。専門は 20 世紀フランス文学。研究対象はマルローの小説作品。論文として「マルロー『王道』における身体性」（『待兼山論叢』第 39 号、文学篇、大阪大学文学会、2005 年）、「マルロー『侮蔑の時代』における身体の表象」（『沖縄国際大学外国語研究』第 17 巻第 2 号、沖縄国際大学外国語学会、2014 年）など。

井上　俊博（いのうえ・としひろ）
1982 年生まれ。大阪大学博士後期課程修了。京都産業大学外国語学部助教。専門は 20 世紀フランス文学。研究対象はアンドレ・マルロー。研究業績：「近代兵器と道―マルロー『王道』に見る西欧の肖像」（『フランス語フランス文学研究』111 号、2017 年）、「マルロー『王道』における共同体と地図」（同 113 号、2018 年）、「見えない網―マルロー『王道』における冒険と未帰順部族」（同 115 号、2019 年）、「ペルケンのモイ達―マルロー『王道』と人類学」（同 117 号、2020 年）。

アンドレ・マルローと現代
——ポストヒューマニズム時代の〈希望〉の再生

2021年8月10日　第1版第1刷発行

共　編：永　井　敦　子
　　　　畑　　　亜弥子
　　　　吉　澤　英　樹
　　　　吉　村　和　明
発行者：佐久間　　　勤
発　行：Sophia University Press
　　　　上智大学出版
〒102-8554　東京都千代田区紀尾井町7-1
URL：https://www.sophia.ac.jp/

制作・発売　㈱ぎょうせい
〒136-8575　東京都江東区新木場1-18-11
TEL 03-6892-6666　FAX 03-6892-6925
フリーコール　0120-953-431
〈検印省略〉　URL：https://gyosei.jp

印刷・製本　ぎょうせいデジタル㈱
ISBN978-4-324-10997-7
(5300308-00-000)
[略号：(上智) アンドレ・マルロー]

Sophia University Press

上智大学は、その基本理念の一つとして、
「本学は、その特色を活かして、キリスト教とその文化を研究する機会を提供する。これと同時に、思想の多様性を認め、各種の思想の学問的研究を奨励する」と謳っている。

大学は、この学問的成果を学術書として発表する「独自の場」を保有することが望まれる。どのような学問的成果を世に発信しうるかは、その大学の学問的水準・評価と深く関わりを持つ。

上智大学は、⑴　高度な水準にある学術書、⑵　キリスト教ヒューマニズムに関連する優れた作品、⑶　啓蒙的問題提起の書、⑷　学問研究への導入となる特色ある教科書等、個人の研究のみならず、共同の研究成果を刊行することによって、文化の創造に寄与し、大学の発展とその歴史に貢献する。

Sophia University Press

One of the fundamental ideals of Sophia University is "to embody the university's special characteristics by offering opportunities to study Christianity and Christian culture. At the same time, recognizing the diversity of thought, the university encourages academic research on a wide variety of world views."

The Sophia University Press was established to provide an independent base for the publication of scholarly research. The publications of our press are a guide to the level of research at Sophia, and one of the factors in the public evaluation of our activities.

Sophia University Press publishes books that (1) meet high academic standards; (2) are related to our university's founding spirit of Christian humanism; (3) are on important issues of interest to a broad general public; and (4) textbooks and introductions to the various academic disciplines. We publish works by individual scholars as well as the results of collaborative research projects that contribute to general cultural development and the advancement of the university.

Lire André Malraux aujourd'hui :
la renaissance de « l'espoir » à l'heure du post-humanisme

published by
Sophia University Press

production&sales agency : GYOSEI Corporation, Tokyo
ISBN 978-4-324-10997-7
order : https://gyosei.jp